코마키·나가쿠테小牧長久手 전투(1584) 병풍도 앞부분.
오다 노부오·도쿠가와 이에야스 연합군과
도요토미 히데요시 군의 전투 장면.

도쿠가와 이에야스

德川家康

2부 승자와 패자

15 모략의 바다

德川家康

도쿠가와 이에야스

2부 승자와 패자

15 모략의 바다

야마오카 소하치 대하소설

이길진 옮김

솔

『도쿠가와 이에야스』를 바로 읽기 위해

1. 본문 중 °표시가 된 용어는 용어 사전에서 풀이하였다.
2. 본문 중 *표시가 된 용어는 용어 사전 외에 부록 및 지도 등에서 설명하였다(다른 권 포함).
3. 인명과 지명은 원음 표기를 원칙으로 하며, 된소리를 피하고 거센소리로 표기하였다. 단 도쿠가와와 도요토미만은 원음과 차이가 있지만 일반인에게 익숙한 이름이기에 외래어 표기법에 따랐다. 장음은 생략하였다.
4. 인명, 지명 및 고유명사는 처음 나올 때 원어를 병기함을 원칙으로 하였으며, 강과 산, 고개, 골짜기 등과 같은 지명 역시 현지 음대로 강=카와(가와), 산=야마(잔, 산), 고개=사카(자카), 골짜기=타니(다니) 등으로 표기하였다.
5. 성과 이름 중간에 나오는 것은 대부분 관직명과 서열을 나타내는 것인데, 그 당시의 관습에 따라 이름과 혼용하여 쓰이는 경우도 있다. 각 관청 및 관직에 대해서는 부록에서 설명하였다.

   ex) 히라테 나카츠카사노타유 마사히데→히라테 마사히데(이름)+나카츠카사노타유(나카츠카사의 장관), 아마노 아키노카미 카게츠라→아마노 카게츠라(이름)+아키노카미(아키 지방의 장관)
6. 시간과 도량형은 아즈치·모모야마 시대에 쓰던 것을 그대로 따랐으며, 역시 부록에서 설명하였다.

차례

《 큐슈 지방 주요 지도 》

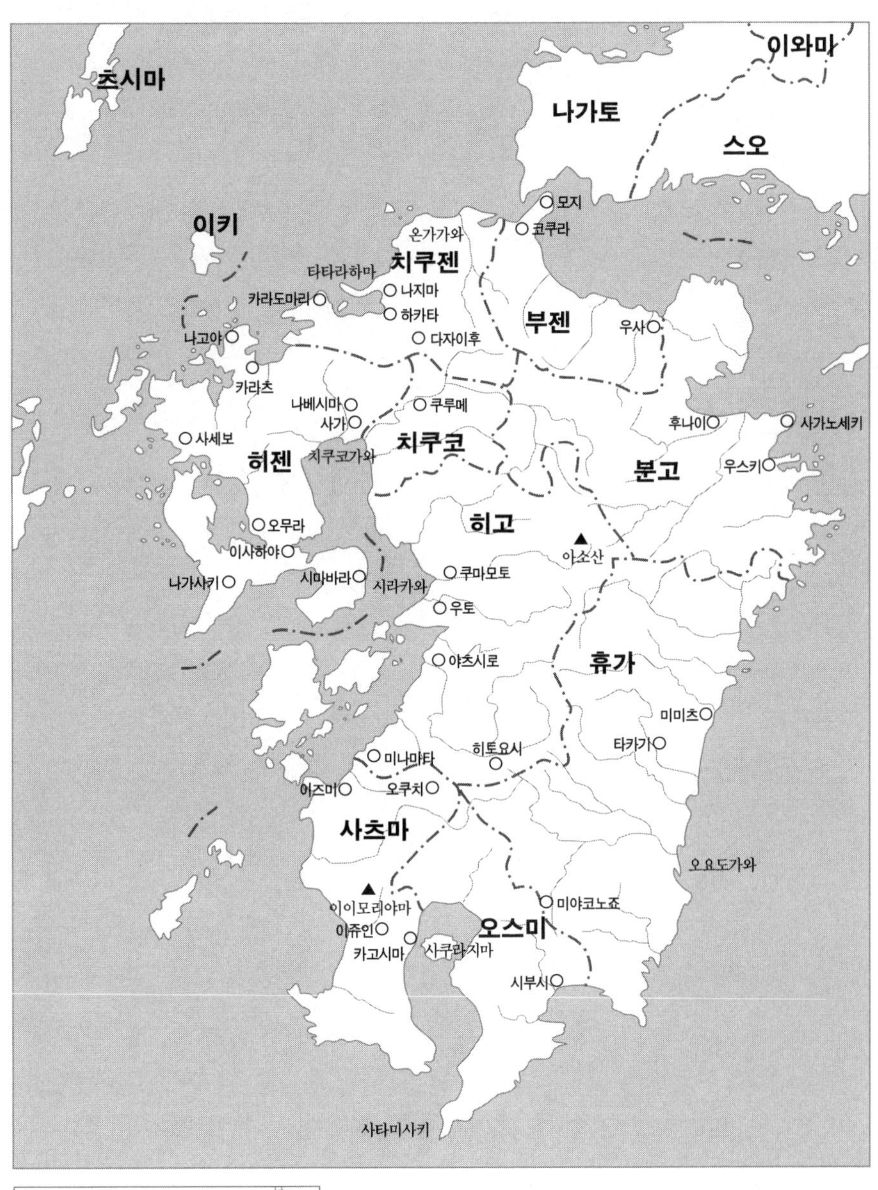

츠시마
이와마
나가토
스오
모지
코쿠라
이키
온가가와
치쿠젠
타타라하마
카라도마리
나지마
하카타
부젠
우사
나고야
다자이후
카라츠
나베시마
쿠루메
사가
사세보
치쿠코
후나이
사가노세키
히젠
치쿠코가와
분고
우스키
오무라
히고
이사하야
아소산
나가사키
시마바라
쿠마모토
시라카와
우토
야츠시로
휴가
미미츠
타카가
미나마타
히토요시
이즈미
오쿠치
사츠마
오요도가와
이이모리야마
미야코노죠
이쥬인
오스미
카고시마
사쿠라지마
시부시
사타미사키

지역 경계선
강
산

코쇼小姓의 눈

1

이에야스家康는 예정대로 27일 오사카 성大坂城에 가서 정식으로 히데요시秀吉와 대면했다. 대동한 사람은 혼다 타다카츠本多忠勝, 사카키바라 야스마사榊原康政, 아베 마사카츠阿部正勝, 나가이 나오카츠永井直勝, 니시오 요시츠구西尾吉次 등 다섯 명뿐이었으며, 나머지 사람들은 쿄토京都에 남았다.

이에야스의 진상품은 말 열 필, 황금 100장, 나시지梨子地의 칼, 치지미縮° 100필. 히데요시로부터의 하사품은 백운白雲이라 이름 붙여진 차 항아리, 미요시고三好鄕의 칼, 마사무네正宗의 와키자시脇差°, 큰 매, 그리고 이에야스가 원했던 중국 비단으로 만든 진바오리陣羽織°도 하사품에 들어갔다.

진바오리에 대해서는 이미 이에야스와 히데요시 두 사람 사이에 타협이 이루어져 있었다.

이에야스가 히데요시로부터 무언가 원하는 것이 없느냐는 질문을 받고 진바오리를 달라고 했을 때 열석列席했던 100명이 넘는 장수들의 의아해하는 표정은 그야말로 볼 만했다.

그날 무려 7각(14시간) 남짓이나 이에야스 뒤에서 칼을 받쳐들고 버티고 앉아 있던 토리이 신타로鳥居新太郎도 이때만은 웃음이 터져나올 것 같아 애를 먹었다. 이에야스가 이처럼 엉뚱하게 시치미를 뗄 줄은 전혀 짐작도 하지 못했던 일이었다.

그런데다——

"아니, 이 진바오리를? 그건 안 되오. 진바오리는 전쟁터에서 중요한 나의 표식이오. 이것만은 절대로 줄 수 없소!"

눈을 희번덕거리며 거절하는 히데요시의 명연기는 참으로 볼 만했다. 나중에 오사카의 히데나가秀長 저택에서 보게 된 희극보다 더 재미있었다.

히데요시가 눈을 희번덕거렸기 때문에 모여 있던 장수들도 그 뜻을 이해하지 못하고 몸을 앞으로 내밀듯이 하고 신경을 집중시켰다. 그 순간의 긴장을 교묘하게 포착한 이에야스가 조용히 앞으로 나갔다.

이때 젊은 신타로는 문득 자기 집 정원에서 본 개구리와의 대면을 연상했으나 얼른 그 생각을 뿌리쳤다.

'무엄하다!'

그러나 사실 이때의 이에야스는 개구리와 똑같았고, 눈알을 굴리는 히데요시는 참개구리 같은 느낌이었다.

"그렇게 중요한 것이라는 말씀을 들으니…… 이 이에야스 점점 더 갖고 싶어집니다."

"아니, 더욱 가지고 싶다고?"

"예, 이에야스가 이처럼 상경上京하여 대면하게 된 이상, 앞으로는 전하가 진바오리를 입지 못하게 하겠습니다."

"뭐…… 무엇이라고 했소? 나에게는 진바오리를……"

히데요시는 그쯤에서 다시 눈을 희번덕거리며 잠시 시간을 벌었다.

"모두 들었겠지. 도쿠가와德川 님은 나에게 두 번 다시 진바오리를 입지 못하게 할 모양이야."

히데요시는 자신이 한 말의 의미가 충분히 좌중에 침투하는 것을 확인하고 나서 얼른 진바오리를 벗었다.

"아아, 히데요시는 역시 훌륭한 매제를 두었어! 그 말을 듣고는 벗지 않을 수 없지. 자, 드리겠소, 기쁜 마음으로……"

이렇게 될 줄 알고 있었던 것은 신타로뿐이었다. 그러나 이때는 신타로마저 가슴이 찡할 정도로 히데요시의 몸짓과 표정은 실감이 났다. 물론 좌중에도 큰 감동의 소용돌이가 일었다. 주연인 히데요시의 명연기와 조연인 이에야스의 두꺼비 같은 둔중함이 빈틈없는 효과를 나타내어 보는 사람들을 도취시켰다.

'천하를 손에 넣는다는 것은 여간 어려운 일이 아니로군.'

신타로는 그 후 히데요시가 자랑으로 여기는 텐슈카쿠天守閣°에서 센노 소에키千宗易가 차를 대접할 때도 동석이 허락되었다.

'방심해서는 안 된다!'

신타로는 오직 이 하나에만 정신을 집중시키려 하면서도 자칫 사방으로 마음이 흐트러질 것 같아 여간 난처하지 않았다.

2

젊은 신타로로서는 배우고 싶은 것, 알고 싶은 것이 너무 많았다. 이에야스의 가신家臣들 가운데서 모든 면에 걸쳐 히데요시를 자세히 관찰할 수 있었던 사람은 이에야스의 그림자로 이에야스와 함께했던 신타로뿐이었다. 아니, 히데요시뿐만이 아니었다. 칸파쿠關白° 히데요시를 대하는 이에야스의 진면목을 있는 그대로 볼 수 있었던 것도 오직 신타로 한 사람뿐이었다.

물론 이 모두에 대해서는 비밀에 붙여 평생토록 입 밖에는 낼 수 없을지도 몰랐다. 그렇다고 해도 이 모두가 신타로에게는 평생의 양식이 될 것은 분명했다.

도대체 히데요시는 끝까지 혼다 사쿠자에몬本多作左衛門에 대해서는 말을 꺼내지 않을 생각일까……?

이에야스는 그 일에 관해 사쿠자에몬을 변호할 생각일까?

이시카와 카즈마사石川數正는 이번 상경 이후 이에야스 앞에 나타난 일이 있었을까?

신타로는 그러한 일들보다 더 알고 싶은 것이 있었다.

이처럼 화합한 듯이 보이는 이에야스와 히데요시는 정말 마음을 터놓고 있는 것일까?

이 점에 대해서는 곧 알게 될 것—아무튼 오사카 성의 거대한 규모, 히데요시의 호화로운 접대, 텐슈카쿠에서 바라보는 웅대한 전망 등 젊은 그에게는 너무나 흥미로운 것이 많았다.

신타로는 히데요시가 그에 대해 히데나가의 쿄토 저택에서 한 이야기, 히데나가의 딸을 데려오게 했다가 곧 물러가게 했을 때 한 이야기는 잊고 있었다.

그런데—

28일과 29일 이틀을 오사카에서 보내고 30일 다시 쿄토로 돌아왔을 때였다. 과연 우치노內野의 쥬라쿠聚樂 저택 안에 이에야스의 숙소가 완성되어 있었다. 밤낮을 가리지 않고 공사를 완성시킨 토도 타카토라藤堂高虎의 마중을 받은 날 밤에 히데요시가 찾아와 다시 신타로에 관한 이야기를 꺼냈다.

그 자리에는 토도 타카토라와 이에야스, 사카이 타다츠구酒井忠次와 사카키바라 야스마사 등 다섯 사람이 있었다.

"어떻소, 마음에 듭니까?"

히데요시는 나무향기도 새로운 서원書院식 구조의 실내를 둘러보고 나서 말했다.

"이래봬도 타카토라가 도쿠가와 님께 칭찬을 들으려고 심혈을 기울여 지은 것이오. 그렇지, 타카토라?"

아주 자연스럽게 매제의 집에 온 듯한 태도로 상석에 앉았다.

"마음에 들지 않을 까닭이 없지요. 지금 토도 님의 노고를 치하하고 있던 중입니다."

"그렇다면 다행이군요. 그건 그렇고 타다츠구는 직위가 사에몬노죠左衛門尉라고 했던가?"

"예."

"그래서 이번에 사에몬노카미左衛門督로 승격시키도록 주청했네. 사에몬노카미는 종사품하일세. 기억해두게."

"예."

"그리고 야스마사는 말이지."

"예."

"시키부노타유式部大輔에 서임될 거야. 종오품하일세."

"감사합니다."

"서임에도 절차가 있어 꽤나 까다로운 모양이더군. 매제는 정삼품 츄나곤中納言°. 모두 이번 오일에 칙령이 내릴 것이오. 그리고 신타로 말인데."

자기 이름을 부르는 바람에 신타로는 두 눈을 크게 떴다.

"신타로, 이번에 정말 수고했어. 이 칸파쿠의 눈에 신타로는 틀림이 없어. 나의 코쇼° 중에는 이처럼 자세 바르고 참을성이 있는 자가 없단 말이야."

신타로 쪽을 보면서 이렇게 말했다.

"어떻소, 재상宰相의 사위로 삼는 데 이의 없겠지요?"
그리고는 이에야스에게 이렇게 물었다.

3

신타로는 깜짝 놀랐다.
아무래도 히데요시는 자신을 동생 히데나가의 사위로 삼는 것을 포상 정도로 생각하고 있는 모양이다. 칭찬을 받아 기쁘지 않은 것은 아니었다. 그러나 이곳과 고향은 사정이 전혀 달랐다. 만약 여기서 히데나가의 사위가 되어 돌아간다면 오카자키岡崎나 하마마츠浜松에서는 배반자나 첩자 취급을 받을 것이 분명했다.
과연 이에야스는 무어라 대답할까?
신타로는 갑자기 가슴이 두근거리기 시작했다.
"나는 농담하고 있는 게 아니오."
히데요시는 말을 계속했다.
"계속 신타로를 관찰하고 있었소. 지난 이십팔일 사루가쿠猿樂°는 신시辰時(오전 8시)에 시작되어 촛불을 켜게 되었을 때야 끝났소. 그동안 신타로는 조금도 칼이 기울어지지 않게 하더군. 무릎도 팔꿈치도 무쇠 같아요. 그건 마음도 무쇠라는 증거요. 앞으로는 별명을 무쇠라고 부르시오. 어떻소, 승낙해주겠지요?"
"고맙기는 합니다마는……"
"그렇게 말꼬리를 흐리지 마시오. 재상의 딸은 이 히데요시의 조카, 데릴사위로 삼아 집안을 잇게 하려오. 그러면 신타로가 도리어 타다츠구나 야스마사보다 위계位階가 높아질지도 모르지만."
신타로는 다시 가슴이 후끈거렸다.

히데요시는 이에야스에게 묻고 있었다. 그러니 자기가 입을 열 수는 없었다.

이제 겨우 열일곱 살인 신타로가 최고 원로인 타다츠구나 야스마사보다 높은 지위에 오른다는 것은 생각지도 못할 일, 만일 그렇게 된다면 고향에는 돌아갈 수 없다…… 이런 감정이 가슴 가득히 소용돌이치기 시작했다.

이에야스는 연신 고개를 끄덕이며 듣기만 했다.

"어떻소, 좋은 일이 겹치니 이왕이면 다시 한 번 이 히데요시를 기쁘게 해주시오."

"말씀은 고맙습니다마는……"

이번에는 이에야스가 조바심이 날 정도로 느릿하게 말했다.

"그런데…… 사정이 있다는 말이오?"

"그렇습니다. 신타로의 집안은 대대로 저희 가문을 섬겨온 터, 신타로의 아버지 모토타다元忠는 제 명령도 비위에 거슬리면 듣지 않는 완고한 자입니다."

"허어, 그러면 이 히데요시의 청인데도 도쿠가와 님은 명령할 수 없다는 말이오?"

"예."

"좋아요, 그렇다면 모토타다를 이 자리에 부르시오. 내가 직접 청할 테니까. 모토타다는 아마 아들이 또 있겠지요?"

"예. 그렇습니다."

"좋소. 그럼 누가 가서 불러오너라."

이 말에 이에야스는 야스마사를 돌아보았다.

"전하의 분부이시다, 야스마사……"

이에야스가 즉석에서 대답을 하지 않아 좌중에는 잠시 긴장된 분위기가 감돌았다.

히데요시는 이에야스가 두말없이 승낙할 것이라 생각했던 듯. 히데요시는 남을 기쁘게 하는 것이 즐거워 못 견디는 성격을 타고난 것 같았다. 그런 만큼 때로는 너무 지나쳐 강요가 되어버리는 경우도 많겠지만……

신타로는 야스마사가 아버지를 부르러 간 뒤부터 지금의 사태가 예사롭지 않다고 여겨져 숨을 죽이고 있었다.

히데요시의 마음에 든다고 해서 도쿠가와 가문을 대대로 섬긴 중신들의 아들을 잇따라 빼앗긴다면 오래지 않아 가문의 결속은 붕괴되어 버릴지도 몰랐다.

누가 히데요시의 가신이고 누가 이에야스의 가신인지 모르는 애매한 상태…… 그러나 칸파쿠 히데요시의 명을 과연 아버지가 거부할 수 있을까……?

4

이에야스와 히데요시는 아무 일도 없었다는 듯 다시 화제를 바꾸었다. 그러나 신타로는 마음의 동요가 멎지 않았다.

만일 히데요시가 도쿠가와 가문을 붕괴시킬 책략으로 자신을 원했다면 어떻게 할 것인가? 이에야스도 그런 책략을 눈치채고 즉시 대답하기를 피했던 것은 아닐까? 그런데 아버지가 이를 고맙게 여겨 승낙한다면……?

'간단한 일이 아니다!'

어쩌면 이런 일상적인 데에 외교상의 깊은 계략이 숨어 있는지도 모를 일이었다.

신타로는 그때부터 좌중의 대화가 전혀 귀에 들리지 않았다. 자신의 결혼 문제는 자기 한 사람만의 일 같으면서도 결코 혼자만의 일이 아니었다.

이번 일이 선례先例가 되면 앞으로 누구도 히데요시의 청을 거절할 수 없게 될지도 몰랐다. 그렇다고는 하지만, 비록 그것이 히데요시가 심사숙고를 거듭한 끝에 나온 계략이라 해도, 만일 단호히 거절했다가 나중에 화를 초래하게 된다면 어떻게 할 것인가.

지금까지는 모든 일이 예상 이상으로 순조로웠다. 이에야스도 만족하고 히데요시도 기분이 좋아 보였다. 그런데 자기 일로 차질이 생기고 서로 감정을 상하게 된다면 자신의 일은 또 하나의 무서운 폭발물이 될지도 몰랐다.

그렇지 않아도 하나의 폭발물, 혼다 사쿠자에몬과 오만도코로大政所의 문제가 도사리고 있었다. 그 문제를 히데요시가 말하지 않는 이유가, 지금 당장에는 그대로 덮어두었다가 보다 큰 수확을 노리려는 깊은 뜻에서라면 그 영향은 실로 엄청날 것이다.

아버지는 아직 사쿠자에몬에 관한 문제는 전혀 모르고 있었다.

'과연 아버지는 뭐라고 대답할 것인가……'

갖가지 생각이 떠오르는 가운데서도 신타로의 불안은 역시 아버지 모토타다에 대한 생각에 집중되었다.

"부르심을 받고 토리이 히코에몬 모토타다鳥居彦右衛門元忠가 여기 대령했습니다."

신타로는 아버지 히코에몬이 야스마사의 뒤를 따라 등 껍질이 딱딱한 게 같은 모습으로 들어오는 것을 보고는 어떤 일이 있어도 놀라지 않겠다고 결심했다. 상대인 히데요시가 눈앞에 있기에 이에야스와의 사전 협의도 할 수 없는 일.

히데요시는 토도 타카토라와의 대화를 중단하고 모토타다를 돌아보면서 친근한 태도로 말을 걸었다.

"오, 잘 왔네, 히코에몬. 실은 그대에게 청이 있네."

"저에게 전하께서……?"

"그래. 물론 청이라고는 해도 물건에 관한 일은 아닐세."

"그것이 무엇입니까, 저 같은 자에게 청이 있다니?"

"하하하…… 그렇게 고개를 갸웃거려도 알 수 있을 리 없지. 사실은 자네 아들 신타로가 필요해서 말이네."

"예? 여기 있는 이 신타로를?"

모토타다는 흘끗 자기 아들에게 눈길을 던지고 나서 의아한 듯 시선을 그대로 이에야스에게 옮겼다.

"모토타다, 전하께서는 신타로가 무척 마음에 드시는 모양일세."

"예……?"

"재상의 데릴사위로 삼고 싶다 하시는군. 데릴사위로 삼아 대를 잇게 하시고 싶다고…… 그러나 혼사 문제에 대해서는 나로서도 대답할 수 없는 일. 모토타다는 비위에 안 맞으면 내 말도 듣지 않는 사나이……라고 말씀 드렸더니 전하가 직접 청해보시겠다고 했네. 자네가 생각하는 걸 솔직히 말씀 드리게."

이에야스가 말하자 히데요시는 웃으면서 손을 내저었다.

"아니, 생각을 솔직히 말하라는 것이 아니야. 강요나 다름없는 청이므로 승낙하라고 말하는 것일세."

신타로는 저도 모르게 숨을 죽였다.

5

순간 토리이 모토타다의 표정에 분노의 빛이 떠올랐다.

그 역시 사쿠자에몬과 비슷한 유형의 사나이였다. 그러나 사쿠자에몬만큼 깊이 히데요시의 심정을 헤아려보려고는 생각지 않았다. 지나치게 상대의 입장에 서서 생각하면 꼼짝 못하게 된다는 것을 너무 잘 알고 있었다.

"뜻밖의 말씀이십니다."

"뜻밖이기는 하지만 승낙하겠다는 말인가, 히코에몬?"

히데요시도 사이를 두지 않고 말했다. 물론 모토타다의 얼굴에 떠오른 노기를 깨닫지 못했을 히데요시가 아니었다. 분명히 알고 있으면서 독촉한다는 것은 신타로도 잘 알 수 있었다.

이에야스는 어떤가. 약간 치뜬 눈으로 숨을 죽이고 있었다.

"말씀은 감사합니다마는 저로서는 대답하기 거북합니다."

"뭐, 감사하지만 대답하기 거북하다고?"

"예. 둘째나 셋째 자식에 관한 것이라면 더할 나위 없이 고마운 일입니다. 그러나 신타로는 장남, 제 집안을 이어야 할 놈이기에 참으로 거북하다고 말씀 드리는 것입니다."

"히코에몬!"

"예."

"나는 자네 집안에서도 필요치 않은 자식이라면 처음부터 바라지 않았을 거야. 앞으로 도요토미豊臣, 도쿠가와 양가에 모두 도움이 될 유망한 자라고 보았기 때문에 원하는 것일세. 지금 그대가 한 대답은 대답이 되지 못해."

"그렇지 않습니다. 비록 전하께서 그렇게 보셨다고 해도 자식을 보는 눈은 아비가 정확합니다. 아마 전하께서 잘못 보셨을 것입니다."

"뭐, 내가 잘못 보았다고? 잘못 보았어도 괜찮아, 나의 청을 받아들이게."

"그 말씀만은……"

"거절하겠다는 말인가? 이거 재미있군. 토리이 히코에몬이라면 도쿠가와 가문의 초석, 거절한다면 그럴 만한 이유가 있을 것일세. 이 히데요시가 납득할 수 있도록 거절하는 이유를 말해보게."

'드디어 양쪽이 고집을 부리기 시작했다!'

신타로는 여간 조마조마하지 않았다.

완고한 아버지도 그렇거니와, 상대는 천하를 마음대로 하지 않고는 견디지 못하는 희대稀代의 지혜를 가진 권력자였다. 아버지가 슬기롭게 대처하기를 바라기보다 너무 비참한 궁지에 몰리지 않았으면 하고 걱정하면서 마른침을 삼켰다.

"말씀 드리겠습니다."

히코에몬은 자세를 바로했다.

"이 토리이 히코에몬은 자식의 일로 다른 집안에 폐를 끼치고 싶지는 않습니다. 미흡한 자이므로 널리 용서를 빌겠습니다."

"히코에몬, 그러면 자네는 아들의 앞날에 대해 자신이 없다는 말인가?"

"그렇습니다. 전하는 깨닫지 못하셨겠지만 제 자식들은 모두 약간씩 불구의 몸입니다."

"뭣이, 불구자라고……?"

히데요시는 어이없다는 듯 웃음을 떠올렸다. 대답이 궁하여 엉뚱한 말을 한다고 야유하고 싶은 생각이 들었던 모양이다.

"그걸 미처 몰랐군. 나는 체격도 당당하고 참을성, 예의범절, 두둑한 뱃심에 이르기까지 남달리 뛰어난 젊은이로 보았는데 불구자란 말이지. 그것 참 가엾은 일이로군…… 그래, 어디가 불구란 말인가? 경우에 따라서는 이 히데요시가 명의를 불러 치료해줄 수도 있어. 히코에몬, 이에야스 님 앞에서 내가 묻는 것일세. 숨길 필요는 없어. 자, 어서 말해보게."

히데요시와 아버지의 대화를 듣고 있던 신타로는 칼을 받쳐들고 있는 겨드랑이 밑으로 식은땀이 줄줄 흐르고 있었다.

6

아무리 그렇다고 해도 혼사를 거절하는 이유로 불구자라는 구실을 대다니…… 원래 성격이 완고한지라 무슨 말을 하려는지 걱정했는데, 참으로 기상천외하고 히코에몬다운 애교였다.

"자, 숨김없이 말하게, 히코에몬. 그래 신타로는 어디가 불구라는 말인가?"

"그것이…… 참으로…… 가장 중요한 데가 불구라서……"

"가장 중요한 데……라면 그것은?"

히코에몬은 이마에 잔뜩 땀을 흘렸다.

"그, 그것은 근성입니다."

"근성…… 허어, 그렇다면 근성이 비뚤다는 말인가?"

"예, 말씀하시는 것처럼 크게 비뚤어졌습니다."

"그렇다면 보기와는 전혀 다르군. 어떻게 비뚤어졌는지 이 히데요시가 고쳐주겠어. 말해보게."

"좀처럼 고쳐질 성질이 아닙니다."

모토타다는 비로소 고개를 들고 몸을 앞으로 내밀었다.

"하문하시니 말씀 드리겠습니다마는, 신타로는 도쿠가와 가문에 충성을 다하라고 가르쳤더니 그만 도가 지나쳐서 다른 가문을 모두 적으로 보는 불구자가 되고 말았습니다."

"뭣이, 다른 가문을 적으로?"

"예. 그러므로 다른 가문으로 보낸다는 것은 상대에게 폐를 끼치는 일. 이 점을 이해하시고 신타로를 가엾게 여기신다면 그대로 도쿠가와 가문에 머물면서 충성을 바치도록 해주십시오."

"으음."

히데요시는 나직하게 신음했다.

"들었소, 이에야스 님? 정말 부럽기 짝이 없는 불구자를 부하로 두셨군요."

이에야스는 안도한 듯 가만히 고개를 숙였다.

신타로는 히데요시로부터 시선을 떼고 싶었다. 궁지에 몰렸던 아버지는 겨우 위기를 벗어난 것 같았으나, 혹시 노하지는 않을까 하고 생각했던 히데요시가 도리어 깊이 생각하는 표정이 되었기 때문이다.

"으음. 그런 불구자이므로 거절한다는 말이로군."

"예."

히코에몬은 힘차게 대답하고 나서 약간 고개를 갸웃했다. 그는 히데요시가 너무 쉽게 공세를 거두는 바람에 얼이 빠진 느낌이어서 무어라 대답하지 않으면 미안하다는 기분이 들었던 것인지도 모른다.

"그런 불구자이므로 데릴사위 이야기는 거두어주시기 바랍니다. 그러나 만일 재상님의 따님을 저희 집안으로 출가시켜주신다면 기꺼이 며느리로 맞이하겠습니다."

그 말에는 신타로도 깜짝 놀랐다.

물론 악의가 있어서는 아니었을 것이다. 그러나 이번에는 아버지가 히데요시에게 어려운 문제를 제기하는 꼴이 되지 않았는가. 상대에게는 자식이라곤 딸 하나밖에 없다……

"뭣이, 그대의 집안으로 출가시키라고……?"

"예."

"그렇군, 그게 좋겠어! 그렇게 하세. 나는 신타로가 무척 마음에 들어. 이쪽으로 데려오는 것만이 혼사는 아니지. 그래, 그게 좋겠어."

이에야스는 눈이 휘둥그레져서 히데요시를 바라보았고, 신타로도 전신이 뜨거워졌다. 히데요시를 보면 늘 계략만을 연상했던 자기가 너무 부끄러워 쥐구멍이라도 있으면 들어가 숨고 싶었다.

'역시 큰 인물이다!'

신타로는 마음으로부터 히데요시를 우러러보았다.

7

신타로의 혼담은 이렇게 해서 결정되었다. 생각해보면 우습다는 생각이 들었다.

과연 히데요시가 집착할 정도로 나는 쓸모가 있는 인간일까……

히데요시가 큰 인물임에 대해서는 새삼스럽게 놀라면서도 이에야스를 보는 신타로의 눈은 조금도 바뀌지 않았다. 그런 의미에서는 궁여지책으로 말한 아버지의 말이 옳았는지도 모른다.

이날 히데요시는 곧바로 돌아갔다. 그리고 이에야스와 이에야스의 숙소를 지어준 토도 요에몬 타카토라藤堂與右衛門高虎는 다시 이런저런 세상 이야기를 계속 나누었다. 양쪽 모두 상대에게 호감이 있기 때문이다.

"어떻게든 호의에 보답하고 싶은데……"

이에야스는 이렇게 말하고 헤어질 때 오사미츠長光가 만든 칼을 타카토라에게 선사했다. 타카토라는 어린아이처럼 기뻐하며 몇 번이나 칼을 쳐들어 보면서 돌아갔다.

이튿날 호소카와 후지타카細川藤孝(유사이幽齋)가 상경했다. 히데요시는 이에야스와 후지타카를 초청하여 다회茶會를 열었다. 후지타카와 이에야스도 크게 마음이 통하였다.

11월 5일에는 예정대로 조정으로부터 직위가 내려지고, 7일에는 오기마치正親町 천황의 양위와 고요제이後陽成 천황의 등극이 있었다.

드디어 이에야스 일행도 8일 쿄토를 떠나 자신의 영지로 돌아가게 되었다.

히데요시는 혼다 사쿠자에몬에 대해 끝까지 아무 말도 하지 않으려는 것일까……?

이렇게 생각하고 있었다. 그런데 7일 저녁 작별인사를 하기 위해 완성이 덜 된 쥬라쿠 저택의 거실로 히데요시를 방문했을 때 처음으로 히데요시가 그 문제를 거론했다.

"좀더 오래 계셔달라고 말하고 싶지만 오만도코로의 일도 있고 하여 만류하지 않겠소. 속히 돌아가 이곳 얘기를 전해주시고 어머님이 돌아오실 수 있게 해주시오."

"알겠습니다."

이에야스가 대답했다.

"돌아가는 데 사흘은 걸릴 것이니 나흘째 되는 날인 십이일에는 오만도코로 님이 오카자키를 떠나실 수 있을 것입니다."

히데요시는 가볍게 고개를 끄덕였다.

"새삼스럽게 말할 필요도 없겠으나, 혼다 사쿠자에몬은 딸려 보내지 마시오."

전혀 뜻하지 않은 기습이었기 때문에 신타로도 깜짝 놀랐다. 이에야스도 자기 귀를 의심한 모양이었다.

"예……? 무어라 하셨습니까?"

"혼다 사쿠자에몬에게는 배웅케 하지 말라는 것이오. 그 늙은이는 사람을 가리는 버릇이 있는 모양입디다. 이이 효부井伊兵部가 몹시 걱정하고 있다고 하더군요. 효부에게 배웅하도록 하고 사쿠자에몬은 보내지 마시오."

"알겠습니다……"

"그 늙은이가 화를 내고 무슨 말을 늘어놓는다면 나도 사쿠자에몬을 꾸짖어야 할 테니까. 하하하…… 사쿠자에몬은 내 눈앞에 나타나지 않는 편이 좋을 거요."

이에야스는 공손히 머리를 숙였으나 굳이 변명은 하려 하지 않았다. 히데요시도 더 말하지는 않았다.

화제는 금세 큐슈九州 문제로 옮겨갔다. 헤어질 때 이에야스의 이마에는 송글송글 땀이 맺혀 있었다.

'여간 괴롭지 않으셨을 것이다……'

신타로는 해석했다. 히데요시의 거실을 나와 신축한 숙소로 돌아오는 도중, 이에야스의 입에서는 몇 번이나 한숨이 흘러나왔고 걸음걸이도 아주 무거워 보였다.

"신타로, 일이 어렵게 됐어."

이에야스가 불쑥 말한 것은 서리가 녹은 정원에 깐 새 멍석을 밟고 숙소의 현관에 도착했을 때였다.

숙소에서는 챠야 시로지로茶屋四郎次郎가 작별 인사를 하려고 기다리고 있었다.

8

이에야스가 일이 어렵게 됐다고 한 말의 의미를 신타로는 잘 알 수 없었다.

'사쿠자에몬에 관한 일일까……?'

이미 끝난 문제라 생각했는데…… 신타로가 고개를 갸웃거리며 칼을 받쳐들고 거실에 들어갔을 때였다. 현관에서부터 따라온 챠야 시로지로에게 이에야스가 다시 똑같은 말을 했다.

“키요노부清延, 일이 어렵게 됐네.”

“그러시면, 큐슈 출진에 주군도 같이……?”

“아니, 그런 이야기는 전혀 없었어.”

“그럼, 어렵게 되셨다는 말씀은……?”

시로지로는 의아하다는 표정으로 자리에 앉았다. 근시近侍들은 모두 내일 아침의 출발을 앞두고 준비에 바쁜 모양인지 실내에는 세 사람밖에 없었다.

“키요노부, 칼 감정가 혼아미 코지本阿彌光二 말인데……”

“예…… 코지와 코에츠光悅 부자 말씀이군요.”

“내가 돌아간 뒤 코지 부자 중에서 한 사람을 오다와라小田原로 보내주게.”

듣고 있는 신타로도 무슨 뜻인지 몰랐으나, 챠야도 미심쩍은 점이 있는 것 같았다.

“예.”

대답은 하면서도 납득이 안 된다는 표정이었다.

혼아미 집안의 코지와 이에야스는 이에야스가 슨푸駿府에서 지낸 타케치요竹千代 시절부터 잘 아는 사이였다.

칼 감정에 관해서는 일본 최고의 권위자로, 코지 부자는 장식이나 날을 세우는 일, 매매 등을 통해 전국의 무장들과 얼굴을 익히고 있었다. 그런 만큼 오다와라에 보내라고 한 것은 오다와라에 있는 호죠北條 가문의 정보를 수집해달라는 의미, 여기까지는 알 수 있었다.

‘지금 무슨 필요가 있어서……?’

챠야는 그 점이 의아스러웠다.

이에야스는 보기 드물게 양미간을 찌푸렸다.

“큐슈 문제는 늦어도 내년 여름까지는 마무리될 것일세.”

“그럴 것 같습니다.”

"그 다음은 오다와라. 그 일이 나에게 덮어씌워질지도 모르겠어."

그 말을 들은 챠야의 눈이 갑자기 빛나기 시작했다.

"그래서 큐슈에 대해서는 아무 말씀도 안 하셨군요……"

"여러 방면에 대해 의중을 떠보았지. 나 혼자 힘으로 오다와라와 싸운다면 너무 상처가 커."

챠야는 꿀꺽 침을 삼켰다.

신타로도 깜짝 놀랐다. 이에야스가 그 일로 한숨을 쉬었다는 것을 비로소 확실히 알 수 있었다.

"가령 나와 오다와라가 싸워 양쪽 모두 무력해지면 함께 쓰러질지도 몰라. 칸파쿠는 물론 악의가 없어. 그러나 약해지면 문제가 달라. 나는 역시 눈엣가시인 모양일세."

"으음."

"그렇다고 큐슈 정벌을 끝낸 칸파쿠의 명령을 거역할 수는 없어. 상대는 더욱 강대해질 뿐일세."

"그러면, 오다와라와 싸우지 않겠다…… 이것이 목표군요?"

"가능하면……"

이렇게 말하고 이에야스는 갑자기 어조를 바꾸었다.

"칸파쿠는 사쿠자에몬에 대한 일까지도 꾸짖지 않았어…… 꾸짖었다면 나도 마음이 놓였을 텐데."

신타로는 다시 한 번 어깨를 부르르 떨었다.

'주군의 고민은 역시 내가 깨닫지 못한 곳에 있었다……'

9

대면은 양쪽 모두 막상막하, 히데요시도 훌륭했지만 이에야스도 역시 소기의 목적을 충분히 달성했다고 믿었다.

'일이 어렵게 됐다……'

그런데 이에야스는 탄식하는 것이 아닌가.

그 탄식의 내용도 신타로는 깊이 알 수 없었다. 다만 챠야 시로지로와의 대화를 통해 토막토막을 연결해볼 수는 있었다.

히데요시는 오만도코로에게 무례한 짓을 한 사쿠자에몬까지도 이에야스를 생각하여 꾸짖지 않았다. 그것이 이에야스의 마음에 걸렸던 모양이다.

이에야스는 처음부터 큐슈로의 본격적인 출진을 달가워하지 않았다. 따라서 히데요시가 출진을 명한다면 무슨 구실을 붙여서라도 피하려는 것처럼 보였다. 그런데 히데요시는 이와 같은 이에야스의 속마음을 꿰뚫어본 것처럼.

"큐슈 문제 따위는 내가 가면 쉽게 마무리된다……"

그 대신 동쪽을 잘 부탁한다고 대수롭지 않은 일처럼 말했다.

이에야스는 그 일로 인해 오래지 않아 큐슈 다음에 행해질 오다와라와의 교섭을 우려하지 않을 수 없게 된 듯했다.

오다와라의 호죠 부자가 정세를 정확히 판단하고 순순히 히데요시에게 복종할 것인가. 그렇지 않으면 역시 정벌……해야 할 텐데, 그럴 경우 이에야스 한 사람에게 정벌 명령이 내려질 것 같아 걱정하는 모양이었다.

호죠 우지나오北條氏直는 이에야스의 사위, 그 아버지 우지마사氏政는 이에야스와 손을 잡고 히데요시를 공격할 뜻은 있으나 항복할 생각은 추호도 없는 듯했다. 그렇다면 이에야스는 히데요시나 호죠 부자 중 어느 하나를 적으로 돌릴 수밖에 없다…… 이 정도의 일은 신타로도 알 수 있었다.

이에야스의 고민은 그 후의 일인 것 같았다.

지금도 적으로 돌리기에는 지나치게 강한 히데요시. 큐슈까지 평정하고 돌아와 그 힘이 더해진 뒤에는 더더구나 적대시할 수 없다. 따라서 호죠 부자를 적으로 돌리지 않으면 안 될 터.

그때 히데요시가 이에야스에게 오다와라 정벌을 명한다. 그 정벌로 호죠 쪽도 상처가 크겠지만 이에야스 역시 부담이 커 지금과 같은 세력을 유지하기는 어렵다…… 그렇게 되면 코마키小牧 전투 이후 계속 이에야스 때문에 골머리를 앓고 있는 히데요시가 기회는 이때다 하고, 멸망까지는 시키지 않겠지만 어떤 일도 하지 못할 정도로 약화시키려 할 것은 당연한 일……

"일이 어렵게 됐다……"

그 일을 우려하여 이에야스는 이렇게 탄식한 듯.

"여보게, 키요노부……"

이에야스는 목소리를 낮추었다.

"혼아미 부자 중에서 한 사람을 오다와라에 보내 칼 이야기를 하면서 은밀히 천하 대세를 설명해주라고 하게. 이미 대세는 결정되었다, 국내 통일과 화평을 만민이 바라고 있다…… 그러므로 명검名劍이라면 살생할 생각을 버리고 일단 칼집에 집어넣을 때라고 말일세."

"알겠습니다. 그러한 태도가 또한 호죠 가문이 무사할 수 있는 비책이기도 할 것입니다."

"그리고 공경公卿들이나 다이묘大名°들과 자주 접촉할 수 있는 다인茶人과 학자…… 그래, 모든 사람들로부터 존경받는 학자를 우리측으로 끌어들일 수 없을까?"

"학자…… 말씀입니까?"

"병법에 밝은 사람을 말하는 게 아닐세. 대국적인 견지에서 평화로운 세상이 어떤 것인가를 설파할 수 있는 학식과 덕망을 두루 갖춘 사람…… 아니면 덕이 높은 승려…… 자네 가슴에 새겨두고 유념해주기 바라네."

이렇게 말하고 이에야스는 미간을 찌푸린 채 조용히 눈을 감았다.

10

신타로는 또다시 이에야스가 한 말의 뜻을 알지 못하게 되었다.

모든 사람이 어떻게 하면 무장다운 무장이 될 수 있을까 하고 마음을 쓰고 있을 때, 병법에 밝은 자가 아닌 학자를 발탁하고 싶다고 한다…… 챠야 시로지로는 옳은 말이라는 듯 고개를 끄덕이며 귀를 기울이고 있었다.

"여보게, 키요노부……"

"예."

"쿄토에서 내 편이라고 할 사람은 자네와 혼아미 부자 정도에 지나지 않아. 이제부터는 이 정도로는 부족해."

"예…… 저도 그렇게 생각합니다."

"자네 덕분에 사카이堺 사람들의 동향은 대강 알 수 있게 되었어. 그건 시각을 재는 종과도 같은 것일세."

"그렇습니다……"

"하지만 그것만으로는 부족해. 앞으로 내가 종종 상경하여 칸파쿠를 상대로 의논하려 하면 동서에 있는 여러 제후들의 사정도 알지 않으면 안 돼."

"당연한 말씀입니다."

"이가伊賀°, 코카甲賀°의 무리가 알려오는 정보만으로는 부족하네."

"그 점에 대해서는 전부터 누차 말씀 드린 바 있습니다."

"인간이란 말일세, 사상이나 신앙으로 파악해나가지 않으면 안 된다……고 한다면, 누가 어떤 책을 읽고 누가 어떤 신앙을 가졌는지 알고 나서 고금의 전투 이야기를 하지 않으면 의논할 때 약점을 잡히게 될 것일세."

"말씀 드리겠습니다."

"오, 좋은 생각이라도 떠올랐나?"

"그렇습니다!"

챠야는 무릎걸음으로 한 걸음 앞으로 나와 흘끗 신타로를 바라보고는 목소리를 낮추었다.

"물론 이 문제는 사카이의 쇼안蕉庵 님과도 상의하겠습니다마는, 저도 이제는 끼니 걱정은 않게 되었으므로 한번 뜻을 세워 학문을 닦기로 결심했다……고 말씀 드려도 꾸짖지는 마십시오."

"어찌 꾸짖겠는가, 훌륭한 마음가짐이라 칭찬하고 싶네."

"그러시면 지금 당장 이 시로지로는 쿄토의 저명한 학자 후지와라 세이카藤原惺窩의 제자로 들어가겠습니다."

"음, 자네 스스로 시작하겠다는 말인가?"

"예. 그런 뒤 주군의 주선으로 어전御前에서 강연이라도 하게 된다면 길이 열릴지도 모른다고……"

이에야스는 진지한 표정으로 고개를 끄덕였다.

"그러면 나도 학문을 즐길 수 있게 될까?"

"예."

챠야 시로지로는 다시 다가앉으며 더욱 목소리를 떨구었다.

"만일 칸파쿠 전하를 경시하는 자가 있다면, 그건 그 사람이 무식하기 때문일 것입니다."

"쉿."

이에야스는 말을 가로막았다.

"그런 말은 하지 말게. 깊이 생각한 바가 있어 부탁한 것일세."

“예. 본의 아니게 그런 말이 나왔습니다. 우선 세이카에게 한학漢學을, 그 다음에 키요와라 히데카타清原秀賢 등으로부터 국학을…… 이렇게 순차적으로 범위를 넓혀나가면 자연히 오대 종파의 학승學僧들과도 연락이 닿을 것입니다. 알겠습니다. 이제부터는 고금古今의 자취를 더듬어보는 것이 먼저 할 일인 듯합니다.”

이에야스는 이에 대해서는 직접 대답하지 않았다.

“무武 다음에는 학문의 길, 풍류의 길…… 모두 마음에 새겨야 할 우리의 활로일세…… 그리고 세상에 묻혀 사는 명의名醫가 있거든 이것도 빠뜨리지 말게.”

신타로는 더욱 심각한 얼굴로 고개를 갸웃거렸다. 두 사람의 대화를 알아듣기가 그만큼 힘들었다……

11

챠야 시로지로가 돌아간 뒤 이에야스는 크게 하품을 하고 비로소 신타로에게 미소를 보냈다.

“어떠냐, 무쇠팔 신타로, 이번 여행은 재미있었느냐?”

“예. 정신이 어지러울 정도로…… 여러 가지를 배웠습니다.”

“그중에서 가장 인상에 남는 것은 무엇이냐?”

“주군이 마지막으로 걱정하시는 일……”

“허어, 그것을 알 수 있을 정도라면 대단하구나.”

“칸파쿠 전하는 도쿠가와 가문의 힘만으로 오다와라를 정벌하라고 할까요?”

“하하하…… 그럴지도 모르고 그렇지 않을지도 몰라.”

이에야스는 이렇게 말하고 나서 어조를 바꾸었다.

"너의 아버지도 대단하더군."

그러면서 웃었다.

"결국 너를 불구자로 만들었어, 하하하하."

"저도 놀랐습니다. 그러나 훌륭한 교훈이었다고 생각합니다. 아버님 말씀처럼 불구자가 되겠습니다."

"신타로."

"예."

"너는 하마마츠에 있는 마님을 어떻게 생각하느냐?"

"예, 마님은 오만도코로 님과 재회하시어 기뻐하고 계신 줄로……"

"기뻐하고 있을 수만은 없겠지. 만남은 헤어짐의 시작…… 내가 돌아가면 두 사람은 다시 헤어지지 않으면 안 돼. 여자란 가련한 거야."

"예…… 예."

"나는 돌아가서 곧 성을 개축하지 않으면 안 된다."

"하마마츠 성의……?"

"아니, 슨푸 성을 고쳐야 한다…… 오다와라에 대비하기 위해서. 나는 슨푸로 옮기고 마님은 이곳으로 돌려보내려고 한다…… 오만도코로 곁으로 말이다."

"그러면…… 그것을 칸파쿠 전하가 허락하실까요?"

"칸파쿠는 직접 큐슈 공략에 나설 것이다. 나도 놀고 있지 않고 동쪽으로 갈 것이다. 슨푸는 하마마츠보다 오사카에서 더 멀리 떨어져 있어…… 멀어지는 것이 가까워지는 것…… 마님을 쿄토로 보내는 것은 모녀의 정을 생각해서야."

신타로는 알 것 같기도 하고 모를 것 같기도 하여 입을 다물었다.

챠야에게 명한 내용은 차차 이해되었다. 그러나 가까워지기 위해 하마마츠보다 먼 슨푸로 옮기고 아사히히메朝日姬를 쿄토로 돌려보내겠다는 의미는 알 수 없었다. 그렇게 하면 도리어 히데요시의 분노를 사게 될 것만 같은데도……

“신타로, 내일은 일찍 일어나야 해. 그만 자도록 하자.”

“예.”

“그러나 이것으로, 이번 여행도 무사히 끝났어. 마님도 오만도코로도 역할을 다했어……”

“예……?”

“너도 할 일을 다했어, 사쿠자에몬도 그렇고. 너의 아버지도, 야스마사도, 나오마사直政도…… 그리고 이제부터는 전과는 다른 아주 새로운 날이 다가올 것이다.”

“……과연 그럴까요?”

“이에야스는 칸파쿠의 매제…… 가신은 아니지만 지배인 같은 위치로 내려갔어. 천하를 위해서 말이다.”

“……”

“그 대신 안에서부터 똑바로 천하를 지켜볼 것이다. 말하자면 칸파쿠의 감시자, 하하하하…… 이것을 분명히 마음에 새겨두지 않으면 새로운 날을 대비할 수 없어.”

그러면서 눈에 쓸쓸한 기색을 띠고 일어나 변소로 갔다.

아직 저택 안 여기저기에서는 내일 아침의 출발 준비에 부산을 떨고 있었다…… 신타로는 서둘러 이에야스의 뒤를 따랐다.

관찰자

1

이에야스가 히데요시와 대면을 마치고 돌아간 뒤 쿄토와 오사카의 분위기는 크게 바뀌었다.

무장들의 눈은 앞으로 닥친 큐슈 정벌 준비에 집중되어 있었지만 백성들은 도리어 긴장을 풀었다. 이제 안심하고 설을 맞이할 수 있었기 때문이다.

시중에서는 전쟁 준비를 위한 군비軍費 조달로 떠들썩해지면서 활기가 넘쳤다. 그러나 아무도 그 전쟁의 결과를 걱정하는 자는 없는 듯했다. 히데요시의 교묘한 선전 때문이기도 했으나, 이에야스가 거느리고 왔던 대군이 적이 아니라 자기편이라는 것을 알게 된 백성들이 크게 안도한 때문이기도 했다.

"이제 모든 게 확실해졌어. 칸파쿠 님께는 다시 믿음직한 오른팔이 생겼어."

"정말 그래. 내년부터는 좋은 세상이 될 거야."

"도쿠가와 님은 세상을 바로잡기 위해 하늘이 보내신 사자였어."

"아니, 칸파쿠 님이 워낙 위대하시기 때문이야."

"큐슈 정벌 따위는 문제도 되지 않아. 듣자 하니 도쿠가와 님은 그 군세를 고스란히 거느리고 큐슈 정벌을 돕겠다고 했다는군. 그런데 칸파쿠 님이 웃으면서 거절하셨대. 그대에게는 동쪽을 부탁하겠다, 그까짓 큐슈 따위는…… 하고 말일세."

"당연한 일이지. 칸파쿠 님은 큐슈뿐 아니라 명明나라도 천축天竺도 정벌하겠다고 하셨다는군."

민중의 감각은 그 소박한 표현 속에 놀라운 정확성과 예리함을 감추고 있었다. 그들은 이론적 뒷받침이 되어 있는 안목으로 히데요시와 이에야스의 계산을 꿰뚫어보고 있는 것은 아니었다. 그러나 이번 두 사람의 회견이 자기들의 생활에 무엇을 가져다줄 것인지 온몸으로 느끼고 있었다. 아니 그 이상으로, 어쩌면 두 사람의 기쁨과 걱정, 슬픔도 깨닫고 있는지도 몰랐다.

이에야스가 쿄토를 떠난 후 나흘째 되는 날인 12일 오카자키를 출발한 오만도코로 일행이 이이 나오마사井伊直政의 경호를 받으며 아와타粟田 어귀에 도착한 것은 18일이었다.

쿄토 거리는 온통 축제 분위기로 들떠 있었다. 그들은 절대로 오만도코로가 인질이었다고는 말하지 않았다. 당연한 일이지만 쿄토와 오사카 사람들은 칸파쿠의 편…… 막내딸을 만나기 위한 여행이었다고 이해하고, 누가 시키거나 권한 것도 아닌데 집집마다 처마 끝에 등불을 밝혔다.

"무사히 돌아오신 것을 축하 드립니다."

자기 일처럼 기뻐했다.

히데요시는 아사노 나가마사淺野長政를 대동하고 아와타 어귀까지 어머니를 마중 나왔다.

"이이 효부는 어디 있는가?"

오만도코로의 편지로 알게 된 나오마사 옆으로 성큼성큼 걸어간 히데요시는 허리에 찼던 칼을 주면서 그 노고를 치하했다. 이 일은 구경나온 사람들의 입을 통해 쿄토 이곳저곳으로 퍼져나갔다. 이 소문은 그대로 오사카에도 전해졌다.

우치노에서 1박한 오만도코로가 배로 오사카에 도착했다. 그때는 쿄토에서 거리를 메웠던 것보다 몇 배나 되는 사람들이 몰려나와 기뻐했다. 히데요시는 마침내 아사히히메의 혼인……이라기보다 코마키, 나가쿠테長久手 이래의 불명예를 이때에 이르러 완전히 불식하고 그 정치적 수완을 발휘하여 선수를 치는 데 성공했다……

이와 같이 큐슈 출전을 준비하는 활기 속에서 오직 한 사람, 냉정히 이에야스와 히데요시를 비교하며 도무지 기쁜 낯을 짓지 않는 사람이 있었다. 히데요시의 조강지처로 여자 칸파쿠란 별명을 가진 키타노만도코로北の政所, 곧 네네寧寧였다……

2

네네는 오사카 성에 돌아온 오만도코로를 자기 거실로 청하여 식사를 함께 하면서 오카자키에서 지낸 나날의 일을 자세히 물었다. 오만도코로는 성주 대리인 혼다 사쿠자에몬의 이야기가 나오자 이맛살을 찌푸렸다.

"그렇게 거친 자는 어느 가문에나 있게 마련, 편협하고 비뚤어진 늙은이야."

노골적으로 비난하는 기색을 보였다. 그러나 그 다음에는 감싸는 말도 잊지 않았다.

"하지만 너무 흉을 보면 오히려 좋지 않아. 편협한 자는 대개가 성질이 무서우니까."

"무섭다니요?"

"무슨 일을 할지 모르기 때문이지. 아사히가 남아 있는데."

네네는 반문했던 자신을 부끄럽게 여기면서 사쿠자에몬에 대해서는 더 묻지 않았다.

시녀들은 한결같이 사쿠자에몬을 그대로 두면 칸파쿠의 위신에 금이 간다고 주장했다. 아사히히메에게 위해를 가할 가능성이 있다고 생각되면 오만도코로의 문병을 구실로 오사카 성에 불러들인 뒤 사쿠자에몬에게 할복을 명해야 한다……

"주위에 장작을 쌓아놓고 며칠을 보냈으니…… 그자는 미친 악마입니다."

네네는 이런 말들을 냉정히 머릿속에서 검토했다.

이에야스나 되는 사람이 미친 악마를 오카자키 성주 대리로 임명했을 리 없다. 그렇다면 생각할 수 있는 것은 두 가지 경우였다.

먼저 이 모두 이에야스의 은밀한 지시가 아닌가?

아니면, 이에야스의 안전을 도모하기 위해 사쿠자에몬이 독단적으로 생각한 협박인가?

네네는 이튿날 아사노 나가마사를 불러 지시를 내렸다.

"이이 효부는 오늘 이 성으로 올 것이오. 접대를 맡았지만, 혼자 만나기에는 거북할 것이니, 그와 잘 알고 있을 이시카와 카즈마사를 동석시키시오."

"동석시켜서 어떻게 하시려고?"

나가마사는 진지한 표정으로 반문하고 나서 무릎을 탁 쳤다. 네네가 한 말의 뜻을 알았기 때문이다. 만약 사쿠자에몬에게 장작을 쌓으라고 명했을 이에야스라면, 이시카와 카즈마사의 탈출도 밀명에 의한 것이라 할 수 있을 터. 그러므로 두 사람을 만나게 하여 양쪽의 태도를 관찰하라는 의미였다.

"잘 알겠습니다."

"술자리에서만은 잘 알 수 없을지 모르니 다회에도 같이 참석시키도록 하시오."

"알겠습니다."

"그리고…… 귀를 이리 가까이."

네네는 나가마사의 귀에 입을 가까이 대고 무언가를 속삭였다.

나가마사는 놀란 듯이 네네를 바라보았다.

"어쨌든 그 뜻에 따르겠습니다."

머리를 끄덕이며 물러났다.

이튿날에는 벌써 나가마사의 입을 통해 나오마사의 태도와 카즈마사의 태도, 나오마사에게 향응을 베푼 히데요시의 태도가 낱낱이 네네의 귀에 들어왔다.

나오마사는 술자리에서나 다회에서 카즈마사와 한마디도 이야기를 나누지 않았다. 젊은 나오마사는 분명히 상대를 배반자로 여겨 눈길이 마주치면 경멸하듯 잔뜩 노려보곤 했다. 카즈마사는 멋쩍은 듯 눈길을 내리깔고 한 번도 나오마사를 바라보지 않았다는 보고였다.

"전하는 나오마사에게 무어라 꾸중하던가요?"

네네는 언짢아하는 얼굴로 나가마사에게 물었다.

3

어쨌거나 히데요시는 칸파쿠. 이이 나오마사가 칸파쿠의 가신이 된 이시카와 이즈모노카미 카즈마사石川出雲守數正에게 무례한 태도를 취했다면 당연히 그를 꾸짖어야 한다고 네네는 생각했다.

'그러나 꾸짖지 못했을 것이다……'

이렇게 알고 있었기 때문에 묻는 말에 힘이 없었다.

아니나 다를까 나가마사는 고개를 저었다.

"꾸짖는 대신 이번 일의 노고를 치하하시고 하시바羽柴란 성을 내리시겠다고 하셨습니다."

"뭐, 하시바라는 성을?"

"예. 그것 역시 전하의 넓으신 도량……이라고 생각합니다마는."

네네는 씁쓸한 얼굴로 혀를 찼다.

"나오마사는 사양했을 테지요?"

"잘 아시는군요."

"그 토리이 신타로라는 코쇼조차 전하의 청을 거절했을 정도예요. 전하도 참 딱하신 분이에요…… 효부 님은 무어라면서 거절했나요?"

"예…… 이이네 집안은 원래 난보쿠쵸南北朝 시대 이래 황족의 후예로 알려져온 토토우미遠江의 명문, 황실과 인연이 깊은 가문이어서 저희 주군 이에야스도 마츠다이라松平라는 성을 내리고 싶어하시면서도 망설이고 계십니다. 그러므로 하시바란 성을 얻고 돌아간다면 주군에 대한 면목이 없다는 것이었습니다."

"그것 참 그럴듯한 구실이군요. 마츠다이라라는 성을 받지 않았으니 하시바도 싫다는 것이로군요."

"그러합니다."

"마츠다이라도 싫은데 어찌 하시바 따위의 성을…… 받을 수 있겠느냐고……"

"예?"

"그런 말씀을 한 전하가 이상해요. 안타까운 일이에요."

"저는 그렇게 생각지 않습니다. 그 점에 전하의 깊으신 뜻이 있다고 믿습니다."

"나가마사 님, 그런 깊은 뜻은 한두 가지로 족해요. 혼다 사쿠자에몬에 대한 일, 토리이 신타로에 대한 일, 그리고 이번에는 이이 효부에 대한 일…… 다이나곤大納言(히데나가)이 분개하는 것도 무리한 일이 아니에요."

"그러면 재상…… 아니, 다이나곤 님이 이 일로 분개하고 계시다는 말씀입니까?"

"그래요. 적어도 어머님은 주상이 칙사를 보내 서임하신 종일품 오만도코로, 그런 분을 인질로 보내시다니 무인으로서의 큰 치욕…… 그런 분의 처소 주위에 장작을 쌓아놓다니 다이나곤이 분노하는 것은 당연한 일이에요."

나가마사는 이 일에 대해서만은 침묵했다. 그 역시 이 경우에는 분노하는 것이 당연하다고 생각하고 있었다.

"인내란 중요한 것이에요. 그러나 몇 번이나 상대의 비위를 맞추는 것은 아부와 같아요. 사쿠자에몬의 경우는 그렇다 하더라도 그 후의 두 가지는 필요 없는 일이었어요."

네네는 이렇게 말하고 웃었다.

"호호호……"

이런 일에 대해 나가마사나 나가모리長盛, 미츠나리三成 등에게 말하는 것은 좋지 않다고 생각되었기 때문이다.

"아무래도 나는 나이를 먹어가면서 성격이 거칠어지는 모양이에요. 참으로 딱한 일이에요. 지금 그 말은 잊어버리세요."

"알겠습니다. 그럼……"

나가마사가 물러간 뒤 이번에는 오토기슈お伽衆° 소로리 신자에몬曾呂利新左衛門을 불렀다.

"신자에몬, 뭔가 좀 마음이 후련해질 이야기는 없을까요? 오만도코로 님이 미카와三河에서 지내신 이야기를 들었더니 기분이 여간 울적

하지 않군요."

"재미있는 이야기라면…… 예, 알겠습니다."

소로리 신자에몬은 길쭉한 얼굴에 대담한 미소를 떠올렸다.

"그럼, 혼간 사本願寺의 대사님이 줄줄 눈물을 흘렸다는 이야기는 어떻겠습니까?"

4

"혼간 사 대사님이…… 왜 우셨나요?"

네네는 신자에몬이 엉뚱한 이야기를 하면서도 얼마나 세상을 예리하게 꿰뚫어보는 관찰자인가를 잘 알고 있었다.

어쩌면 이 능청스런 익살꾼은 센노 소에키까지 뒤에서 조종하고 있는지도 모른다. 사카이 무리 중에서 그처럼 재치가 넘치는 사나이도 없는 것 같았다.

"도쿠가와 님에게 별일 없이 선물을 전할 수 있었기 때문이겠지요. 여하튼 코몬興門 님이 사자로 가다가 혼비백산하여 도망쳐 돌아왔을 정도니까요."

"그런데 전쟁이 일어나지 않고 끝났다, 그래서 우셨다는 건가요?"

"그 정도로는 재미있는 이야기가 못 됩니다, 마님."

"정말이에요. 하나도 재미가 없군요."

"도쿠가와 님이 무사히 돌아가실 수 있게 되고, 챠야 시로지로가 그것을 알려준 보답으로 옷감을 싸들고 대사님을 찾아갔다는 사실을 생각해보십시오."

"그런 일이 있었군요…… 하지만 그것도 재미가 없는데요."

"대사님도 답례로 선물을 하려고 남만南蠻의 후춧가루를 주었다고 합니다. 대사님이 그 효용을 챠야에게 설명하고 있을 때 주머니의 밑바닥이 터졌답니다."

"겨우 그 이야기인가요. 후춧가루가 눈에 들어가 눈물을 흘렸다는 말이겠군요."

"아니, 주위에 뽀얗게 가루연기가 피어올라 대사님 얼굴에 묻었습니다. 얼굴에 가루를 묻힌 대사님, 눈물과 재채기가 쏟아져나왔으니 이런 우스운 일이 또 있겠습니까……"

"그 챠야라는 포목상과는 잘 아는 사이인가요?"

"예, 그야 물론……"

"출입을 허락할 테니 내게도 옷감을 가져오라고 하세요."

"고마우신 말씀입니다. 그렇게 되지 않으면 천하의 통일은 이루어지지 않습니다."

"천하의 통일이라니…… 일본에서 전쟁이 사라진 뒤에는 그대들의 목적이 무엇이죠?"

"하하하…… 정말 천리안을 가지셨군요. 그 뒤에는 남만 정벌이 아닐까요? 만일 그렇게 되면 저 같은 사람도 무사가 되어 극락도極樂島로 건너갈까 합니다."

"그렇게만 되면 좋겠지만……"

"혹시, 무슨 걱정되시는 일이라도?"

"전하가 요즘 변하셨다……고 생각지 않나요? 아니, 세상에 그런 소문이 나돌지 않던가요?"

순간 신자에몬은 침묵했다. 그리고 잠시 망설이듯 하다가 짐짓 목소리를 낮추었다.

"이미 알고 계셨군요."

"모르고 있는 줄 알았나요?"

"아셨다면 그것은 제 허물이 아닙니다. 말씀 드리겠습니다. 전하는 큐슈 출전으로 안 계시는 동안에 마님을 은밀히 쿄토로 옮기게 하시고, 개선하신 뒤 우치노의 쥬라쿠 저택으로 부르셔서 고백하실 생각인 것 같습니다."

"아니, 그게 무슨 말인가요, 고백이라니?"

"예? 그럼, 알고 계시다는 말씀은 함정이었군요."

"함정이 아니에요. 지금 챠챠茶茶 이야기를 하는 거죠?"

"아, 역시 알고 계시는군요."

"내가 묻는 것은 챠챠에 대한 일이 아니에요. 칸파쿠가 여전히 그대들 사카이 사람들의 눈에 드느냐 하는 거예요, 신자에몬."

네네는 서슴없이 말했다. 신자에몬은 가슴이 섬뜩하여 입을 다물었다. 이미 그 얼굴은 익살꾼이 아니라 이마의 주름살 하나하나가 신경으로 보이는 얼굴이었다.

5

소로리 신자에몬은 꿀꺽 침을 삼켰다. 이제는 몸에 배어버린 과장하는 버릇이 그대로 동작에 나타나 있었으나 마음속으로는 무언가 열심히 생각하고 있었다.

'말해야 할 것인가 말 것인가……?'

이렇게 망설이는 표정……이라는 것을 네네는 알 수 있었다.

"신자에몬, 그대는 칸파쿠 전하에게 아첨이나 하고 익살을 부리는 것만이 본분이라 생각하고 있나요?"

"황송하신 말씀입니다."

"나는 그대를 난처하게 만들 생각은 없어요. 키타노만도코로로서 나도 나의 역할이 있어요…… 아니, 키타노만도코로까지 내세울 것도 없어요. 전하가 키노시타 토키치로木下藤吉郎일 때부터의 오랜 아내로서 역할을 말하는 거예요."

"말씀 드리겠습니다."

소로리가 말했다.

재기에 넘치는 그의 두뇌는, 만일 지금 섣불리 말했다가는 이 재녀才女에게 경멸당해 사카이 사람 전체가 마님을 적으로 돌릴 우려가 있다고 느꼈다.

"마님의 눈은 정말 날카로우십니다. 모두 전하를 위해 그러시는 것이므로…… 말씀 드리지 않을 수 없습니다."

"그럼, 역시 사카이 사람들은 전하가 변하셨다는 말을 하는군요?"

"예. 좀더 구체적으로 말씀 드리면 나야 쇼안納屋蕉庵 님이…… 그분이 마님과 똑같은 말씀을……"

"어떻게 변하셨다고 하던가요?"

"예, 코마키 전투 이후부터 변하셨다고."

"코마키 전투 이후부터……? 들은 대로 말해보세요."

"예."

소로리는 가만히 이마의 땀을 닦았다.

"그때까지 전하의 자신감은 그야말로 제석천帝釋天°의 자신감 그것이었다…… 츄고쿠中國에서 이기고, 야마자키山崎에서 이기고, 키요스清洲 회의에서 이기고, 북이세北伊勢에서 이기고, 삿사佐佐 공격에 승리하고, 시바타柴田 공격에 성공하고, 기후岐阜에서도 이겨…… 문자 그대로 백전백승했다……"

"그래서?"

"마침내 자기는 천하를 구하기 위해 내리신 신의 아들이라고 자신했다, 그런데 코마키 전투 때 처음으로 큰 벽에 부딪쳤다고 했습니다."

"벽……만이 아닐 거예요. 아니, 벽이라고 해도 좋아요. 그때부터 어떻게 변하셨다고 하던가요? 전하의 자신감이 무너졌다던가요?"

소로리 신자에몬은 더욱 눈을 가늘게 뜨고 고개를 저었다.

"그렇지 않으므로 경계해야 한다고 했습니다. 곧, 전하는 비로소 자신의 무력으로도 깨뜨리지 못할 것이 있다는 사실을 알게 되었다, 이 점을 깊이 생각해야 하는데도 자신감이 흔들릴 것을 두려워해 이번에는 정략으로 밀어붙이려 한다고……"

"사카이 사람들은 그 점을 경계해야 한다고 본 것이로군요."

"예. 이것도 쇼안 님의 의견입니다. 소에키 님의 생각은 알지 못하겠습니다. 그러나…… 어쨌든 그 결과는 전하가 원하시는 대로, 또 도쿠가와 님이 원하시는 대로 되었습니다. 그렇다면 승리는, 다시 코마키 전투 때로 거슬러올라가 역시 전하에게 무력으로 쓰러뜨릴 수 없는 자가 있다는 것을 깨우쳐준 도쿠가와 님에게 돌아간다고……"

순간 네네의 눈썹이 꿈틀 움직였다.

"그러면 사카이 사람들은 전하의 무엇을 경계하고 있나요? 나는 그것이 알고 싶어요."

이제는 신자에몬도 전혀 주눅이 들지 않았다. 순순히 고개를 끄덕이고 가만히 주위를 둘러보았다.

6

"사람에게는 모두 저마다 타고난 기질이라는 것이 있습니다."

소로리는 사람이 달라진 듯이 신중한 태도로 말했다.

"일단 기세를 타고 지나치게 달리다 보면 멈추려 해도 멈출 수 없게 마련……이라고 쇼안 님은 말했습니다."

"전하가 지나치게 달리실 것 같다……는 말인가요?"

네네는 눈도 깜박이지 않고 소로리를 응시했다.

"그래서, 그 다음에는 뭐라고 했나요?"

"도쿠가와 님이 경쟁 상대로 남았다, 전하는 앞으로도 계속 경쟁하시지 않으면 안 된다, 그런 기질을 지니신 분이므로 일일이 도쿠가와님을 압도하려고 계속 달리실 것이다……"

"옳은 말인지도 몰라요."

"큐슈 정벌이나 동부 일본의 평정은 마무리될 것이다, 하지만 그 후가 큰 문제라고."

"그 후에도 전하는 계속 달리실 거라고 하던가요?"

"예. 멈추려 해도 멈추실 수 없다, 경쟁 상대가 전하의 마음속에 있기 때문이라고."

소로리는 이렇게 말하고 문득 얼굴 한쪽에 슬쩍 떠오른 미소를 얼른 감추었다.

"그런 기질이므로 끝까지 상대를 압도하려고 혼자 서두르실 것이니, 그 달리시는 방향이 잘못되면 전하뿐 아니라 일본 전체가 파멸하게 될 것이라고……"

"일본 전체가……?"

"예. 일본에서는 달리실 곳이 더 없다, 그렇기 때문에 이번에는 명나라를 목표로 하시든가 천축, 또는 남만의 섬들을……"

네네는 조용히 눈을 감았다. 지금 소로리가 한 말은 자기가 히데요시에게서 느끼고 있던 막연한 불안과 그대로 부합되었다.

'지나치게 달려 멈출 수 없게 될 히데요시……'

이에야스의 출현과 관계없이 네네가 느끼고 있는 히데요시의 성격에 대한 위태로움과 두려움이었다. 아마도 죽을 때까지 무언가를 추구하며 정신없이 달릴 것이라는……

그런데 마침내 히데요시를 더욱 무섭게 달리게 만드는 상대로 이에야스가 나타났다……고 사카이 사람들은 생각하고 있는 모양이었다. 히데요시가 변했다는 것은, 이전에는 오로지 자신감만 뒷받침되어 있었는데, 이에야스의 존재를 의식하면서부터 드디어 위험한 폭주자暴走者로 변신하고 있다는 의미일 듯.

네네가 걱정하고 있는 것도 바로 그러한 점이었다. 이에야스를 지나치게 의식한다는 것은 히데요시가 이에야스에게 성격적으로 졌다는 뜻이기도 했다.

'어째서 이에야스의 가신들에게까지 비위를 맞추려는 것일까……'

이러한 마음의 갈등 속에서, 결코 손을 대어서는 안 될 여자에게마저 손을 대게 된 것이라고 네네는 생각했다.

오다 우라쿠織田有樂의 말로는 히데요시가 챠챠히메茶茶姬를 이에야스의 아들 나가마츠마루長松丸에게 시집보내려 했다고 한다…… 챠챠히메는 지나친 간섭이라고 맹렬하게 저항했고, 그 결과는 우라쿠도 이맛살을 찌푸린 묘한 상황에서 챠챠히메에게 손을 대기에 이르렀다.

그런 연유로 소실이 되면 나이 차이뿐만 아니라 평생토록 상대에 대한 경멸로 내전을 문란하게 하는 원인이 될지도 몰랐다.

'정말 코마키 전투의 패배가 그대로 꼬리를 물고 있는 거야……'

"그러면 사카이 사람들은 어디로 달리게 해서는 안 된다고 경계하고 있나요?"

7

네네는 무엇이든 알아내지 않고는 견디지 못하는 억센 여자의 탐욕으로 점점 더 소로리를 다그쳤다.

소로리 신자에몬은 이 정도에서 물러나고 싶었다. 어쩌다가 소로리가 한 말이 히데요시의 귀에 들어가기라도 한다면 그의 입장은 난처할 뿐만 아니라, 위험하기까지 했다. 어떤 경우에도 자신을 절대자의 위치에 두지 않고는 참지 못하는 히데요시의 성격이었다.

"이것도 제 의견이 아닙니다. 역시 나야 쇼안 님이……"

"말하지 않아도 알고 있어요. 그가 뭐라고 하던가요?"

"만일에 전하가 어렵지 않게 달려갈 수 있는 곳이라 믿고 조선朝鮮에 출병이라도 하시면 그야말로 큰일이라고 했습니다…… 저는 잘 알 수 없습니다마는 쇼안은 그 점을 몹시 걱정하고 있었습니다."

"조선으로……?"

"예. 일본을 평정했으니 그 다음에는 어디로…… 하고 살펴보면 바로 가까이 있는 것이 조선…… 그러나 이 조선과의 전쟁은 손실만 있고 이득은 없는 일…… 뒤에 명나라가 도사리고 있으므로 삼 년이나 오 년 이내에는 끝낼 수 없는 전쟁이 될 것이다, 사카이 사람들이 전하의 다회에 참가하고 있으므로 이것만은 꼭 만류해야 한다고, 이것이 중요한 일이라고 했습니다."

네네는 약간 고개를 갸웃한 채 당장에는 말을 하지 않았다.

히데요시의 성격으로 미루어 분명히 그럴 가능성이 있다……고는 생각했으나 어째서 이득이 없는지는 그 방면에 대한 지식이 없기 때문에 잘 알 수 없었다.

소로리는 예리하게 네네의 심중을 간파한 듯 말을 이었다.

"조선으로 진출하면 우리에게는 전혀 이득이 없다, 사카이 사람도 벌어들일 것이 없고 전하도 전쟁비용만 쏟아넣게 될 뿐…… 재력이 약해지면 다시 국내가 소란해진다……는 생각에서일 것입니다. 그보다는 교역할 물자가 풍부한 남만의 섬들로 시선을 돌리시도록, 사카이 사람들은 지금부터 마음을 합칠 준비를 하지 않으면 안 된다……고."

네네는 고개를 끄덕였으나 여전히 충분하게 납득한 상태는 아니었다. 조선에서는 벌이가 되지 않는다. 그러므로 벌이가 될 곳으로 히데요시의 시선을 돌리도록 만들라. 어차피 가만히 있지 못할 히데요시이므로 이득이 있는 쪽으로 키를 돌리도록…… 이런 의미로 받아들이고 그 일과 이에야스와의 관련성을 탐색하기 시작했다.

"그러면 도쿠가와 님은 전하를 조선으로 나가시게 하고 그동안에 천하를 손에 넣겠다는 속셈이란 말인가요?"

"아니, 그것과는 다릅니다. 다만 코마키 전투 이후 전하의 마음이 그렇게 되실 우려가 있으므로 주의해야 한다……는 의미일 듯합니다."

"알겠어요. 그 말처럼 될 것 같아요. 어쨌든 수고가 많았어요."

"그럼, 이만 물러가도 되겠습니까?"

"좋아요, 그렇게 하세요…… 아니, 한 가지 더."

"예…… 예."

"그대는 조금 전에 챠챠히메 이야기를 했죠?"

"아, 제가 입이 헤퍼서 그만……"

"알고 있어요. 그러나 이왕 말이 나왔으니 대답해주세요. 전하는 큐슈에서 돌아오신 뒤 내게 챠챠히메 일을 고백하겠다고 하셨다죠?"

"아차."

소로리는 비로소 전과 같은 익살꾼으로 돌아와 이마를 탁 쳤다.

8

"그 말을 누구에게 들었나요? 소에키 님인가요, 아니면 우라쿠 님인가요?"

네네의 질문을 받고 이번에는 소로리의 마음이 편해졌다. 이런 일이라면 별로 고민하지 않아도 되었다. 어느 가정에나 흔히 있는 여자들의 사랑싸움, 그런 문제를 처리하는 것쯤은 손쉬운 일이었다. 다만 사카이 사람들이 히데요시를 어떻게 생각하는지에 대해 대답하는 일이 가장 두려울 뿐이었다.

"우라쿠 님도 소에키 님도 아닙니다."

"그럼, 챠챠 자신의 입으로 그렇다고 말했나요…… 아니면 전하가 직접 그런 말을?"

"그렇지도 않습니다…… 챠챠히메의 하녀에게 들었습니다. 하녀의 말로는, 챠챠히메는 사흘 동안이나 입을 열지 않고 생각에 잠겨 있었다고 합니다."

"그 하녀는 또 누구한테 전하가 큐슈에서 돌아오신 뒤에 운운하는 말을 들었을까요?"

"바로 그것입니다! 저도 그런 의문이 생겨 다그쳤더니, 그 말은 우라쿠 님 입에서 나온 것이라고 했습니다."

"쥬라쿠 저택에 데려가기로 했다던가요?"

"글쎄요. 그런 일을 직접 전하께 여쭐 수 있는 분은 마님밖에 없을 것입니다."

"호호호…… 신자에몬 님답지 않군요. 직접 물을 수 있는 사람은 또 있어요."

"아, 또 한 사람이라면 그것은 챠챠히메겠지요."

"아니, 바로 신자에몬 님이에요."

"예?"

"신자에몬 님이라면 전하의 총애를 받고 있으므로 어렵지 않게 여쭐 수 있어요. 그리고 신자에몬 님, 나는 이 일에 대해 굳게 입을 다물고 있겠어요."

"예…… 예."

"나가마츠마루 님이나 카가加賀 님께 그런 말이 들어가면 안 됩니다. 전하가 손을 대었다는 따위의 소문이 나지 않도록 하세요. 자, 그만 물러가도 좋아요."

신자에몬이 물러가고 난 뒤 네네는 챠챠히메에 대한 일로 혼자 깊은 생각에 잠겼다.

챠챠히메에 대한 질투라기보다 불쾌했다.

챠챠히메가 노부나가信長의 조카딸이기만 하다면 그래도 괜찮았다. 그녀는 히데요시 자신이 공격해 멸망시킨 아사이 나가마사淺井長政의 딸이고, 시바타 슈리柴田修理의 양녀가 아니었던가. 일부러 거두어 키운 이상 자매 셋 모두 어엿하게 시집보내고 싶었다. 그래야만 비로소 히데요시의 면목이 서고 아사이나 시바타에 대한 마음의 응어리가 풀릴 텐데……

그렇지 않아도 히데요시는 챠챠히메 자매의 생모 오이치お市를 연모하여 아사이와 시바타를 필요 이상으로 혹독하게 멸망시켰다…… 이런 소문이 떠돌고 있지 않은가.

'그런 챠챠히메에게 손을 대다니……'

출전 준비만 아니라면 엄하게 면박을 주고 싶었다.

"세상에서는 오이치를 닮은 그 딸에게 손을 대어 소원을 풀었다고 할 거예요."

이러한 말을 하는 것은 지금 당장이라도 상상은 해볼 수 있는 일. 그러나 정실인 네네로서는 입 밖에 낼 말이 아니었다. 입 밖에 내면 질투와 성의를 구별하지 못한다는 또 하나의 웃음거리를 세상에 퍼뜨리는 것밖에 되지 않는다……

문제는 그 정도의 것을 모를 리 없는 히데요시가 어째서 그런 잘못을 저질렀을까 하는 점이다. 그의 근성 때문이 아니라 마음에 어떤 틈이 생겼기 때문이다.

'그렇다, 지금은 말하지 말자. 기분 좋게 떠나게 하고 돌아오거든 아

무렇지도 않다는 듯이……'

네네는 아내로서의 무거운 짐을 뼈저리게 느꼈다.

9

네네도 텐분天文 17년(1548)생이므로 올해로 벌써 서른아홉 살. 자식을 낳지 못하는 여자가 흔히 그렇듯이 누구의 눈에도 한창인 때로 보였으나 이미 소실과 사랑을 다툴 나이는 아니었다.

밤의 잠자리 시중은 젊은 소실에게 맡기고 자신은 내전에서 정실로서의 위엄을 크게 떨쳐야 한다. 그런 의미에서 현재의 히데요시 소실들은 모두 명문 출신이지만 네네에게는 고분고분했다. 제후들 앞에서 당당하게 히데요시와 논쟁하는 네네를 내심으로는 모두 은근히 두려워하고 있었다.

그러나 챠챠히메의 경우는 그렇지 않았다. 네네에게는 그녀가 노부나가의 조카딸이라는 마음속으로부터의 경원감에, 오이치의 딸이라는 꺼림칙한 감정이 섞여 있었다.

젊었을 때의 히데요시가 오이치를 얼마나 동경했는가는 네네도 잘 알고 있었다. 오이치는 히데요시의 손이 도저히 미치지 못하는 달이었고 높은 산의 향기로운 꽃이었다. 그런 만큼 흘러간 청춘을 아름답게 물들이는 추억일 수밖에 없었다.

챠챠히메는 그러한 오이치와 너무나 닮았다. 네네는 그 정도로까지는 생각지 않았으나, 히데나가도 우라쿠도 때로는 오만도코로까지도 똑같다는 말을 하고는 했다.

그럴 때마다 네네는 짐짓 못 들은 체하고 무관심을 가장했다. 무관심을 가장하면 할수록 가슴은 더욱 쓰라렸다.

차차히메는 성격 면에서는 오이치보다 훨씬 더 억세고 고집이 강했다. 오이치는 노부나가의 말을 거의 거역하지 않는 순종 그 자체였다. 그러나 차차히메는 지금까지 몇 번이나 히데요시의 혼인 제의를 거절한 여자였다……

'그런 차차히메에게 히데요시가 손을 댔다.'

만약 차차히메가 같은 내전에 살게 되면 모든 일에서 파문의 싹이 될 것 같았다.

차차히메 역시 여러 사람 앞에서 히데요시에게 반항할 터. 내전에서 히데요시를 두려워하지 않는 여성이 둘이나 있게 되고, 감정과 대립이 얽히면서 네네를 편드는 사람과 차차히메를 지지하는 사람으로 갈리게 된다. 더구나 네네는 차차히메에게 지금까지처럼 키타노만도코로로서 대할 수 없게 될 듯한 마음이기도 했다.

잠시 옷깃에 턱을 묻고 생각에 잠겨 있던 네네는 마침내 천천히 일어났다. 점점 불안의 소용돌이가 퍼져나갔다.

'이대로는 안 되겠다……'

이대로 있으면 지금까지 일사불란하게 명실상부한 칸파쿠의 내전으로 일컬어졌던 가문에 풍파가 일어난다—그런 불안한 마음으로 방안을 서성거리기 시작했다.

"부르셨습니까?"

네네의 기척을 듣고 한 시녀가 옆방에서 말했다.

"그래. 이시다石田 님을 불러오너라. 바깥일이 끝나거든 내가 잠시 의논할 일이 있다고."

"알겠습니다."

지시를 받은 시녀가 100간이나 되는 복도를 스즈구치鈴口° 쪽으로 사라졌다. 네네는 다시 앉아 가만히 천장 한구석을 바라보며 골똘히 생각에 잠겼다……

겨우 열아홉이나 스무 살밖에 되지 않은 한 처녀 때문에 열네 살 때부터 고생하며 쌓아올린 이 집안의 가풍을 문란하게 할 수는 없는 일이었다.

'그렇다, 과감한 방법을 강구해야만 한다……'

10

이시다 미츠나리石田三成가 네네의 거실로 온 것은 방안에 불이 켜진 뒤였다.

원래 네네는 미츠나리를 좋아하지 않았다. 성실한 아사노 나가마사에 비해 미츠나리에 대해서는 어딘지 모르게 방심할 수 없는, 면도칼을 손바닥에 올려놓은 것 같은 아슬아슬한 느낌을 떨칠 수 없었다.

그러므로 중요한 상의는 언제나 나가마사와 하는 편이었다. 그러나 무언가 골치 아픈 일을 상의할 때는 미츠나리를 상대하는 편이 나을 것 같았다. 체구가 작은 이 사나이는 두뇌가 예리하고 그 때문에 불손해 보이기도 했지만 막히는 것이 없었다.

미츠나리도 자기가 네네에게 별로 잘 보이지 못하고 있다는 것을 깨닫고 있었다. 그러나 비위를 맞추려 하기보다는 도리어 가슴을 떡 펴고 대항하는 편에 속했다.

'고작 해야 여자의 두뇌가 아닌가……'

이런 식으로 내심으로 비웃고 있는지도 모를 일이었다.

"부르셨습니까."

미츠나리는 깍듯이 인사하고 문 앞에 앉았다. 방안으로 들어올 생각이 아닌 듯했다.

"지부治部 님, 좀더 가까이 오세요."

"예. 그러나 출전 준비 때문에 아직 할 일이 많이 남아서……"

"하지만 거기서는 말할 수가 없지 않아요? 들어오세요."

미츠나리는 고개를 갸웃하고 미소지었다.

"무슨 비밀 이야기라도 있습니까?"

"시녀들까지 내보냈어요. 그대의 지혜를 빌리고 싶어요."

"지혜…… 지혜라면 누구보다 마님께서 훨씬 더 많이 가지고 계시지 않습니까?"

그러면서 서너 걸음 무릎걸음으로 다가왔다.

"황송합니다마는 챠챠히메의 일이 아닐까요?"

진지한 얼굴로 말했다.

앞질러 말하는 바람에 네네는 기분이 언짢았다. 이 사내의 결점은 이런 태도에 있었다. 사실 미츠나리는 자존심이 강한 무사들 앞에서 종종 이런 태도를 취해 키요마사清正나 마사노리正則 등으로부터 핀잔을 듣고는 했다.

"그럼, 이미 알고 있나요?"

"예. 벌써 밖에서는 널리 소문이 나 있기 때문에."

"누가 그런 소문을 퍼뜨렸을까요? 나는 헛소문일 뿐…… 헛소문이라고만 알고 있는데."

"과연 그럴까요? 말벗이나 다인들의 입에서 나온 소문은 아닙니다마는……"

"지부 님은 그 소문이 어디서 나왔다고 생각하나요?"

"전하의 행동에섭니다. 너무 자주 우라쿠 님 댁에 가시기 때문에."

"우라쿠 님 댁에 가시는 것은 도쿠가와 님의 아드님에게 챠챠히메를 출가시키기 위해서……라는 말을 들었어요. 그렇지 않은가요?"

미츠나리는 근엄한 표정으로 고개를 저었다.

"도쿠가와 님이 떠나신 후에도 계속 다니십니다."

"지부 님."

"예."

"무슨 묘안이 없을까요?"

"그러시면, 마님은 전하가 챠챠히메와 가까워지는 것을 좋아하지 않으십니까?"

"그래요. 하지만 질투 때문은 아니에요. 가문의 법도가 흐트러지는 것을 막기 위해서예요."

네네는 단호하게 말하고 미츠나리를 똑바로 바라보았다.

11

미츠나리의 얼굴에 빈정대는 미소가 스치고 지나갔다. 결코 호감이 가는 미소가 아니었다.

'그렇지는 않을 텐데……'

언뜻 이러한 빈정거림이 내비치는 듯했다.

만일 생각한 대로 말할 수 있었다면—

"전하를 너무 업신여기지 마십시오. 잘못의 절반은 마님의 그 영리함에 있습니다."

이렇게 말하고 싶었을지도 모른다. 아니, 그 이상으로 네네에게 반발할 수 있는 사람이기도 했다.

'네네를 억제하려면 챠챠히메의 세력을 키워야 한다.'

이렇게 생각하면서.

"그러니까 마님은 전하와 챠챠히메 사이를 떼어놓을 묘안이 없느냐고 물으시는 것이군요."

"그래요."

네네는 다시 한 번 분명하게 대답했다.

"어떤 명장도 내전이 문란해지면 그 힘이 반으로 줄어드는 법…… 돌아가신 우다이진 님이 입버릇처럼 하시던 말씀이에요."

"이것 참, 어려운 분부시로군요."

"전하는 곧 큐슈로 떠나실 거예요. 그동안이 가장 좋은 기회라고 생각되는데."

"예…… 확실히 성공할 수만 있다면."

"챠챠는 아직 어린 여자예요. 자기에게 적합한 젊은 신랑감이 나타나면 챠챠로서도……"

"하하하……"

미츠나리는 거침없이 웃었다.

"그러면 이 미츠나리가 과감하게 챠챠히메에게 접근해볼까요?"

"웃을 일이 아니에요. 그대는 지혜로운 사람이에요."

"이 일에 대해서만은…… 하하하…… 마님은 아무것도 모르시는 것 같습니다."

"아니, 아무것도……라니 그게 무슨 뜻이죠, 지부 님?"

"여기에는 약간 묘한 사정이 있습니다."

"묘한……?"

"예. 사실은 챠챠히메에게 모든 혼담을 거절하게 만든 장본인이 뒤에 있습니다."

"예? 그럼, 거절한 것이 챠챠히메 자신의 뜻이 아니란 말인가요?"

"예."

"누……누……누구죠, 그 사람이?"

"모르고 계신다면 말씀 드리기 거북합니다마는 도리가 없군요…… 챠챠히메를 맡고 있는 오다 우라쿠 바로 그분입니다."

"우라쿠가? 어째서 그런 일을?"

"글쎄요, 그 속까지는 들여다볼 수 없습니다. 그러나 아마 두 가지 경우를 생각할 수 있을 것 같습니다."

"첫째는?"

"키우는 동안 우라쿠 님은 어느 틈에 챠챠히메가 아깝다는 생각이 들고, 사랑스러워졌다…… 이런 경우가 남녀 사이에는 없지 않은 법."

"으음, 그러면 또 하나의 경우는?"

"정말 말씀 드리기 곤란합니다마는, 키타노만도코로 님을 대신할 권력자를 이 가문의 내전에서 찾으려 하는 자가 있다면 챠챠히메가 더할 나위 없는 적격자라 생각합니다마는……"

"그럼, 내가 너무 권력을 휘두른다는 의미군요, 그자는……"

"그렇게 생각하는 자가 있다면 전하께 챠챠히메를 강력하게 권유할 수도…… 하지만 어떤 경우이건 우라쿠 님이라는 감시자가 있는 한 제 아무리 젊은 색한色漢이라도 손을 내밀 수 없을 것입니다."

12

네네의 눈썹이 꿈틀꿈틀 떨리기 시작했다. 이처럼 큰 굴욕을 느낀 적은 이 성에 들어온 이후 처음이었다.

'묻지 않았어야 하는데 묻고 말았다……'

그러나저러나 미츠나리의 태도는 이 얼마나 싸늘하고 오만한가.

"마님이 물으시기에 할 수 없이 대답한 것뿐입니다……"

냉소가 그의 눈언저리에서 느껴지고, 네네의 고민과 난처한 입장을 정확히 꿰뚫어보고 있는 듯했다.

"지부 님의 눈에는 그렇게 보이나요?"

네네는 점점 더 격앙되는 감정을 참지 못하고 물었다.

"그럼, 지부 님도 챠챠히메를 그대로 두어 내가 반성하도록 하는 편이 좋다……고 생각하는군요?"

"당치도 않습니다."

미츠나리는 여전히 자기와 상대의 감정 사이에 하나의 뚜렷한 선을 긋고 냉정하게 말했다.

"저는 단지 물으시는 말에 생각한 대로 대답했을 뿐입니다."

"대답만으로 끝날 줄 알고 있나요?"

"아니, 그러시면……?"

"지부 님이나 되는 사람이 내전의 문란…… 아니 내전의 풍파를 대수로운 일이 아니다, 내가 모르는 체하고 있으면 끝날 일이다…… 이렇게 생각한다는 말인가요?"

미츠나리는 씁쓸히 고개를 돌리고 대답하지 않았다.

"왜 대답이 없죠? 나는 지부 님의 마음을 알 수 없군요. 우라쿠 님이 육친인 조카딸을 불쌍히 여기고 잘 키웠다…… 그러한 챠챠히메를 전하가 가로챘다…… 아니, 그게 아니라면 나를 시기하는 자가 일부러 챠챠히메를 전하께 떠맡기려 했다…… 그대는 분명히 이런 말을 했어요. 이것이 조금도 마음에 걸리지 않는다는 말인가요? 심상치 않은 일이라고 생각지 않나요?"

"마님, 마음에 걸리지 않는다고는 한번도 말씀 드리지 않았습니다."

"그럼, 마음에 걸린다는 말인가요?"

"예. 그러나…… 세상일이란 아무리 마음에 걸려도, 또 고민해보아도 어쩔 수 없는 경우가 많습니다."

"어쩔 수 없는 경우? 그대는 진작부터 이렇게 될 줄 알고 있었나요?"

"예…… 걱정은 하고 있었습니다. 하지만 일이 일인 만큼 감히 젊은 제가 전하께 그런 말씀을 드릴 수 없고, 우라쿠 님에게 따지고 들 수도 없었습니다."

"그렇다면 더더구나 앞으로의 일에 대한 생각이 있을 거예요. 내가 묻고 싶은 것은 그대의 냉소가 아니라 대책이에요."

"마님!"

미츠나리도 차차 네네의 감정에 말려들어 얼굴을 빨갛게 물들였다.

"지금은 얼마 동안 잠자코 바라보고 있을 수밖에 없습니다. 아직 전하는 아무 말씀도 하시지 않았습니다."

"그렇다고 해서……"

"전하가 아무 말씀도 없으신데 어떻게 제가 의견을 말할 수 있겠습니까. 더구나 이 일이 전하의 입장에서 볼 때는 뜻하지 않으신 우연한 잘못…… 나무라시기보다는 어떻게 나오실지 결과를 기다린다…… 이것이 중요하다고 생각합니다마는."

"이제 됐어요, 물러가세요."

네네는 드디어 신경질적인 목소리로 말을 잘랐다.

"……나쁜 버릇이 있어요. 남의 고통을 그대는 재미있어해요."

말하고 나서야 깜짝 놀라 자제했다.

13

미츠나리는 정중하게 절을 하고 물러갔다.

'내가 옳다.'

그 모습은 여전히 자신을 믿는 태도여서 냉소가 전신에 퍼져 있는 듯한 느낌이었다.

네네는 와들와들 떨고 있었다.

"남의 고통을…… 재미있어해요……"

미츠나리에게 쏘아붙인 자기 말이 화가 날 정도로 자신에게 되돌아왔다. 그 말투라니, 마치 네네 자신이 질투에 애를 태우고 있는 것처럼 들리지 않는가.

'어째서 나는 그렇게까지 흥분했던 것일까?'

미츠나리의 성격에 대한 반발이었을까? 질투심, 아니면 챠챠히메에 대한 두려움……?

어쨌거나 이 불안은 해소되지 않았다. 이런 불안 뒤에는 지금까지의 예로 보아 반드시 흉한 일이 기다리고는 했다.

아케치 미츠히데明智光秀가 혼노 사本能寺를 습격하기 전에 느낀 예감과 아주 비슷했다. 그때는 히데요시도 어떤 예감을 한 듯.

"미츠히데를 노하게 만드는 것쯤은 손쉬운 일이야."

느닷없이 내뱉고는 얼른 입을 다물었다.

"만일의 경우가 생기면 어머니를 부탁하겠어, 네네."

그리고는 이런 말을 남기고 출전했는데, 그 이후 네네는 계속 불안감을 지우지 못했다.

"미츠히데를 노하게 만드는 것쯤은 손쉬운 일이야."

그 의미를 네네도 차차 알게 되었기 때문이다.

어떤 인간에게도 급소와 약점은 있게 마련이다. 노부나가를 마음대로 조종할 수 있는 자가 있어 노부나가로 하여금 미츠히데에게 어느 선을 넘는 정도로 가혹하게 대하도록 한다면—미츠히데가 아니라도 격분하여 상식의 궤도를 벗어날 터.

그런 만큼 노부나가가 미츠히데에게 츄고쿠 출전을 명한 뒤 고슈江州, 탄바丹波의 영지를 회수하고 그 대신 이즈모出雲, 이와미石見•를 주겠다는 사실을 전하기 위해 아오야마 요소青山與總를 사자로 보냈다는 말을 들었을 때 네네는 혼노 사의 변을 예감했었다.

그때 네네의 예감에는 기묘한 망상이 얽혀 있었다. 노부나가의 뒤에서 실을 조종하고 있는 것이 남편 히데요시가 아닌가 하는 떨칠 수 없는 의혹…… 그래서 네네는 몰래 오만도코로를 아즈치安土에서 가까운 나가하마 성長浜城에서 안전하다고 생각되는 히메지 성姬路城으로 여행을 떠나게 하고, 자신은 로죠老女° 한 사람을 오만도코로로 변장시켜 이부키伊吹 산기슭에 있는 다이키치 사大吉寺로 난을 피했었다.

지금도 그때와 비슷한 걷잡을 수 없는 불안감이 네네의 가슴을 죄어왔다. 이번 일로 우라쿠가 히데요시에게 원한을 품고 큐슈 출전 도중에 불상사라도 일으키지 않을까 여간 마음에 걸리는 것이 아니었다.

챠챠히메의 신변에는 처음부터 무언가 요기妖氣 같은 음습한 그늘이 드리워져 있었다. 불행하게 자란 챠챠히메였기 때문에 사랑도 하고 친근하게 대하려고도 했으나 그녀는 언제나 네네를 멀리했다.

마치 네네가 아무리 노력해도 미츠나리의 성격에 호감을 가질 수 없었던 것처럼, 챠챠히메와 네네는 물과 기름 같은 사이였다.

'그 챠챠히메가 드디어 내 앞을 막아섰다……'

네네는 안타깝고 초조할 뿐 불안의 원인을 정확히 파악할 수 없었다. 그러므로 더욱 애가 탔다.

'그렇다, 미츠나리의 말대로 전하가 어떻게 나올지 묵묵히 기다려보는 수밖에 없다……'

자기 자신을 타이르고 네네는 또다시 혀를 찼다……

동쪽으로

1

이에야스는 히데요시의 서부 공략을 앞두고 12월 4일 슨푸 성으로 옮겼다.

이에야스가 오사카에서 돌아온 것은 11월 11일. 그로부터 불과 23일 만의 이전移轉으로 시일이 몹시 빠듯했다. 물론 성을 신축할 시간은 없었고 수리도 제대로 하지 못했다. 그러나 이에야스는 여간 감개무량하지 않았다.

슨푸 성읍 쇼쇼미야마치少將宮町에는 그의 어린 시절의 슬픈 추억들이 아로새겨져 있었다.

"미카와의 떠돌이."

말끝마다 손가락질을 받던 어린 시절 기억 속의 산하가 지금은 그의 소유가 되어 있었다.

슨푸 성은 이마가와 요시모토今川義元, 우지자네氏眞 부자의 손에서 타케다 신겐武田信玄의 것이 되었다. 그리고 지금은 이에야스가 히데요시와 제휴함으로써 본의 아니게 동부로 향하지 않을 수 없게 된 그의 거성居城이 되었다……

건물도 산하도 말이 없었다. 그러나 이에야스에게는 그 모두가 말하는 것 이상의 감개를 느끼게 했다.

그다지 큰 성은 아니었다. 가로 5정, 세로 6정. 텐슈카쿠의 토대는 사방 28간, 삼중으로 둘러친 해자 곁에 각각 공동주택과 무사의 사택을 나란히 지었다.

이곳에는 타케코시 야마시로竹越山城, 와카바야시 이즈미若林和泉, 오쿠보 히코자에몬大久保彥左衛門, 이타쿠라 카츠시게板倉勝重, 안도 타테와키安藤帶刀, 나가이 우콘노다이부永井右近大夫, 무라코시 모스케村越茂助, 니시오 탄바西尾丹波, 혼다 마사노부本多正信, 미즈노 이나바水野因幡 등을 살게 할 예정이었다.

정월이 임박했기 때문에 4일 이에야스와 함께 온 것은 오쿠보 타다치카大久保忠隣 한 사람뿐이었다. 이에야스는 슨푸 성으로 옮긴 뒤 곧바로 린자이 사臨濟寺의 셋사이雪齋 선사와 할머니 케요인華陽院의 묘소에 참배했다.

궁성 이전의 축언(祝言, 이전식)은 미리 길일吉日을 택하여 끝냈으므로 옮겨온 즉시 무사의 집 신축과 거리의 구획 정리에 착수했다. 하마마츠 성의 수비는 스가누마 마사사다菅沼正定에게 맡기고, 슨푸 성의 새 부교奉行°에는 이타쿠라 카츠시게를 임명했다.

슨푸 성읍에는 우선 센겐구淺間宮 신축과, 아버지 히로타다廣忠를 위해 테고시手越에 지었던 호도 사報土寺를 미야가사키마치宮ヶ崎町로 옮기는 공사를 시작했다. 이어 가신들이 속속 이전해오자 이번에는 봄날의 후지산富士山 자락에서 매사냥을 구실로 공격과 수비를 위한 맹훈련을 시작했다.

히데요시가 큐슈 정벌을 끝내고 돌아올 때까지 이에야스도 새로운 성을 자유롭게 활용할 수 있도록 도로정비와 수송은 물론 모든 면의 설비와 연습을 끝낼 작정이었다.

이러한 일들로 바쁜 나날 속에 정월, 2월, 3월이 지나갔다. 슨푸 성에서부터 아베가와安倍川 제방에 걸쳐 벚꽃이 만발할 무렵에는 마츠다이라 이에타다松平家忠가 감독하는 둘째 성의 축조도 거의 완성되어가고 있었다.

그날은 아침부터 가랑비가 내려 새로 싹튼 어린잎이 본성의 정원에 감미로운 향내를 풍기고 있었다.

"말씀 드립니다. 나가마츠마루 님이 지금 마장馬場에서 돌아와서 주군을 뵙고자 하십니다마는."

이에야스는 탁자 위에 펼쳐놓았던 호도 사 도면에서 눈을 들었다.

"이리 들라고 해라."

이렇게 말하고 비로소 말을 전하러 온 무사를 돌아보았다.

"오, 헤이스케平助로군. 그대도 사슴고기를 먹었나?"

"예. 주군께서 사냥하신 타하라田原의 사슴, 분명히 먹었습니다."

"어때, 맛이 있던가?"

"전혀……"

오쿠보 히코자에몬은 무뚝뚝한 얼굴로 머리를 흔들었다.

"도련님을 모셔오겠습니다."

성난 표정으로 얼른 거실을 나갔다.

2

이에야스는 미소를 띠고 나가마츠마루가 오기를 기다렸다.

오쿠보 히코자에몬 헤이스케大久保彦左衛門平助가 화가 난 듯한 기색을 보일 때는 무언가 이에야스에게 하고 싶은 말이 있을 때라는 것은 알고 있었다. 나가마츠마루가 무슨 말을 하거든 꾸짖으라는 뜻일까, 아니면 반대로 그 역시 나가마츠마루와 함께 이에야스에게 무언가 호소할 것이 있다는 의사표시일까.

“아버님, 나가마츠마루입니다.”

“오, 들어오너라. 승마 연습은 끝났느냐?”

“예, 끝냈습니다.”

나가마츠마루는 공손히 두 손을 짚어 절하고 똑바로 이에야스를 쳐다보며 자세를 바로했다.

히데요시의 양자가 된 오기마루 히데야스於義丸秀康에게서는 어딘지 모르게 야성적인 위험한 패기를 느낄 수 있었다. 그런데 나가마츠마루는 어디까지나 사이고西鄕 마님 오아이お愛의 고지식함을 그대로 닮아서인지 예절이 바르고 침착했다.

이에야스는 종종 전혀 나무랄 데 없는 나가마츠마루에게 문득 불안감을 느낄 때가 있었다.

‘이 녀석은 너무 소심한 게 아닐까, 과연 뱃심이 있는 것일까?’

지시한 일은 어김없이 지키고 언어에서 태도에 이르기까지 너무 단정했다. ……무술에서도 이렇다 할 정도로 뛰어나지는 않았지만, 그렇다고 남보다 뒤지지도 않았다. 글을 쓰도록 하면 일단은 남보다 나은 편이고, 승마도 수준급이었다. 칼을 쓰는 솜씨도, 활을 쏘는 실력도, 수영이나 달리기에도……

“으음!”

이렇게 놀라며 감탄할 정도는 아니었지만, 특별히 뒤떨어지지도 않았다. 평범하다면 평범하고 균형이 잡힌 우량아라고 하면 그렇게도 생각할 수 있었다.

“이 아비에게 무슨 할 이야기가 있다고? 무슨 말인지 우선 그 개요를 한마디로 말해보아라.”

"예. 그러나 한마디로는…… 말씀 드리기 어렵습니다."

"그렇더라도 바쁠 때는 자세히 들을 수 없는 경우가 있어. 개요를 말하는 것도 수련의 하나야."

"예."

나가마츠마루는 더 거역하려 하지 않고, 한마디로 말해보려고 열심히 생각하는 표정이 되었다.

"한마디로 하면 저희 가문에 대한 중대한 일입니다."

"허어, 가문의 중대사란 말이지. 그렇다면 좀더 자세히 들어야겠구나. 그래, 어떤 일이냐?"

"오사카에 있는 오기마루 형님이 드디어 칸파쿠 전하를 따라 큐슈로 출진하게 되었다는 말을 들었습니다."

"그래서……?"

"아버님이 오사카에 보내신 군사 중 사카이 사에몬노카미酒井左衛門督는 인사만 드리고 돌아오게 하셨기 때문에 지금은 혼다 히로타카本多廣孝의 군사들만 남았습니다. 그 수는 아시가루足輕°를 합치더라도 삼천도 안 된다는 말을 들었는데 분명히 그렇습니까?"

"그래, 분명히 그렇다마는, 거기에 무슨 불만이라도 있느냐?"

"예. 그 정도로는 형님의 체면이 서지 않을 뿐만 아니라, 칸파쿠 전하도 의혹을 품지 않을까 하여……"

"허어, 그럼 너는 좀더 많은 군사를 보냈어야 했다는 것이냐?"

"예. 다른 제후들에 비해 너무 적은 군사를 보내면 훗날을 위해 좋지 않다고 생각합니다."

"분명히 그렇다는 말이로구나. 누가 그런 말을 네게 일러주더냐?"

이에야스가 웃으면서 반문했다.

나가마츠마루는 약간 고개를 갸웃하고 나서 말했다.

"누가 말해준 것이 아닙니다. 만일에 그렇다 해도 이름은 말씀 드릴 수 없습니다."

나가마츠마루는 전혀 꺼리는 기색이 없었다.

3

이에야스는 약간 싫증이 났다.

'어린아이다운 데가 없어……'

그렇다고 어설프게 엇나가면 더욱 불안하겠지만……

"그래, 이름을 말하지 않겠다는 것은 훌륭한 마음가짐이다. 나가마츠, 이번 큐슈 정벌은 대체적으로 끝났다고 보아야 한다. 알겠느냐, 지난해 십이월 칸파쿠는 다죠다이진太政大臣에 올라 도요토미 히데요시豊臣秀吉의 이름은 고금에 없는 가장 명예로운 이름이 됐어. 십이월 초 출전을 연기하고 그 사이에 모리毛利를 부젠豊前•에서, 시코쿠四國 군을 분고豊後에서 충분히 활용하여 북큐슈를 제압하고 오토모大友 가문을 도와 남하의 발판을 만들었어. 그동안 시코쿠 군이 무너지고 오토모 요시무네大友義統가 패배했지만, 그 정도는 칸파쿠 다죠다이진의 위세 앞에는 아무것도 아니야. 점점 더 위풍을 떨쳐 정세는 시시각각 도요토미 가문에 유리해졌어. 칸파쿠를 상대로 싸운다면 불리하다는 것을 모르는 자는 아무도 없어. 알겠느냐? 이번에는 오사카 방비에 마에다 토시이에前田利家, 쿄토 수비는 하시바 히데츠구羽柴秀次에게 맡기고 삼월 일일 드디어 큐슈로 향했는데, 총병력은 십이만…… 그쯤 되면 더 이상 전투가 아니라 전대미문의 유람이야. 이렇게 말하면 알 것이다. 아비가 겨우 삼천밖에 보내지 않은 이유를."

자세히 설명했는데도 나가마츠마루는 다시 고개를 갸웃거렸다.

"그렇다면 더더욱 다른 가문에 못지않은 군사를 보내 그곳 지형과 민심을 파악해야 하지 않을까요……?"

"나가마츠."

"예."

"너는 아직 이 아비의 말을 이해하지 못하고 있구나."

"무슨 말씀인지요?"

"지난해 여름의 대대적인 출진은 뜻하지 않은 정세 때문이었어. 그러나 연말부터 올봄에 걸쳐서는 칸파쿠 자신이 직접 나갈 필요가 없을 정도로 정세가 호전됐어…… 그 공로의 반 이상은 이 아비의 상경에 있었다는 것을 깨닫지 못했다는 말이냐? 이 아비는 일부러 인원수를 줄였다. 이미 충분히 공을 세웠기 때문이다. 알겠느냐?"

나가마츠마루는 깜짝 놀란 듯. 아마도 생각이 거기까지는 미치지 못했는지, 그것을 이해하려는 진지한 표정이 기특했다.

"그러시면 이미 공로가 충분하기 때문에 혼다 히로타카만 보내신 것이군요."

"그래. 사실은 한 명도 보내지 않는 편이 칸파쿠에게는 득이 된다. 가령 십이만 대군이 십이만 오천이 되건 십이만 팔천이 되건 대세가 달라지지는 않아. 그보다는 이 대군 뒤에 또한 무수한 도쿠가와 군이 대기하고 있다…… 이렇게 생각하게 하는 편이 훨씬 더 적을 압박할 수 있는 게야. 이런 점에서는 아직 네 생각이 얕아. 나가마츠, 할 이야기란 그뿐이냐?"

나가마츠마루는 순순히 고개를 끄덕였다.

'알아들은 모양이군. 이해력이 둔한 편은 아니야……'

이런 생각을 했을 때 다시 나가마츠마루가 입을 열었다.

"한 가지 더 여쭙고 싶은 것이 있습니다."

"허어, 또 있느냐? 그래, 말해보아라."

"이 나가마츠마루에게는 생모와 양모…… 두 어머님이 계십니다. 두

어머님 중에서 어느 분이 더 소중한지 그것이 알고 싶습니다."
뜻밖의 질문에 이에야스는 씁쓸한 표정으로 눈길을 돌렸다.

4

나가마츠마루의 성품으로 보아 결코 아버지를 난처하게 만들려고 한 질문은 아닐 것이다. 그러나 생모와 양모 중에서 어느 쪽이 더 중요하냐는 진지한 질문은 이에야스의 허점을 찌르는 말이었다.

'무슨 생각으로 이런 말을 꺼낸 것일까?'

상대가 더없이 착실한 아들인 만큼 애매한 대답은 할 수 없었다. 그렇기는 하지만 갑작스런 질문이어서 제대로 대답하기가 어려웠다.

"나가마츠마루."

"예."

"그럼, 너는 두 어머니 중에서 어느 한 사람이 마음에 들지 않는다는 말이냐?"

"아닙니다. 모두 좋아합니다."

"그렇다면 그것으로 된 것 아니냐. 어떤 점이 납득되지 않느냐?"

"납득되지 않습니다. 이 성은 이미 팔, 구 할까지 완성된 줄로 알고 있습니다마는."

"음, 그래서……"

"생모가 계실 전각은 이미 완성되어 그곳으로 옮기셨는데 양모의 전각은 아직. 그 의미가 저로서는 납득되지 않습니다."

이에야스는 섬뜩하여 자기도 모르게 주위를 둘러보았다. 그는 아사히히메를 하마마츠 성에 그대로 두었다가 히데요시의 쥬라쿠 저택이 완성되면 그곳으로 보낼 생각이었다.

원래 끊을 수 없는 인연으로 맺어졌던 전남편이 있었으나 그 전남편은 자결했다. 이로 인해 상심해 있는 여자를 정실이란 이름으로 고독한 우리 안에 가둘 수는 없었다…… 이런 생각 때문에 하다못해 육친과 가까이 있을 수 있는 쿄토에…… 이렇게 결정했으면서도 이에야스는 결코 진심으로 정실을 동정하고 있지는 않았다.

물론 애정으로나 성적으로 이끌릴 리 없었다. 그렇다고 정실을 두고 계속 소실의 방에 드나드는 것도 잔인하게 생각되어, 아사히히메의 입장을 충분히 이해한다는 마음으로 떨어져 있게 했다. 그런데 지금 생각해보니 그 모든 것이 자신의 방자함에서 나온 일이었다.

아니, 적어도 꼼꼼한 성격인 나가마츠마루의 눈에는 그렇게 비쳤을 것이 분명했다. 생각이 여기에 미쳤을 때 이에야스는 다시 가슴이 섬뜩했다.

"나가마츠마루, 이것도 네 머리에서 나온 생각이 아니구나?"

"예…… 아닙니다."

"아마 생모의 머리에서 나온 지혜겠지. 생모가 너에게 양모의 전각을……이라고 말했을 것이다."

"아닙니다, 그렇지 않습니다."

나가마츠마루는 황급히 부인했다. 그러나 그 얼굴에 떠오른 낭패감은 이에야스의 추측이 적중했음을 말해주고 있었다.

"좋아, 그 일이라면 걱정하지 마라. 양모가 더 중하다, 정실이니까. 그리고 그 전각을 짓기 위해 영내에서 좋은 재목감을 골라 베고 있는 중이다. 알겠느냐?"

"예. 잘 알았습니다."

"질문은 더 없겠지…… 그렇다면 생모도 똑같은 걱정을 하고 있을지 모르니 네가 가서 내가 한 말을 전하도록 해라."

이에야스는 저도 모르게 안도의 숨을 내쉬었다. 그 질문을 받게 되어 정말 다행이었다. 이곳에 거처도 짓지 않고 아사히히메를 쿄토로 돌려 보낸다면 그야말로 쫓아낸 꼴이 되었을 터……

5

나가마츠마루는 다시 한 번 깍듯이 절을 하고 물러갔다. 어딘지 모르게 패기가 부족한 듯하여 안타까운 점이 있는 반면 묘하게도 침착함과 믿음직스러움을 느끼게 했다.

'앞으로의 세상은 이런 아이로도 족할지 모른다……'

나가마츠마루가 나간 것과 거의 동시에 오쿠보 히코자에몬이 들어왔다. 여전히 그의 표정에는 불만이 가득했다.

"헤이스케, 자네도 나가마츠마루에게 충동질을 했겠지?"

히코자에몬은 못 들은 체했다.

"올해 기후는 환자들이 견디기 어렵겠습니다."

"뭐, 환자……? 누가 환자란 말인가?"

히코자에몬은 이 슨푸 성에 살면서부터 오토기슈가 되었다. 그는 조카 타다치카忠隣와는 달리 어딘지 모르게 모가 난 성격으로, 애써 혼다 마사노부를 피하려는 경향이 있었다. 마사노부의 재사才士다운 면이 기질적으로 반발을 느끼게 하는 모양이었다.

이에야스는 그래도 좋다는 생각을 하고 있었다. 각각 다른 결점이 있는 자들은 서로 견제도 하지만 보완도 하기 때문이었다.

"누가 환자라니 이상한 질문을 하시는군요. 잘 알고 계실 텐데."

"모르겠네. 누가 환자란 말인가?"

"사이고 마님입니다."

히코자에몬은 성난 얼굴이었다.

"그러니 도련님도 울적하실 것입니다. 생모는 병환 중이시고 양모가 거처하실 전각은 세워질 것 같지도 않고……"

"으음."

"예의바른 분이라 불평도 하지 못하시고…… 주군께선 모른 체하고 계시니……"

"헤이스케."

"왜 그러십니까?"

"말을 하려거든 좀 알아듣기 쉽게 하게. 마님의 전각은 세우겠다고 했네. 문제는 사이고인데…… 오아이의 몸이 불편하니 문병이라도 하라는 말인가?"

"아니, 그렇지는 않습니다. 그렇게 되면 주군께 지시하는 일이 되니까요."

"으음, 그렇기는 하군."

"주군께 지시할 수는 없는 일이므로 때때로 혼자 푸념을 하고 있습니다. 혹시 그런 말을 들으시더라도 용서하십시오."

"오아이는 어디가 불편한가?"

"아니, 그럼 정말 모르고 계셨습니까? 그렇다면 큰일입니다."

"큰일……?"

"적어도 사이고 마님은 대를 이으실 분을 낳으셨을 뿐 아니라, 하마마츠로 이전할 때부터 가문으로서는 잊을 수 없는 소중한 분. 그분의 병환도 모르시고 새로운 소실들에게 넋을 잃고 계시다면 큰 잘못…… 그렇다면 중신과 공신들에 대한 취급도……"

"말 조심하게, 헤이스케……"

"예."

"그 말도 혼자 하는 푸념인가? 푸념이라면 너무 목소리가 크다."

"언짢게 들으셨다면 용서하십시오."

"그러니까, 나가마츠마루가 우울해하므로 자네가 지혜를 불어넣었다는 말이지?"

히코자에몬은 강하게 고개를 저었다.

"어찌 제가 그런 일을 했겠습니까. 도련님께서 보다못해 하신 간언…… 근본을 바로하여 끝을 맑게 하려는 마음에서였을 것입니다."

이에야스는 혀를 차고 나서 우습다는 듯이 말했다.

6

"나가마츠마루가 나에게 근본을 바로하여 끝을 맑게 하려는 생각에서 그랬다는 말이지? 건방진 것 같으니."

히코자에몬은 웃지도 않고 이에야스에게서 눈길을 돌렸다.

"정실 부인의 전각을 세우는 일조차 잊으실 정도라면 앞으로 동부로 출진하실 주군이 걱정되시는지도 모릅니다."

"알겠네, 알겠어. 그러나 헤이스케, 어린아이에게 너무 지혜를 불어넣으면 안 돼. 마님의 전각을 짓고, 오아이를 문병하겠네."

"문병을 하신다 해도 이미 늦었는지 모릅니다."

"뭣이, 그렇게 병이 위중한가?"

"그것도 모르시다니…… 그러니 도련님이 울적해하실 수밖에 없지요."

"으음. 그대의 입은 가증스러울 정도야. 그런데, 또 가슴이 아프다고 하던가?"

"심신을 모두 가문을 위해 바쳐…… 자제님의 일부터 쿄토에서 오신 마님에 대한 일, 내전의 단속 등 모든 힘을 기울이고 계신데도 주군은 치질 줄 모르고 소실만 들여놓고 계시니 말입니다."

"헤이스케!"

"이 역시 저 혼자의 넋두리입니다. 혼자만의 넋두리에 대해서는 누구를 막론하고 꾸짖지 않으셔야 합니다."

"알겠네. 즉시 문병할 것이니 의사를 부르게."

"의사는 필요치 않습니다."

"어째서?"

"의사가 부족한 것은 아닙니다. 부족한 것은 주군의 위로일 뿐……"

"입심이 여간 아니로군. 가세! 자네도 같이."

"모시고는 가겠습니다마는 나누시는 말씀이 복잡해지면 저는 명령을 기다리지 않고 물러나오겠습니다. 부족한 것은 이 헤이스케의 얼굴이 아니기 때문에."

이에야스는 대답하지 않았다. 그러고 보니 이미 4, 5개월이나 사이고 부인을 찾아가지 않았다.

별로 건강한 몸이 아닌데도 항상 그 가냘픈 몸을 부지런히 움직여 내전의 일을 감독하고 있었다. 그 당찬 모습을 보고 있으려면 찾아가는 것이 도리어 신경을 쓰게 하여 피로를 가중시킬지도 모른다는 생각이 들 정도였다. 그래서 요즘에는 주로 오타케お竹 부인과 오무스お牟須 부인 곁에서 밤을 보냈다. 오타케 부인은 타케다武田 가문의 유신遺臣 이치카와 쥬로자에몬노죠 마사나가市川十郎左衛門尉昌永의 딸, 오무스 부인은 미츠이 쥬로자에몬 요시마사三井十郎左衛門吉正의 딸로 모두 사이고 부인인 오아이보다 젊었다.

'과연 그 말을 듣고 보니 사내란 방자한 것인지도 모르겠구나.'

시무룩한 얼굴로 뒤따라오는 히코자에몬의 시선을 따갑게 등뒤로 느끼면서, 새로운 재목과 낡은 재목이 뒤섞인 채, 벽의 향내만이 새로운 별채 건너편에 있는 오아이의 방 앞에 섰다.

오아이의 시녀가 깜짝 놀랐다.

"주군께서 건너오셨습니다."

이렇게 말하는 것을 이에야스는 가볍게 제지했다.

"아니, 괜찮다. 누워 있을 테지. 그대로도 좋아."

이에야스는 가만히 안을 들여다보고 가슴이 뜨끔했다. 역시 오아이는 황망하게 일어나고 있었다. 그 어깨가 유난히 마르고, 흐트러진 머리가 두서너 가닥 목덜미에 달라붙어 있어 고열로 땀을 흘리고 있음을 한눈에 알 수 있었다.

"아프다는 말을 듣고 찾아왔소. 어째서 진작에 알리지 않았소?"

"너무 방이 어질러져 있습니다. 오사토阿里, 어서 향을."

오아이는 시녀에게 명하고, 나가마츠마루를 연상케 하는 단정한 자세로 손을 짚고 절했다.

7

이에야스는 잠시 동안 쓰다듬듯 묵묵히 오아이를 바라보았다.

하마마츠 성에서 처음으로 오아이를 보았을 때의 그 놀라움과 젊음이 어제의 일처럼 떠올랐다. 이에야스에게는 첫사랑의 여자였던 이오부젠飯尾豊前 미망인의 혼령…… 그런 심정으로 가슴을 설레며 넋을 잃고 바라보던 기억이 생생하게 되살아났다.

그때는 불타고 남은 늙은 매화나무에 하얀 꽃 대여섯 송이가 바람에 날려온 눈송이처럼 피어 있었다. 당시 오아이는 아직 열아홉 살의 젊은 여인이었다. 이미 출가하여 아이를 낳은 여자—이런 느낌은 어디에도 없고 수줍은 듯 이에야스를 쳐다보는 오아이의 눈에는 초승달의 향기가 있었다.

이에야스는 문득 눈길을 돌렸다.

'나는 대관절 이 여자에게 무엇을 해주었을까……?'

이런 생각을 하지 않을 수 없었다.

마음속으로부터 사랑한 여자란 이 여자 하나뿐이었다…… 이런 심정으로 대하고 있으면서도 실은 이 여자를 괴롭혀왔던 모양이다. 그 증거로 어깨가 마르고 목이 가늘어졌으며 가슴이 시들었는가 하면 혈색이 없었다.

'이 여자는 내전의 일을 마음놓고 맡겨도 좋을 사람……'

이런 자신의 신뢰가 과연 여자로서 그대로 받아들일 수 있는 행복이었을까…… 신뢰한다는 핑계로 자신은 태연스럽게 이 여자를 무시해왔던 것은 아닐까.

오기마루의 생모 오만於万 부인이나 츠키야마筑山 부인처럼 귀찮게 간섭하거나 반항하는 기색은 전혀 없었다. 떨어져 있으면 묵묵히 일하고 품에 안으면 황홀하게 눈을 감았다. 모두에게 친밀감을 주고 모두로부터 존경받으면서도 전혀 자랑하는 일 없이 항상 이에야스를 감싸면서 지켜온 여자……

남자란 그런 여자를 처음에는 편안해하다가 점점 무시하게 되는 것은 아닐까…… 그리고 마침내는 좀더 신경이 쓰이는 작은 악마에게 오히려 마음이 끌리는 것일까……?

"오아이……"

"예…… 예."

"괴로운 모양인데 누워 있는 게 좋겠소."

"예…… 하지만……"

"괜찮소. 그대가 일어나 있으면 나는 곧 자리를 떠야만 하오. 잠시 이야기를 나누고 싶으니 눕도록 해요."

그러면서 시녀에게 눈짓을 했다.

"주군, 저는 이만 실례하겠습니다."

오쿠보 히코자에몬은 조용히 방을 나갔다.

오아이도 이미 시녀들의 시중을 사양하려 하지 않았다. 순순히 드러누워 베개에 오른쪽 뺨을 얹은 채 눈도 깜박이지 않고 이에야스를 쳐다보고 있었다.

"고통스럽소?"

"아뇨."

"의사가 무어라 했소?"

"무리하지 말라고 했어요."

"무리하지 말라고……"

이에야스도 상대에게서 눈길을 떼지 않았다.

"너무 무리했나 보군, 그대는."

갑자기 안타까운 마음이 치밀었다.

'이렇게까지 중태인 줄은……! 용서하시오, 용서해주오.'

8

이미 오아이는 기력이 다한 사람처럼 보였다.

그러고 보니 하마마츠에서 이곳으로 옮기는 도중에 피를 토했다는 말을 들은 일이 있다. 그러나 이렇게까지 되었을 줄은 몰랐다. 이에야스는 직접 문병하는 대신 히코자에몬에게 명하여, 내전에서 일할 사람들이 이 새로운 성의 생활에 익숙해질 때까지 잘 돌보아주라고 했을 뿐이었다.

"성주님……"

오아이가 말했다.

"죄송합니다."

이에야스는 깜짝 놀라 얼굴을 가까이 가져갔다.

"그 무슨 당치도 않은 소리. 무리를 하게 만든 내 잘못이오."

"아닙니다. 가장 중요한 이번 이전에…… 몸이 약해서…… 도움이 되지 못했습니다. 용서해주십시오."

"오아이……"

"예."

"그대는 진심으로 그런 말을 하는 것이오? 바쁘다는 구실로 문병도 오지 않은 나에 대한 원망이 아니오?"

이번에는 오아이가 깜짝 놀란 듯이 눈을 크게 떴다. 이 표정의 변화만으로도 빈정대거나 원망하는 말이 아니라, 이 여자의 진심에서 나온 소리임을 알 수 있었다.

"성주님!"

"오, 무슨 말을 하고 싶소? 아니, 눈물을 흘리는군…… 움직이지 마시오, 닦아줄 테니."

"용서한다……고 한마디만 말씀해주십시오."

"그게 무슨 소리요. 용서하고 말고가 어디 있소. 그대는 열심히 일만 했는데……"

"아닙니다…… 아닙니다. 용서한다는 말씀을 듣지 못하면 이 오아이는 섭섭합니다."

"점점 더 이상한 말을 하는구려, 그대는. 왜 그러는 거요, 어째서 그러는 거요?"

"이번의 이전…… 성주님이나 나가마츠마루의 일생에서 가장 중요할 때…… 알고 있으면서도 몸이 불편하기 때문에……"

"그런 뜻이오? 그런 뜻이라면 내 모두 용서하리다. 용서하겠소, 오아이……"

"고맙습니다."

이에야스는 아직 이 여자의 말속에 숨은 의미를 깨닫지 못했다.

'병 때문에 정신이 흐려져서……'

이렇게 생각하고 오아이의 손을 꼭 잡았다. 오아이는 기뻐하거나 매달리려 하지 않았다. 그 손을 가만히 이마에 대고 냉정하게 보이기도 하는 차분한 표정으로 말하기 시작했다.

"이제는 안심했습니다. 먼저 정토淨土로 떠나겠어요."

"무슨 당치도 않은 소리를! 그대는 아직 젊소. 병에 지면 안 돼요. 세상에는 명의도 묘약도 있소. 정신력이 중요하오."

오아이는 이에야스의 말을 듣고 있는 것 같지 않았다. 조용히 눈길을 방의 선반 한쪽으로 옮겼다. 그곳에는 피기 시작한 벚꽃 한 송이가 옛 이가伊賀의 것인 듯싶은 소박한 도자기에 꽂혀 있었다.

"이제 봄이 왔소, 오아이. 저렇듯 만물이 움트는 봄…… 봄은 또한 인간의 정기가 스스로 안에서부터 넘쳐흐르는 때요. 마음만 굳게 하면 틀림없이 쾌유할 것이오. 나도 앞으로 자주 오겠소……"

이 말도 들었는지 못 들었는지 오아이는 잠시 꽃을 바라보았다.

"부탁이 있습니다."

그리고는 들릴까 말까한 가냘픈 소리로 중얼거리듯 말했다.

9

"아니, 부탁이 있다고 했소?"

이에야스의 반문에 오아이는 흠칫 하고 입을 다물었다. 어쩌면 이 중얼거림은 오아이의 의사와는 관계없이 입 밖으로 나온 것인지도 몰랐다. 겁먹은 듯 눈길을 다시 벚꽃으로 돌리면서 오아이는 희미하게 고개를 저었다.

"부탁이 있으면 말해보오. 망설일 것 없소."

이에야스는 자기 소원을 한 번도 입 밖에 내어 말한 일이 없는 오아이의 성격을 생각하고 가슴이 메는 듯한 가련함을 느꼈다.

'이 여자에게도 말하고 싶은 일이 많이 있었을 텐데……'

그런데도 참고 참으면서 묵묵히 살아왔다. 그러다가 병에 걸리는 바람에 몸과 마음이 다 약해져서 그만 저도 모르게 입 밖에 내어 마음에 있던 말을 한 모양이다. 그것을 깨달았기 때문에 이에야스는 다시 한 번 재촉하지 않을 수 없었다.

"오아이, 무언가 하고 싶은 말이 있을 것이오. 아니, 지금까지도 많이 있었을 테지만 그대는 꾹 참아왔을 것이오…… 좋아요, 이번만은 꼭 들어주고 싶으니 말해보시오."

오아이는 아직도 겁을 먹은 듯 잠자코 있었다.

"망설일 것 없소. 그대는 분명히 부탁이 있다고 했지 않소?"

"성주님……"

"오 그래, 말해보시오."

"아무 말씀도 묻지 말아주십시오. 이 오아이가 자칫 지금까지 지켜온 마음의 교훈을 어길 뻔했습니다."

"뭐, 마음의 교훈……?"

"저 벚꽃처럼…… 아니, 땅 위의 모든 나무와 화초처럼……"

"그게 무슨 말이오? 알아들을 수가 없구려."

"나무나 화초는 아무리 고통스러운 일, 바라는 일이 있어도 결코 말하지 않습니다."

"그렇기는 하오만……"

"그리고 봄이 오면 그것들은 모자라면 모자라는 대로 힘을 다해 꽃을 피웁니다."

"으음, 그럼 지금까지 그대는 나무나 화초들의 삶을 교훈으로 삼아 살아왔다는 말이오?"

"예. 그렇게 하는 것이 성주님을 위하는, 나가마츠마루를 위하는 길이라 생각하고 마음의 교훈으로…… 그러므로 조금 전에 한 말은 잊어주십시오."

이에야스는 뜻하지 않은 오아이의 말에 다시 벚꽃을 바라보았다.

과연 식물은 굶주리건 목이 마르건 의사표시를 할 자유가 없다. 돌보아주는 자가 없어도 남몰래 꽃을 피우고 열매를 맺으며, 그러다가 목이 마르면 묵묵히 시들어간다……

'이 여자는 그런 삶을 마음의 교훈으로 삼아왔다는 말인가……?'

이에야스는 이때처럼 오아이가 애처롭고 가련해 보인 적이 없었다.

'식물의 마음으로 살아온 여자……'

그러나 이 여자도 역시 인간. 불현듯 입 밖에 내었다가 부끄럽게 여기는 슬프고도 겸손한 여자……

"오아이, 그 말을 들으니 더더구나 묻지 않을 수 없소. 그대의 유일한 부탁…… 그것을 듣지 않고는 이 자리를 뜨지 못하겠소. 자, 말해보시오. 이 이에야스가 그대에게 부탁하오."

오아이는 다시 겁먹은 듯 주위를 둘러보고 가만히 일어나려 했다.

"그대로 있어요, 누운 채로도 좋아요……"

이에야스는 얼른 오아이의 어깨에 손을 얹고 자기 얼굴이 한꺼번에 젖어가는 것을 깨달았다.

10

"말씀 드리겠습니다."

오아이가 말했다.

“허락하신다면 누운 채로 말씀 드리겠습니다.”

“그래, 좋아요. 어서 말해보시오.”

이에야스는 한 손을 오아이의 어깨에 올려놓고 다른 손으로 가만히 눈물을 닦았다.

‘아마도 이것이 이 여자의 마지막 말이 될지도……’

이에야스의 가슴속에 치솟는 불안.

생각했던 것보다 오아이의 병이 위중하다는 사실이 뼈에 사무쳐왔다. 이 여자는 여간해서는 드러눕는 여자가 아니었다. 이 여자가 드러누웠을 때는 이미 ‘시들어질 때’ 임을 깨닫지 못한 자신의 어리석음이 부끄러웠다.

“성주님, 웃지 마십시오. 어쩌면 성주님도 이미 알고 계신 일인지도 모릅니다.”

“오, 내가 어찌 웃을 리가 있겠소. 말해보시오.”

“성주님, 지금까지도 많이 참아오셨습니다만, 앞으로도 칸파쿠 전하와는 다투지 마십시오.”

“뭐요? 오아이, 그……그것이…… 내게 하는…… 그대의 부탁이란 말이오?”

“예. 오기마루 님을 칸파쿠 전하의 양자로 보내시고, 그분의 여동생 아사히히메 님을 마님으로 맞이하셨습니다…… 나가마츠마루는 이제 마님의 아들입니다.”

“으음.”

“이러한 양가가 다투게 된다면 지금까지의 일은 모두 거짓…… 그렇게 되면 신불神佛이 노하실 것입니다.”

“……”

“성주님의 어머님께서도 하마마츠 성에 오셨을 때 신불을 속이면 번영을 누릴 수 없다고 여러 번 말씀하셨습니다. 더구나 성주님이 참으시면 백성들은 전쟁의 고통으로부터 벗어날 수 있습니다…… 서쪽에서 어려운 문제가 생기면 동쪽으로, 동쪽으로 피하시라고…… 이것도 어머님이 하신 말씀입니다."

이에야스는 잠자코 팔짱을 끼고 있었다.

이 여자에게서 이런 말을 들을 줄은 몰랐다. 그러나 이것저것 잘 생각해보면 자신의 불찰이었다.

말 못하는 초목의 마음을 교훈으로 삼고자 맹세한 여자라면 그만큼 깊이 관찰하는 눈도 떴을 것이다.

"용서해주십시오…… 동으로, 동으로…… 성주님께 이렇게 부탁 드리고 싶다……는 생각을 하고 나서 갑자기 부끄러워졌습니다. 이런 것을 모르실 성주님이 아니다…… 이런 마음이 드는 것은 어쩌면 나가마츠마루의 안녕을 바라는 저의 노파심이 아닌가 하고…… 그래서 도중에 입을 다물었습니다."

"오아이!"

"용서해주시겠습니까? 저는 마음의 교훈을 어겼습니다."

"잘 말해주었소. 그대의 말이 옳소."

"부끄럽습니다…… 용서해주십시오."

"그러나…… 염려하지 마시오. 이에야스도 그런 생각에서 이처럼 이 성으로 옮긴 것이니까."

"그러기에 부끄럽다고……"

"아니, 그렇지 않소. 신불을 속이는 자에게는 번영이 없다는 그대의 한마디를 깊이 마음에 새기겠소. 이 이에야스만이 아니라 나가마츠마루도 천하인天下人이 되고 안 되는 것과는 관계없이 천하인의 마음으로 살아갈 것이오. 오아이, 나가마츠에게도 백성과 신불을 두려워할 줄 알라고 잘 타이르겠소."

오아이는 몇 번이나 가만히 고개를 끄덕이고 눈을 감았다. 두 눈에 눈물방울이 맺혀 있었다.

피곤했는지 오아이는 곧 잠든 것 같았다. 숨소리가 작게 들렸다.

이에야스는 계속 그 잠든 얼굴에서 시선을 떼지 않고 있었다……

11

이에야스가 조용히 오아이의 방에서 빠져나온 것은 잠든 숨소리가 깊어진 것을 확인하고 난 뒤였다. 히코자에몬의 말대로 이미 회복은 불가능한 듯했다. 이런 생각에 곧 일어나기가 불안했고, 그대로 있으면 잠을 방해할 것 같다……고 망설이던 끝이었다.

'그렇구나, 오아이의 눈이 거기까지 미치고 있었구나……'

방에서 나온 이에야스는 그대로 복도 끝까지 와서 자기 거실로 통하는 마루에 이르러 신을 찾았다.

히코자에몬이 다가와 나막신을 가지런히 놓았으나 말은 하지 않았다. 그 역시 묵묵히 이에야스 뒤를 따랐다.

정원으로 나온 이에야스는 파릇파릇 싹이 돋은 단풍나무, 버드나무, 벚나무, 매화나무 등을 바라보고 나서 그 너머로 높이 솟아 있는 후지산을 바라보았다.

"헤이스케."

"예."

"오아이가 여기 있는 정원수라면 무슨 나무일까?"

"예?"

"벚나무, 매화나무…… 아니면 버드나무일까?"

"소나무입니다."

히코자에몬이 대답했다.

"돌아가시거든 그 곁에 소나무를 심어드리십시오."

"알겠네……"

"……그러시면 해마다 보일 듯 말 듯한 연기와도 같은 꽃을 피울 것입니다."

이에야스는 일부러 그 말에 대답하지 않았다. 히코자에몬의 눈에도 '가망이 없다' 고 보였다는 생각에 가볍게 입을 열 수 없었다.

이에야스는 다시 얼마 동안 걷다가 걸음을 멈추었다.

"헤이스케."

"예."

"이 부근의 나무들은 모두 동쪽을 향해 가지를 뻗고 있군. 동쪽과 남쪽으로…… 서쪽으로는 전혀 뻗지 않았어."

히코자에몬은 고개를 갸웃거렸다.

"초목은 모두 그렇지 않을까요, 해가 비치는 쪽으로 가지를 뻗게 마련이니까."

"그럼, 오아이의 소나무도 동쪽으로 가지를 뻗을까?"

"예……? 무어라 하셨습니까?"

"아니, 내가 미처 깨닫지 못했던 것을 자네에게 사과하고 있네. 그렇게 중태인 줄은 몰랐어."

"기뻐하셨을 것입니다. 과연 사이고 님의 혈통, 우러러볼 만한 분이었습니다."

"그래……"

"주군, 지금 무엇을 보고 계십니까?"

"후지산일세."

"오늘 후지산은 별로 볼품이 없습니다. 하늘빛이 그렇게 맑지 못하니까요."

"헤이스케, 나는 저 후지산을 향해 이 성의 큰방 마루에서 오줌을 눈

일이 있네……"

"예, 주군이 인질로 계실 무렵 말씀이군요."

"음. 미카와의 떠돌이라고 모두에게 조롱받던 시절에…… 그런데 지금은 이 성의 주인이 되었어."

"출세하시게 되어 감개가 무량하시지요?"

"웃기지 말게, 헤이스케. 사실은 그 반대일세. 그로부터 오랜 세월이 흘렀지만 아직도 나는 떠돌이가 아닌가 하는 생각을 했던 거야."

히코자에몬은 다시 고개를 갸웃거렸으나 아무 말도 하지 않았다.

인생은 모두 떠돌이, 누구라 할 것 없이 덧없는 여행만 계속하고 있는지도 모른다……

진원지

1

사카이 포구에서는 오늘도 60척이 넘는 배가 잇따라 짐을 싣고 떠나갔다.

무려 30만 병력, 말 2만 마리를 1년 간 유지하기 위한 군량을 아마가사키尼ヶ崎, 효고兵庫 등에 쌓아놓았다가 아카마가세키赤間關(시모노세키下關)까지 해상으로 수송해야 하는, 일찍이 없던 일이었다.

지금까지 사카이에서 실어낸 쌀만도 5만 석이 넘었다. 배는 20여 곳의 영지로부터 징발한 2, 300석짜리가 대부분이었으며, 1,000석을 실을 수 있는 배는 몇 척 되지 않았다. 그래서 배도 사람도 당분간은 눈 돌릴 수 없을 정도로 바쁜 나날이 계속될 것 같았다.

운송할 양곡을 모아 쌓는 일은 코니시 류사小西隆佐, 요시다 세이에몬吉田淸右衛門, 타케베 쥬토쿠建部壽德 등이 담당했다. 그리고 이시다 미츠나리, 오타니 요시츠구大谷吉繼, 나츠카 마사이에長束正家 등은 바닷가에 즐비하게 세워진 창고에서 짐 싣는 일과 배치에 대한 지시로 눈코 뜰 새 없이 바빴다.

히데요시가 직접 12만 대군을 거느리고 오사카를 출발한 지 20여 일이 지난 3월 하순의 일이었다.

이미 벚꽃은 지고 시가지 주변은 짙은 초록빛으로 변해 있었다. 갖가지 빛깔의 깃발로 뒤덮인 바다와 하얗게 빛나는 시치도가하마七堂ヶ浜에서 개미처럼 움직이는 수많은 사람들과의 대조는 풍경으로 볼 때 활기찬 것이었다.

'이제부터 과연 무엇이 잡힐 것인가.'

이렇게 생각하니 나야 쇼안은 점점 화가 치밀기 시작했다.

"코노미木の實, 소덴宗傳이 어디서 칸파쿠 행렬을 만났는지 듣지 못했느냐?"

쇼안은 오코지大小路 본점으로 마중 나온 딸 코노미에게 꾸짖는 듯한 어조로 물었다. 코노미는, 쇼안이 히데요시의 출진…… 전까지 큐슈의 일을 원만히 수습하려고 은밀히 치쿠젠筑前•으로 보냈던 오와리야尾張屋의 소덴이 치모리노미야乳守の宮에 있는 쇼안의 별장으로 돌아왔다고 부르러 왔다.

"들었어요. 아키安芸의 하츠카이치二十日市에서 만났다고 했어요."

코노미는 종종걸음으로 쇼안을 쫓듯 잽싸게 걸었다.

"칸파쿠의 모습은 정말 볼 만했대요. 빨간 비단 갑옷에 괭이 모양의 장식이 있는 투구를 쓰고 역시 빨간 비단 히타타레直垂°에 황금 안장을 얹은 갈색 말에 올라……"

말하다 말고 웃음을 터뜨렸다.

"웃을 일이 아니야!"

쇼안이 꾸짖었다.

그러나 코노미는 웃음을 멈추려 하지 않았다.

"더구나 그 얼굴에 수염까지 달고 있더라는 거예요."

"웃지 말라고 하지 않았느냐!"

"예. 저는 칸파쿠를 다시 보았어요. 이런 시기에 그런 모습으로 꽃구경을 할 수 있는 분은 별로 많지 않을 것이에요."

"뭐, 꽃구경이라고……?"

"예. 전쟁이라는 생각은 하지 않고 있어요. 내일은 배를 띄우고 이츠쿠시마嚴島를 구경하겠다…… 이렇게 말했다고 하던걸요."

코노미는 또다시 배를 껴안고 웃었다.

쇼안은 못마땅한 듯 혀를 찼다. 그렇다고 하여 결코 히데요시에 대해 분개하고 있는 것은 아니었다.

코노미까지도 꽃구경……이라고 할 정도로 승부가 확실한 전쟁을 히데요시에게 하도록 만든 자신에 대해 화를 내고 있었다……

2

'시마즈 요시히사島津義久라는 자는 알 수 없는 사람이야!'

쇼안은 생각했다.

히데요시가 3월 1일 12만 대군을 이끌고 오사카를 떠나기 전—

우키타 히데이에宇喜多秀家가 거느린 비젠備前 군 1만 5,000.

미야베 나카츠카사 호인宮部中務法印 이하의 이나바因幡, 호키伯耆 군 4,400.

마에노 나가야스前野長泰 이하의 타지마但馬 군 4,000.

후쿠시마 마사노리福島正則와 나카가와 히데마사中川秀政, 타카야마 나가후사高山長房의 하리마播磨 군 5,500.

호소카와 타다오키細川忠興의 탄고丹後 군 3,000.

하시바 히데나가羽柴秀長와 츠츠이 사다츠구筒井定次의 야마토大和 군 1만 7,000.

하시바 히데카츠羽柴秀勝의 탄바 군 5,000.

니와 나가시게丹羽長重와 이코마 치카마사生駒親正의 2,300.

마에다 토시나가前田利長의 엣츄越中, 에치젠越前 군 1만 2,000.

가모 우지사토蒲生氏鄕, 오다 히데노부織田秀信, 쿠키 오스미九鬼大隅, 이케다 테루마사池田輝政, 모리 나가치카森長近, 이나바 노리미치稲葉典通 등의 1만 2,000.

이렇게 모두 8만여 병력이 앞서 출진했고, 그전에 이미 도착해 있는 모리, 코바야카와小早川, 킷카와吉川 등 츄고쿠 군, 시코쿠의 센고쿠仙石 군, 큐슈의 오토모 군을 합하면 그 총수는 족히 30만을 웃도는 대군이었다.

시마즈 요시히사가 아무리 발버둥쳐도 방어할 수 없는 군세, 그러므로 설득하기에 따라서는 충분히 항복받을 수 있었다. 사카이 사람들은 여러 방법을 강구하여 히데요시의 출진을 연기시키고 시마즈와의 화친을 주선해보았으나 끝내 효과를 보지 못했다. 한시가 아까운 이러한 시기에 무사 인형의 행렬 같은 이상한 차림으로 떠나는 히데요시를 큐슈까지 떠나보내지 않을 수 없게 되었다……

쇼안은 아직도 뭔가를 생각하면서 웃고 있는 코노미에 앞서 성큼성큼 별장 문을 들어섰다.

오와리야의 소덴을 치쿠젠에 보낸 것도 물론 쇼안이었다. 소에키, 소큐宗及 등 사카이 사람들이 상의한 끝에, 하카타博多의 부호 카미야 소탄神屋宗湛을 통해 마지막 공작을 시도하기 위해서였다.

쇼안이 들어가자 소덴은 여장을 풀고 쇼안이 자랑하는 서원에 벌렁 드러누워 열심히 코털을 뽑고 있다가 얼른 일어나 맞았다.

"아, 이런…… 이제야 돌아왔습니다."

"수고가 많았다고 하고 싶지만 공연한 헛걸음을 했군, 소덴."

"그렇습니다."

소덴은 손끝에 붙은 코털을 후우 불어버리고 나서 그 손으로 머리를 긁었다.

히데요시의 다실茶室에서 볼 때는 제법 의젓한 다인다운 소덴도 여기서는 아주 버릇없는 사람으로 보였다.

"대관절 무엇이 그토록 시마즈를 분노하게 만들었을까? 설마 이길 거라 생각하지는 않았을 텐데."

소덴은 그 말에는 대답하지 않았다.

"칸파쿠 전하에게는 좀더 여자 사냥을 권하는 편이 좋을 듯합니다."

엉뚱한 말을 했다.

"그렇지 않으면 무슨 일을 할지 몰라요. 사람을 보면 협박부터 하려고 하니 문제입니다."

"으음, 그럼 시마즈가 오기를 부리기 시작했다는 말인가?"

쇼안은 양미간을 모으면서 그 자리에 앉았다.

"글쎄, 시마즈도 분별없이 오기만 부리다 망해버릴 사람은 아닐 텐데…… 어쨌든 우리 예상은 빗나갔어. 이렇게 칸파쿠와 시마즈가 전쟁을 벌이도록 만들었으니."

3

"역시 칸파쿠……가 되더니 약간 사람이 달라진 것 같습니다."

소덴이 하는 말을 쇼안은 가볍게 막았다.

"그런 말을 하면 안 돼. 그렇게 되면 우리들이나 소에키…… 아니 현재 일본에서 첫째가는 다도의 명인 리큐利休 거사의 가르침이 잘못되었다는 답이 나오니까."

"어쨌거나 지난해 정월 일부러 하카타에서 소탄 님을 모셔다 칸파쿠 전하와 대면하게 한 이쪽 계획은 완전히 허사가 되고 말았습니다."

"그 직접적인 원인은?"

"전하가 시마즈에게 보낸 서신 때문입니다."

"그 내용이 우리가 알고 있던 것과 달랐다는 말이지?"

"예. 이미 일본은 오슈奧州 끝까지 평정했다, 그러므로 너도 항복하라……고 고답적인 태도로 위협했던 것이지요."

"으음, 그렇다면 졸렬했군!"

"어디 졸렬하다뿐입니까……"

소덴은 다시 한 번 머리를 긁었다.

"카미야 소탄 님이 리큐 거사와 유사이 님의 서신을 건넸는데도 시마즈 요시히사는 콧방귀를 뀌며 받지 않았다고 합니다."

"과연 졸렬했어!"

"시마즈가 아니라도 북쪽에는 호죠가 있고 다테伊達가 있다는 것을 모를 리 없습니다. 뿐만 아니라 도쿠가와 님 한 사람만으로도 얼마나 애를 먹었는지 잘 알고 있는 터, 이 서신대로 되었을 때 다시 생각해보자고 했다는 것입니다."

쇼안은 쓴웃음을 지었다.

"그럼, 이 이야기를 리큐 거사에게 하고 왔나?"

"예. 아키의 하츠카이치에서 만나 자세히 이야기했습니다."

"거사는 뭐라고 하던가?"

"안타까운 듯 웃지도 않았습니다. 그러나 시마즈도 정신을 차릴 것입니다. 전하의 서신도 졸렬했지만, 전하가 큐슈까지 출진하지 않을 줄 알았던 시마즈도 앞을 내다보는 안목이 없었던 것이지요."

이때 코노미가 차를 가지고 들어왔다. 그래서 두 사람은 잠시 말을 중단했다.

"말씀 끝나셨습니까? 목욕물이 준비되었는데요."

"오, 무엇보다 반가운 말이군요. 나중에 천천히 하겠어요."

쇼안은 다시 무어라 말하려는 코노미에게 눈짓으로 물러가라고 지시했다.

"그럼, 상당히 큰 전쟁이 벌어지겠는걸."

"그렇게 될 것 같습니다."

"소탄 님의 예상으로는?"

"큐슈의 코마키 전투……라고 하시더군요."

"큐슈의 코마키 전투라……"

"예. 처음에는 예상 착오였습니다. 시마즈 요시히사가 히데요시와 같은 비난받아 마땅한 자의 명령에 따를 수는 없다고…… 그러나 이것은 전하가 출진하지 않으리라 계산하고 한 말이었지요. 그런데 이처럼 대군을 이끌고 출동했습니다. 그렇다면 승산이 없는 줄 알지만 오기로라도 쉽게는 굴복하지 않습니다. 전하에게 일단 타격을 주고 난 뒤에 유리한 조건으로 협상하려 할 것입니다…… 이렇게 되면 소탄 님의 말대로 큐슈의 코마키 전투가 될 것이 분명합니다."

쇼안은 잔뜩 허공을 노려본 채 아무 말도 하지 않았다.

4

전쟁이란 이해타산만이 아니라 오기와 허영 등의 감정을 동반하여 뜻하지 않은 방향으로 전개되는 기묘한 생물이었다.

시마즈 요시히사는 이미 히데요시를 상대로 하여 싸울 때가 아니었다. 그 싸움은 요시히사에게 아무런 이익이 되지 않을 뿐 아니라, 사카이 사람들에게도 그들의 목적인 해외 진출을 가로막는 큰 장해였다.

지난해 정월 3일 사카이 사람들은 은밀히 하카타의 카미야 소탄을 불러, 오사카 성 안에서 열린 대규모 다회에 참석시켜 히데요시를 소개하고 여러 가지 책략을 마련하려 했다. 우선 시마즈 가문의 노신 이쥬인 타다무네伊集院忠棟가 다도에서는 리큐를, 와카和歌°에서는 호소카와 유사이를 스승으로 섬긴다는 점에 착안하고 그와 연락하여 양자 사이를 원만히 해결하려고 했다.

그동안 히데요시의 출진도 만류해왔다. 모든 일을 무력에 호소하려는 센고쿠戰國 시대 이래의 악습을 이치에 따라 움직이고 이치에 따라 화해하는 새로운 방법으로 바꾸려는, 말하자면 이것은 사카이 사람들에게는 하나의 시금석이기도 했다.

도쿠가와 가문과의 문제에서도 그들은 음으로 양으로 계속 작용하여 일단은 평화로운 가운데 제휴를 성취시켰다. 그런 만큼—

'시마즈 가문도 이와 같이 하면 된다!'

그들은 이렇게 생각했다.

이러한 자신감이 히데요시의 출진을 3월까지 연기시킬 수 있었다. 그러나 시마즈 쪽으로부터는 회답이 오지 않았다. 이에 소덴을 급히 큐슈로 보내 사정을 알아보도록 하는 동안, 마침내 히데요시도 더 기다리지 못하고 출진을 감행했다.

지금 소덴의 보고에 따르면, 시마즈 요시히사를 오판하게 만든 원인의 반은 히데요시의 서신에 있었다는 것이 판명되었다. 그러나 문제는 그것만이 아니었다.

지금은 리큐 거사가 된 소에키는 거의 히데요시 곁을 떠나지 않고 이번에도 동행하고 있었다. 그러면서도 전쟁을 저지하지 못했다는 것은 사카이 사람들의 실력이 아직 시대를 움직이지 못하고 있다는 의미이기도 했다.

쇼안은 이 점이 안타깝고 또 분했다. 아니, 쇼안만이 아니었다. 리큐 거사인 소에키도 쇼안 이상으로 분하게 여겼기 때문에 소덴을 만나고도 안타까워할 뿐 아무 말도 못했을 것이다.

그들은 '다도'라는 새로운 무형無形의 기치를 내걸고 무력 이상의 힘으로 무장을 억제하는 인간 혁명을 시도하여 궤도에 올려놓았다. 이 혁명은 벌써 이루어진 것처럼 보였다. 히데요시에게 권하여 그 '황금의 다실'을 궁전 별채로 옮기도록 하고, 칙명으로 소에키에게 리큐라는 거사 칭호를 내리게 하여 당당히 일본 제일의 왕좌에 앉아 천하 제후들로부터 스승으로 모셔지는 지위를 획득했다.

모리, 코바야카와, 킷카와 일족은 물론 마에다 토시이에와 호소카와 타다오키도, 가모 우지사토도, 히데나가도, 오만도코로 자신까지도 그런 의미에서는 리큐의 제자가 되어 있는 게 아니었던가.

'그런데도 지금 한 가지 실패를 기록하게 되다니……'

물론 이와 같은 지혜를 짜낸 것은 나야 쇼안이었다. 이런 차질을 빚게 된 것이 쇼안은 여간 억울하지 않았다.

"쇼안 님, 어디 불편하신 데라도……"

깨닫고 보니 소텐도 걱정스러운 듯 고개를 갸웃거리며 쇼안의 얼굴을 들여다보고 있었다……

5

쇼안은 고개를 끄덕이고 씁쓸히 웃었다.

"걱정할 것 없네."

소텐을 안심시켰다.

"그건 그렇고, 다시 한 번 자네가 하카타까지 가는 수고를 해야 될 것 같아."

"다시 한 번…… 저는 몇 번이라도 다녀올 수 있습니다마는 무슨 묘안이라도 있습니까?"

"묘안이라고까지는 할 수 없으나…… 내가 불안하게 생각하는 것은 리큐 거사가 이 일로 마음이 상해 칸파쿠 전하와 충돌할지도 몰라 그 점이 걱정스럽네."

"과연…… 그럴 가능성도 있겠군요."

"자네도 알고 있듯이 소에키 님은 칸파쿠에 못지 않게 기질이 강한 성격, 칸파쿠가 그런 식으로 일을 처리하면 곁에서 코웃음을 치는 일도 서슴지 않을 것일세."

"분명히 그럴 가능성이 있습니다."

"자네가 다시 하카타에 가 내 생각을 거사에게 전해주어야겠네."

"그 생각이란……?"

"절대로 격렬한 전투는 벌이지 말도록…… 칸파쿠는 세상에서 흔히 볼 수 있는 분이 아니다, 여유를 가지고 서서히 시마즈가 항복할 때를 기다리라고…… 거사에게 계속 진언하도록 말일세."

"격렬한 전투는 벌이지 말도록……?"

"그렇다네. 그러기 위해서는 칸파쿠에게 새로운 장난감을 주어야 해. 자네 말대로 여자 사냥이라도 하게 했으면 좋겠지만 좀처럼 그런 일을 할 칸파쿠가 아닐세. 새로운 장난감이 좋을 것이야."

쇼안은 잠시 허공을 쳐다보듯이 하다가 입을 열었다.

"알겠나, 시마즈의 항복은 시간문제일세. 누가 보아도 승리는 뻔한 일, 전혀 서두를 것 없어. 이왕 칸파쿠가 큐슈까지 진출했으니 그 기념으로 영원히 남을 사업을 하시도록…… 이렇게 거사에게 진언케 하라는 것일세."

"큐슈에 영원히 남을 사업을?"

"그래. 모처럼 나가셨으니 그 땅에 새로운 일본을 출현시키기 위한 대대적인 기지를 직접 설계하고 돌아오시도록……"

"과연 그렇게 되면 칸파쿠 전하의 구미가 당기겠군요."

"반드시 성사시켜 그 땅의 황폐를 막아야만 해. 일본인이 일본인을 아무리 많이 죽인다 해도 조금도 자랑이 되지 않아. 더 잘살도록 하는 것이야말로 불세출의 칸파쿠 전하가 될 수 있는 길일세. 큐슈에 제이의 사카이 항을 건설하라고 진언토록……"

"제이의 사카이 항을……?"

"하카타에 말일세. 소탄 님이나 시마야島屋 님과 함께 차를 나누게 하면서 칸파쿠 자신이 설계토록 한다…… 이렇게 되면 그 일이 재미있어서 반드시 격렬한 전투는 피할 것일세."

소덴은 탁 무릎을 치면서 몸을 앞으로 내밀었다.

"과연 훌륭한 장난감입니다! 그렇게라도 하지 않으면 시마즈도 오기, 칸파쿠 전하도 오기가 발동하여 어떤 일을 벌일지 모릅니다. 과연 제이의 사카이 항을……"

쇼안은 그 말에는 대답하지 않았다.

"그것만이 아닐세. 거사의 완고한 마음을 푸는 묘약이 되기도 할 것일세. 거사로서는 모처럼 일본 제일의 다인이 큐슈까지 간 것이 되므로, 그곳 다이묘들을 모두 제자로 삼고 돌아오라고 전하게. 알겠나, 오토모도 시마즈도…… 그것을 하지 못하면 사카이 사람들의 체면이 서지 않는다고 전해주게."

6

"으음, 과연 쇼안 님이십니다."

소덴은 감격한 듯이 말했다.

확실히 묘안 이상의 것, 쇼안의 제안은 하늘이 내린 훌륭한 계시라고 할 수도 있었다.

히데요시의 성격과 리큐 거사의 성격을 철저하게 활용하고, 또한 시마즈를 위해서나 일본을 위해서도, 그리고 사카이 사람들을 위해서도 바람직한 일이었다……

이것이 바로 진정한 '정치'……라고 소덴은 생각했다.

"과연…… 생각이 깊으시군요."

"소덴."

"예."

"그리고 또 하나. 거사는 어떤 경우에도 칸파쿠와 다투지 말 것……이 쇼안이 살아 있는 한 거사의 마음이 칸파쿠로 인해 상하는 일은 절대로 없도록 할 것이니, 서로가 서로를 살린다…… 이것이 나의 부탁이라고 거듭 전해주게."

"알겠습니다. 그런데 쇼안 님, 거사와 칸파쿠가 다툴 가능성이 그렇게 많을까요?"

"물론 많지."

쇼안은 비로소 눈길을 허공에서 상대에게로 옮겼다. 그리고는 진지하게 말했다.

"쌍방이 상대를 너무 잘 알고 서로 반해 있기는 하지만 양쪽 모두 성질이 급하니까."

"그것은 양쪽 모두 기질이 강한 사람들이기 때문에 이해할 수 있습니다마는……"

"그리고 거사의 깊은 풍류를 칸파쿠는 알지 못하고, 칸파쿠의 폭넓은 기질을 거사는 알지 못해."

"……그럴까요?"

"두 사람의 대화가 종종 어긋나는 것을 보면 알 수 있네. 예컨대 거사가 권해서 후루타 오리베古田織部에게 굽게 하는 찻잔의 색깔 따위가 그것일세."

"찻잔의 색깔……?"

"그래. 검정은 오랜 전통의 위엄을 나타내는 색깔이라고 해도 칸파쿠는 이해하지 못해. 칸파쿠는 붉은색을 좋아하거든."

"황금의 다실도 마찬가지겠군요."

"황금 그 자체는 훌륭한 것이지. 그러나 집착하는 인간의 마음은 천박하다…… 아니, 그런 것보다도 붉은색은 잡스러움을 나타내는 색깔이라고 해도 칸파쿠에게는 통하지 않아."

"으음."

"그것을 억지로 통하게 하려는 고집이 거사에게는 있고, 납득하기 전에는 누가 무어라 해도 받아들이려 하지 않는 외고집이 칸파쿠의 마음에는 도사리고 있네."

"그야말로 빨강과 검정의 차이로군요."

"그렇지."

쇼안은 크게 한숨을 쉬었다.

"인간의 숙명인지도 몰라. 그러나 우리가 지향하는 것은 그 숙명을 타파하고 새로운 사고방식을 뿌리내리게 하는 데 있으니 거사와 칸파쿠가 싸우지 못하도록 해야 하네."

"말씀을 듣고 보니 과연 그렇습니다."

"자네도 이 점을 명심하고 활동해야 하네. 어쨌든 자네는 카미야 소탄 님에게 큰 신임을 받고 있어. 그러니 다시 한 번 하카타에 다녀오게. 칸파쿠와 거사 모두에게 좋은 장난감을 선사한다는 생각으로 말일세. 양쪽 모두 마음이 움직이게 되거든, 세계를 향해 가슴을 열게 되었을 때 일본에는 시마즈 역시 없어서는 안 될 사람이라고 납득시키자는 것일세."

쇼안은 이렇게 말하고 비로소 명랑하게 소리내어 웃었다.

7

소덴은 장난기 섞인 눈으로 쇼안의 웃는 얼굴을 바라보았다.

아키의 하츠카이치에서 만난 무사 인형 같은 히데요시와 시중에 파묻혀 있으면서도 히데요시를 조종할 생각만 하고 있는 쇼안의 인물됨을 비교하고 있으려니 세상이 우습게만 느껴졌다.

지금 일본의 무장들은 어떻게 하면 히데요시의 비위를 맞출 수 있을까 하는 생각에만 급급해 있다. 그렇지 않다고 하더라도 어떻게 대항해 살아남을 것인지 부심하지 않는 자가 없었다.

그들의 눈에 비친 히데요시는 '절대적인 힘' 으로 압박해오는 권력자였다. 그런데 쇼안은 이러한 히데요시를 어디까지나 용병傭兵으로 취급하고 있었다. 새로운 일본을 위해 필요한 경비대의 대장 정도로밖에 여기지 않고 있었다.

쇼안의 이러한 태도는 히데요시에 대한 것만이 아니었다. 노부나가가 사카이를 간섭하기 시작했을 때부터 보였던 쇼안의 대담무쌍한 사고방식이었다.

처음에 쇼안은 노부나가의 '부교' 를 '오다 가문의 점원' 이라고 뒷전에서 비웃었다.

"오다 가문의 점원 따위는 적당히 구슬리고 이제부터는 새로운 일본의 발전을 모색하지 않으면 안 된다."

그는 우선 노부나가의 다실에 소큐, 소에키, 소시宗之 등을 잇따라 보냈다. 노부나가가 혼노 사에서 미츠히데에게 살해되자 재빨리 그 대상을 히데요시에게로 옮겼다.

"미츠히데는 이미 낡았다, 이제는 히데요시에게 눈을 돌려야 한다."

그리고는 교묘한 투표 등으로 모든 사람의 뜻을 모아 전력을 다해 히데요시를 지원해왔다.

쇼안의 이러한 노력에 따라 노부나가의 다인들은 그대로 인원을 늘려 히데요시에게로 옮겨갔다. 그들은 곧, 소에키의 아들 쇼안紹安, 소큐의 아들 소쿤宗薰 외에 약장수 코니시 유키나가小西行長, 칼집 만드는 장인 소로리 신자에몬曾呂利新左衛門, 그리고 소안宗安, 소텐 등이었다. 그들을 비롯하여, 이들을 둘러싼 5대 종단의 승도僧徒에서 공경公卿들에 이르기까지…… 말하자면 쇼안은 사카이의 지하정부라고도 할 조직을 만들어낸 기분으로 있었다.

이러한 사카이 사람들도 이번의 시마즈와 히데요시 사이의 조정에는 여간 애를 태우고 있는 게 아니었다.

최근 사카이 사람들이라면 누구라도 하루 속히 시마즈와 히데요시 양자를 평화적으로 제휴시켜야 한다는 생각에 사로잡혀 있었다. 그렇게 하여 하카타, 히라도平戶, 나가사키長崎 등에 항구를 개설하고, 그곳을 기지로 하여 남쪽으로 활발하게 진출하려는 커다란 희망을 가지고 있는 사카이 사람들이었다.

사카이 사람들은 그 즈음 남방의 여러 지역에 에스파냐, 포르투갈 외에도 영국, 네덜란드 등 유럽의 신흥국가들이 속속 진출하여 남쪽 해상에서 활동하고 있다는 정보를 입수하고 있었다. 그들은 이 기회를 놓치면 앞으로 세계를 향한 일본의 발전은 별로 기대할 수 없다고 전망하고 있었다.

"기분이 풀리신 것 같군요."

쇼안의 웃는 얼굴을 바라보던 소텐은 다시 오른쪽 손가락으로 콧구멍을 후볐다.

"기분이 풀리셨으면 목욕보다 먼저 요기를 하고 싶습니다만."

"아 참, 그만 잊어버리고 있었군. 코노미! 손님에게 식사대접을 해야 하지 않느냐?"

쇼안이 큰 소리로 말하는데, 그때 또 한 사람의 내객이 있었다.

"식사에 앞서 이 소로리가 잠시 방해를 해야겠습니다. 아니, 식사를 내오십시오. 이왕 왔으니 저도 한몫 끼어야겠습니다."

8

소로리는 여전히 넉살 좋은 태도로 익살스러운 말을 늘어놓으면서 들어왔다. 그러나 히데요시를 대할 때와는 전혀 다르게 고지식하고 정중한 태도로 쇼안에게 머리를 숙였다.

"몇 가지 말씀 드릴 것이 있어서. 저도 꽃구경을 하러 나왔던 길입니다, 예……"

"마침 잘 왔네. 지금 소텐에게 다시 한 번 하카타에 다녀오라고 부탁하고 있던 중일세."

쇼안은 소로리 앞에서는 소텐을 대할 때보다는 더 부드럽고 사람 좋은 노인 티를 내었다.

"그런데, 칸파쿠 전하로부터 무슨 소식이라도 있었나?"

"아닙니다. 칸파쿠 전하는 예정대로 화려하게 꾸민 큰 배로 미야지마宮島 참배를 마치고 무사히 여행을 계속하시는 것 같습니다. 그러나 동쪽의 일이 좀……"

"동쪽……이라면 도쿠가와 님 말인가?"

"아니, 그보다 더 동쪽입니다."

"그렇다면 오다와라의 호죠 님인가?"

"예. 그 오다와라에 혼아미 코지의 아들 코에츠가 갔습니다."

"허어……"

"도쿠가와 님의 부탁도 있었던 것 같습니다…… 그런데 돌아와서 하는 말은 동쪽에서도 전쟁이 불가피할 것 같다는……"

소로리는 이렇게 말하고 쇼안의 안색을 신경질적으로 살폈다.

"틀림없이 가까운 장래에 이 사카이로 총포를 주문하러 사자를 보낼 것이라고 합니다."

"허어, 호죠도 그렇게까지 앞을 내다보지 못한다는 말인가?"

"예. 그 원인은 역시 도쿠가와 님과의 사돈관계에 있는 듯합니다."

"도쿠가와 님을 자기편으로 계산하고 있는 모양이군."

"그런 것 같다……는 것이 혼아미의 추측입니다."

"그래서, 도쿠가와 님은?"

"그야 이미!"

소로리는 걱정할 것 없다, 히데요시의 편이다…… 하는 의미인 듯 큰 머리를 무거운 듯이 숙이고 끄덕여 보였다.

이때 코노미의 지시로 하녀 두 사람이 밥상 셋을 가져왔다. 술병과 잔도 곁들여 있었다.

"제가 잔을 따르겠습니다. 우선 아저씨부터."

코노미는 먼저 소덴의 잔에 술을 따르고 아버지 쪽으로 향했다.

"조금 전에 류타츠隆達 님이 자비센蛇皮線°을 연주해주시겠다고 찾아오셨습니다. 손님이 계시니 다음에 오시라고 했습니다."

"뭐, 류타츠가……? 음, 자랑으로 여기는 가락을 들려주려고 왔던 모양이군. 자, 신자에몬 님에게 따라드려라."

"예. 어머, 실례했습니다. 자, 소로리 님."

코노미는 신자에몬의 잔에 술을 따랐다.

"아버님, 류타츠 님이 말씀하시는데, 모즈야 소젠万代屋宗全 님의 병환이 심상치 않다고 합니다."

"허어, 모즈야가 중태란 말이냐?"

"예. 오긴お吟 님이 불쌍합니다. 지금 돌아가시면 아이들은 아직 어리고, 그야말로……"

그때 이미 쇼안은 딸의 말을 듣고 있지 않았다.

"신자에몬, 호죠나 다테에게는 총포를 팔지 말아야 하네."

나직하지만 엄한 어조로 말했다.

9

소로리는 깜짝 놀라 입에서 잔을 떼고 쇼안을 바라보았다. 그러나 쇼안은 이미 태연한 표정으로 코노미에게 얼굴을 돌리고는 화제를 바꾸고 있었다.

"모즈야가 그렇게까지 병이 중하다더냐?"

"예. 봄이 되었으나 기침이 멎지 않고 자주 각혈을 한다 합니다."

"벌써부터 미망인이 되어서야 오긴 님이 너무 가엾습니다."

"신자에몬."

"예."

"오다와라로 직행하는 배를 잘 감시하도록. 이것은 호죠 가문을 위한 일이기도 하네."

쇼안은 엄하게 말하고 다시 코노미에게 눈길을 옮겼다.

"그 여자는 칸파쿠 님을 가까이 모시도록 태어났는지도 몰라."

"어머, 무슨 말씀을 하시는 거예요. 오긴 님이 승낙할 리 없어요."

"신자에몬."

"예."

"성급해서는 안 돼. 성급해서는 안 되지만 정세는 변하게 마련이라는 것을 칸파쿠에게 잘 납득시킬 필요가 있어."

"확실히 그렇습니다."

"차만으로는 안 될지도 몰라. 노교겐能狂言°이나 쟈비센도 좋고, 오카와大鼓°나 코큐胡弓°도 좋을 것이고 와카도 좋고……"

"아, 참!"

갑자기 소로리가 무언가가 생각난 듯이 말했다.

"전하가 재미있는 꽃을 하나 꺾었습니다."

"꺾다니, 여자 말인가?"

"예. 우라쿠에게 맡겼던 아사이 님의 맏딸을."

"뭐, 아사이의 딸을?"

왠지 쇼안은 낯을 찌푸렸다.

"그것은 좋지 않아. 좋지 못해, 신자에몬."

두 번이나 거듭 말했다.

"그……그럴까요?"

소로리는 그 의미를 이해하지 못하고 반문했으나 쇼안은 더 설명하지 않았다.

그러나 소덴은 그 뜻을 알아차린 듯—

"아사이의 딸을 소실로 삼을 바에는 차라리 리큐 거사의 딸 오긴 님이 더 좋았을 뻔했습니다."

소로리에게 들으라는 듯이 말했다.

"아니…… 그것으로 전쟁을 좋아하는 전하의 마음이 돌아서기만 한다면……"

"신자에몬."

"또 비위에 거슬리십니까?"

"칸파쿠는 전쟁을 좋아하지 않아요."

소덴이 웃으면서 덧붙였다.

"과연 그럴까요?"

"전쟁을 좋아하지는 않지만 전쟁밖에는 다른 일을 모르는 거야. 그래서 사카이 사람들이 광산 채굴을 가르친 것일세. 차도 가르치고 연극을 좋아하게 만들기도 했어…… 그렇게 한 것은 어디까지나 목적이 있었기 때문이야. 그런데 목적에 방해가 될 일을 권해서야……"

"당치도 않습니다! 제가 왜 챠챠히메를 권했겠습니까. 이 일에 대해서는 우라쿠 님도 한탄하셨을지 모릅니다. 손에 있던 구슬을 빼앗긴 셈이기 때문에."

"그래서 잘못이라는 것일세!"

쇼안은 웃으면서 말을 계속했다.

"그러나 이미 어쩔 수 없는 일. 그보다도 큐슈에서 개선했을 때의 일 말일세."

"예. 개선한 뒤에는 즉시 전대미문의 대대적인 다회를 키타노北野에서 열기로 되어 있습니다."

10

세 사람은 적당한 선에서 술을 끝내고 코노미의 시중으로 식사를 시작했다.

오후의 햇살이 툇마루에 비치고 그 너머에서는 소나무가 노란 꽃가루를 뿌리고 있었다.

"키타노 다회 때 호죠도 우에스기上杉도 다테도 온다……고 하면 그쯤에서 현안懸案인 무기의 회수도 가능할 텐데요."

소덴의 말에 쇼안은 가만히 고개를 저었다.

"아직은 그리 쉽지 않을 것일세."

"어쨌든 전쟁의 뿌리만은 근절시켜야 합니다. 그렇지 않으면 큰일을 할 수 없습니다."

"소덴, 자네는 그렇게 말하지만 문제는 그 다음일세."

"그럴까요?"

"물론이지. 오늘날의 세상은 오다 님부터 시작되었다……고 볼 수 있지. 그러나 오다 님이 그런 일을 하게 한 주된 원인은 사이토 야마시로 뉴도 도산齋藤山城入道道三일세. 그 살무사가 낡은 지식과 인습을 깨뜨리는 방법을 오다 님께 가르쳤어. 아무튼 사위의 목을 베라며 딸을 시집보냈을 정도니…… 그러면서 부모도 없고 형제도 없다, 신도 없고 부처도 없다는 난폭한 방법으로 새로운 길을 개척했어. 알겠나, 현재의 무장들은 거의 그때부터 미쳐 날뛰던 잔당들일세. 전쟁밖에는 아무것도 모르는 자는 결코 칸파쿠 한 사람만이 아니야. 그런 칸파쿠에게 어떻게 하면 전쟁밖에 모르는 자들을 조종하게 만드느냐 하는 것이 큰 문제가 되겠지."

"분명히 그렇기는 합니다마는."

"전쟁밖에 모르는 자들이 쓸데없는 고집에 사로잡히지 않고 생활을 즐기면서 모두의 눈을 한군데로 모을 수 있는 목표를 만들어주어야만 해. 유흥도 좋고 학문도 좋아. 그러나 이것만으로는 그들의 정력을 잠재울 수 없어. 조금이라도 여유가 생기면 곧 자기들끼리 싸울 생각을 하게 될 테니 말일세."

"정말 그렇습니다."

소로리가 맞장구를 쳤다.

"지금도 오대五大 부교라는 사람들은 어디 싸울 구실이 없나 하고 눈에 쌍심지를 켜고 있으니까요."

"그렇게 교육을 받았으니 결코 무리가 아니지. 바로 그래서 우리 사카이 사람들이 그들에게 남쪽 바다가 얼마나 넓은지를 일깨워주지 않으면 안 되는 것일세."

"누구를 보내시겠습니까?"

"지금 스케자에몬助左衛門이 열심히 배를 만들고 있네, 루손(필리핀)

에 가겠다면서. 우리 일로 알고 모두가 도와야 하네."

"아버님, 진지는 그만 드시겠습니까?"

코노미의 말에 쇼안은 밥공기를 엎어놓았다.

"모두의 눈을 한군데로 돌려야 해, 남쪽 바다로."

"아버님."

"왜? 또 참견하려고 그러느냐?"

"그 점에 대해 코니시 님이 한 말씀 하셨습니다."

"음, 뭐라고 하더냐?"

"이제는 시대의 흐름에 뼈대를 집어넣어야 한다고요."

"시대의 흐름에 뼈대를…… 하하하…… 약으로 말이냐?"

"아닙니다. 에이잔叡山°을 불태운 이후 일본의 신불은 이미 아무도 믿지 않는다, 천주교로 새로운 길을 열 때가 되었다고."

쇼안은 갑자기 무섭게 양미간을 모으고 꾸짖었다.

"잠자코 있거라!"

11

쇼안의 꾸중을 듣고도 코노미는 꺾이지 않았다. 도리어 눈을 빛내며 소덴에게 말했다.

"오와리야 님도 똑같은 생각을 하고 계실 거예요. 이미 세례를 받으셨을 테니까. 아니, 오와리야 님만이 아닙니다. 코니시 님은 아우구스티노, 타카야마 님은 쥬스트, 나이토 죠안內藤如安 님은 요한, 가모蒲生 님은 레오…… 모두 잇따라 세례를 받았다는 말을 오긴 님으로부터 들었어요."

소덴은 당황한 기색으로 손을 내저었다.

"나의 경우는…… 신앙이 아닙니다. 나는 아주 못된 악마라서."

"호호호! 처음에는 악마라도 괜찮다고 사제님도 가라시아ガラシア님도 말했어요. 그 악마를 구하는 것이 천주님의 은혜라고."

"코노미! 닥치지 못하겠느냐."

다시 쇼안이 꾸짖었다.

"무슨 일에나 순서가 있는 법이다. 아직 국내도 안정을 찾지 못했는데 분열의 씨앗을 들여오기에는 일러. 지나친 생각은 하지 말아라."

코노미는 웃으면서 아버지 앞에서 밥상을 물렸다.

납득하지 않았다는 증거로 작은 입술이 비죽 나와 있었다.

소덴은 저도 모르게 한숨을 쉬었다. 모처럼 환해졌던 쇼안의 얼굴이 천주교 이야기로 다시 흐려졌기 때문이다.

소덴 자신도 종종 사제 소로테를 방문해보고, 이 에스파냐 사람에게는 방심할 수 없는 점이 있다는 것을 간파하고 있었다. 그러나 이것과 천주교의 교의教義와는 별개였다. 코노미의 말대로 요즘에는 사카이에 계속 신자 수가 늘어나고 있었다. 겉으로 보기에는 그쪽도 야심, 이쪽도 야심을 가지고 서로 이용하려 접근하고 있었다. 그런데 그 목적을 초월하여 어느 틈에 교의가 사람의 마음을 사로잡고 있었다.

쇼안은 진작부터 그런 점을 우려하고 있었다.

일본 사람들의 눈은 이제 세계로 향해야 할 때. 그러나 이 때문에 천주교 교리가 들어와 불교도와의 사이에 분규가 일어나면 그야말로 잇코一向 신도 반란°의 재판이 된다는 것이었다.

"이제 배가 부릅니다."

소덴이 말했다.

"배가 부르고 나면 시간이 아까워집니다. 지금부터 해변으로 나가 하카타로 가는 배를 찾을까 합니다."

쇼안은 대답하지 않았다.

하녀들을 시켜 밥상을 내가도록 하는 코노미의 뒷모습을 쏘는 듯한 눈으로 바라보고 있었다. 소로리 또한 신경질적으로 입을 다물어 방안 분위기는 날카로워질 뿐이었다.

'일본의 신불은 이제 아무도 믿지 않는다……'

코노미가 말한 이 한마디가 얼마나 쇼안을 초조하게 만드는 말인지는 그도 잘 알고 있었다. 선禪을 가까이하고, 선에서 도출된 '차분하고 검소한 다도'로써 무장의 마음에 새로운 안식처를…… 이렇게 생각하면서도 이것만으로는 부족함을 절실하게 느끼는 쇼안이었다.

무장들은 모두 차를 즐기고 있었다. 그러나 차에서 선으로 향하지 않고 총포나 교역의 이익을 위해 천주교에 빠져든다. 그렇게 되면 사카이 사람들도 알지 못하는 사이에 대립의 싹을 키우게 된다……

'그런 아픔이 있는 줄도 모르고 코노미는 무턱대고 천주교에 접근하고 말았다……'

이렇게 생각만 해도 소로리는 온몸에 땀이 흘렀다.

소덴은 가만히 일어났다.

파벌의 싹

1

"사카이 사람들에게도 약점이 있다."

쇼안의 별장에서 나온 소로리 신자에몬은 오마치大町의 로쿠켄六軒 거리에서 사쿠라마치櫻町의 철물상 거리에 이르기까지 일일이 친지들을 찾아보고 야마토바시大和橋 선착장으로 갔다.

사카이 거리의 분위기는 대강 파악할 수 있었다. 과연 요즘에는 은밀히 총포를 구입하려는 자가 거의 없고, 더더구나 재고품도 없는 모양이었다. 그래서 총포를 만드는 대장간들은 앞으로의 주문에 대비하여 한결같이 풀무질에 여념이 없었다.

해안에 있는 큰 상인들은 모두 미곡과 건어물 거래로 혼잡했고, 목공소 거리에서는 배 만들기에 여념이 없었다. 여관 거리의 번화함과 절에 모여 있는 다이묘들의 출전에 따른 혼잡은 예상했던 대로였고, 살기를 띠고 말다툼하는 곳도 몇 군데 있었다. 그러나 이와 같은 혼란 가운데서도 가슴에 십자가를 걸고 흰 베일을 쓴 천주교 여자들이 현저하게 늘어나 있었다.

이 모두 새로운 풍습……이라 여긴다면 대수로울 것도 없었다. 그렇지만 오늘 소로리는 이러한 모습들이 여간 마음에 걸리지 않았다. 전후戰後의 문화정책이 없기 때문에 국내가 평정된 순간 천주교가 유행하여 일본이 그대로 남만국南蠻國으로 변하고 있다…… 이런 생각을 도무지 머리에서 떨쳐낼 수 없었다.

"세계를 향해 창을 열라."

입만 열면 이렇게 말하는 사카이 사람들. 그런데 그 창에 천주님과 군함이 뛰어들어 가짜 수염을 붙인 칸파쿠 전하와 전쟁을 벌인다면 평화도 돈벌이도 있을 수 없었다.

'반드시 어떤 새로운 방법을 찾아내야……'

일본인들이 천주교 따위는 거들떠보지도 않을 만큼 재미있는 놀이나 고마운 신이라도 좀 나타나주지 않으려나……?

이런 생각을 하면서 소로리는 선착장을 막 떠나려 하는, 쌀을 싣고 온 듯한 요도야淀屋°의 배에 뛰어올랐다.

"선원님, 보다시피 나는 소로리입니다. 일을 보고 돌아가는 길, 좀 태워주시오."

그리고는 중앙의 선실로 들어가려 했을 때 뒤에서 어깨를 탁 치는 사람이 있었다.

"앗! 깜짝 놀랐군요. 이걸 보십시오. 놀라는 바람에 칼이 칼집에서 나와 강물 속에서 헤엄칠 뻔했어요."

실제로 칼집에서 두어 치나 빠져나온 손잡이를 탁 치고 돌아보니, 이 역시 히데요시 측근에서 함께 다도를 즐기고 있는 모즈야 소안万代屋宗安이었다.

"오, 소안 님이시군요. 아우님의 병환은 좀 어떻습니까?"

소안은 소로리의 물음에는 대답하지 않았다.

"신자에몬, 또 키타노만도코로 님의 심부름인가?"

의미 있는 듯 말하며 웃었다.

소안은 상점에 대한 일은 그의 동생 소젠에게 물려주었다. 그 소젠에게 시집간 것이 오늘 쇼안의 집에서 화제에 올랐던 리큐 거사의 양녀 오긴이다.

"아우님 건강이 아주 좋지 않다는 말을 들었습니다마는……"

"어디서 들었나?"

"예, 저어…… 쇼안 님의…… 코노미 님을 여기 오는 도중에 잠깐 만났는데……"

소로리가 당황하며 말끝을 흐린 것은, 사카이 사람들 중에서 이 소안만은 약간 신경이 쓰이는 존재였기 때문이다.

"소안은 이시다 지부石田治部의 첩자가 되었다."

이러한 소문이 돌고 있었다. 그래서 소로리는 경계했다……

2

"허어, 쇼안 님을 방문하고 돌아가는 길이로군."

소안은 딴전을 부렸다.

"쇼안 님을 만난 지도 꽤 오래되었군. 여전히 안녕하시겠지?"

그러면서 슬쩍 유도하듯 말을 이었다.

'방심할 수 없는 사람……'

소로리는 진지한 표정으로 고개를 끄덕였다.

"아, 그렇습니까…… 그것 참 반가운 말씀이군요."

이렇게 말하면서 소로리는 돛대 옆에 앉았다.

"하하하하…… 이거야 원. 쇼안 님이 안녕하시냐고 물은 것은 바로 나일세, 신자에몬."

"예……? 그럼, 쇼안 님을 방문하시지 않았다는 말씀입니까?"

"아니, 좋아. 하하하…… 말을 받아넘기는 재주가 대단하군."

소안도 소로리와 나란히 앉아 무릎을 가지런히 했다.

"그런데 신자에몬, 부탁할 일이 하나 있는데."

"아니, 모즈야 님이 제게……?"

"음, 자네는 칸파쿠 님과 특별히 절친한 사이. 이번 큐슈 출진에 어째서 이 소안만을 제외시켰는지 그 이유를 좀 알아봐주었으면 좋겠네. 무엇 때문에 칸파쿠 님의 기분이 상했는지."

소로리는 엷게 물들어가는 저녁 하늘을 올려다본 채 간단히 받아넘겼다.

"그 점이라면 잘 알고 있습니다."

"허어, 잘 알고 있다고?"

"기분이 상했다고 할 것은 없겠지요. 리큐 거사에 다인 세 사람을 동반하시겠다고 했기 때문에 소큐, 소쿤, 소무宗無를 거사가 선발했을 뿐이니까요."

"그 선발 말일세, 신자에몬."

"예……?"

"소무 님이 갈 정도라면 어째서 내가 빠졌느냐 하는 것일세. 아니, 세상에 묘한 소문이 돌아서 하는 말이네만."

"그렇습니까? 아시다시피 소무 님은 양조장 집안 출신이기는 하나 병법에 정통합니다. 그래서 거사의 신변을 보호하기 위해 동행……한 것이라 생각합니다."

"소문은 그렇지가 않아."

"그럼, 어떤 소문입니까?"

"내가 이시다 지부 님을 통해 오긴을 동생의 아내로 삼기 위해 거사 님으로부터 데려왔다, 그것이 전하의 비위를 거슬렀다는 소문이야."

"허어, 그런 말은 처음 듣는데요."

소로리는 눈이 휘둥그레져 소안을 바라보았다. 그러나 내심으로는 이 질문의 의미를 너무 잘 알고 있었다.

소안은 리큐 거사를 중심으로 한 다인 중에서 약간 천박한 꾀를 부리는 야심가였다.

그는 리큐에게 환심을 사기 위해 오긴을 모즈야 집안에 시집보내달라고 부탁했다. 오긴을 자기 아내로 삼아 리큐와 인척이 되면 출셋길이 열릴 것이라 생각했던 듯. 그러나 리큐는 오긴의 성격이 지나치게 거칠어 소안과는 맞지 않을 것이라며 거절했다.

오긴은 리큐의 친딸이 아니었다. 리큐의 두번째 아내가 데리고 온 딸로 친아버지는 노부나가에게 멸망당한 마츠나가 단죠쇼히츠 히사히데松永彈正少弼久秀였다. 마츠나가 히사히데의 소실이던 사루가쿠의 대가 미야오 도산宮尾道三의 딸이 히사히데가 죽은 뒤 두 아이를 데리고 리큐의 후처로 들어왔다.

오긴과의 혼담을 거절당한 소안은—

"사람을 잘못 아셨습니다. 오긴 님을 원하는 사람은 제가 아니라 동생 소젠입니다."

이시다 미츠나리를 통해 이렇게 태도를 바꾸었다……

3

어째서 이 혼담에 5대 부교 중에서도 가장 발언권이 강한 이시다 미츠나리가 개입했느냐, 여기에도 이유가 있다……고 소로리는 해석하고 있었다.

이시다 미츠나리는 사카이 사람들이 히데요시를 사사건건 움직이고 있는 것을 내심 불쾌하게 여기고 있었다. 어디까지나 정치는 우리 손으로! 이런 생각을 하고 있는 지략과 솜씨가 뛰어난 신흥 세력의 측근으로서는 당연한 일이었다.

사카이 사람들은 다도를 통해 오만도코로와 키타노만도코로, 또 그녀들을 둘러싼 아사노, 카토加藤, 후쿠시마, 카타기리片桐, 호소카와 등 기질이 거친 코쇼 출신의 무장들과 접근하여 자칫하면 문치파文治派와 대립하기 쉬운 입장에 있었다.

이러한 상황에서 미츠나리는 사카이 사람들 가운데 자기 심복 한 사람을 만들어놓을 필요가 있었다. 그 대상으로 눈에 든 것이 모즈야 소안이었다.

미츠나리는 모즈야의 청을 받아들여, 오긴을 맞아들이려는 것은 성격이 과격한 소안이 아니라 얌전한 동생 소젠이다, 그리고 소안은 상점을 동생에게 주고 자기는 평생 다인으로 지내겠다고 한다는 설명과 함께 청을 넣었다. 리큐도 이시다 미츠나리가 중매한 것과 다름없었기 때문에 어쩔 수 없이 오긴을 모즈야 소젠에게 출가시켰다.

이런 오긴의 일 때문에 소안은 자기가 히데요시에게 미움을 받는다고 생각하게 된 듯했다.

"처음 듣는 말입니다. 대관절 어디서 나온 소문일까요?"

"그런데…… 칸파쿠 전하가 오긴을 소실로 삼고 싶어한다는 그럴듯한 이야기가 나도는 모양일세."

"원, 이런! 그것도 처음 듣는 소문입니다."

"소문이란 무서운 거야. 칸파쿠 전하만이 아니라 리큐 거사도 그럴 생각으로 있었는데 내가 지부노쇼治部少輔 님을 움직여 억지로 동생에게 시집오도록 만들었다, 그래서 모즈야 소안은 전하의 심기도 건드리고 리큐 거사에게도 경원당하는 꼴이 되었다, 출세하려고 획책하다가 도리어 출세의 싹을 잘라버렸다는 소문일세."

소로리는 킬킬 웃기 시작했다.

이야기 내용은 사실과 좀 달랐다. 그러나 마지막 한마디는 사실이라고 할 수 있었다.

리큐의 비위를 맞추려고 미츠나리를 움직인 것은 결코 상책이라 할 수 없었다. 리큐가 미츠나리와 뜻이 맞지 않는다는 것은 리큐의 후배로서 알아두었어야 했다.

"무엇이 우습다는 말인가, 신자에몬? 나로서는 웃을 일이 아닐세."

"그렇긴 합니다마는…… 대관절 어디서 그런 소문이 나왔을까요?"

"바로 그 말일세. 그런 소문은 역시 다인들 사이에서…… 이렇게 생각할 수밖에 없어."

"하지만 그런 소문을 퍼뜨린 사람이 과연 다인들일까요?"

"바로 그래서 자네가 좀 수고해주었으면 하는 것일세. 나의 어디가 그들의 비위에 거슬리는지. 지금까지도 전하가 소문과 같은 마음을 가지고 계시다면 오긴 님도 이혼시킬 수밖에 없지 않겠나……?"

"소안 님! 그 일로 사카이에 오셨습니까?"

"음, 동생의 문병을 겸해서."

"그럼, 소젠 님의 병세는?"

이 질문에 소안은 고개를 저으며 내뱉듯이 말했다.

"죽어서 과부가 되면 곤란해. 죽기 전에 헤어지도록 해야지."

4

소로리는 저도 모르게 혀를 찰 뻔하다가 깜짝 놀라 시선을 돌렸다.

'이것이 과연 풍류의 길을 지향한다는 자의 말일 수 있을까……?'

그런 천박한 일을 획책하고 있으니 리큐 거사의 눈 밖에 날 수밖에,

그리고 히데요시에게도 별로 인정을 받지 못할밖에. 이 얼마나 자신을 위장하려는 가련한 인간의 발버둥일까.

리큐의 마음에 들기 위한 술책으로 오긴을 원했고, 이를 거절당하자 동생에게…… 그리고 동생 부부 사이에는 자식이 둘씩이나 있는데도 그 동생이 죽기 전부터 이혼을 생각하고 있다. 죽은 뒤 미망인이 되면 자기 체면이 서지 않는다는 식의 말투—

"소안 님, 그러면 아우님은 이제 회복될 가망이 없습니까?"

소안은 끄덕였으나 그 눈에는 슬퍼하는 기색이 없었다.

"오긴 님이 비통해하시겠군요."

"나는 모르고 있었네…… 설마 모두가 오긴 님을 전하의 소실로 들여앉히려 했다는 것은."

"그런 일을 누가 꾸미고 있었습니까?"

"아니, 소문일세. 거사도 쇼안 님도……"

"하지만 그것은……"

잘못일 것입니다…… 이렇게 말하려다 말고 소로리는 입을 다물었다. 상대가 더욱 심각한 표정으로 소로리의 귀에 입을 가까이 가져왔기 때문이다.

"신자에몬, 증인이 되어주게."

"증인이……?"

"그래. 동생은 전하가 큐슈에서 돌아오시기 전에 죽을 것일세. 그러니 죽기 전에 내가…… 이 소안이 오긴과 헤어지게 했다고."

"어째서 그런 증인이 필요합니까?"

"비록 소문이기는 하나 일단 전하의 눈에 들었던 여자…… 그런 여자를 그대로 두어 미망인이 되게 한다는 것은 황송한 일일세. 그래서 죽기 전에 확실히 이혼시켰다고."

"저더러 전하께 말씀 드리라는 것입니까?"

"부탁하네. 나도 언젠가는 자네에게 힘이 될 수 있는 사나이일세."

"으음."

소로리가 어이없다는 듯이 한숨을 내쉬고, 그런 그의 태도에 소안도 시무룩한 표정이 되었다.

"신자에몬."

"예."

"자네는 사카이 사람들이 이시다 님을 비롯한 측근들과 별로 감정이 좋지 않다는 것을 알고 있나?"

"글쎄요…… 그런 것은 잘 모릅니다."

"이 일은 오래지 않아 사카이 사람들에게 틀림없이 불행을 가져다줄 것일세. 사카이 사람들은 누가 뭐라고 해도 다실茶室을 지키는 자에 지나지 않아. 살아 있는 다도의 도구에 지나지 않아. 오 대 부교의 눈 밖에 나면 앞길이 염려되네."

"지금 그 말씀을 리큐 거사가 들으면 무어라 하실까요? 다도의 살아 있는 도구라는 말을……"

"그러기에 곤란하다는 말일세. 인간이란 자기를 낮출 때는 다치지 않아. 큰 나무는 그만큼 더 바람을 많이 받게 마련이야."

소로리는 이마를 탁 치고 혀를 내밀었다.

'원 이런, 사카이 사람들 중에는 이런 사람도 있었구나!'

5

적어도 사카이 사람들은 새로운 일본의 눈이 되고 창이 되려는 긍지로 살아왔다. 그렇다고 해서 이 세상에 무력이나 권력 등이 불필요하다고 생각하여 이로부터 벗어나 있는 것은 아니었다.

이러한 태도는 노부나가에게 군비 조달 문제로 고통받아온 이후 사카이 사람들이 자각하게 된 반성이며 진보의 결과였다. 사카이만이 초연히 세상 밖에 서서 이득을 얻으려는 것은 생각도 못할 일, 우선은 무력 또는 권력과 협조하여 서로가 수레의 두 바퀴를 이루며 발전을 도모해야 한다고 깨닫고 있었다.

그 결과가 히데요시를 지원하고, 히데요시에 의하여 활기차게 추진되는 일련의 정책으로 나타났다. 이것이 소안에게는 전혀 다른 의미로 받아들여지고 있었다.

소안은 이미 히데요시의 힘에 압도당해 비참한 피지배자로 전락해, 권력자의 비위를 맞추어 출세를 도모하려 하고 있었다. 그렇지 않다면 오긴을 동생이 죽기 전에 이혼시키겠다……는 묘한 생각은 하지 않았을 것이다.

"신자에몬, 무엇이 우습다는 건가?"

"헤헤헤…… 우습지 않을 리가 없죠. 모즈야 님은 도대체 거사나 쇼안 님이 오긴 님을 전하의 소실로 삼게 하려 했다는 말을 누구에게 들었습니까?"

"그럼, 자네는 그런 일이 없다는 말인가?"

"예. 제가 아는 한 절대로 그런 일은 없습니다. 거사님이나 쇼안 님이 과연 그 같은 비열한 짓을 할 분으로 보이십니까?"

"신자에몬! 말이 지나치군. 나는 이 귀로 직접 들었어."

"본인에게 직접 그런 말을 들으셨다는 말입니까? 헤헤헤…… 그렇다고 해도 잘못된 것이라고 이 신자에몬은 생각합니다. 무슨 말을 들으셨다면 전하가 너무 거친 행동을 하시므로 곤란하다, 좀더 부드러운 인간이 되시도록 여자라도 권하는 것이 어떨까…… 뭐 그런 농담이었겠지요."

어느 틈에 배는 조금씩 상류를 향해 움직이고 있었다.

일단 말하기 시작하면 소로리도 주위를 잊고 흥분하는 기질, 배도 저녁 바람도 의식하지 못하는 듯했다.

"신자에몬!"

"예, 왜 그러십니까? 저도 그저 무의미하게 항변만 하고는 있지 않습니다. 지금 사카이가 품고 있는 이상을 생각해서라도 야비한 오해는 하시지 말라고 말씀 드리고 있습니다."

"뭐, 내가 야비하다고?"

"그렇지 않다는 말씀입니까? 가령 오긴 님을 이혼시킨다고 해도 그것을 기뻐하실 전하도 아니거니와 거사나 쇼안 님도 역시 기뻐하지 않습니다. 차원이 다르고 그릇이 다릅니다."

"신자에몬, 말 다했나?"

"모즈야 님을 위해 말씀 드리는 것입니다."

"그럼 묻겠는데, 거사는 어째서 내가 오긴 님을 원했을 때 거절했다는 말인가?"

"성격이 맞지 않는다, 양쪽 너무 모가 났다…… 뭐 그런. 표면적으로만 받아들인다면 아마 그렇게 될 것입니다. 거사는 모즈야 님의 그 야비한 생각을 꿰뚫어보았기 때문이지…… 절대로 전하께 바치려는 속셈에서는 아닐 것입니다."

말하고 나서 소로리 자신도 흠칫 놀랐다.

말이 좀 지나쳤다, 너무 모가 났다……

6

소로리의 예감은 적중했다.

소안은 눈을 부릅뜨고 주먹을 부르르 떨면서 소로리 쪽으로 향했다.

"헤헤헤……"

소로리는 웃으면서 머리를 꾸벅했다.

"좋은 약은 입에 쓰다고 생각하십시오. 저는 모즈야 님을 위해 한 말이었는데 좀 도가 지나쳤습니다."

"자네가 염려해줄 필요는 없어!"

"예, 그런 것 같군요."

"자네가 그렇게 나온다면 나에게도 생각이 있어."

"헤헤헤…… 제발 진정하십시오."

"자네가 한 말 그대로를 전하께 말씀 드려 시비를 가려달라고 하겠어."

"그래도 괜찮습니다."

"혹시 전하가 아신다면…… 이렇듯 방자한 자네의 근성과, 죽음이 임박한 동생 곁에 오긴 님을 있게 하는 것조차 황송하게 여기는 나의 진심 중에서 전하는 어느 쪽을 택하실 것 같나?"

소안의 말에 소로리도 그만 속이 뒤집혔다.

"그럼, 모즈야 님은 저에게 한 방 먹이실 셈인가요."

"한 방 먹이다니?"

"저는 그런 일이 없다고 했습니다. 그런데도 아부하려는 모즈야 님은 이것을 구실 삼아 이 소로리를 함정에 빠뜨리려 한다. 헤헤헤…… 모즈야 님도 여간 심하신 게 아니군요."

이렇게 말했을 때. 저녁 햇빛이 퍼뜩 무릎에 그림자를 떨구었다.

"아……"

소로리는 자세를 바로했다.

어느 틈에 왔는지 오른쪽 비스듬한 곳에 이시다 미츠나리가 진바오리 차림으로 서 있었다.

"아, 부교 님이시군요. 이 배에 타신 줄은 몰랐습니다. 큰 소리로 떠들어서 죄송합니다."

미츠나리는 그 말엔 대답하지 않고 작은 몸집을 똑바로 세우며 소로리를 조용히 내려다보았다.

배는 이미 선원들의 힘찬 소리에 이끌려 크게 흔들리며 저녁 해가 비추는 강물 한가운데로 나와 있었다. 오른쪽 기슭으로 보이는 스미요시住吉 숲이 왠지 싸늘하게 비쳤다.

"모즈야."

잠시 후 미츠나리가 나직한 소리로 말했다.

"자리를 비켜주게. 신자에몬에게 할 이야기가 있네."

"알겠습니다."

소안은 머리를 조아리고 근시에게 눈짓을 하여 미츠나리 앞에 걸상을 갖다놓게 하고 고물 쪽으로 물러갔다.

소로리는 정중하게 두 손을 무릎에 얹고 고개를 숙이면서도 마음속으로 화가 치밀었다.

'미츠나리가 무슨 말인가를 틀림없이 들었다……'

미츠나리가 무슨 말을 들었을까 하는 불안도 있었으나, 그보다도 배위에서 할말이 있다고 일부러 소안을 물러가게 한 상대에 대한 반감이 더 컸다.

"신자에몬."

"예."

"그대는 어디 갔었는가? 일부러 사카이까지 와서 내 잘못이라도 찾아냈나?"

나직한 목소리가 파도소리에 섞여 더 작게 들렸다. 그러나 그 예리한 빈정거림은 소로리의 마음을 도려내기에 충분했다.

소로리는 잠자코 있었다. 좀더 상대의 말을 듣지 않고는 선불리 입을 열 수 없었다.

7

"그대들은 정말 장사를 잘하고 있어. 인간을 차茶로 둔갑시켜 살아가고 있으니까."

미츠나리는 여전히 나직한 소리로 말하고 웃었다.

"후후후. 그러나 너무 우쭐거리면 안 돼. 천하는 그대들의 장난감이 아니야."

"……"

"오늘은 보기 드물게 말을 않는군, 신자에몬. 말하게. 전하가 오긴 님을 마음에 두고 있다고 소안에게 말한 것은 바로 나일세."

"예? 아니, 부교 님이……?"

"하하하…… 드디어 낚싯줄에 걸려 입을 여는군. 내가 그런 어리석은 말을 할 사람으로 보이나?"

"아닙니다…… 그러기에 깜짝 놀랐습니다."

"신자에몬."

"예."

"소안은 말일세, 사람이 좀 어수룩해. 그렇게 기를 쓰고 사카이 사람들의 근성을 주입시키려 하면 안 돼."

"당치도 않으신 말씀입니다……"

"그대들이 지나치게 설치기 때문에 세상에는 엉뚱한 소문이 떠돌고 있어."

"또 소문이 나돌고 있습니까?"

"그래. 하지만 이 소문은 전하가 오긴 님에게 마음을 두고 계시다는 그런 엉뚱한 것이 아니야. 어떤가, 알고 싶나?"

"별다른 지장이 없다면 말씀해주십시오. 후일을 위해 참고가 될 것 같습니다."

"말해주지. 다인들이 전하의 총애를 기화로 오만도코로나 키타노만도코로 님께 접근하여 도요토미 가문을 휘저어놓으려는 음모를 꾀하고 있다는 소문일세. 어떤가, 그대도 들었나?"

상대의 비아냥거림이 너무 노골적이어서 소로리의 반발심도 대번에 불이 붙었다.

"아, 그런 소문이라면 들었습니다."

"뭣이, 들었다고?"

"예. 사카이 사람들이 내전을 움직이고 다이묘들을 배경으로 하여 위세를 떨치려 하기 때문에, 한편에서는 은밀히 챠챠히메를 전하의 소실로 들여보내 대항하려 한다는 소문입니다."

"신자에몬!"

"예."

"드디어 실토하는군. 내가 소문이라고 한 것은 거짓말이었어. 아무도 그런 소문은 퍼뜨리고 있지 않아."

"예. 그 점에서는 부교 님도 실토하셨습니다. 이 신자에몬이 소문이라고 한 것도 사실은 새빨간 거짓말, 아무도 그런 소문을 퍼뜨리고 있지 않습니다."

"음, 고약한 사람이로군."

"그렇습니다…… 그러나 부교 님도 좋지 못한 분입니다."

"신자에몬."

"예."

"그런데 그게 정말 소문으로 퍼질 것이라고는 생각지 않나?"

"그렇게 될 것 같아 말씀 드렸습니다."

"어느 곳이나…… 덩치가 커지면 파벌이 생기게 마련일세. 만일 그대들이 그 싹을 키우려 든다면 용서하지 않겠어."

미츠나리의 말에 소로리 역시 자세를 바로했다.

"부교 님답지 않은 말씀을 하시는군요. 파벌이란 전쟁과 마찬가지여서 상대가 없으면 이루어지지 않는 것입니다. 저희 같은 풍류객을 상대로 그런 어리석은 일을 할 사람이 어디 있겠습니까? 그보다도 중신들의 힘이 분산되지 않도록 주의해주시면 고맙겠습니다."

8

"하하하……"

갑자기 이시다 미츠나리가 웃기 시작했다.

히데요시의 측근 중에서 가장 재치가 있다는 평을 듣는 만큼 미츠나리의 언동에는 항상 섬뜩한 칼날 같은 분위기가 감돌고 있었다.

소로리는 깜짝 놀라 입을 다물었다.

"신자에몬, 그대는 전하의 측근에 있으면서 지혜와 재치를 자랑하고 있는 모양이네만 근본은 정직하고 착한 사람이로군."

"그렇게 보셨습니까?"

"발끈하여 화를 잘 내는 것이 그 증거일세. 성질이 급한 사람 중에는 악인이 없어. 악인이란 참을성이 강하게 마련이니까."

"말씀을 듣고 보니 과연 저는 어수룩한 것 같습니다."

"신자에몬."

"예."

"아까 말한 파벌의 싹에 대해서인데……"

"아, 제 말이 지나쳤습니다."

"그렇지 않아. 자네가 보는 바는 이 지부가 보는 바와 부합해. 앞으로 잘못되어 도요토미 가문에 화근이 남는다면 아까 그대가 말한 그대로야."

미츠나리는 갑자기 비꼬던 태도를 버리고 진지한 어조가 되었다. 신자에몬은 그 마음을 알아차리지 못해 가만히 있었다.

"자네에게 긴히 부탁할 일이 있네. 그대가 이 파벌의 바람을 막을 울타리가 되어주게."

"파벌의 바람을 막을 울타리……?"

"음, 그래. 지금까지 내가 일부러 그대의 화를 부추긴 것도 실은 그대의 기량을 알아보기 위해서였네."

소로리는 고개를 갸웃하고 히죽 웃었다. 선불리 믿을 수 없다는 태도를 노골적으로 드러내는 그 웃음에 미츠나리는 정색을 하고 머리를 끄덕였다.

"무리가 아니야. 그러나 좌우간 내 말을 들어보게."

"예, 말씀하십시오."

"알다시피 도요토미 가문은 대대로 내려오는 가신 하나도 없이 갑자기 출세한 가문일세."

"허어, 대담한 말씀을 하시는군요."

"어디까지나 사실은 사실대로 뿌리부터 캐봐야 하는 것일세. 따라서 그런 가신을 대신하는 것은 우리처럼 전하가 직접 키우신 자들뿐이야."

"그러니까 카토, 후쿠시마, 아사노, 카타기리……"

"일일이 열거할 것까지도 없어. 지금은 호소카와도 쿠로다黑田도, 가모도 이세二世부터는 모두 우리와 마찬가지일세…… 이들이 결속되어 있는 한 일본에는 적수가 없어."

"그야 물론 그렇습니다마는."

"그렇다면 외부의 적보다도 내부의 적…… 가신들의 분열을 가장 두려워하지 않으면 안 돼."

소로리는 이쯤에서부터 미츠나리를 서서히 재평가하기 시작했다. 평소 같은 오만하고 책략에 뛰어난 사람이라는 느낌이 아니라, 주군의 가문을 걱정하는 성실한 봉사의 자세가 엿보이기 시작했다.

"그래서 그대에게 부탁하려는 것일세. 그대들 사카이 사람들은 누구보다도 일본의 통일을 간절히 바라고 있어."

"알 것 같습니다."

소로리가 말했다.

"그런데 어째서 갑자기 이렇게 배 위에서 말씀하시는지요?"

미츠나리는 서쪽으로 흐르는 황혼의 하늘을 바라보았다.

"도쿠가와, 시마즈…… 등 분열을 노리는 자가 우리 가문에는 점점 늘어나고 있어……"

중얼거리는 듯한 소리로 말했다.

9

"으음, 그렇군요. 과연 도쿠가와나 시마즈 등은 대대로 내려오는 가신이 아닙니다."

소로리는 미츠나리의 우려가 점점 마음에 스며드는 것을 느끼면서도 아직까지는 공감하지 못했다.

'이것도 자신이 수재임을 과시하기 위한……'

이런 반감이 불식되지 않은 채 어딘가에 남아 있었다.

"그들이 분명하게 적으로 있는 한 조금도 두려울 것이 없어."

"그렇습니다."

"그러나 우리편에 가담하면 반드시 내부의 불평분자와 결합하게 되네. 그렇게 되면 이 가문도 멸망하지 않는다는 보장은 없네."

"그럼…… 제가 어떻게 하면 그 울타리가 될 수 있겠습니까?"

"가신들의 결속, 이것 하나뿐일세."

"그 말씀만으로는 이해할 수 없군요. 저는 단지 전하 앞에서 익살이나 떠는 오토기슈에 지나지 않으니까요……"

"신자에몬."

"예."

"누설하지 말고 마음속에 꼭 간직하고 있게."

"그런 말씀을 하시니, 저 역시 사내라고 대답을 드릴 수밖에 없습니다."

"이미 도쿠가와 님은 이쪽 사람이 되었어."

"예."

"전하가 큐슈에서 개선하시면 축하하려고 상경할 것일세."

"아마 그럴 테지요."

"더구나 이에야스는 내전의 인척이기도 해. 따라서 오만도코로 님, 키타노만도코로 님과도 종종 만나게 될 게야. 그 기회에……"

미츠나리는 잠시 사방을 둘러보았다.

"만일 거친 성격의 다이묘들과 우리 사이가 원만하지 않다……고 느끼기라도 한다면 그야말로 두고두고 화근이 될 거야."

"과연 그렇습니다. 부교 님은 그것을 우려하시는군요."

"신자에몬, 내 일과 관계되는 일이 아니라면 굳이 부탁하지는 않을 것일세. 그러나 불행하게도 나 자신의 일이기 때문에 직접 내 입으로는 말할 수가 없네."

소로리는 깜짝 놀라 자세를 바로했다.

한 줄기 붉은 빛이 미츠나리의 눈에 슬프게 스쳐갔다. 이런 미츠나리를 보기는 처음이었다.

"그렇다고 해서 내가 일일이 코쇼 출신 다이묘들의 눈치만 본다면 이 가문을 꾸려나갈 수가 없어. 나는 칸파쿠 가문의 살림꾼이야."

"옳은 말씀입니다."

"그대가 내전에 들어가거든 몇 번이건 몇 십 번이건 내 고충을 말씀드려주게. 내가 얼마나 가신들의 눈치를 보아야 하고, 그러면서도 이 고충을 말할 수 없는 입장에 있다는 것을."

소로리는 크게 고개를 끄덕였다.

'이것이 나에 대한 지부 님의 부탁이란 말인가……'

무언가 크게 배신당한 것 같기도 하고, 한꺼번에 가슴이 뿌듯해지는 것 같기도 했다.

'인간이란 아무리 강한 체해도 한 껍질 벗기고 보면 모두 똑같이 불쌍한 면을 지니고 있다……'

미츠나리만은 보통 사람들과 다른 존재인 줄 알았던 환각이 깨지고, 눈앞에 있는 미츠나리가 갑자기 무기력한, 그러나 친밀감을 주는 인간으로 변해 있었다.

"알겠습니다. 말씀대로 하겠습니다."

10

미츠나리는 배가 키즈가와木津川 어귀의 칸스케지마勘助島 선창에 도착했을 때 고자부네御座船°로 옮겨 탔다. 모즈야 소안이 부랴부랴 그 뒤를 따라갔다. 그 모습을 보면 그들은 처음부터 소로리 자신을 미행했던 것 같았다.

미츠나리가 그 정도로 도요토미 가문의 내부에서 움틀지도 모를 파벌에 대해 걱정하고 있다고 생각되기도 했지만, 그러나 소로리로서는 기분 나쁜 일이었다.

'함부로 사카이에도 가지 못하겠구나……'

미츠나리가 소로리를 구슬리기 위해 일부러 요도야의 배에 탔다고 하면 그에게 그런 필요성을 통감하게 만든 것은 무엇이었을까?

'역시 도쿠가와 님에 대한 경계인 것 같다.'

주위는 이제 완전히 어두워지고 따스한 바람이 바다 쪽에서 불어오고 있었다. 다른 때 같으면 수면이 깊은 어둠 속에 녹아들었을 시각. 지금은 밤하늘에 뿌려진 별을 보듯 온통 배의 등불로 환했다. 쿄토와 오사카를 먹여 살리는 동맥이 30만 군사의 보급이라는 큰일을 더하고 있으므로 무리가 아니었다.

'나는 지부 님에게 너무 가까이 접근했는지도 모른다.'

그러나저러나 미츠나리가 쇼안 이야기를 꺼내지 않은 것이 소로리를 안도하게 했다. 리큐 거사도 그렇기는 하나, 사카이 사람 전체를 움직이는 힘은 쇼안에게 있었다. 더구나 그 쇼안은 미츠나리 따위는 전혀 문제시하지 않았다.

그 밖에도 미츠나리는 소로리에게 그답지 않은 친근감을 보이면서 오사카 성 안의 일을 이것저것 이야기해주었다. 다이묘들은 오만도코로보다 키타노만도코로를 어머니처럼 사모하고 있다고 했다. 도요토미 가가, 칸파쿠라는 큰 권력을 쥔 가문이 된 오늘날에는 그와 같은 작은 인정에 사로잡히면 도리어 방해가 될지언정 이익은 되지 않는다고 미츠나리는 말했다.

"키타노만도코로는 아직도 하마마츠에서 사오만 석의 영주였을 때와 같은 기분으로 정치에도 손을 뻗치고 있어."

그래서 천하의 결속이 어렵다고까지는 말하지 않았으나, 그렇게 말하는 것과 다름없는 불만을 토로했다. 미츠나리 정도나 되는 인물이 내전을 꺼려 정치에 손을 댄다든가 오늘처럼 걱정을 해야 하는 것은 도리어 일본의 비극이 아니겠느냐고 하면서, 소로리말고 다른 사카이 사람들에게도 협력을 구해달라고 했다.

'생각했던 것보다는 착한 사람……'

이런 생각으로 소로리는 그 일을 떠맡았다. 그러나 혼자 있게 되었을 때 소로리는 다시 그를 비판하게 될 것 같았다.

'있는 것을 있는 그대로 설득해 포용하면서 좀더 강해져야만 하는 게 아닐까?'

어디까지나 인간이면서 인간 이상의 강한 힘을 피지배자에게 나타낸다…… 이것이 정치의 요점이라고 쇼안은 입버릇처럼 말했다. 쇼안의 그 말이 옳다고 한다면 미츠나리는 역시 정치가가 되기에는 선이 너무 가늘었다.

'선이 너무 가는 데에 혹시 파벌의 싹이……'

이런 생각을 하는 순간 소로리는 함부로 미츠나리를 도울 수도 없다는 느낌이었다. 파벌의 싹을 잘라내려다 도리어 파벌을 만들게 된다면 전혀 의미가 없는 일.

배는 다섯 점 반(오후 9시)에 요도야 다리의 선착장에 닿았다.

소로리는 건너편에 불을 켜들고 떡 버티고 서서 싱글벙글 웃고 있는 요도야 죠안淀屋常安을 알아보고는 눈이 휘둥그래졌다.

11

요도야 죠안은 등불로 소로리의 발밑을 비쳐주면서 계속 웃는 얼굴이었다.

"수고가 많으십니다."

공손히 고개를 숙였다.

"이 배에 타셨다는 말을 듣고 변변치 못하지만 음식을 마련했습니다. 자, 안내하겠습니다."

"예? 무어라고 하셨습니까, 요도야 님?"

소로리는 어리둥절했다. 무엇 때문에 이런 시각에 요도야 자신이 직접 선착장에…… 이렇게 생각하고 있던 소로리, 그런데 요도야 죠안이 자기를 마중 나왔다고 하지 않는가.

대상인 중에서도 오만하다고 소문난 요도야 죠안이었다. 이러한 그가 2, 3년 전까지만 해도 고작 칼집 만드는 장인에 불과했던 나를……? 이런 생각을 하는 순간 소로리는 등골에 오싹 오한을 느꼈다.

'분열의 싹을 키우는 것은 도요토미 가문 내부에서뿐만 아니라 상인들 중에서도 이미 시작되고 있는 모양……'

내가 배에 탔다는 것을 배가 도착하기도 전에 어떻게 요도야가 알았을까? 아니, 그보다 더 소름끼치는 것은 죠안의 그 느긋하게 웃는 얼굴이었다.

"큐슈에서는 전하가 도착하시기도 전에 이미 정국이 호전되었다고 하던데요?"

"예…… 예. 그런 것 같습니다."

"신자에몬 님은 그곳에 안 가십니까?"

"예. 저는 저어……"

"아직 여기서 하실 일이 많이 남았기 때문이겠군요. 아, 발밑을 조심하십시오. 돌계단이 있을 테니까."

소로리는 등불이 환히 비추어주는 길을 걸었다.

'이 사람은 나를 히데요시의 밀정인 줄 알고 있구나……'

이런 생각을 하는 순간 갑자기 화가 치밀었다. 그렇지 않다면 무엇 때문에 요도야가 마중 나오고 또 식사까지 대접하려 할 것인가.

'거절해야 한다. 거절하고 곧바로 돌아가야 한다.'

이시다 미츠나리에게는 사카이 사람들의 첩자로 여겨지고, 모즈야 소안에게는 리큐 거사의…… 그것만으로도 기분이 언짢은데 이번에는 요도야에게도 이런 취급을 당하고 있다.

'내가 그런 일밖에 하지 못할 사나이……로 보인다는 말일까?'

자신의 발로 대지를 밟고 자신의 눈으로 시대를 내다보며 살아간다고 자부하고 있는데, 남의 눈에는 누군가의 권세를 등에 업고 그 영향 아래 가슴을 펴고 사는 소인으로밖에 보이지 않는 모양이었다. 이런 식으로 여기저기서 대립이 심화되면 소로리 신자에몬이라는 사나이는 저도 모르는 사이에 정말 허수아비가 되어버릴 것만 같았다.

'하다못해 한 지방의 수령 정도라면 몰라도……'

원래 억척스러운 기질, 자신의 입장이 애매하다는 사실을 깨닫게 되면서부터 견딜 수가 없었다.

'나는 역시 벼슬할 인물은 못 되는 모양이다……'

선착장의 돌계단을 올라가 창고가 즐비한 곳으로 나왔다.

"아, 왜 이렇게 배가 아플까!"

소로리는 그 자리에 주저앉았다. 그 동작에서 생각에 이르기까지 온통 익살이 몸에 배어 있었다.

"죄송합니다마는 요도야 님, 탈것을 마련해주십시오. 도저히 이대로는 걷지 못하겠습니다."

이렇게 말하면서 스스로 자기 낯에 침을 뱉는 듯한 기분이 들어 소로리는 저도 모르게 눈을 감았다……

시마즈의 가풍

1

히데요시의 큐슈 정벌이 사실상 종료된 것은 사츠마薩摩•의 타이헤이 사太平寺까지 진출했던 그의 본진으로 시마즈 요시히사가 찾아와 대면한 5월 8일이었다. 히데요시로서는 당연히 이길 싸움에 이긴 것이고, 시마즈 요시히사로서도 역시 충분히 자기 실력을 과시하고 항복한 것이므로 예상대로 된 것이라 할 수 있었다.

시마즈 군이 항복하게 된 직접적인 원인은 휴가日向• 타카기高城• 결전이었는데, 여기에는 히데요시가 직접 참가하지 않았다.

히데요시는 부젠과 분고에서 휴가, 오스미大隅• 방면으로 진격하고 있던 동생 히데나가에게 그곳을 맡겼다. 히데요시 자신은 승리를 확신하며 특유의 선전전宣傳戰을 전개하면서 치쿠젠, 치쿠고筑後•, 히고肥後•를 거쳐 사츠마로 진로를 정했다. 히데요시에게 이번 전투는 처음부터 유람하는 기분의 일대 선전전이었다고 할 수 있었다.

일찍이 야마자키 전투 때 히데요시는 출전에 앞서—

"내가 죽거든 어머니와 아내를 다른 곳으로 옮기고 히메지 성 안에 있는 것은 남김없이 불태우도록."

미요시 무사시노카미三好武藏守에게 이렇게 명하고 모든 것을 버리는 심정으로 출전했다. 그런데 이번 큐슈 출전에는 이런 비장감이 전혀 없었다.

히데요시는 3월 1일에 칙사를 비롯하여 친왕親王°과 공경公卿들의 전송을 받으며 오사카 성을 떠나 하루 5, 60리 정도의 느린 속도로 유유히 행군했다. 그 장비도 낡은 것으로, 주홍색 비단 갑옷에 꽹이 모양 장식의 투구를 쓰고, 붉은 비단 히타타레에 가짜 수염을 붙인 그야말로 괴이한 분장이었다.

그리고 18일 만에 겨우 아키의 미야지마에 도착하여, 그곳에서 고자부네를 화려하게 꾸미고 이츠쿠시마 신사로 건너가 그 옛날의 키요모리清盛°라도 된 기분으로 회랑에서 사방의 경치를 감상했다.

듣던 것보다 아름다운 이츠쿠시마의 전망
보여주고 싶구나, 구름 위의 신선에게

칸파쿠가 되었으면 칸파쿠다운 풍류가 있어야 한다. 그런 의미에서 이 여행은 처음부터 칸파쿠 전하의 유람이었다.

26일 아카마가세키(시모노세키)에 도착해서 그곳에서도 아미다 사阿彌陀寺의 안토쿠安德 천황° 어영御影에 참배하고 노래 짓는 모임을 열었다.

파도 흘러간 그 자취를 더듬으니
예나 다름없이 옷소매 젖는구나

자기 곁에 마시타 나가모리增田長盛, 오다 노부오織田信雄, 이시카와 카즈마사, 리큐 거사 등 지난날의 상전과 적과 다인들을 모두 조아리게 하고 옛날의 역사 이야기에 귀를 기울이는 모습은 바로 오늘날의 수학여행과도 같은 풍취를 자아내었다.

물론 그렇다고 하여 헛되이 시간을 보내고 있을 히데요시가 아니었다. 이처럼 유유히 봄날을 즐기고 있는 듯이 보이면서도 이면에서는 시마즈에 대한 공작을 게을리 하지 않았다.

겉으로는 코야산高野山의 승려 코잔 오고興山應其, 전 쇼군將軍° 아시카가 요시아키足利義昭의 사자 잇시키 아키히데一色昭秀 등을 보내 항복을 권하고, 이면적으로는 큐슈의 대상인들에게 명하여 적의 영지 내부의 전의戰意 상실을 획책했다.

히데요시가 도착하자 상대는 곧 그 위세에 압도당해 항복했다……고 세상에 보이도록 하기 위한 연출이었다. 그래서 시마즈 군이 그런 기색을 보이지 않았더라면 히데요시의 유람은 한결 여유로워져 좀더 지연되었을지도 몰랐다.

히데요시가 오사카를 출발하여 63일째 되는 5월 3일에야 사츠마의 타이헤이 사에 도착했다는 것은 이미 시마즈의 항복이 결정되었음을 말하고, 시마즈의 항전이 히데요시 출진 후에도 60여 일이나 더 계속되었음을 말하는 것이기도 했다……

2

시마즈 요시히사도 결코 평범한 인물은 아니었다.

물론 히데요시를 이기리라 생각지는 않았으나 그렇다고 쉽게 패배한다고도 생각지 않았다. 그런 의미에서는 코마키 전투 때 이에야스의 계산과 흡사한 점이 있었다. 이길 것으로 오산하고 싸운다는…… 무모함이 아니라 일전을 벌이고 난 뒤 화의를 맺음으로써 시마즈의 존재를 확인시킨다는—

다른 다이묘들과 같은 입장에서 히데요시를 추종하는 것은 시마즈로서는 생각지도 못할 일이었다. 가능하다면 숙적 오토모의 항복을 받아 큐슈 전체를 장악한 뒤, 그 세력을 토대로 하여 특수한 지위를 인정토록 하면서 히데요시와 제휴할 생각이었다.

더구나 미나모토노 요리토모源賴朝° 이래 300여 년 동안 남의 침략을 받지 않았다는 긍지가 있었고, 또한 일족 중에는 아직도 명장과 인걸이 즐비했다.

동생으로 요시하루義珍(훗날의 요시히로義弘) 외에 토시히사歲久, 이에히사家久 등의 호걸이 있고, 사촌동생으로 타다나가忠長, 유키히사征久가 있었다. 노신老臣에도 이쥬인 타다무네를 위시하여 니로 타다모토新納忠元, 마치다 히사마스町田久倍, 키타고 타다토라北鄉忠虎 등 일기당천一騎當千의 용사가 기개를 겨루고 있었다.

그들이 조금만 시야를 넓혔더라면 이렇게까지 궁지에 몰리지는 않았을 터…… 그런 의미에서 코마키 전투에서 전혀 잃은 것이 없는 이에야스와는 비교도 되지 않는 결과였다.

이에야스에게는 노부나가의 유아遺兒를 도와 역신을 친다는, 히데요시의 입장에서 보면 가장 치명적인 '명분'이 있었으나 시마즈 요시히사에게는 그것이 없었다. 오히려 히데요시가 칙명으로 항복을 권하고 있는데도 요시히사가 따르지 않았다는 불리한 면이 있었다.

그런 만큼 타이헤이 사에 있는 히데요시의 본진을 찾아왔을 때의 요시히사는 몹시 괴로운 표정이었다.

최초로 히데요시가 요시히사에게 제시한 조건—

"사츠마, 오스미, 휴가 등 세 영지 외에 히젠肥前•, 히고의 절반을."

이 요구에 따르지 않고 히데요시에게 야유 섞인 선전을 당하고 나서 휴가 타카기 패전으로 항복하게 되었으니 요시히사가 괴로운 것도 무리가 아니었다. 물론 가신들 중에는 항복해서는 안 된다고 맹렬히 반대하는 자가 아직도 있었다. 카고시마鹿兒島에서 농성하다가 성을 베개 삼아 전사하자는 것이었다.

이런 무모한 일을 감행할 만큼 요시히사는 어리석지 않았다. 여기에 슬픔이 있고 분함이 있으며 자조自嘲가 있는가 하면 울분이 있었다.

항복을 제의한 것은 노신 이쥬인 타다무네였다.

"이미 칼은 부러지고 화살이 다했습니다. 근년에 히젠, 히고, 치쿠젠, 부젠 등의 전투가 이어져 사츠마, 휴가, 오스미의 무사들 모두 지치고 무기와 식량도 바닥났습니다. 이런 상태에서 농성하고 일전을 벌이다 실패하는 경우에는 가문이 멸망합니다. 화평을 맺게 되면 비록 세 곳의 영지가 공령公領이 된다 해도 가문은 살아남습니다. 이 큰 난관만은 우선 피해야 합니다."

이 제안에 키이레 스에히사喜入季久, 카마타 마사치카鎌田政近, 혼다 치카사다本田親貞 등이 동의하고 찬성했다. 그리고 잇시키 아키히데의 권고에 따라 화의를 맺게 되어 오늘에 이르렀다.

요시히사는 카고시마를 떠나 도중에 생모의 위패를 모신 이쥬인伊集院 마을 셋소인雪窓院에 들러 머리를 깎았다. 그러나 이로써 끝나리라고는 물론 생각지 않았다. 상대의 태도에 따라서는 할복할 결심으로 시동도 거느리지 않고 혼자 히데요시의 본진 막사 앞에 섰다.

3

막사 안은 조용하기만 했다.

히데요시는 막료들을 도열시키고 오만하게 버티고 있을 것이라 생각했던 요시히사로서는 약간 뜻밖이었다. 그곳까지 안내를 한 근시도 물러가고 두 간밖에 되지 않은 막사는 썰렁했다. 무사 같아 보이는 사람은 하나도 없고, 자기처럼 머리를 깎은 60대의 다인 한 사람이 홀로 앉아 있을 뿐이었다.

"아니, 시마즈 님이군요. 무얼 주저하시오, 어서 들어오시오."

그 말에 요시히사는 얼굴이 확 달아올랐다.

'쓸데없는 짓이다!'

이런 생각을 하면서도 패배의 굴욕감이 전신을 휘감아왔다. 허리에 찼던 칼 두 자루를 그대로 던져버리고 성큼성큼 안으로 들어가 가만히 앉으면서 말했다.

"시마즈 요시히사, 머리를 깎고 류하쿠龍伯란 중이 되었습니다."

히데요시는 빙긋이 웃었다.

진중인데도 이 얼마나 여유로운 모습인가. 홑옷 차림의 모습으로 사방침에 가느다란 손을 얹은 채였다.

"시마즈 님은 시골무사인 줄 알았는데 상당히 영리하시군. 잘 오셨소. 오월의 사츠마는 몹시 덥지요?"

"그렇습니다."

"리큐 거사, 시마즈 님께 부채를 갖다드리게. 이렇게 더워서는 심각한 말을 할 수가 없네."

요시히사는 짓궂게 자기 전신을 훑어보는 상대의 시선을 느끼며 비로소 상체를 똑바로 세웠다.

"보시다시피 머리를 깎고 온 류하쿠, 무엇이든 화의의 조건을 말씀해주십시오."

"하하하…… 우선 편히 앉으시오. 그런 뒤 시마즈 님의 심경을 말해보시오."

"심경…… 패전한 나에게 그것을 물으시다니요?"

"오, 듣고 싶소. 시마즈 님 같은 분이 어째서 지금까지 무익한 전쟁을 계속했는지."

요시히사는 채 그 말이 끝나기도 전에 강한 어조로 말했다.

"제 심경은 오로지 분할 따름입니다."

그리고는 문득 웃음을 떠올렸다.

"치쿠젠 님이 오신다 해도 무슨 문제가 있겠는가, 사츠마 땅은 예로부터 한 사람도 남을 들여놓은 적이 없는 곳, 매운맛을 보여주려고 했으나 실패했습니다."

"하하하…… 칸파쿠라는 걸 잊어버리고 있었군요, 시마즈 님. 치쿠젠이라면 호적수가 되었을지 모르나 이 몸은 지금 칸파쿠란 말이오."

"그렇습니다. 칸파쿠의 기치를 본 백성들이 모두 고개를 숙이고 나에게서 떠나……"

여기까지 말하고 요시히사는 비로소 소리내어 웃었다.

"하하하……"

그 웃음은 자조적인 것이 아니었다. 가슴에 맺힌 응어리가 무언가에 빨려 나오듯 자연스럽게 나온 뜻밖의 웃음이었다.

그러나…… 웃고 나서 섬뜩했다.

'아직 이르다……'

이 진지로 항복을 통고하러 보냈던 가신 코노 미치사다河野通貞를 접견한 히데요시—

"모든 것은 시마즈가 하기에 달려 있다. 어쨌든 시마즈가 직접 오라고 전하라."

이렇게 말하며 한치의 틈도 보이지 않았다……는 사실을 요시히사는 떠올렸다.

히데요시는 아니나 다를까 날카롭게 눈을 빛냈으나 곧 태연하게 부채질을 했다.

요시히사가 정중한 태도로 입을 열었다.

"……백성들이 그럴 줄은 몰랐습니다. 어느 세상에도 억지는 통하지 않는 모양입니다. 아무쪼록 뜻대로 하십시오."

4

패자의 몸으로 승자 앞에 나온 자신. 기죽지 말고 사과할 것은 사과한 뒤 시마즈 가문의 존속을 도모해야 한다…… 이렇게 생각은 했다. 그러면서도 눈앞에 있는 바싹 마르고 작은 이 사나이 한 사람 때문에 요리토모 때부터 내려오는 시마즈 가문의 긍지가…… 이런 생각에 요시히사는 정신을 잃을 것만 같았다.

지금 굽실거린다면 히데요시에게 경멸을 당할 뿐. 가능하면 거센 파도를 헤치고 불어오는 바람처럼 호탕하게 웃어넘기고 도마 위의 잉어가 되고 싶었다. 아니, 그럴 결심을 하고 왔는데도 패자의 응어리가 이것을 용납하지 않았다.

갑자기 히데요시가 사방침 앞으로 몸을 내밀었다.

"시마즈 님."

히데요시의 어조는 의외로 조용하여 친밀한 사람 사이의 은밀한 이야기를 연상케 했다. 그뿐 아니라 날카로운 눈에도 예리함이 사라지고 부드러운 미소가 떠올라 있었다.

"예……"

"시마즈 님의 결심이 그렇다면 그것으로 충분하지 않겠소?"

"예?"

"이 히데요시에게 다른 뜻은 없소. 현재의 영지는 그대로 맡기겠소. 그러나 멀리 여기까지 와서 사츠마에 들어가보지도 않고 그냥 돌아간다면 무장으로서 체면이 서지 않소. 일단 시마즈 님의 성까지는 들어갈 것이오."

빠르게 말하고 히데요시는 다시 한 번.

"시마즈 님……"

작은 소리로 말했다.

"시마즈 님은 이 히데요시의 생각을 잘못 알았던 것 같소."

시마즈 요시히사는 웃으려고 했다. 상대가 서늘한 바람이 스쳐가듯 가장 알고 싶었던 내용을 담담하게 털어놓았다. 그에 대해 기쁨과 감사의 말로 답해야 한다……고 생각하면서도 이번에는 아무리 해도 웃음이 떠오르지 않았다.

'건방진 것!'

마음속으로 생각하고, 그렇게 생각한 자신이 또한 슬펐다. 이 작은 체구의 사나이 안에 도사린 불가사의한 힘이 점점 요시히사를 압박해 왔다.

"생각을 잘못 알았다……고 하셨습니까?"

"그렇소. 치쿠젠 때부터 이 칸파쿠가 지니고 있는 비원悲願을 모르고 있는 거요."

"비원……이시라면?"

"히데요시는 말이오, 시마즈 님을 증오하거나 오토모를 감싸거나 하는 그런 소인배가 아니오."

"……"

"시마즈 님은 그것을 미처 알지 못했소. 설마 히데요시가 여기까지는 오지 않을 것이다, 오기 전에 북큐슈를 손에 넣고 나서 상경할 것이다, 이렇게 생각했겠지요."

"그렇습니다."

"시마즈 님은 센고쿠를 공격했소. 하지만 나는 화를 내고 일부러 큐슈까지 올 만큼 속이 좁은 사람이 아니오."

"……"

"나는 치쿠젠 시절부터 가졌던 뜻을 이루기 위해 큐슈에 오지 않을 수 없는 이유가 달리 있었소. 시마즈 님은 몰랐을 것이오만."

요시히사의 이마에 땀방울이 맺혔다.

히데요시가 이런 자리에서 일부러 농담할 리는 없고, 만일 그가 말하는 것이 사실이라 해도 치쿠젠 시절부터의 비원이 무엇인지 요시히사로서는 전혀 알 수 없는 일.

"하하하……"

히데요시는 비로소 즐거운 듯이 웃었다.

"이 큐슈는 명나라, 남만, 조선으로 가는 선착장이라는 점이오."

"예?"

"이곳을 다스리지 않고는 앞으로 일본의 발전은 기대할 수 없소. 그런 큐슈를 어찌 이 히데요시가 그대로 내버려둘 수 있겠소?"

히데요시는 다시 목소리를 떨구고 자기 옆에 있는 리큐를 흘끗 돌아보았다.

5

리큐는 아주 점잖은 모습으로 두 사람의 대화에 귀를 기울이고 있는 듯이 보였다.

"시마즈 님은 내가 일본이 모두 평정되었다……고 써서 보낸 서신에 대해 이의를 제기했다고요?"

히데요시는 다시 요시히사를 향해 필요 이상으로 나직하게, 마치 잘못을 용서해준 어린아이를 달래는 어조로 말을 이어나갔다.

"히데요시의 마음을 안다면 쉽게 납득할 수 있을 것이오. 히데요시에게 일본인은 어느 한 사람도 적이 아니오."

"……"

"그 증거로 이에야스도 내 마음을 알고 오사카 성으로 인사하러 왔었소. 이에야스조차 그렇게 했는데 오다와라의 호죠나 오슈의 다테 따위가 무슨 일을 할 수 있다는 말이오? 문제는 그들에게 앞으로 일본이 나아갈 길을 설득하기만 하면 되는 것이오. 이것은 또한……"

이렇게 말하면서 히데요시는 또다시 리큐를 흘끗 바라보았다.

"츄고쿠의 모리 일족도 마찬가지요. 시마즈 님도 보았을 것이오, 모리, 코바야카와, 킷카와 등 세 사람이 이번 전투에 얼마나 힘을 합쳐 히데요시를 위해 활약했는지……"

"분명히 보았습니다."

"그랬을 것이오. 모리도 처음부터 납득한 것은 아니었소. 이 히데요시의 뜻을 알기 전에는."

"……"

"그러나 지금은 알게 되었소. 알고 나서는 그처럼 자진하여 견마지로犬馬之勞를 아끼지 않았소. 히데요시와 더불어 일본의 장래를 생각하지 않으면 안 될 때가 되었다…… 이제는 서로 싸우는 전국戰國의 시대가 아니라, 일본이 천자의 명을 받드는 히데요시 밑에서 결속하여 명나라, 남만, 조선의 움직임에 눈을 돌려야 할 때가 되었다…… 히데요시의 비원 또한 여기에 있다, 절대로 국내에서 여기저기 세력을 이루어 서로 싸우고 있을 때가 아니다…… 이렇게 납득했기 때문에 나를 도왔던 것이오. 알겠소, 시마즈 님도?"

"알……알 것 같습니다."

"모를 리가 없겠지요. 히데요시의 시선이 어디로 향하고 있는지, 히데요시의 뜻이 어디 있는지를 간과하면 애매해져요. 히데요시가 자기

욕심을 채우려고 오토모를 후원하여 시마즈를 공격했다……고 말이오. 하지만 그것은 큰 오해요. 나는 오토모라도 잘못이 있으면 절대로 용서하지 않소. 앞으로 일본이 지향할 방향에 방해가 된다면 주저 없이 응징할 것이오…… 그러나 히데요시의 비원을 이해하고 협력하는 자는 다 같은 천자의 백성, 천자의 신하인 이 히데요시가 멋대로 공격한다는 것은 있을 수 없는 일이오."

시마즈 요시히사의 관자놀이가 꿈틀꿈틀 움직였다.

'과연 히데요시, 묘한 구실을 대는군……'

감탄하면서도 감정은 그것을 받아들이려 하지 않았다.

'너무 장황하다! 나는 어린아이가 아니다.'

이러한 반발을 그대로 상대에게 터뜨릴 수 있는 입장이 아니었다. 패자의 굴욕을 각오하고 머리까지 깎고 찾아온 자신이 아닌가.

"칸파쿠 전하께 아룁니다."

"오, 이제 알게 되었다는 말이오?"

"그 점은 이 류하쿠가 한 달쯤 전부터 알고 있었습니다."

"뭐, 한 달쯤 전부터……?"

"그렇습니다."

이렇게 말하고 파랗게 반짝이는 자기 머리를 가리켰다.

"그러기에 이처럼…… 하지만 이것만으로는 사죄가 부족하다는 말씀이시군요."

6

히데요시는 피식 웃었다.

"내 말이 사죄를 재촉하는 의미로 들렸다는 것이오, 시마즈 님?"

"아니, 죄의 깊이를 생각했기 때문에……"

"그럼, 사죄가 부족하다고 하면 할복이라도 하겠다는 말이오?"

"원하신다면."

"이 자리에서 할복하겠다는 말이오? 하하하…… 시마즈 님, 꽤나 성질이 급한 사람이군."

"그런지도 모릅니다. 어쨌든 선과 악이 어느 쪽인지 깨달으면 즉시 행동에 옮기는 것이 시마즈의 가풍입니다."

"하하하, 그것 참 곤란한 가풍이로군."

"예, 곤란한 가풍……"

"그러나 히데요시는 이 자리에서 할복하라고 명할 까닭이 없는 사람이오."

"으음."

"지금까지 자세히 설명하지 않았소? 시마즈 님도 천자의 백성, 히데요시도 천자의 부하. 시마즈 님이 자신의 잘못을 깨달았는데 내가 할복을 명한다면 그야말로 천자께 불충한 일이오."

여기까지 말한 히데요시가 이번에는 입을 크게 벌리고 목구멍까지 보이면서 웃었다.

"와하하…… 하지만 이것은 표면적인 이유요, 시마즈 님. 여기에는 다른 뜻도 있소."

"허어."

"모처럼 여기까지 온 시마즈 님에게 할복을 명할 정도로 이 히데요시는 어리석지 않소."

"……"

"생각해보시오. 지금 그대에게 할복을 명하면 시마즈 님의 가신들이 참지 못하고 반항할 것이오. 그러면 이 더위에 다시 사오십 일이나 전투가 계속될 텐데, 그런 어리석은 싸움을 내가 할 것 같소?"

"으음, 과연……"

"시마즈 님은 가신들에게 감사해야 할 것이오. 앞뒤 가리지 못하는 가신들이 시마즈 님의 목숨을 구한 것이오. 머리를 깎고 왔다고 해서가 아니오. 어떻소, 이것이 시마즈의 가풍…… 이 가풍을 소중히 간직하시오."

시마즈 요시히사의 머리가 점점 더 수그러졌다.

'과연 무서운 상대……'

마음속으로는 어떻게 생각하건 그것을 솔직하게 털어놓기란 어려운 법이다. 태연히 말할 수 있는 것은 반석과 같은 자신감이 뒷받침하고 있기 때문임이 분명하다.

"알겠습니다."

"그렇군, 이해한 듯한 표정이 되어가는군."

"그러면, 이 류하쿠는 즉시 카고시마로 돌아가 전하를 맞이할 준비를 하겠습니다."

"좋소, 그렇게 하시오. 앞으로도 시마즈의 가풍을 잘 살리면 여러모로 공도 세울 수 있을 것이오. 히데요시는 무장의 체면을 위해 시마즈 님의 본성까지 가기는 하겠으나, 시마즈 님이 지닌 훌륭한 가풍까지 미워할 정도로 속 좁은 사람이 아니오. 적이기는 하나 시마즈의 가풍은 훌륭했다고 모두에게 전해주시오."

"잘 알겠습니다."

정중하게 대답하고, 그러나 요시히사는 마지막으로 한마디 비꼬는 말을 하지 않을 수 없었다.

"그것도 모두 전하를 위해서입니다."

"그렇소."

히데요시도 담담하게 응수했다.

"자신과 세상을 위해 함께 노력하는 것이 가장 뛰어난 인물이오."

요시히사가 절을 하고 일어났다.

"잠깐!"

히데요시는 다시 큰 소리로 요시히사를 불러 세웠다.

7

하지 않아도 될 말을 마지막에 비꼬는 투로 한 요시히사도 요시히사지만, 요시히사가 일어나 장막 밖으로 나가려 했을 때가 되어서야 밖에 대령하고 있던 근시들이 깜짝 놀랄 만큼 큰 소리로 부른 히데요시도 히데요시였다.

이렇게 되면 점잔만 빼는 칸파쿠도 아니거니와 사츠마의 운명을 짊어지고 사죄하러 온 비장한 패장도 아니었다. 양쪽 모두 남을 놀라게 함으로써 기뻐하는 난세의 기질을 가진 악동과도 같은 장난꾸러기에 지나지 않았다.

"잠깐, 시마즈!"

엄청나게 큰 소리로 불리는 순간—

"으흠!"

요시히사도 돌아보았다.

히데요시는 요시히사의 마지막 비아냥거림에 대꾸할 생각인 듯.

기다리고 있던 근시는 깜짝 놀라 두 사람을 번갈아 바라보았다. 아니, 근시뿐만이 아니었다. 이때는 리큐 거사조차도 한쪽 무릎을 세우고 말았다. 일갈一喝과 동시에 히데요시가 칼걸이에 있던 칼을 번쩍 집어 들고 성큼성큼 요시히사에게 다가갔기 때문이다.

'노했다!'

누구의 눈에도 그렇게 보였다.

당장이라도 칼집을 벗어난 칼이 무장하지 않은 요시히사를 향해 내리쳐질 것 같은 기세로 주위에 살기가 감돌았다.

그러나 다음 순간 히데요시는 칼집째 요시히사에게 내밀었다.

"시마즈 님!"

"예!"

"그대를 처음 만나 이대로 헤어질 수는 없는 노릇이니 이것을 선물로 주겠소."

"고맙습니다."

요시히사는 선 채로 받아 철컥 소리를 내며 칼을 조금 뽑았다.

"앗!"

사람들은 소리를 지르며 목을 움츠렸고, 요시히사는 뽑았던 칼을 다시 칼집에 넣었다.

칼을 받아드는 순간 요시히사가…… 이번에는 히데요시 쪽이 무방비 상태였다. 하지만 이 돌발행위는 어디까지나 두 사람의 위치를 망각한, 장난에서 나온 것이었다.

"와하하……"

히데요시의 웃음소리가 먼저 진중에 울려 퍼지고 요시히사의 웃음소리가 그 뒤를 이었다.

"와하하……"

"하하하……"

"시마즈 님, 칼만으로는 부족하오. 그 칼은 무네치카宗近가 만든 비장의 것, 카네히라包平의 것도 같이 주겠소."

"감사합니다."

"그리고 임명장은 내일 성에서 건네겠소. 인질도 차질 없이 준비해 놓도록 하시오."

"잘 알겠습니다."

사람들은 비로소 안도했다.

히데요시는 선 채로 요시히사를 배웅하고 나서 다시 한 번 큰 소리로 웃고 막사 안으로 돌아왔다.

"이만하면 그 완고한 요시히사도 납득했을 테지."

이때 리큐가 히데요시에게 부채를 건네며, 작은 소리로 말했다.

"아직 멀었습니다."

"무어가 아직 멀었다는 말인가? 그대는 어려운 문제가 또 남아 있다고 말하는 건가?"

리큐는 직접 그 말에는 대답하지 않았다.

"차라도 한 잔 드시렵니까?"

이렇게 말하고 다시 생각난 듯이 고개를 저었다.

"아직은."

8

리큐가 두번째로 중얼거린 소리를 듣고 히데요시도 그만 입을 다물었다. 굳이 남에게 지적당하지 않아도 그 역시 아직 안심할 수 없는 일이 몇 가지 있었다. 생각해야 할 일은 단지 시마즈 가문에 관한 일만이 아니었다.

히데요시나 되는 인물이 30만에 달하는 대군을 움직여 큐슈까지 진출한 이상 그 목적과 의미를 분명히 밝힐 필요가 있었다.

첫째 목적은 시마즈 류하쿠에게도 말했듯이 큐슈를 명나라, 남만, 조선에 대한 선착장으로 삼아야 할 새로운 국가적 견지에서 각자가 소유한 성을 정비해나가는 일이었다.

이를 하지 않고 돌아간다면 이번 원정은 무의미해진다. 물론 그것은 히데요시 자신의 안전을 위해서나 전쟁의 사후처리라는 관습상으로도 당연한 일이었다. 그러나 좀더 넓은 견지에서 본다면 '과연 히데요시답다' 고 자랑하기에 충분한 견식이 없으면 안 되었다. 그리고 이것은 어디까지나 '새로운 일본의 발전을 위해서……' 이러한 한마디로 요약되는 일이었다.

이 새로운 견지에 입각한 견식을 살리는 수단을 강구하고 돌아가는 것이 두번째 목적이었다.

히데요시는 리큐가 끓여준 차를 마시면서 몇 번이나 고개를 끄덕이고는 말했다.

"음, 그래. 거사, 아직 멀었다는 것은 바로 이 차의 맛을 두고 하는 말이로군."

"당치도 않습니다. 리큐가 끓이는 차는 품격이 높습니다."

"하하하…… 차가 아니라 하카타 항구의 재건을 말한 것일세."

히데요시는 차를 마시고 평소의 습관대로 찻잔을 뒤집어 그 굽의 언저리를 살펴보았다.

"이 찻잔도 조선의 것인가, 거사?"

"그렇습니다."

"이도井戶의 찻잔을 닮아 칸뉴貫乳°가 정밀하고, 굽도 아주 세련되었어. 무어라 부르는 찻잔인가?"

리큐는 조용히 웃으면서 말했다.

"이도 찻잔 중에서도 특히 정교한 것이라고 할 수 있습니다."

"못 보던 것인데 어디서 입수했나?"

"예, 츠시마對馬•의 소宗 님이 보낸 것입니다."

여기까지 말하고 리큐는 왠지 모르게 얼른 어조를 바꾸었다.

"소품이어서 전하가 애용하실 만한 것이 못 됩니다. 그저 여행하실 때나……"

"아니, 상당한 명품이야. 소 녀석, 조선과 가까이 있어서 여러 가지 명품들을 입수하고 있는 모양이군. 거사, 조선이란 참으로 묘한 나라가 아닌가."

"아닙니다. 모두 명나라 기술이 전래된 것입니다."

"거사."

"예."

"일본이 평정되거든 조선으로 진출해보는 것이 어떨까?"

"당치도 않은 말씀입니다."

리큐는 웃으면서 손을 내저었다.

"그보다는 모처럼 여기까지 오셨으니 하카타 나루를 정비하시고, 히젠, 히고에서부터 치쿠고 부근의 천주교 모습 등을 시찰하시면 나중에 참고가 되실 것입니다."

"으음, 천주교라…… 그래, 그것도 좋겠군."

히데요시는 짓궂은 눈빛으로 말했다.

"남만을 상대하는 편이 조선을 상대하는 것보다 더 벌이가 좋다는 말이로군. 벌이를 위해서라면 천주교도 알아야겠지. 하하하…… 뜻하지 않은 곳에서 사카이 상인의 속셈이 드러나는군."

히데요시의 말이 정곡을 찌르는 바람에 리큐는 저도 모르게 눈길을 내리깔고 찻잔을 치웠다.

9

히데요시와 리큐의 관계는 미묘했다.

리큐는 어디까지나 다도를 통한 히데요시의 스승임을 자부했고, 히데요시는 리큐에게 3,000석의 땅을 주어 먹여 살리는 사랑하는 친구로 여기고 있었다.

히데요시 정도로 감각이 민감한 자가 사카이 사람들의 희망을 모를 리 없었다. 알면서도 이용해야 한다고 생각하고 있었지만, 그 리큐가 자기의 스승으로 자부하고 있다는 사실은 알지 못했다.

스승임을 자부하고 있는 리큐로서는 그렇지 않았다. 그는 자기 눈에 비치는 히데요시가 늘 불안하여 잠시도 걱정을 놓지 않았다. 히데요시의 실패는 그대로 사카이 사람들의 목적이 무산되는 것을 의미하고 일본의 발전에 영향을 끼친다……고 굳게 믿고 있었다.

아니 또 한 가지, 두 사람에게 공통된 성격의 유사성이 언제 어디서나 무의식적으로 두 사람을 경쟁하도록 만들고 있다는 점도 간과해서는 안 되었다.

'후세에 이름을 남기자!'

한마디로 양쪽 모두 이 점에 기를 쓰고 있었다. 히데요시는 불세출의 영웅으로, 또 새로운 일본의 구세주로 영원히 신의 자리에 군림하려 했다. 리큐는 다도와 이것을 둘러싼 문화의 길에서 똑같은 것을 지향하고 있었다.

이런 입장에서 보는 리큐의 눈에 요즘 걱정되는 사실이 있었다. 시마즈 문제가 해결되어가는 최근에 이르러 히데요시의 눈이 차차 남방에서 조선 쪽으로 무게가 기울고 있다는 것이었다.

그래서 리큐는 조선의 찻잔을 내놓은 것을 후회하며 얼른 화제를 천주교 쪽으로 돌렸던 것인데……

물론 히데요시가 이렇게 된 데는 이유가 있었다.

이 타이헤이 사로 본진을 옮기고 얼마 되지 않아 츠시마 도주島主 소 사누키노카미 요시시게宗讃岐守義調가 사스 시게미츠佐須調滿, 야나가와 시게노부柳川調信, 유타니 야스히로柚谷康廣 등 세 명의 사자를 히데요시에게 보내 묘한 정보를 알리게 된 결과였다.

솔직하게 말해서 지금까지 히데요시가 '조선 출병'을 입에 올린 것은 그 특유의 국내용 거짓 선전이요 허풍에 지나지 않았다. 그 선전과 허풍을 소 사누키노카미 요시시게는 진심으로 받아들였는지 앞서의 세 사자를 보내 말했다.

"부디 조선 출병의 뜻은 거두시기 바랍니다."

그리고는 덧붙였다.

"조선 왕에게는 절대로 반역의 뜻이 없고, 칸파쿠 전하에게 대항하려는 의사도 전혀 없습니다. 제가 자주 왕래하고 있기 때문에 잘 알고 있습니다."

'흥……'

그때도 리큐는 히데요시의 옆에 있으면서 속으로 웃고 있었다. 사카이에서 자란 리큐로서는 소 사누키노카미 요시시게의 속셈쯤은 빤히 꿰뚫어보고 있었다.

'소 녀석, 자기가 독점하고 있는 교역을 빼앗길 것 같으니까……'

그런데 소 사누키노카미 요시시게가 보낸 사자의 말에 히데요시는 전혀 다르게 반응했다.

"좋아!"

히데요시가 말했다.

"그렇다면 출병은 포기하겠다. 그 대신 요시시게는 조선 왕이 내게 조공을 바치도록 조치하라, 이 점을 분명히 말해둔다."

호리병박에서 말이 뛰어나온다는 말이 있거니와, 소 요시시게는 자기만이 독점했던 밀무역의 이익을 지키려다 도리어 히데요시의 마음을 정말 조선으로 돌리게 한 셈이 되고 말았다.

리큐는 이것을 두려워하고 있었다.

"조선에서 시작하여 명나라까지 손에 넣을 수 있을까."

그 후 히데요시는 종종 이런 말을 하고는 했다. 따라서 지금 히데요시에게 그보다 더 매력이 있는 장난감을 마련해주지 않으면…… 이것이 스승임을 자부하는 리큐 거사의 초조함이었다.

10

사카이 사람들은 히데요시가 수집하는 정보보다 훨씬 더 상세하게 세계의 사정을 알고 있었다.

조선과의 교역은 고작 소 요시시게 한 사람을 기쁘게 할 정도의 이익이었다. 그러나 남방을 통한 교역로는 루손(필리핀), 안남安南(베트남), 샴(타이), 천축으로부터 유럽 전체와 통하고 있었다. 더구나 만일 일본이 조선에 뿌리를 내리면 당장 명나라의 항의를 받게 되어 그야말로 진퇴양난에 빠지게 될 것이다.

"황송합니다마는 전하의 안목은 좀 잘못되어 있습니다."

"뭐, 내 안목이 잘못되었다고?"

"예. 사카이 사람들의 속셈을 알았다고 아까 말씀하신 것……"

"하하하…… 간파해서 기분이 언짢은가?"

"그렇지 않습니다. 사카이 사람들이 바라는 것은 곧 전하의 이익에도 부합되고 일본의 이익이 되기도 합니다. 사카이 사람들은 전하 밑에서 발전할 것을 염두에 두고 있으므로 그런 말씀은 삼가심이 좋으리라 생각합니다."

"음, 무슨 말인지 알겠네! 비꼬는 따위의 사소한 일은 소로리에게나 맡겨야겠군."

"그렇습니다. 전하의 안목은 좀더 높은 곳을 향하셔야 합니다."

"어쨌든 소는 못된 녀석이야. 자신의 이익을 지키려고 나에게 출병하지 말라고 하다니……"

“아셨다면 그냥 내버려두십시오.”

“아니, 내버려두면 버릇이 되고 말아. 그래서 안코쿠지 에케이安國寺惠瓊에게 일러 소 부자를 하카타에 오도록 명해놓았네.”

“소 부자를…… 어떻게 하시렵니까?”

“하하하…… 걱정할 것 없네. 큰 뜻을 가지고 있다면 일본인은 모두 소중한 우리편, 가혹한 일은 하지 않겠어. 다만 그들 부자가 또다시 입찬소리를 하면 책임지고 조선 왕을 입조入朝시키라고 엄명을 내릴 생각일세.”

리큐는 양미간을 찌푸렸으나 이 문제는 더 거론하지 않는 편이 좋을 것이라 판단했다.

모처럼 일본이 통일되어 큰 힘을 발휘하려는 마당에, 조선으로 진출하게 되어 모든 선박을 징수당하는 날에는 이러지도 저러지도 못하게 될 것이었다.

이번 큐슈 정벌만 해도 선주들의 큰 뜻과는 상당히 거리가 있었다.

“전하는 앞으로 언제쯤 시마즈 문제를 마무리지으려 하십니까?”

“아마 반달쯤 지나면 하카타로 돌아갈 수 있을 테지.”

“저는 그처럼 간단하게는 처리되지 않으리라 생각합니다.”

리큐는 이 경우 화제를 그쪽으로 돌리는 것이 상책이라 생각했다.

“류하쿠는 항복했다고 하지만 그 동생 요시히로가 그리 쉽게 항복할까요?”

“하하하…… 걱정하지 말게. 요시히로는 그토록 도리를 모르는 무사가 아닐세.”

“그렇지만 그 밖에도 휴가 미야코노죠都城의 혼고 이치운北鄕一雲, 사츠마에 있는 오쿠치 성大口城의 니로 타다모토 등의 강경파가 남아 있습니다.”

갑자기 리큐는 생각을 바꾼 듯이 말을 이어나갔다.

"제가 보기에는 앞으로 한 달…… 내기를 걸어도 좋습니다. 좌우간 일이 마무리된 후 돌아가는 길에 천주교도를 시찰하시고 이번 출진에 유종의 미를 거두시기 바랍니다…… 아무래도 천주교를 모르고서는 세계로 뻗어나갈 수 없는 것이 현실입니다."

교묘히 화제를 자기 쪽으로 돌려놓았다.

11

히데요시는 리큐의 말에 순순히 고개를 끄덕였다. 때때로 신경에 거슬리게 말하는 리큐였으나, 히데요시는 별로 그 선의善意를 의심한 적이 없었다.

'이 녀석도 철저한 고집통이라니까……'

이렇게 생각하고 웃어넘기는 것은…… 다시 말해서 히데요시가 리큐의 인물됨을 자기와 비교할 정도가 못 된다고 생각하는 증거였다.

"알겠네. 그럼, 제삼의 수확은 천주교에 대한 공부가 되겠군."

"제삼이라니…… 무슨 의미인지요?"

"이번 큐슈 정벌에서 얻은 수확 말일세."

"허어……"

"단지 시마즈를 벌하기 위해서라면 무엇 때문에 칸파쿠가 직접 왔겠나? 첫째는 명나라, 남만, 조선으로 진출하기 위한 선착장을 확보하기 위해, 둘째는 이번에 모리를 제대로 갖고 놀아보기 위해…… 그렇다면 또 하나 제삼의 선물이 있어도 나쁠 것은 없지 않아?"

"으음, 그래서 천주교를 제삼의 선물로 삼으시려는 것이군요. 이제야 납득이 갑니다."

"천주교도들을 직접 살펴보고 하카타로 돌아가기로 하겠네…… 그런데 거사, 시마즈의 가풍도 재미있는 가풍이지 않은가?"
"그야…… 요리토모 이래의 가풍이니까요."
"그대들의 이면공작은 별로 효과가 없었어."
"예. 전하가 방해하셨기 때문에."
"함부로 그런 소리를 하면 안 돼."
히데요시는 큰 소리로 웃었다.
"아무튼 상대를 적당히 분노하게 만들면서도 자포자기에 빠지지 않게 하기란 어려운 일이야. 손실과 이득을 계산할 수 있을 정도로 분노하게 만들기란 말일세."
"전하."
"왜 그러나?"
"만일 전하를 그 정도로 분노하게 만들 자가 나타났을 때는 크게 조심하십시오."
"뭐, 나를 분노하게 만든다고……?"
"예. 그때 전하가 버럭 성을 내시면 상대도 곤란하겠지만 전하도 크게 손실을 입는…… 경우가 긴 생애 동안에 생기지 않는다고는 할 수 없습니다."
히데요시는 혀를 차고 눈길을 돌렸다.
"자네는 좋지 못한 버릇이 있어."
"예……? 무어라 하셨습니까?"
"설법을 하는 버릇 말일세. 상대를 가리지 않고 아무에게나 설법을 하고 있어. 그런 설법은 안코쿠지나 죠스이如水에게 맡기게. 시마즈도 더 들으려 하지 않을 거야."
이렇게 말하더니 갑자기 생각난 듯이 덧붙였다.
"아 참, 죠스이를 부르게, 칸베에官兵衛를."
그때 벌써 히데요시의 두뇌는 시마즈 가문의 처리에 대한 문제로 전환되어 있었다. 자칫 자포자기하여 철저한 항쟁으로 돌아설 뻔한 시마즈 일족…… 그 처리는 역시 좀더 신중을 기할 필요가 있었다.

'이미 위력은 보였다. 그렇다면 다음에는 시마즈 일족에게 어떤 은혜를 베풀 것인가……?'

생각이 시마즈 일족 처리에 미쳤을 때 그 자체가 재미있게 여겨지는 히데요시였다.

카고시마 성으로 자신을 맞아들인 류하쿠가 제일 먼저 무슨 말을 할 것인가, 성을 내놓겠다고 할 것인가, 아니면 아직 감정을 삭이지 못하고 그 지기 싫어하는 고집으로 밀어붙일 것인가?

히데요시의 입가에는 저절로 웃음이 떠올랐다.

정치와 종교

1

5월 27일 히데요시는 사츠마에서 군사를 거두어 하카타로 향했다.

시마즈 류하쿠가 타이헤이 사에서 히데요시와 대면한 8일부터 계산하면 20일 동안이 사후처리 기간이었다. 이것으로 히데요시도 안도했으나 시마즈 쪽에서는 그 이상으로 안도의 가슴을 쓸어내렸다.

류하쿠는 히데요시를 카고시마 성에 맞아들여 자기 셋째딸 카메히메龜姬를 인질로 내놓았다. 그리고 타이헤이 사까지 수행했던 노신 시마즈 유키히사, 시마즈 타다나가, 이쥬인 타다무네, 마치다 히사마스 등도 인질로 내놓았으며, 그대로 카고시마 성을 양도하려고 했다.

히데요시는 성의 양도만은 받아들이지 않았다.

"요리토모 때부터 내려오는 명문의 긍지는 손상시키지 않겠다."

이러한 무장의 온정이 일족의 투지를 충분히 꺾을 수 있다는 것을 히데요시는 잘 알고 있었다. 사실 그러한 조처는 나중의 처리 과정에 큰 영향을 끼쳤다.

사츠마 영지의 지배권도 그대로 유지시켰으며, 요시하루에게는 오스미를, 열다섯 살인 그 아들 히사마스에게는 휴가의 대부분을 주었다. 이에히사와 유키히사 등의 영지도 그대로 인정해주었으며, 끝까지 항복하지 않은 니로 타다모토, 혼고 이치운 등도 각각 용서한 뒤 사츠마에서 철수했다. 히데요시의 가슴은 아마도 서늘한 바람을 쐰 듯 상쾌했을 터였다.

히데요시는 5월 27일 사츠마를 떠나 히고와 치쿠고를 거쳐 치쿠젠으로 가는 길을 택했다. 생각했던 대로 큐슈를 처리하고 논공행상을 생각하면서 하카타의 하코자키箱崎로 향하는 여행이었다.

히데요시는 어디서나 계속 기분이 좋아 때로는 일부러 가마를 세우고 백성들과 담소하기도 했다. 불세출의 영웅……임을 스스로 믿고 있는 만큼 그의 태도는 정도가 지나칠 정도로 대범했다.

히고에 들어가 쿠마球磨를 넘고 야츠시로八代에서 쿠마노쇼隅の庄로 가는 중이었다.

가마의 문을 열게 하고 왼쪽에서 불어오는 바닷바람을 그대로 오른쪽으로 흘러가게 하면서 끄덕끄덕 졸고 있는 히데요시의 눈에 문득 허연 것이 반사되었다.

'무엇일까……?'

감기려는 눈을 다시 뜨고 찬찬히 바라보니 흰 천을 머리에 쓴 여자들이 바쁘게 나무 사이로 움직이고 있었다.

'천주교 여자들……'

이렇게 생각하는 순간 히데요시는 리큐의 말을 떠올리고 가마를 세우게 했다.

"저기서 왜들 저러고 있느냐? 저 숲에는 사당이 있는 것 같은데."

옆에서 따라오던 마시타 나가모리가 얼른 다가왔다.

"난동입니다. 그냥 지나가시는 것이 좋겠습니다."

"뭐, 난동?"

"예. 지저분한 것이 눈에 띄었군요. 이 부근에서는 늘 싸움이 벌어지곤 합니다."

"저 흰 천을 머리에 쓴 자들은 천주교도겠지?"

"예. 여자들까지 나와서 법석을 떨고 있습니다. 그러나 우리에게는 아무 적의도……"

"신발을 이리 가져오게. 가까이 가지 않아야 한다면 접근하지는 않겠어. 그러나 백성들의 일은 내가 알아둬야 해."

말이 끝나기가 무섭게 히데요시는 부채로 햇빛을 가리듯이 하며 가마에서 내리고 있었다. 어쩔 수 없다고 생각한 근시가 신발을 가져다 가지런히 놓았다.

"아, 이상한 짓들을 하고 있군. 여자보다 남자가 훨씬 더 많아. 그자들이 사당을 부수고 있군."

마시타 나가모리는 얼굴을 찌푸리고 히데요시의 뒤를 따랐다.

2

히데요시는 성큼성큼 걸어가 오래된 소나무 그늘에서 문득 걸음을 멈추었다. 무의식적으로 몸을 숨긴 셈이었다. 히데요시는 사당이 있는 숲에서 움직이는 사람들을 관찰할 생각이었다.

숲에서 가도街道까지는 2정쯤 되는 거리. 그 가도로는 지금 칸파쿠 전하의 행렬이 지나가고 있다. 그런데 칸파쿠 행렬을 구경하려고도 하지 않고 자기들의 무언가에 열중하고 있는 마을사람들이 있다는 것은 히데요시로서도 아주 괘씸한 일이었다.

'모르고 있었을 리 없다. 그런데도……'

무엇에 그리 몰두하길래 칸파쿠 전하 히데요시를 거들떠보려고도 하지 않는 것일까……?

난동이라면 영주나 촌장, 어쨌든 지배자에 대한 반감이 폭발했을 터. 그렇다면 큐슈 일대를 진압한 뒤 유유히 개선하고 있는 히데요시야말로 바로 그들의 문제를 해결해줄 수 있는 큰 권력자가 아닌가.

'그런데도……'

이렇게 생각하고 있는데 옆에서 마시타 나가모리가 설명했다.

"미야지宮地라 불리는 고장으로, 저 사람들은 시로키白木 묘켄구妙見宮 신사에 속한 영지의 백성인 줄 알고 있습니다."

"으음, 신사에 속한 영지의 백성이란 말이지."

히데요시는 이 설명만으로도 사정을 알 수 있었다.

숲 사이로 간간이 보이던 흰 천을 머리에 쓴 여자들은 어느 틈에 경내에서 원을 이루고 두 손을 모은 채 무어라 중얼거리며 열심히 기도를 드리고 있었다. 기도하는 여자들에게 둘러싸인 형태로 남자들이 사당을 마구 두들겨 부수고 있었다. 별로 분노한 기색도 없이 어디까지나 해야 할 일을 한다는 듯한 냉정한 태도여서 도리어 살벌한 분위기를 자아내고 있었다.

"그러니까 그대의 말은, 저것은 시로키 묘켄구에 속한 작은 사당이란 말이지?"

"예…… 아니, 그것은 잘 모르겠습니다."

"어쨌든 신관神官에 대한 반감으로 난동을 부리는 것일 테지. 좋아, 주모자를 불러오게."

"황송합니다마는……"

"불러올 필요가 없다는 말인가?"

"예. 그냥 내버려두고 여행을 계속하시는 것이……"

"나가모리!"

"예."

"나는 아직 이 지방의 새로운 영주를 정하지 않았어. 그러니 백성들의 소리는 들어야 해. 경우에 따라서는 이 칸파쿠가 신관을 꾸짖을 것이고 중재도 하겠네. 어쨌거나 이 고장의 수호신을 모신 사당을 파손한다는 것은 온당치 못한 일. 어서 불러오게."

히데요시는 시동을 시켜 그늘에 걸상을 갖다놓게 했다.

"그동안 폭행은 중단하라고 이르고 우두머리 격인 자 세 사람쯤을 이리 데려오게."

그리고는 덧붙였다. 일단 말을 꺼내면 누가 간해도 쉽게 듣지 않는 히데요시였다.

마시타 나가모리가 달려가 그들에게 큰 소리로 무어라 말했다. 그러나 그들의 귀에는 아무 소리도 들리지 않는 듯 계속 기도하는 자는 기도하고 부수는 자는 부수고 있을 뿐이었다.

나가모리의 병졸이 뛰어나가 위협했다. 멀리 떨어져 있어 잘 알 수는 없으나 칼을 뽑는 시늉쯤 하는 듯. 여자들 중에서 한 사람, 남자들 중에서 두 사람, 모두 세 사람이 몹시 불만인 듯이 나가모리를 따라나섰다……아니 거의 끌려오다시피 따라오고 있었다.

히데요시는 천천히 부채질을 하면서 멀리서 벌어지고 있는 모습을 가만히 바라보고 있었다……

3

"칸파쿠 전하이시다, 무릎을 꿇어라."

끌려온 세 사람은 무척 침착했다. 서로 얼굴을 바라보고 고개를 끄덕이면서 성호를 긋고 나서 다 같이 무릎을 꿇고 절했다. 그들 모두 지금까지 히데요시가 만나본, 열광하고 감동하여 칸파쿠 전하를 우러러보던 백성들의 태도는 아니었다.

한 사람은 마흔 살쯤의 미천해 보이는 사나이였고, 또 한 사람은 아직 홍안의 젊은이였다.

여자는 어디서 본 듯한, 이런 고장에서는 좀처럼 찾아보기 힘든, 살갗이 흰 스무 살쯤 된 처녀였다. 어쩌면 머리에 쓴 흰 천 때문에 처녀는 실제보다 더 아름답게 보이는지도 몰랐다.

"직접 대답해도 좋다. 두려워할 것은 없어. 우선 가장 나이가 많은 자부터 이름을 말하라. 내가 칸파쿠다."

"예, 저는 안드레이 타구치田口라고 합니다."

"뭐, 안드레이……? 그런 남만 냄새가 나는 이름이 아니라 네 본명을 말하라."

"예…… 신앙을 모르고 살아왔던 지금까지의 속명俗名은 잊어버렸습니다."

"허어, 잊어버렸다면 그 이상 물을 수가 없겠군."

히데요시는 씁쓸한 표정으로 다음 사람에게로 눈길을 보냈다.

"그쪽 젊은이는?"

"예, 쥬앙이라고 합니다."

"너도 이전의 이름을 잊어버렸느냐?"

"예, 잊어버렸습니다."

"그럼, 처녀는?"

"막달레나라고 합니다."

"좋아. 너희들은 지금 난동을 일으키고 있는 모양인데, 안드레이가 주모자냐?"

"예, 그렇습니다."

"너희들은 묘켄구 백성이라고 들었는데 틀림없느냐?"

"틀림없습니다."

"신사에는 얼마나 공납을 바치고 있느냐?"

"사 할을 바치고 육 할이 저희들 몫입니다."

"사륙제라면 그다지 높다고는 할 수 없군. 그 밖에 부역과 돈도 요구하더냐?"

타구치라고 자기를 소개한 사나이가 천천히 고개를 저었다.

"별로 그런 일은……"

"그렇다면 난동을 일으킨 이유는?"

"저희들에게 신앙을 버려라, 그렇지 않으면 소작하던 땅을 빼앗겠다고 했습니다."

"으음."

히데요시는 당장에는 판단을 내리지 못하고 고개를 갸웃거리며 잠시 입을 다물었다.

신사의 토지를 소작하는 자들에게 외래 신앙을 버리라고 한다……면 별로 무리한 요구라 할 수는 없었다.

신앙 때문에 소작지를 빼앗긴다면 백성들의 입장에서는 아량이 부족한 조치라고 할 수도 있었다.

그렇다고는 하지만 신관의 입장에서 보면, 소작인들이 이교異教를 믿는 것이 탐탁할 리 없고, 감정상으로 쉽게 받아들여질 수도 없을 터였다.

"그럼, 너희들은 신앙을 제외하고는 신관에 대한 존경심을 잃지 않았다는 뜻을 상대에게 잘 설명했느냐?"

세 사람은 서로 흘끗 시선을 교환하고 성호를 그었다.

"생각한 대로 대답해라. 나는 칸파쿠다. 꾸짖지는 않을 것이다. 나는 태어나면서부터 너희들 편이다."

히데요시는 농부의 아들이었던 자신의 유년 시절을 떠올리며 빙긋이 웃었다.

그 말을 상대는 어떻게 해석했는지—

"그러시면 칸파쿠 님도 태어나면서부터 저희들과 같은 신앙을?"

눈을 빛내면서 몸을 앞으로 내밀었다.

4

상대는 태어나면서부터 농부……라는 의미로 한 히데요시의 말을 신앙이 같다는 뜻으로 해석한 모양이었다. 자기의 말을 상대가 다르게 이해했다는 사실을 알았으면서도 히데요시는 전혀 개의치 않았다. 상대가 자신의 권위에 위축되어 뜻한 바를 다 말하지 못한다면 의사소통이 어려워 오히려 문제가 있다고 생각했을 터였다. 그러나 친근감을 보이며 이야기해오는 상대에 대해서는 약간의 오해 따위에 구애받을 히데요시가 아니었다.

"그래, 마찬가지야. 신관에게 어떤 잘못이 있었는지 주저하지 말고 모두 말하도록 하라."

"말씀 드리겠습니다."

사나이는 눈을 빛내면서 활기차게 말했다.

"저희가 나가사키에 계시는 파드레padre(사제司祭) 님의 권고로 불쌍한 환자를 구하기 위해 금전을 헌납했습니다. 그랬더니 신관이 안색을 바꾸며 노했습니다."

"으음, 그래서?"

"무리가 아닙니다. 신관에게는 마귀가 붙어 있으니……"

"마귀가?"

"예. 마귀는 신관에게 이렇게 말하도록 명했습니다. 내가 공납을 적게 한 것은 천주교도에게 바치도록 하기 위해서가 아니다, 그런 일을 하겠다면 토지를 빼앗아 다른 사람에게 경작시키겠다고."

"그래서 무어라고 대답했느냐?"

"웃었습니다. 웃고 나서 그렇게는 안 될 것이라고 했습니다."

"그런 말로는 상대가 납득하지 않을 것이야. 그렇게는 안 될 것이라는 말만으로는."

"그래서 몇몇 사람이 협의하고 파드레 님과도 상의했습니다. 파드레 님이 그렇다면 이 부근 신사를 모두 파괴하도록 하라, 그러면 마귀들도 회개하게 될 것이라고."

"잠깐, 그 파…… 뭐라고 하는 자는 어느 나라 사람이냐?"

"에스파냐 분입니다."

"그 파 뭐라는 사람의 말만으로 당장 사당을 부수기 시작한 것은 아니지 않겠느냐?"

"아니, 즉시 착수했습니다. 그만큼 천국이 가까워지기 때문에."

히데요시는 다시 고개를 갸웃하고 잠시 입을 다물었다. 경계심을 버리고 친밀감을 보이는 그들의 태도는 잘 알 수 있었다. 그러나 그들의 이야기 내용은 전혀 알아들을 수 없었다.

"너희들의 행동은 지나치게 난폭한 짓 아니냐?"

"아닙니다, 용기입니다."

"신관이 앞으로 이곳에 부임할 나의 부하…… 즉 새로운 영주에게 고발하면 너희들이 곤란해질 텐데도?"

"그러시면 앞으로 올 성주님도 마귀입니까?"

"아니, 같은 신자라 해도 판결만은 공정해야 한다."

"같은 신자……라면 전혀 걱정 없습니다. 고발한다고 해도 반드시 저희가 승리합니다."

"그것을 어떻게 알 수 있다는 말이냐?"

"같은 신자 사이에는 굳은 맹세가 있습니다. 비록 상대가 다이묘라 해도 두렵지 않습니다. 만일의 경우에는 천주님의 나라에서 대포를 실은 많은 함선이 옵니다. 또 함선이 오기 전에 순교한다고 해도 그 용기가 우리를 그만큼 천국과 가까워지게 하기에……"

히데요시는 당황하며 손을 들어 상대의 말을 제지했다.

"그 천주님의 나라란 어느 나라를 가리키는 것이냐?"

"파드레 님의 고국…… 바다 건너에는 일본보다 몇 배나 더 강한 천주님의 나라가 많이 있습니다."

5

히데요시는 갑자기 불쾌감을 느끼고 입을 다물었다. 일본보다 몇 배나 더 강한 천주님의 나라……라니. 이 말은 지금 히데요시의 얼굴에 침을 뱉는 것과 다름없는 말이었다.

이 고지식해 보이는 농부들에게 그런 신념을 불어넣은 것은 생각해 볼 필요도 없이 선교사들일 터. 그렇다 해도 이들이 신사를 파괴함으로써 신관을 구할 수 있다고 한 말은 너무도 뜻밖이었다.

원래 히데요시에게 확고한 신앙이 있을 리 없었다. 그의 신불 숭배는 엄밀하게 말해 자신의 위력을 나타내기 위해 절을 짓거나 하는 일종의 버릇에 지나지 않았다. 스스로 정의의 편에 서 있다고 확신하고 있는 히데요시 —

"히데요시를 수호하라."

이렇게 명하기만 하면 어떠한 신이라도 자신을 수호하지 않을 수 없다고 굳게 믿고 있었다. 그런데 이 농부들은 노부나가가 불태워 죽인 히에이잔比叡山 승려와 같은 불손한 말을 하고 있었다. 전혀 악의 없는 밝은 표정으로.

"한 가지 더 묻겠는데……"

잠시 후 히데요시는 양미간을 모으고 고개를 갸웃한 채 조심스럽게 입을 열었다.

"이곳의 새로운 영주가 만일 너희들과 같은 신자가 아니고 신불을 믿는 자여서 너희들이 말하는 천주님의 나라를 적으로 돌려 싸우겠다고 하면 어느 쪽 편을 들겠느냐?"

"물론!"

이번에는 젊은이가 당당하게 대답했다.

"저희들은 마귀의 편을 들 수는 없습니다! 마귀의 편을 들면 지옥에 떨어집니다."

"그러면, 또 한 가지……"

히데요시는 차츰 입 안이 메말라왔다.

"너희들은, 신이나 부처를 믿는 자는 모두 마귀여서 지옥에 떨어진다는 말이냐?"

"말씀 드릴 것까지도 없습니다."

"타구치라고 했지, 나이든 쪽 말이다. 네 어머니는 살아 있느냐?"

"예?"

상대는 그 질문에 잠시 당황해하다가 대답했다.

"제 어머니라면 팔 년 전 겨울에."

"팔 년 전…… 그러면 역시 천주교도였느냐?"

"아닙니다. 그때는 아직…… 그땐 파드레 님의 가르침을 듣기 전이었습니다."

"그렇다면 신불을 믿었겠지, 네 어머니는?"

"예."

"그럼, 그 어머니는 마귀여서 지옥에 떨어졌겠군. 그러나 너는 그 어머니와는 달리 천국으로 가겠다는 말이로군."

상대는 갑자기 입을 다물었다.

"너는 인정이 없는 자로구나!"

"예……?"

"자기만 천국에 갈 수 있다면 어머니는 아무래도 좋다는 말이냐?"

"아닙니다, 그렇지는……"

"그럼, 어머니는 마귀가 아니었다는 말이지?"

"예, 어머니는……"

"신불을 믿었는데도 말이냐?"

여기까지 추궁했을 때였다. 갑자기 처녀가 홱 흰 천을 벗어던지고 미친 듯이 소리질렀다.

"나는 마귀가 되겠어요!"

"뭐, 뭐라고, 마귀가 되겠다고?"

"예…… 예! 제 어머니도 지옥에 떨어져 있어요……"

"이봐, 무슨 소리를 하는 거야, 막달레나!"

젊은이가 황급히 처녀를 제지했다. 그러나 처녀는 듣지 않고 다시 외쳤다.

"그래요! 나는, 나는…… 지옥에 가더라도 어머니를 만나야 해요!"

6

히데요시는 쏘는 듯한 눈으로 막달레나라고 자기의 세례명을 밝혔던 처녀를 바라보았다.

그 처녀는 비틀거리며 일어서서 깜짝 놀라 붙잡으려는 젊은이의 손을 뿌리쳤다. 눈에는 무섭게 핏발이 서고 관자놀이에서 퍼런 힘줄이 튀어올라 꿈틀거리고 있었다.

"배반하면 지옥에 갈 수 있고…… 지옥에 가지 않으면 어머니를 만날 수 없어요……"

"막달레나!"

"싫어요, 나는 지옥에 떨어져 있는 어머니를 곁에서 위로해주어야만 해요. 어머니, 용서해주세요! 저는…… 저는 어머니가 계신 곳이 천국인 줄로 잘못 알고 있었어요……"

"이봐, 그러면 안 돼."

젊은이가 일어서려 했다.

"닥쳐라!"

순간 나가모리가 무서운 소리로 꾸짖었다.

"무엄하구나, 전하가 앞에 계시다."

젊은이는 그 일갈에 무릎을 꿇었으나 처녀는 그대로 신들린 듯이 걷기 시작했다.

"그냥 두어라, 나가모리."

"예."

히데요시는 갑자기 뜨거운 햇빛 속으로 달려가는 처녀의 모습을 보고 저도 모르게 한숨을 쉬었다. 히데요시 자신의 말을 듣는 동안 처녀는 어렸을 적에 사별한 어머니의 무덤을 떠올렸을 것이다.

'미치지는 않은 모양이야……'

멀어져가는 처녀가 가엾다는 생각과 함께 히데요시는 눈앞에 있는 두 사나이에게 말할 수 없는 증오를 느꼈다.

"보았느냐? 너희들과 같은 신앙을 가졌던 처녀는 어머니 무덤 앞에 사죄를 하러 갔다."

"무서운 일입니다."

나이든 사나이가 말했다.

"딸만이라도 천국에 보내고 싶은 것이 이 세상 어머니들의 마음일 텐데 말입니다."

"너는 그렇게 생각하느냐?"

"예. 믿음이 부족했습니다. 아직 세례를 받은 지 얼마 안 되는 처녀라서……"

"나가모리!"

히데요시는 그 남자의 말에는 대꾸하지 않았다.

"신사를 파괴하는 일은 절대로 안 된다고 전하고 오너라."

"예."

"명령을 어기면 목을……"

말하다 말고 다시 씁쓸한 표정으로 침을 삼켰다.

목이 잘려 죽는다면 드디어 천국으로…… 조금 전에 이렇게 말한 나이든 사나이의 말을 떠올렸기 때문이다.

"잠깐, 나가모리."

"예."

"꾸짖지 마라. 꾸짖지 말고 이렇게 말하여라. 너희들이 신사를 부수지 않아도 칸파쿠가 신관에게 말해줄 것이다. 칸파쿠 전하의 허락이 있을 때까지는 절대로 부수면 안 된다고 일러라."

그러면서도 부글부글 속이 타는 것은 역시 그의 위세를 두려워하지 않는 자가 바로 앞에 있다는 사실 때문이었다. 아니, 그 생각과 함께 히에이잔을 불태웠을 때 노부나가가 얼마나 격분했으면 그랬을까 충분히 이해할 수 있는 심정이 되었다.

'천주교도 역시……'

이 풍조가 그대로 일본 전체에 퍼진다면 그야말로 노부나가의 노력도, 자신의 공적도 위기를 맞게 될 터.

'이자들의 죄는 아니지만……'

이런 생각을 하면서 히데요시는 벌떡 일어났다. 그리고는 가마를 향해 걸어가며 근시에게 명했다.

"두 사람에게는 아직 물어볼 게 남아 있다. 데려오너라."

7

겉으로 보기에는 쾌활하기만 한 개선장군 히데요시, 행렬 뒤에 두 명의 천주교가 따라오게 되면서부터는 때때로 깊은 생각에 잠기고는 했다.

노부나가가 살아 있을 때 잇코 신도들의 무서운 저항을 종종 경험했던 히데요시였다. 그러나 천주교도가 그와 똑같은 두려움을 히데요시에게 가져다주리라고는 생각지도 못했다.

히데요시의 가신 중에도 타카야마 우콘高山右近이나 코니시 유키나가 등 열렬한 신자가 몇몇 있었다. 그렇지만 그들은 신앙과 정치를 혼동하여 그 때문에 히데요시를 괴롭히는 일은 없었다. 오히려 우콘이나 유키나가는 깃발 위에 십자가를 달고 전선에 나가면 언제나 놀라운 전공을 세우곤 했다.

히데요시는 노부나가의 선례를 따라 선교사의 포교를 계속 허용해왔다. 그러나 예로부터 일본의 신앙인 신불과 그들이 충돌하거나 무지한 민중이 선동되어 정치 불안의 원인이 된다면 그때는 묵과할 수 없었다.

'혹시 무라사키노紫野 다이토쿠 사大德寺의 코케이 소친古溪宗陳을 위시한 오 대 종단의 승려들과 사이가 좋은 리큐가 천주교를 조사하라고 한 것은 그런 우려 때문에……?'

이런 생각이 들기도 했다. 그러나 히데요시는 곧 지나친 기우라고 머리를 내저었다.

히데요시는 걷는 동안 나가모리에게 두 사람을 감시케 하고 그들의 태도와 말을 그대로 적어두도록 했다.

그들은 나가모리의 병졸에게 끌려오면서도 거의 아무런 공포의 기색도 나타내지 않았다고, 다만 하루에 몇 차례 자기의 신에게 기도 드릴 뿐 이성을 잃는 행동도 보이지 않았다고 했다. 뿐만 아니라, 오다 산시치 노부타카織田三七信孝가 불행하게 죽은 것은 일단 천주님의 가르침을 받아들였다가 이를 버리고 거짓 우상과 기만심이 많은 승려에게 접근했기 때문이라고도 하고, 타카야마 우콘이 히데요시의 명으로 위험한 선봉을 맡으면서도 언제나 생명을 보존할 수 있었던 것은 천주님의 보살핌 때문이라고도 했다는 것이었다.

"그런 것은 어떻게 다 알고 있느냐?"

이렇게 물으면 언제나—

"파드레 님은 무엇이든지 다 알고 계십니다."

당당하게 대답한다는 것이었다.

그들은 때때로 파드레의 말이라고 하면서 히데요시를 비판하기까지 했다고 한다.

이번에 히데요시가 무사히 큐슈를 평정할 수 있었던 것도 천주님을 믿었기 때문이라고. 그렇지 않으면 칸파쿠가 되어 천하를 장악하기 위해 많은 사람을 희생시켜온 히데요시가 아직까지 천주님의 벌을 받지 않았을 리가 없다고……

히데요시는 그 말을 들으면서 얼굴을 찡그리고 혀를 찼다.

"내가 천주님의 은혜로 이겼다고 한다는 말이냐?"

그러나 상대가 그렇게 믿고 있는 것을 번복시킬 수는 없었다. 그들의 그러한 태도는 노부나가에게 잇코 신도들이 오직 죽음뿐이라는 완강한 저항의 기치를 내걸었던 것과 비교될 만큼 강력한 저항감을 내포하고 있었다.

히데요시는 6월 7일 하카타의 하코자키에 도착했다.

오사카에서 온 이시다 미츠나리, 코니시 유키나가 등 군량 책임자를 만났으나 천주교에 대한 이야기는 하지 않았다.

"그 두 사람을 그대로 방면하여 돌려보내라."

히데요시는 나가모리에게 몰래 명하고 나서 하카타의 거리 조성과 논공행상에 몰두했다.

8

하카타의 거리는 그야말로 황량하기 이를 데 없었다.

오토모와 류조지龍造寺의 거듭되는 전쟁으로 민가는 세워지자마자 불에 탔고 많은 주민이 이산하여 잡초만이 무성한 폐허였다.

히데요시는 쿠로다 죠스이黑田如水와 이시다 미츠나리 두 사람을 불러 도면을 그리게 하면서 시가지 재건 계획을 세웠다. 타키가와 카츠토시瀧川雄利, 야마자키 카타이에山崎片家, 나츠카 마사이에, 코니시 유키나가 등 네 사람을 책임자로 임명하고 그 밑에 30여 명의 부교를 두어 도로에서 건축에 이르기까지 공사를 분담시켰다.

"칸파쿠 히데요시가 일본을 위해 중요한 항구를 만들려고 한다. 며칠이면 완성될 수 있는지 전력을 다해 시행하라."

시가지는 남북을 세로로 하고 동서를 가로로 하여 구획되었다. 남쪽 외곽에는 20간쯤 되는 해자를 파서 세로의 도로를 넓히고 큰 상인들의 상점을 짓게 했으며, 가로로 난 좁은 길에는 일반 주민 다수를 수용하도록 설계했다.

세로로 난 넓은 도로를 아홉 개나 만들고는 곧 그곳에 부유한 상인들을 초청하여 그들의 비위를 맞추려는 듯 연일 다회를 열었다. 그런 의미에서 리큐가 주도하는 '조촐한 다회'는 더할 나위 없는 시정施政 무기가 되었다.

조촐한 다회의 정신은 찻잔을 앞에 놓고 한자리에 앉는 한, 신분의 차이도 없고 언쟁할 여지도 없었다. 단지 손님과 주인이 서로 환담하는 기쁨을 나누면서 아름다움을 숭상하고 화목을 돈독하게 하는 데 있었다.

카미야 소탄, 시마이 소시츠島井宗室 등은 히데요시로부터 친구와도 같은 대접을 받고 처음에는 오히려 경계심을 품었던 듯했다. 그러나 마침내 황송한 마음으로 바뀌고 존경으로 화했다.

"이런 분이 세상에 있었구나."

그리고는 이런 놀람으로 변했다.

그날도 히데요시는 시마이 소시츠를 불러 중심가에 열세 간 반짜리 부지를 배정해주고 영구히 부역을 면한다는 뜻을 전한 뒤 리큐와 함께 셋이서 다다미疊° 석 장 넓이의 다실로 들어갔다.

"어떤가, 시가지 계획이 마음에 드는가?"

"예. 백성들이 새 세상을 만난 듯 기뻐하며 속속 이곳으로 돌아오고 있습니다."

"백성들 이야기가 아닐세. 중심가에 자리잡도록 한 소시츠 자네의 집 말일세."

"그야, 오직 감사할 따름입니다. 이 고마움을 어찌 말로 다할 수 있겠습니까."

"자네와 카미야에게는 다 같이 열세 간 반을 할당했는데, 카미야도 만족하고 있겠지?"

"물론입니다. 이 은혜에 보답하기 위해서라도 반드시 이곳을 일본 제일의 항구로 만들어야 한다고 분발하고 있습니다."

히데요시는 그 말을 듣고 만족한 듯 고개를 끄덕였다.

"그런데 소시츠, 자네는 천주교에 대해 아는 것이 없나?"

리큐가 차를 내리면서 흘끗 바라보았다.

"예. 저는 불교 신자여서…… 자세히는 알지 못하지만 여러 가지 소문이 나돌고 있습니다."

"나는 모처럼 이렇게 큐슈를 평정하고 일본의 번영을 위한 기초를 다지고 있네. 자네가 기뻐하는 것처럼 천주교도들도 기쁘게 해주고 싶어. 그러려면 어떻게 하면 좋을까?"

"천주교도들을 기쁘게 해주시려면……?"

"그래. 다 같은 일본인이므로 기쁘게 해주고 싶어. 그렇게 하지 않으면 나의 정치는 공평하지가 못해. 그 사람들을 기쁘게 해줄 수 있는 기막힌 일이 뭐 없을까?"

히데요시는 진지한 표정으로 말하고, 이번에는 자기 쪽에서 흘끗 리큐를 바라보았다.

9

히데요시가 시마이 소시츠를 불러 이런 질문을 하게 된 데는 몇 가지 이유가 있었다.

시마이 소시츠는 스스로 '승려이면서 속인俗人이고, 속인이면서 승려'라 칭하고 있었다. 표면적인 생업은 양조장 경영, 이면적으로는 거물 금융업자였다. 그러나 결코 인색한 고리대금업자는 아니었다.

히데요시가 알아본 바에 따르면 츠시마 태수 소 요시토모宗義智의 무역 자금은 거의 그가 부담하고 있었다. 히젠의 카츠오야마勝尾山 성주 츠쿠시 코즈케노스케 히로카도筑紫上野介廣門 같은 사람은 몇 번이나 소시츠에게 빚을 갚겠다는 각서를 썼을 정도라고 했다. 그 밖에도 오토모 일족을 비롯해 오무라大村, 마츠라松浦, 아리마有馬 등 천주교와 관계가 있는 다이묘들과도 잘 알고 있다고 했다. 더구나 그의 아내는 광산업의 시조라고 할 수 있는 카미야 소탄의 여동생이었다.

이러한 사정을 감안한 히데요시는 일부터 시마이 소시츠를 택해 그 의견을 물으려 했다.

"자네는 불교 신자지만 흔히 볼 수 있는 광신자는 아니지. 무엇을 믿어도 광신은 말라는 가훈도 있고 하니 틀림없이 천주교도에 대해서도 잘 알고 있을 것일세. 이 히데요시에게 그것을 가르쳐주게."

"천주교도를 기쁘게 해줄 방법……?"

소시츠는 다시 한 번 신중하게 고개를 갸웃하고 생각했다.

"아주 어려운 일이라 생각합니다."

"하하하……"

히데요시는 가볍게 웃었다.

"쉬운 일이라면 굳이 자네에게 물을 리가 없지. 어째서 어려운지 말해보게."

"진정으로 그들을 기쁘게 해주려면 전하 자신이 천주님께 무릎을 꿇고 정치를 그들의 가르침대로 하는 방법밖에는……"

"뭐, 정치를 그들의 가르침대로……?"

"예. 그렇게 하지 않는 한 그들은 전하를 이단으로 간주할 것입니다. 남만 각지의 사정으로 비추어볼 때 그러합니다."

"소시츠!"

"예."

"그럼, 내가 천주님의 가신이 되지 않는 한 그 사람들은 만족하지 않을 것이란 말인가?"

"그렇습니다."

"그럼, 다시 묻겠네. 지금도 천주교를 믿는 다이묘가 많은데, 그들이 마음속으로는 천주님의 가신이지 나의 가신이 아니라고 생각하고 있다는 말인가?"

"전하, 참으로 대답하기 어려운 질문이십니다. 보시다시피 저는 상인 출신인 한낱 다인에 불과한 몸…… 그러한 것은 천주의 명령과 전하의 명령이 이해가 상반된 채 동시에 내려졌을 때가 아니면 판단할 수 없습니다. 가설을 전제로 하고 물으시면 곤란합니다."

"허어……"

히데요시는 일단 말을 중단하고 차를 마셨다.

완고한 자—라기보다 대담하기로는 큐슈에서 제일이란 평을 받고 있는 소시츠. 그런 소시츠의 말인 만큼 히데요시도 당장에는 그 다음 질문을 던질 수 없었다.

"양쪽의 상반된 명령이 동시에 내려지지 않으면 거취를 알 수 없다는 말이지…… 음, 과연 그렇겠군."

"황송합니다마는, 돌아가신 우다이진 님도 전하도 그 점에서는 좀 관대하셨던 것 같습니다. 신앙과 정치는 별개의 것……이란 훈련도 시키지 않고 너무 쉽게 포교를 허락하셨습니다. 그러므로 당연히 그 여파가 밀려올 수밖에 없습니다."

소시츠는 태연하게 말하고 조용히 찻잔으로 손을 가져갔다.

10

히데요시는 잠시 소시츠를 빤히 노려보고 있었다. 소시츠의 말은 지금까지 천주교에 대해 아무런 대책도 세우지 못하고 있는 히데요시의 어리석음을 힐문하는 것처럼 들렸다.

'남만과의 교역을 바라는 이상 충분히 배려했어야 할 일, 그것을 이제 와서……'

상대가 침착하게 차를 즐기면 즐길수록 상대의 무언의 힐문으로 히데요시는 가슴이 아파왔다.

히데요시는 얼른 어조를 바꾸었다.

"대관절 이 큐슈에는 천주교 신도 수가 얼마나 될까?"

"글쎄요…… 육십 만이라고도 하고 백만이 넘었다고도 합니다."

"허어, 백만이나…… 물론 그중에는 무사도 상인도 농민도 기술자도 섞여 있겠지?"

"그렇습니다. 그러므로 마음만 먹으면 어느 곳에 어떤 천주당이라도 세울 수 있습니다."

"천주당을 세울 수 있다면 거성巨城도 쌓을 수 있을 것 아닌가?"

"예. 현재 남방 여러 곳에는 실제로 그런 성이 있는 모양입니다."

"아직 일본에 없는 것은 다이묘들이 진정한 신자가 아니다…… 그런 의미일까?"

"처음에는 교역을 통한 이익…… 그것을 얻고 싶어 신자를 가장합니다. 그러나 자기도 모르게 진짜 신앙인이 되어버리는 것 같습니다."

"으음, 그렇겠군. 과거 전란의 시대에는 잇코 신도의 성역城域으로 도망쳐 들어간 농민과 유민流民들이 결국 반란군 용사들이 되었지."

"그러므로 반란이 일어나지 않을 훌륭한 정치를 하신다면 전혀 우려할 것이 없다고 생각합니다마는……"

히데요시는 또다시 입을 다물고 좁은 다실을 둘러보았다. 오늘은 리큐가 만든 대나무통에 보랏빛 나팔꽃 한 송이가 꽂혀 있었고, 그 주위에 이쿠시마 키도生島虛堂의 붓글씨 한 폭이 걸려 있었다.

찻잔은 리큐의 지시로 굽게 한 쵸지로長次郎의 새 작품이었다.

"그러면 결론은 이렇게 되겠군, 소시츠. 이 히데요시는 고사하고라도 이 땅에서 새로 영주가 될 자는 천주교를 믿지 않으면 신자들의 반란을 막지 못한다……"

"일단은 그렇게 될 것 같습니다."

"만일 그들을 탄압하면 반란이 일어난다. 반란이 일어났을 때 천주님이 영주의 편이 되느냐 아니면 신자의 편이 되느냐……"

"그 점은 잇코 신도의 반란 때 충분히 경험하셨을 것입니다."

"잇코 신도의 경우는 혼간 사와의 담판으로 끝났어. 그러나 천주교의 총본산總本山은 일본에 있지 않아."

"하지만……"

소시츠는 이렇게 말하고 어렴풋이 웃었다.

"그렇게 이치를 따지기 시작하면 종교가 다른 어떤 나라와도 교역할 수 없게 됩니다."

"웃지 말게, 소시츠…… 나는 그렇게 담력이 없지는 않아. 요컨대 천주교를 믿는 자나 불교를 믿는 자를 불문하고 이 나라가 더 좋은 나라가 되도록 정치를 하면 될 것 아닌가?"

"옳으신 말씀입니다. 그렇게 되면 하찮은 선동가의 출현쯤은 별로 문제가 되지 않습니다. 그러나 이런 취지가 모든 가신들에게……"

이렇게 말하다 말고 소시츠는 당황하여 입을 다물었다. 왠지 히데요시의 안색이 갑자기 변해 있었다……

11

히데요시는 깜짝 놀랐다. 스스로 자기가 한 말이 무의미하다는 것을 깨달았기 때문이다.

천주교도도 신불을 믿는 자도 모두 기뻐할 정치…… 말로는 쉬웠다. 그러나 그것은 이 세상에 도적이 없어진다는 가정과 마찬가지, 전혀 무의미한 실언에 지나지 않았다.

문제는 절박했다. 아직 신불을 믿는 자 중에서 천주교의 천주당을 파괴했다는 말은 듣지 못했다. 그러나 천주교도 중에서 사당을 부수는 자는 나타나기 시작했다.

살아가기 위해 물자의 분배를 둘러싸고 일어나는 반란이라면 중재할 수 있어도, 신앙이라는 무형의 것이 원인이 된 반란일 경우, 어느 한 쪽에 그 신앙을 버리라고 해도 소용이 없다. 더구나 이 반란이 일단 불을 뿜게 되면 영주와 백성의 문제를 떠나 히데요시가 지배하는 일본 전체의 분규로 치달을 우려가 있었다.

'과연, 그래서 리큐도 소시츠도 나의 무대책을 지적해온 게로구나.'

이렇게 깨달은 순간 자존심 강한 히데요시는 이 일로 다시는 자신의 당황하는 모습을 상대에게 보여서는 안 된다고 생각했다.

"하하하…… 알겠네. 이것으로 해결의 실마리를 잡았어."

활달하게 웃어넘기고 화제를 바꾸었다.

"그런데 소시츠, 자넨 츠시마의 소 요시토모와는 친한 사이라지?"

소시츠는 무어라 대답할까 리큐와 살짝 눈짓을 교환했다.

"친하다……기보다는 여러모로 신세를 지고 있습니다마는."

"하하하…… 숨길 것 없네, 숨길 것 없어. 미츠나리가 말일세, 이시다 미츠나리가 모든 걸 알아냈어. 소가 자네한테는 고개도 들지 못한다고 하더군."

"그럴 리가…… 적어도 상대는 츠시마의 태수입니다."

"어쨌든 좋아. 사실은 내가 가까운 시일 안에 소 부자를 불러다 꾸짖을 생각일세. 아니, 꾸짖는다기보다는 약간 짓궂은 명령을 내리겠어. 그러면 자네에게 상의하러 올 텐데, 그때 이 히데요시에게 잘 말해주겠다는 말은 절대로 하지 말게."

"짓궂은 명령이라니요?"

"조선 왕으로 하여금 이 히데요시에게 와서 신하의 예를 드리도록 소 요시토모를 사자로 보내겠어."

"아니, 그것은……"

"내 말을 듣게. 소 요시토모는 조선 왕 따위는 자기 마음대로 움직일 수 있다고 호언장담했어. 그렇지 않은가, 리큐?"

히데요시의 강한 다짐에 리큐는 시인하는 것도 같고 아닌 것도 같은 태도로 화제를 돌렸다.

"어떻습니까, 이 찻잔이 마음에 드셨습니까?"

"응, 이 검정색이 마음에 들지 않아. 나는 빨간 걸 좋아하거든…… 그런데 소시츠."

"예."

"만일 소 요시토모가 사자로 갔을 때 말일세, 조선 왕이 무어라 할 것 같나. 그 말에 따라서는 자네가 조선에 가야 될지도 모르네. 그러니 자네 마음에 깊이 새겨두게."

"조선으로……? 그것은 또 어째서입니까?"

"조선의 지형과 민심을 정탐하기 위해서일세."

"전하, 이 찻잔은 검정색이기는 합니다마는……"

천주교 문제를 얼버무리기 위해서라고 짐작하고는 있었으나, 리큐는 조선 이야기를 꺼낸 히데요시가 여간 걱정스럽지 않았다.

"빨간 것보다는 훨씬 더 공을 들인 것입니다."

12

오늘은 히데요시도 리큐의 말에 반박하지 않았다.

"알겠네, 거사. 새로 만든 찻잔에 대해서는 나중에 다시 설명을 듣겠네. 그런데, 소시츠."

"예."

"소 요시토모는 일 년 동안 조선과 어느 정도나 교역하고 있는지, 그 교역을 좀더 확대하여 양국의 배를 하카타 항에 정박하도록 허락하면 얼마나 더 교역량이 증가할 것인지, 또 옛날처럼 그곳에 일본의 교역 근거지를 설치하는 게 이로운지 해로운지, 그런 것들을 조사하여 나에게 알려주게."

"알겠습니다. 카미야와도 상의하여 철저히 조사하겠습니다."

"그게 좋겠군. 문제는 전란이 끝나면 부국富國의 길을 모색해야 하네. 나는 오사카에 돌아가면 천황께 청을 드릴 생각이야."

"어떤 청을 드리시렵니까?"

"수도를 쿄토에서 오사카로 옮기자고."

히데요시는 가볍게 말하고 그 다음은 웃음으로 얼버무렸다. 그러나 역시 얼버무릴 수 없는 것은 천주교 문제인 듯.

이윽고 차를 마시고 나서 시마이 소시츠가 돌아갔다. 그 뒤 히데요시는 화로 앞에 앉아 생각에 잠겨 있는 리큐에게 성급한 어조로 말을 이어나갔다.

"히고는 차라리 삿사 나리마사佐佐成政 같은 완고한 자를 영주로 삼는 편이 좋을지 모르겠어."

리큐는 이 말에 직접 대답하지 않았다.

"탄압만으로는 반란을……"

명확하지 않게 말끝을 흐리며 고개를 갸웃거렸다.

"그야 물론이지. 너무 고삐를 늦추었던 것이 마음에 걸려. 자신의 이익을 위해 선교사 앞에 백성들을 방치해두고, 영주가 직접 백성들에게 신자가 되라고 권하는 자도 있는 모양일세."

"분명히 그렇기는 합니다마는……"

"거사."

"예."

"자네가 나더러 천주교에 대한 조사를 건의한 참뜻은, 교역도 좋지만 포교만은 적당한 선에서 억제해야 한다는 것이겠지?"

"글쎄요…… 그것은 전하의 판단에 맡길 수밖에 없습니다."

"알겠네. 자, 차도 다 마셨으니 도로공사를 살펴보러 가겠어. 자네도 같이 가세."

"분부대로 하겠습니다."

이미 긴 여름 해도 기울고 있었다.

히데요시는 리큐와 코쇼 세 명만을 데리고 망치소리가 드높은 거리로 나갔다.

여기저기 살피며 돌아다니던 히데요시는 중앙로에 설치된 감독관의 임시거처에서 잠시 쉬었다. 그때 이시다 지부노쇼의 보고를 받았는데 그동안에도 히데요시는 평소와는 달리 때때로 방심한 듯한 얼굴로 무언가를 생각하고는 했다.

거리에서는 일꾼들도 무사들도 백성들도 히데요시의 모습을 보면 땅에 무릎을 꿇고 지나갈 때까지 기다렸다. 보통 때의 히데요시라면 그들과 가벼운 말을 나누었을 것이다. 그러나 오늘은 그들의 절도 제대로 받지 않고 무뚝뚝하기만 했다.

돌아올 때는 해가 완전히 기울어 있었다. 공사장에서 하루의 일을 마친 기술자와 일꾼들은 부지런히 도구를 정리하고 있었다.

숙소와 가까운 해자 옆, 상가로 구획된 한 모퉁이에 이르러 히데요시는 문득 걸음을 멈추었다. 고작 7, 80 남짓한 모퉁이 빈터에, 기술자와 일꾼으로 보이는 열네댓 명 되는 사람들이 땅에 무릎을 꿇은 채 두 손을 모으고 열심히 하늘에 기도를 드리고 있었다.

히데요시는 큰 소리로 기침을 했다.

그들이 기도를 그만두고 히데요시에게 절을 할 것인가 말 것인가?

지금 히데요시로서는 그것이 최대의 관심사였다.

13

"에헴!"

히데요시는 다시 한 번 기침을 했다.

두세 명이 흘끗 히데요시를 쳐다보는 것 같았다. 그러나 그들 중 누구도 급히 히데요시 쪽을 향하지는 않았다. 등을 돌린 자는 등을 돌린 채, 하늘을 우러르고 있는 자는 하늘을 우러른 채 계속 기도를 하고 있었다.

히데요시는 야릇한 적막감이 가슴을 뚫고 지나가는 것을 깨달았다. 신분에 관계없이 모든 사람이 열광하고 있는 이 거리에도 역시 큰 은인인 히데요시를 무시하고 자기네들 신에게 기도만 하는 자들이 있었다.

히데요시는 오기가 생겨 그들의 기도가 끝나기를 기다렸다. 물론 이런 자리에서 화를 낼 생각은 없었다. 그러나 기도가 끝난 뒤 그들이 어떤 행동을 하는지는 지켜보고 싶었다.

기도가 끝났다. 그리고 한 사람, 또 한 사람, 시선이 히데요시에게로 돌려졌다……고 생각하는 순간, 히데요시와는 반대 방향에서 그 자리에 모습을 나타낸 자가 있었다.

법복을 입은 일본인 사제였다. 기도를 끝낸 사람들이 일단 히데요시에게 보냈던 시선을 일제히 그에게 돌리고는 얼른 달려가 무릎을 꿇었다.

사제는 절을 받고 나서야 히데요시가 그곳에 서 있다는 사실을 깨달은 듯했다. 신도들은 이 법복의 사나이를 선두로 하여 이번에는 히데요시 앞으로 와서 다시 땅 위에 무릎을 꿇었다.

히데요시는 또다시 가슴을 찔린 기분이었다.

법복을 입은 사나이에게 한 것과는 달리 히데요시에 대한 그들의 태도는 냉담하고 형식적인 인사에 지나지 않았다.

'이자들의 마음속에는 내가 없다……'

히데요시는 조용히 인사하고 지나가는 법복의 사나이를 부르고 싶은 충동에 사로잡혔으나 그럴 수는 없었다.

히데요시는 걸음을 옮기려다 다시 멈춰섰다. 이시다 미츠나리가 뒤따라온다는 것을 깨달았기 때문이다.

"지부, 급한 일이라도 생겼느냐?"

미츠나리는 가까이 와서 허리를 굽혔다.

"예수회 무리들에게 무슨 말씀이라도 하셨습니까?"

"아니, 아무 말도 하지 않았어. 그런데 지부, 그대는 천주교를 어떻게 생각하나?"

"이 고장에 와서 새로 눈을 뜨게 되었습니다. 일꾼들 중에서도 이 종교의 신자들은 성품도 일의 능률도 매우 뛰어납니다."

"허어…… 자네마저도?"

히데요시는 이렇게 말했을 뿐, 그대로 미츠나리에게 등을 돌리고 걷기 시작했다. 천주교의 첫번째 계율은 천주만을 따르고 두 주인을 섬기지 않는 것이라고 한다…… 그런 생각 속에 미츠나리가 한 말조차도 몹시 불쾌하게 가슴에 울렸다.

천주냐, 히데요시냐?

정치냐, 종교냐? 이렇게는 생각되지 않았다. 그것은 어디까지나 천주와 자신의 권위와 비교되었다.

히데요시는 뒤에서 따라오는 미츠나리에게 말했다.

"지부, 조선과 명나라를 손에 넣기 전에…… 천주교 문제부터 정리해야겠어."

미츠나리는 당장에는 히데요시의 말이 무슨 뜻인지 알아듣지 못해 고개를 갸웃거렸을 뿐이었다.

이미 해는 떨어지고 시원한 바람이 땀에 밴 대지를 조용히 쓰다듬고 있었다……

거미

1

오사카 성 정문 밖에 신축된 호소카와 타다오키의 저택 안이었다. 동북쪽으로 성을 바라보며, 저택의 문으로 들어서면 안채로 향하는 현관이 바로 남쪽에 있었다.

모즈야 소젠의 미망인 오긴이 문지기의 안내를 받으며 현관에 들어섰을 때 18, 9세쯤 된 얌전한 시녀가 영접했다. 두 아이를 아버지 집에 맡기고 쿄토로 거처를 옮기는 중에 타다오키 부인인 가라시아를 방문할 생각이 들었다.

미리 연락해두었던 터라 오긴이 객실에 안내되었을 때 타다오키 부인은 금방 나왔다. 양쪽 모두 한창 나이였다. 그러나 남편을 간호하느라 지쳐버린 오긴 쪽이 파리한 얼굴이어서인지 좀더 젊어 보였다. 타다오키 부인은 통통하게 살이 올라 있었다.

"오오, 오긴 님, 잘 오셨어요."

"부인께선 여전하신 것 같아 여간 반갑지 않습니다."

"그런 딱딱한 인사는 그만두어요."

이렇게 말하면서 성호를 긋는 타다오키 부인의 가슴에는 오늘도 은 십자가가 걸려 있었다.

"소젠 님이 돌아가시다니 정말 뜻밖의 일이에요."

"예. 그것도 모두 숙명이겠지요."

"그런데 아이들은?"

"친정에 맡기고 왔어요."

"몇 살이 되었죠? 벌써 오 년이나 지났는데……"

"예. 큰아이는 다섯 살…… 작은아이는 세 살."

"우리 두 사람 모두 이상한 아버지 밑에서 태어나……"

타다오키 부인의 말에 오긴이 당황하며 손을 내저었다.

타다오키 부인의 아버지는 아케치 미츠히데, 오긴의 친아버지는 마츠나가 히사히데. 양쪽 모두 노부나가와 히데요시를 적으로 돌렸다가 그들에게 죽임을 당했다. 그 말을 꺼낸다는 것은 지금의 오긴으로서는 이중의 고통이었다.

"제 아버지는 어디까지나 리큐일 뿐입니다. 훌륭한 아버님입니다."

"참, 그랬군요. 그런데, 쿄토로 거처를 옮기신다고요?"

"예. 쿄토에서도 되도록 아버님 거처 가까이…… 그리고 이번에 칸파쿠 님이 개선하시면 전대미문의 큰 다회를 마련하신다는 말을 들어서 아이들을 삼촌에게 맡기고 이사하기로 했습니다."

"잘하셨어요. 마음의 병은 아이들에게도 옮는다고 사제님이 말씀하셨어요. 이사하시면 기분전환도 될 거예요."

갑자기 타다오키 부인은 약간 음성을 낮추었다.

"혹시 아시는지 모르겠군요."

"무슨 말씀인지요?"

진지한 표정으로 묻는데 타다오키 부인은 미소를 떠올리고 활짝 열린 마루 너머로 정원을 바라보았다.

"아직은 말하지 않는 편이 좋을 것 같군요."

"그 말씀을 들으니 더욱 궁금합니다. 무슨 일인가요?"

"역시 말을 해야 할지…… 조심하는 것 이상으로 좋은 일도 없으니까요."

"점점 더 알고 싶군요. 말씀해주십시오."

"오긴 님, 혹시 묘한 소문을 듣지 못했나요? 소안 님은 소젠 님이 돌아가시기 전에 두 분의 이혼을 생각하셨다는 소문이 있던데요."

"그 일이라면 알고 있어요. 소문이 아니라 소안 님한테 직접 들었어요."

"어머! 그래서 무어라고 대답했나요?"

"그저 웃기만 했습니다. 정말 이상한 일이더군요, 부인. 세상을 떠난 소젠은 아이들의 아버지……라는 생각만 해도 이 오긴은 재혼 따위는 마음에도 두지 않는 여자가 되었어요."

뜻밖에도 시원스럽게 대답하는 오긴을 보고 타다오키 부인은 왠지 괴로운 듯 양미간을 모았다.

2

타다오키 부인은 시녀가 가져온 차를 오긴에게 권했다.

"오긴 님은 그 후의 소문은 모르시는 것 같군요."

"그 후의 소문……이라니요?"

"자매와 다름없는 사이니 말하겠어요. 소안 님이 오긴 님을 다른 곳으로 보낼 생각이라고 해요."

"다른 곳이라니, 어디로 말인가요?"

타다오키 부인은 다시 괴로운 듯 시선을 피했다.

"……소안 님도 차마 그 말까지는 하지 못할 거예요. 너무도 추한 일이라서."
"어머, 그런 줄은 전혀……"
"보낼 곳은 칸파쿠 님……이라고 하면 조금은 짐작이 될 거예요."
"아니, 전혀."
오긴은 고개를 갸웃거리다가 무슨 생각을 했는지 소녀처럼 웃기 시작했다.
"그런 소문이라면 조금도 두렵지 않아요. 호호호……"
"웃으시지만…… 웃을 일이 아니라고 생각해요."
"원, 부인까지도, 그런…… 그런 소문은 아무 근거도 없어요."
"근거가 없지는 않다고 생각하는데요."
"아닙니다. 칸파쿠 전하는 이제 여유가 생길 것이니 여자 사냥을…… 이 말은 돌아가신 우다이진 님의 젊은 시절을 회상하신 농담에 지나지 않을 거예요. 그때 마침 곁에 있던 신자에몬 님이 소에키의 딸이 제법 괜찮은 편이라고 즉흥적으로 말했기 때문에 근거 없는 소문이 되었을 것…… 걱정하시지 마세요, 부인."
타다오키 부인은 아직 이마의 주름을 펴지 않았다.
"그랬으면 좋겠지만…… 내가 들은 말은 좀더……"
"좀더 그럴듯한 소문이었나요?"
"오긴 님! 이것은 남의 일이 아니에요."
"예, 그러면 삼가 귀를 기울이겠습니다."
"어머, 또 그런 농담을……"
타다오키 부인은 다시 한 번 진지하게 고개를 갸웃하고 생각에 잠기면서 말했다.
"오긴 님, 아무튼 쿄토에 가시거든 되도록 전하의 눈에 띄지 않도록 조심하세요."

"그런 염려는 하지 마세요."

"아직 모르시는군요."

타다오키 부인은 가볍게 오긴을 제지했다.

"사카이 사람들 중에도 오긴 님이 전하를 모시면 유리하다고 생각하는 자가 적지 않을 거예요."

"혹시 그렇다 해도 아버님이 허락하지 않으실 거예요. 그럴 아버님이 아닙니다. 걱정하지 마세요."

"거사님의 기질을 계산하여 일을 도모하는 자가 있으면 어쩌죠?"

"예?"

당장에는 그 의미를 이해하지 못하고 오긴은 소녀처럼 멍하니 입을 벌리고 어리둥절한 표정이 되었다.

"아버님의 기질을 계산에 넣다니요……? 무슨 뜻인가요?"

"오긴 님, 남자들이란 추잡한 책략을 좋아하게 마련. 방심할 수 없는 책략가들이에요. 가령 사카이 사람들 중에는 오긴 님의 용모를 이용하려는 자도 있을 것이고, 리큐 거사의 기질을 이용하여 일을 도모하고자 노리는 자도 당연히 있을 거예요…… 그래서 충고하고 싶어요. 전하의 눈에 띄지 말라고."

오긴은 또다시 생긋 웃고 진지한 표정으로 물었다.

"좀더 설명을 듣지 않고는 무슨 말씀인지 모르겠어요, 저는……"

3

오긴은 호소카와 부인을 언니처럼 따르고 존경했다.

한쪽은 아케치 미츠히데의 딸, 한쪽은 마츠나가 히사히데의 딸이어서 비슷한 입장이기도 했다. 그러나 그 이상으로 두 사람은 서로의 재능과 총명을 인정하고 있었다.

타다오키 부인은 어렸을 때의 애칭인 키쿄桔梗란 이름 대신 호소카와 집안에서는 타마코珠子라 불리고 있었다. 세례명은 가라시아라 하여, 같은 신자들은 세례명으로 부르고 있었으나 오긴은 역시 키쿄 님이라 부르고 싶었다.

노부나가가 그 재능과 용모를 아껴 아케치 가문의 문장紋章인 키쿄(도라지)를 그녀의 애칭으로 삼았다고 전해진 무렵의 노부나가와 미츠히데는 서로 뜻을 같이하는 주종主從이었다. 그러나 노부나가의 중매로 호소카와 요이치로 타다오키細川與一郎忠興에게 출가한 뒤부터 그녀의 신상에는 말할 수 없는 변화와 고통이 뒤따랐다.

미츠히데가 노부나가를 혼노 사에서 살해한 뒤에는 역신逆臣의 딸로 세상의 이목이 두려워 남편과 별거하게 되었다. 그러다가 히데요시의 배려로 다시 합치기는 했으나 그때 이미 남편과의 사이에는 적잖은 틈이 벌어져 있었다.

타다오키는 이름난 맹장, 부인 또한 억센 기질의 여자였으므로 무리도 아니었다. 부인의 신앙을 타다오키가 용납할 리 없었고, 타다오키의 신앙 역시 부인에게는 탐탁하지 않았다. 그런데도 두 아이를 잘 키우고 남편을 엄하게 제어하고 있었다.

이 저택을 지을 때 있었던 일. 두 사람이 어색하게 마주앉아 있을 때 기와를 쌓던 일꾼 한 사람이 그만 실수하여 지붕에서 떨어졌다. 타다오키는 홧김에 그의 목을 베어버렸다. 이때 부인은 엄하게 나무라는 시선으로 남편을 노려보았을 뿐 전혀 두려움을 나타내지 않았다.

"그대는 무서운 여자로군, 귀신이야!"

타다오키가 내뱉듯이 힐문했을 때 부인은 조용히 대꾸했다.

"성주님께 어울리는 귀신의 아내예요."

이러한 타다오키 부인이 지금 그런 말을 하니 오긴도 비로소 섬뜩한 기분이 들었다.

오긴을 히데요시 가까이에 두어 이용하려는 사카이 사람이 있는 것처럼 리큐 거사의 기질을 이용하여 일을 꾸미려는 자가 있다는 것은 그냥 흘려버릴 수 없는 말이었다.

"좀더 자세히 알고 싶습니다. 대관절 그게 무슨 말씀인지요?"

타다오키 부인은 미소짓는 듯, 노려보는 듯한 시선으로 잠시 오긴을 바라보았다.

"오긴 님처럼 총명한 분이 그걸 모르시겠어요?"

그리고는 한숨을 쉬었다.

"모르겠어요. 아버님의 기질을 계산하고 어떻게 한다는 건가요?"

"오긴 님."

"예."

"아버님이신 리큐 님으로 대표되는 사카이 유지들에게 칸파쿠 측근이 모두 호감을 갖고 있다고는 생각지 않겠지요?"

"그야 물론, 어디나 질투와 경쟁은 있게 마련이니까요."

"그렇다면 알 수 있을 텐데요. 리큐 거사와 칸파쿠 사이를 갈라놓으려는 사람이 있다면 어떤 함정을 팔 것인지."

오긴은 아직 납득이 안 되는 듯 굳은 얼굴에 작은 소리로 말했다.

"그 일과 제가 무슨 관계가 있는지……?"

4

"이를테면……"

타다오키 부인은 애써 밝은 어조로 말했다.

"오긴 님에 대한 것을 칸파쿠 전하께 고할 수도 있을 거예요."

"무어라고 고한다는 말씀입니까?"

"사카이에서 첫째가는 미녀가 한창 나이에 독수공방한다고."

"어머, 무슨 그런 농담을!"

"농담이 아닙니다. 이 사카이에서 첫째가는 미녀는 아기도 잘 낳는 사람이에요."

"아니…… 그건 또 무슨?"

"병약하신 소젠 님과의 사이에서도 짧은 기간에 두 아이를 낳았어요. 그런 여자라면 혹시 칸파쿠의 자식도 곧……"

여기까지 말하고 타다오키 부인은 엄한 표정을 지었다.

"만일 그런 말을 하면서 권하는 자가 있다면 칸파쿠 전하도 마음이 움직이지 않을 수 없을 거예요."

"비록 그렇다고 해도 아버님은 승낙하시지 않아요."

"바로 그 점이에요, 오긴 님!"

타다오키 부인은 더욱 목소리를 떨구었다.

"리큐 거사는 그 기질로 보아 단호히 거절하실 거예요. 다도를 통해 전하를 모시는 몸이니 다른 것이라면 몰라도 그 일만은 받아들일 수 없다고……"

"틀림없이 그러실 것입니다."

"거사로서 딸을 바치고 출세를 도모했다……는 소문이 나면 다도의 권위가 땅에 떨어져요. 당대를 지도할 수 있는 인물이 되느냐, 아니면 단지 차를 즐기는 자로 전락하느냐의 갈림길이므로 목숨을 걸고라도 반대하실 거예요."

그때 오긴은 갑자기 무릎을 쳤다. 비로소 타다오키 부인의 말이 예리하게 가슴을 찔렀다.

"어머나, 그런 일을 꾀하는 자가?"

"있다고 해도 그 함정에 빠지지 마세요."

오긴은 온몸을 긴장시키고 고개를 끄덕였다.

과연 그런 의도로 함정을 파놓는다면 아버지와 히데요시의 사이는 벌어질 것이 분명했다. 누가 말한다 해도 리큐는 거절할 것이고, 거절당하면 칸파쿠에게도 불쾌한 응어리가 남을 터.

여느 일과는 다르다. 사나이란 일단 입 밖에 낸 남녀간의 이야기에는 미련하게 계속 매달리는 법…… 히데요시도 예외는 아닐 것이다.

"자식이 있었으면……"

더구나 요즘 히데요시는 이렇게 자주 말한다고 했다.

"그대가 자식을 낳아주었더라면."

키타노만도코로 앞에서도 때때로 이런 말을 하면서 아쉬워하고 쓸쓸해한다는 것을 오긴도 소로리에게 들어 알고 있었다.

이럴 때 아이를 잘 낳는 여자……라니 이 얼마나 야비하고 또 상대의 마음을 정확히 찌르는 말인가.

오긴은 저도 모르게 몸을 떨었다.

"천하의 일은 마음대로 하지 못하는 게 없다."

입버릇처럼 말하던 히데요시가 그 일로 리큐를 상스럽게 다그치는 모습이 문득 뇌리를 스치고 지나갔다.

"부인! 그런 주의까지 해주시는 것을 보면 그 상대도 알고 계실 것 같군요. 제게 말해주실 수 없을까요?"

오긴의 얼굴에서는 이미 핏기가 사라져 있었다.

5

여간한 확증이 없는 한 이런 말을 함부로 입 밖에 낼 타다오키 부인이 아니었다. 그러한 부인이 비록 비유이기는 하나 가공할 만한, 생각하면 할수록 기괴한 충고를 하고 있었다.

'틀림없이 그 상대를 알고 있을 것이다!'

오긴은 거듭 묻지 않을 수 없었다.

타다오키 부인은 천천히 고개를 저을 뿐이었다.

"그것은 말할 수 없어요."

"그러시면 도리가 없습니다마는……"

"오긴 님."

"예."

"어떤 세상에나 질투와 경쟁은 있게 마련이라고 오긴 님도 말씀하셨지요?"

"예, 그렇기는 합니다마는."

"그것만으로 충분하지 않을까요? 그것뿐이에요."

"……?"

"다도에 심취한 리큐 거사의 그 깊은 마음을 보통 사람으로서는 알지 못해요."

"예, 정말 그것은……"

"따라서 보통 사람들은 거사가 사카이 사람들을 위해 칸파쿠 전하를 멋대로 조종한다고 생각할 거예요."

"그것이 질투의 원인이라는 점은 납득됩니다마는……"

"그렇게 되면 도요토미 가문의 공신들은 무단파武斷派이건 문치파文治派이건 모두 거사에게는 호의를 갖지 않을 거예요. 이 점을 염두에 두고, 아무튼 칸파쿠의 눈에 띄지 않도록 조심하는 것이 좋아요. 뒤에서 그런 말이 나돌고 있을 때 오긴 님이 굳이 아름다운 꽃향기를 뿌리고 다닐 필요는 없어요."

"어머나……"

"지겨운 거예요, 이 덧없는 세상이란."

"정말 그래요. 저는 번거로운 모즈야 집안에서 벗어나 쿄토에서 조용히 아이들이나 키우면서 살아갈 생각이었는데."

"그 모든 것이 자신의 죄라고 생각하세요."

"제 죄라니, 말씀이 좀 지나치다고……"

"오긴 님이 아름다운 용모를 지니고 태어났기 때문에 미망인이 된 후에도 이런 일이 생기는 거예요. 이건 정말 아름답게 태어난 죄라고밖에 할 수 없어요."

타다오키 부인은 말끝을 흐리듯이 가볍게 말했다.

"호호호……"

그리고는 기분을 돌이키려는 듯이 웃었다.

그러나 오긴은 웃을 수 없었다.

지금까지 소젠을 간호하고 아이들을 키우느라 생각지도 못했던 한 점의 불길한 검은 구름이 갑자기 가슴 가득히 펴져갔다.

그러고 보니 과연 아버지 리큐는 미츠나리나 나가모리에게 호감을 사고 있는 것 같지 않았다. 아니 코쇼 출신의 카토, 후쿠시마 같은 사람은 다도 그 자체에도 반발을 느끼고 있는지 모른다.

전쟁터와 차.

피와 다도.

서로 용납될 수 없는 이 상극의 기운이 오긴 모자의 장래를 에워싼다…… 이렇게 되면 오긴은 거미줄에 걸린 한 마리의 나비에 지나지 않는다.

히데요시의 고집과 리큐의 고집 사이에서 아무리 발버둥쳐도 자기 뜻은 관철되지 않을 터……

"아룁니다."

입구에서 알리는 소리가 들렸다. 타다오키 부인이 아끼는 시녀 오시모阿霜였다.

"방금 쿄토 포목상 챠야 시로지로 님이 문안 드리러 오셨습니다."

타다오키 부인은 흘끗 오긴을 바라보았다.

"마침 잘됐어. 이리 모셔라."

6

챠야 시로지로라면 오긴과 타다오키 부인 두 사람 모두 잘 알고 있었다. 그것도 단지 상인으로서만이 아니라 같은 사카이 사람으로서, 또는 다도를 하는 사람으로서.

항간에서는 챠야와 혼아미 코지가 도쿠가와 쪽의 밀정……이란 소문이 없는 것도 아니었다. 그러나 타다오키 부인은 그런 소문은 문제시하지 않았다. 혼노 사 사건 때 미츠히데의 딸임을 알면서도 은밀히 자기를 감싸준 챠야의 마음이, 거친 무인보다도 훨씬 더 깊고 높은 곳을 지향하는 성품임을 꿰뚫어보고 있었다.

오긴도 챠야가 싫지 않았다.

사카이 사람들이 겉으로만 풍류와 기품을 내세우며 거들먹거리고 있는 것에 비해 챠야 시로지로에게는 그런 면이 없었다. 굳이 말한다면 약간 촌스럽다고 할 수 있었다. 그런 만큼 성실과 소박이 몸에 배어 있고 믿음직하다는 느낌이었다.

"챠야 님은 요즘 키타노만도코로 님에게 출입할 수 있는 허락을 받았다고 해요. 그러니 세상 돌아가는 이야기라도 듣기로 해요."

"예. 저는 지금까지 세상을 등지고 살았기 때문에 더욱 어리석은 사람이 되고 말았어요."

오긴이 가만히 한숨을 내쉬며 대답했다.

"그런데 조금 전에 한 이야기는."

비밀로……라는 의미일 듯. 조용히 손을 입으로 가져갔다.

이때 오시모가 챠야 시로지로를 안내하며 들어왔다. 오시모는 이미 서른에 가까운 나이로, 이 호소카와 집안에서는 시녀의 우두머리나 다름없는 대장부 같은 여자였다.

"마님, 손님 말씀도 드렸더니 챠야 님이 몹시 기뻐하셨습니다."

"오랫동안 인사를 드리지 못해 죄송합니다. 별고 없으시다니 여간 기쁘지 않습니다."

챠야는 공손히 타다오키 부인에게 인사하고 오긴 쪽으로 향했다.

"인사는 이제 그만 하세요."

타다오키 부인이 제지했다.

"이미 친밀한 사이니 그런 인사보다는 사카이에서 북을 배우던 때의 이야기라도 하기로 해요. 그렇지 않은가요, 오긴 님?"

"예. 그때가 무척 그리워지는군요…… 그런데, 챠야 님은 키타노만도코로 님의 용무로?"

"아니, 아닙니다."

챠야는 어디까지나 격의 없는 태도였다.

"칸파쿠 님이 돌아오시면 이번에는 슈인센朱印船° 제도를 실시하여 드디어 해외교역이 허가제로 바뀔 것 같습니다."

"아니, 그 말을 누구에게 들었어요?"

"예. 한발 먼저 돌아오신 이시다 지부노쇼 님한테 들었습니다. 자네도 허가원許可願을 내라면서 친절하게."

"이시다 지부 님이……?"

타다오키 부인은 미츠나리의 이름이 나오자 흘끗 오긴 쪽을 바라보고 나서 화제를 돌렸다.

"지부 님도 정말 많이 출세하셨어요. 지금은 칸파쿠 님의 집사나 다름없지요."

오긴은 깨닫지 못했으나 타다오키 부인의 표정에는 문득 경멸의 빛이 떠올랐다. 어쩌면 부인이 오긴에게 몇 번이나 주의를 준 그늘 속의 인물은 미츠나리를 가리키고 있는지도 모를 일이었다.

"그래서 챠야 님도 허가원을 내셨나요?"

"예. 이제는…… 앞으로 일본은 하루빨리 해외로 진출해야만……"

"지부 님이 주선하신다면 물론 허락이 내리겠죠. 그리고 쿄토에서 열릴 대대적인 다회 이야기도 나왔겠군요?"

"예. 그 일에 대해서도 여러 가지……"

이번에는 챠야의 얼굴이 흐려졌다.

7

타다오키 부인은 챠야의 표정을 민감하게 읽었다.

슈인센의 인가와 다회 준비를 명한 이면에는 무언가 챠야를 난처하게 만드는 '조건'이 딸려 있을 것이 분명했다. 타다오키 부인은 그러한 미츠나리의 움직임이 불쌍하기도 하고 우습기도 했다.

"지부 님은 무공이 뛰어난 코쇼 출신들에게 지지 않으려고 정치적인 일에 남달리 열심인 것 같군요."

"예…… 예."

챠야는 굳어진 표정으로 말을 더듬었다.

"그렇게 애쓰지 않아도 전쟁은 점차 사라질 것이니 저절로 지부 님 만만세인 시대가 올 텐데 말이에요."

"아니, 그런 것은……"

"혹시 지부 님이 가장 경원시하는 무장의 이름을 알고 있나요?"

"아니, 그런 것은……"

"그렇다면, 내가 가르쳐주겠어요. 그것은 도쿠가와 님이에요."

타다오키 부인은 얼른 말하고 오긴을 돌아보았다.

"그렇지요, 오긴 님?"

의미 있는 미소를 떠올렸다.

챠야 시로지로의 표정에 다시 당황하는 기색이 감돌았다.

타다오키 부인은 문득 자기 혐오를 느꼈다.

'상대가 말하기 꺼려하는 것을 재빨리 간파하고 기뻐하는 못된 버릇이 나에게는 있다……'

이러한 느낌은 묘한 형태로 더욱 확실하게 챠야에게로 향했다.

"챠야 님이 지부 님으로부터 어떤 명령을 받고 오셨는지 한번 맞춰볼까요?"

타다오키 부인은 말하고 나서 아차 했으나 이미 되돌릴 수는 없었다. 어쩌면 자기 상상이 잘못되었다는 것을 스스로 확인하려 하는 자학自虐인지도 몰랐다.

"황송합니다마는 그런 일은……"

"그런 일이 없다는 말이겠죠. 그 말을 들으니 점점 더 의심이 가는군요, 호호호…… 역시 나는 아케치의 딸이에요, 챠야 님."

"당치도 않은 농담이십니다."

"그렇지요, 챠야 님? 큐슈 정벌이 끝나면 이번에는 오다와라 차례가 아닌가요?"

"예…… 그것은…… 그럴지도 모릅니다마는."

"그러므로 지부 님은 우선 도쿠가와 가문에 출가한 아사히 부인을 되찾으려 할 거예요. 그 구실은 오만도코로 님의 문병…… 그런 뒤 이번에는 도쿠가와 쪽에 전투의 선두에 서라고……"

챠야 시로지로는 분명히 경탄하는 것 같았다.

"호호호……"

타다오키 부인은 즐겁다는 듯이 웃었다.

"내 말이 맞군요, 슬프게도."

"예. 그것은……"

"걱정하지 마세요. 요즘 이 가라시아는 점을 칠 줄 알아요."

"정, 정말입니까?"

"호호호…… 인간은 아름다운 것을 볼 수 있게 되면 추한 것도 동시에 보게 됩니다. 보이기 때문에 불행해져도 어쩔 수 없어요. 슈인센을 허락할 테니 도쿠가와 쪽 정보를 수집하라…… 내가 남자라면 역시 그런 부질없는 일을 생각하게 될지도 몰라요."

타다오키 부인은 오긴을 돌아보았다.

"여자는 슬픈 거예요! 하지만 여자는 강해요! 오긴 님, 여자라면 오로지 아름다운 것만을 찾아 걸어갈 수 있으니까요."

오긴은 왠지 모르게 등골이 오싹해졌다.

8

오긴은 남편을 '죽음'의 손에 빼앗겼다.

그러나 타다오키 부인은 살아 있는 채 잃고 있는 게 아닌가……?

부인의 남편 호소카와 타다오키는 지금도 무장으로서의 출세를 위해 계속 노력하고 있었다. 그런데도 부인은 그 욕망이 도달하는 종착지를 이미 확실하게 간파하고 있었다.

오다 노부나가의 생애를 통해——

아버지 아케치 미츠히데의 생애를 통해——

이와 같은 욕망을 초월하는 것을 목표로 삼아 살아가기 위해 '신앙'으로 눈을 돌리기 시작했다.

'천주님의 사랑!'

타다오키 부인의 눈에 보이는 남편은 오긴의 눈에 비치는 남편 소젠보다 더 추한 이교도로 보이는 것이 아닐까?

"여자는 슬프다! 하지만 여자는 강하다!"

타다오키 부인의 이 말 가운데는 부부 생활의 불행이 크게 그림자를 떨구고 있는 것 같아 소름이 끼쳤다. 아니, 결코 부부 사이만의 문제가 아닐 것이다. 타다오키 부인의 눈에는 이미 세상의 모든 것이 슬프고 가련한 한 폭의 그림으로밖에 비치지 않는지도 모를 일이었다. 칸파쿠도, 미츠나리와 남편도…… 오긴도 챠야 시로지로도……

"호호호……"

타다오키 부인은 오긴의 낯빛이 흐려지는 것을 민감하게 느끼고 다시 밝게 웃었다.

"이제야 오긴 님도 자기 앞길을 크게 가로막고 있는 산의 모습을 발견한 것 같군요……"

"앞길을 가로막은 산……이란 말씀입니까……?"

"그래요. 이것은 이시다 님 한 사람의 일도 아니고 칸파쿠 한 분만의 일도 아니에요. 모든 인간의 앞을 가로막은 산이에요…… 그건 그렇다 치고, 챠야 님은 무슨 특별한 일로 나를 찾아왔나요?"

"아닙니다!"

깊이 생각에 잠겨 있던 시로지로는 깜짝 놀라 시선을 타다오키 부인에게 되돌리고 고개를 저었다.

"마침 오사카에 왔던 길에 문안을 드릴까 하고 찾아왔습니다."

"그렇다면 챠야 님께 한 가지 선물을 드리면 어떨까요, 오긴 님?"

"저어…… 챠야 님께?"

"그래요. 이 선물은 좀 무겁기는 하겠지만……"

타다오키 부인은 다시 환하게 웃었다.

"챠야 님."

"……예."

"큐슈에서 개선하시면 다음에는 오다와라가 틀림없을 거예요."

"그……그렇기는 합니다마는."

"오다와라 다음에는 어디일지 생각해본 일이 있나요?"

챠야 시로지로는 깜짝 놀라 타다오키 부인에게 시선을 고정시켰다.

시로지로 역시 같은 배를 타고 요도가와淀川를 거슬러 올라갈 때부터 보통 여자가 아님을 간파하고 있었다. 그 예지가 숱한 고난을 겪어오는 동안 더욱 연마되어 빛을 발하고 있었다. 그래서 세상의 움직임을 그대로 비쳐주는 거울과 같은 눈을 가지고 있다는 생각을 하곤 했다. 그러나 오다와라 이후의 일까지 생각하고 있는 줄은 몰랐다.

"오다와라 다음에 올 일…… 대관절 무엇일까요, 부인?"

"간단히 말하면, 오다와라 다음에 올 일은 도쿠가와 님의 위기가 아닐까요, 오긴 님?"

오긴은 다시 자기 이름을 부르는 바람에 당황하여 눈을 깜박거렸다. 물론 그녀로서는 생각해보지도 않은 일이었다.

9

"도쿠가와 님의 위기……라고 하셨습니까?"

챠야 시로지로는 이미 자기와 이에야스의 관계를 타다오키 부인 앞에서 숨기려 하지 않았다. 상대는 두 사람의 관계를 너무나 잘 알고 있어 호의적인 조언을 하고 있었다.

"그래요. 칸파쿠 님 주변에 있는 측근들의 욕망이 반드시 그런 형태를 취할 것이라고 내 점괘에는 나와 있어요."

"또 점괘를 가지고 농담을……"

"호호호…… 측근들은 자기보다 뛰어난 자를 전하가 가까이하시면 달가워하지 않을 거예요."

"그럴 겁니다."

"인간이란 질투가 많지요. 그러므로 도쿠가와 님의 영지를 바꾸라고 전하께…… 진언할 수도 있을 거예요."

"아……"

"미카와에서 스루가駿河, 토토우미에 이르는 땅은 오와리尾張에 버금가는 중요한 곳이므로 칸파쿠 님의 심복을 보내 공고하게 기초를 다지는 일이 상책이라고…… 만일 그렇게 된다면 도쿠가와 님의 가신들이 납득하려 할까요?"

"으음."

"납득하지 않는다면, 큐슈가 정리되고 오다와라를 정벌한 뒤에는 서서히 그쪽으로……"

챠야 시로지로는 온몸을 부들부들 떨기 시작했다.

'미처 깨닫지 못했다!'

그러나 타다오키 부인의 이야기를 듣고 보니 확실히 그랬다. 무장과 공을 다투는 칸파쿠 측근의 문치파는 오다와라 문제가 해결된 뒤 틀림없이 그 정도의 진언은 할 터. 그렇다면 지금부터 대비할 필요가 충분히 있었다.

이 얼마나 예리한 안목의 여자란 말인가. 지금까지 거듭되어온 불행을 통해 단련된 예지일까, 아니면 신앙에서 발산되는 빛일까?

"챠야 님, 나는 더 이상 사사로운 욕망에서 불거진 추한 전쟁이 일본에서 일어나게 하고 싶지 않아요. 모두에게 천주님의 은혜를 알게 해주고 싶어요."

"그야 물론……"

"당장에는 이 가르침이 전파되지 않겠지요. 그렇지만 쓸데없이 피를 흘려서는……"

"예. 바로 피를 흘리는 그러한 사태를 막기 위해 저희들도 사카이 사람들과 협력하여……"

"그 사카이 사람들 가운데서도 말이에요, 오긴 님."

타다오키 부인은 다시 오긴을 돌아보았다.

"나는 종종 이런 꿈을 꾸고 있어요. 만일 오긴 님도 나와 신앙이 같다면 차라리 챠야 님께 부탁하여 도쿠가와 님을 가까이 모셨으면 좋겠다고……"

"어머, 제가 도쿠가와 님에게……?"

"호호호…… 농담이에요. 첫째로 오긴 님은 아직 교회의 문을 두드리지 않았어요. 그러므로 코노미 님이라도 먼저."

"사실 그러합니다. 코노미 님은 신앙이 더 두터워지고 있는 것 같습니다."

"챠야 님."

"예."

"제 소망이 어떨까요?"

"저어, 코노미 님을 도쿠가와 가문으로 말씀입니까?"

"도쿠가와 님은 칸파쿠 님의 측근들보다 훨씬 더 많은 고난을 겪었어요. 그 내전에 천주님의 빛을 비추게 할 수는 없을지."

"글쎄요……"

"이러한 일은 내가 문득 허공에 그려본 꿈…… 따라서 이대로는 선물이 될 수 없겠지요. 하지만 챠야 님, 기회가 닿거든 한번 깊이 생각해 보세요."

"예, 알겠습니다."

챠야는 어느 틈에 땀을 뻘뻘 흘리면서도 자신의 몸에 땀이 흐르는지 모르고 있었다.

10

챠야 시로지로는 오긴보다 한발 먼저 호소카와의 집에서 나왔다. 그리고는 이제부터 어디로 갈지 잠시 망설였다.

원래는 요도야 다리나 야츠노키이에八軒家 강가로 나가 배를 이용하여 쿄토로 돌아갈 생각이었다. 그러나 갑자기 그래서는 안 되겠다는 초조감을 느꼈다.

'그렇다…… 히데요시 자신의 의사는 어떤지 몰라도 측근의 움직임은 따로 있다……'

이시다 미츠나리의 말에 의하면 히데요시가 오사카에 돌아오는 것은 우란분재盂蘭盆齋°를 앞둔 13, 4일쯤이었다. 그 행렬은 이미 비젠의 오카야마岡山에 와 있었다.

조정에서도 칸쥬지 하루토요勸修寺晴豊를 히데요시를 맞이할 칙사로 임명하여 하루 이틀 사이에 쿄토를 출발할 모양이었다. 그렇게 되면 물론 이에야스도 그냥 있지 못하고 전승을 축하하기 위해 상경하지 않을 수 없을 것이다.

그때 영지를 바꾸겠다는 암시라도 보이면 그야말로 아닌 밤중에 홍두깨 격으로 당황할 것 아닌가……?

'아니, 아직 그렇게까지는 되지 않을 것이야……'

큐슈를 정복했다고 해도 동쪽에는 호죠가 있었고, 우에스기와 다테 등 거취가 분명하지 않은 큰 세력도 남아 있었다.

'그런 말을 꺼낸다고 해도 역시 오다와라가 정리된 뒤의 일……'

그렇다고 알리지 않고 그냥 두어도 될까?

예전에는 무사에게 진절머리가 났던 시로지로였다. 그러나 지금은 이상하게도 친근감을 가지고 이에야스를 의지하고 있었다. 도저히 끝날 것 같지 않던 난세가 분명히 '평화!'를 눈앞에 두고 있기 때문인지도 몰랐다.

'역시 탁월한 힘이 배후에 있지 않는 한 평화는 없다……'

이런 생각과 함께 챠야로서는 히데요시보다 이에야스가 더 믿음직스럽게 보였다. 아전인수我田引水……라는 말이 있기도 하지만 왠지 히데요시의 언동에는 위태롭고 여린 면이 느껴졌다.

이에야스가 먼저 히데요시에게 전쟁을 도발할 우려는 전혀 없었다. 그러나 히데요시는 이길 수 있다는 것을 알면 경우에 따라서는 측근들의 말에 따를지도 모른다는 생각이 들었다.

'그렇다! 칸파쿠 전하도 이 정도로 컸는데, 갖가지 기생충이 번식하게 마련……'

한 사람 한 사람이라면 이해할 수 있는 일도 주위에서 이런저런 사람이 성가신 거미줄을 치기 시작하면 뜻하지 않은 결과를 초래할 수도 있었다.

챠야는 걷기 시작했다. 그가 걷기 시작했을 때는 이미 마음이 정해져 있었다.

"이에야스를 위해 충성을……"

이런 심정에서가 아니라 미츠나리에게 들은 말, 호소카와 부인의 이야기 등을 있는 그대로 보고하고 싶은 마음 때문이었다.

챠야만이 아니었다. 히데요시와 이에야스를 싸우게 하면 안 된다는 것은 사카이 사람들을 비롯하여 쿄토의 상인과 공경, 승려 등 모든 사람의 한결같은 소원이었다. 호소카와 부인의 생각도. 그래서 천주교 신자인 코노미를 도쿠가와 가문의 내전에 들여보냈으면 하는 꿈을 꾸고 있는지도 모를 일이었다.

쨍쨍 내리쬐는 7월의 뙤약볕 아래서 챠야는 걸음을 재촉했다. 배로 쿄토에 돌아가 곧바로 이에야스를 찾아 길을 떠날 생각이었다.

'이에야스 님께 코노미 이야기를 하면 어떤 표정을 지을까, 어떻게 받아들일까……?'

북쪽 하늘에서 무럭무럭 뭉게구름이 피어오르고 있었다.

남자와 여자

1

칸파쿠가 없는 동안 오사카에 모여 있는 장수들의 부인들에게는 권태로운 나날이 계속되었다.

모두 새로 지은 큰 집에 살고 있으면서도 실질적으로는 역시 '인질'로서 감시받고 있었다. 그런 사실을 알고 있는 만큼 개중에는 화려하게 차려입고 여봐란듯이 신사를 참배하러 가는 사람도 있었다. 물론 대부분은 심한 더위에 시달리며 조용히 틀어박혀 있었으나……

쿄고쿠 타카츠구京極高次에게 출가한 아사이 나가마사의 딸 타카히메高姫도 더위와 무료함을 견디지 못해 오늘은 언니 챠챠히메를 찾아갔다.

그때 챠챠히메는 오다 우라쿠의 저택 안에 세워진 15평 남짓한 전각에서 여러 가지 찻잔을 늘어놓고 감상하고 있었다.

조선의 찻잔도 있고 명나라에서 건너온 찻잔도 있었다. 아니 그보다는 리큐와 후루타 오리베가 쵸지로에게 굽게 했다는 찻잔이 더 많았다. 빨간 것, 검은 것, 흰 것…… 이런 것이 가마에서 구워지는 온도에 따라

갖가지 색깔로 변색되거나 혼합되어 군데군데 무지개 같은 묘한 무늬 아닌 무늬를 만들어내고 있었다. 모양도 큰 것, 작은 것, 손으로 만든 것, 간단한 녹로轆轤 등 여러 가지여서 보고 있으면 저절로 마음이 끌리는 찻잔이 있는가 하면 그렇지 않은 것도 있었다.

"어머, 언니는 다기를 선별하고 있는가 봐."

타카히메는 갓 출가한 여자의 얌전함과 어른스러운 대담성을 동시에 풍기고 있었다.

"그럼, 세상 소문이 사실인 모양이지?"

챠챠히메 옆에 앉아 찻잔 하나를 쳐들었다.

"세상 소문이라니 그게 무슨 뜻이니?"

"칸파쿠 전하가 이번 가을 키타노에서 전대미문의 대대적인 다회를 연다는 것."

"응, 그것 말이냐……?"

"아무래도 좀 수상해."

"뭐가 수상하다는 거니? 이상한 말을 하는구나."

"호호호…… 다회에 대한 소문도 그렇지만 또 한 가지가."

"무슨 소리냐, 그 밖에 다른 소문이 있다는 말이야?"

"응, 나는 그것을 확인하러 왔어."

손에 든 찻잔을 한 바퀴 돌렸다.

"찻잔을 이렇게 다루면 리큐 거사가 화를 낼지 몰라."

내던지듯 바닥에 내려놓았다.

"언니!"

"경박스럽게 왜 그래?"

"세상에서는 언니가 칸파쿠 전하의 소실이 된다는…… 그런 소문이 돌고 있는데 알고 있어?"

"나는 몰라."

챠챠히메는 싸늘하게 대답하고 찻잔을 치우기 시작했다.

"그렇겠지. 나도 있을 수 없는 일이라고 생각했어."

"……"

"남달리 자존심이 강한 언니가 아버지보다도 나이가 많은 그 추한 전하 따위를……"

이렇게 말하면서 타카히메는 목을 움츠리고 킬킬 웃었다.

"그 소문을 듣고 한참 동안 나는 혼났어."

"그건 또 어째서?"

"내 남편을 생각할 때마다 전하의 얼굴이 겹쳐 보여 저절로 웃음이 터져나오는 거야."

2

"무슨 소리를 하는 거야, 말을 삼가라."

챠챠히메는 동생의 말이 잠자리와 관계되는 의미라는 것을 깨닫고 싸늘하게 나무랐다.

"호호호……"

타카히메는 언니가 소문을 부인하자 안도한 듯 다시 한 번 밝게 웃고 목을 움츠렸다.

"곧 남편이 돌아올 텐데, 그때 다시 전하의 모습을 떠올리고 웃게 된다면 그야말로…… 그야말로……"

"타카히메!"

"어머, 그런 무서운 얼굴을…… 숨이 막힐 것만 같아 찾아왔는데 조금은 기분을 풀어줘야 하지 않아?"

챠챠히메는 가볍게 혀를 차고 일어나 장지문을 활짝 열어젖혔다.

시원한 바람이 불어와 챠챠히메가 좋아하는 난과 사향麝香의 향기가 타카히메의 후각을 자극했다.

"타카히메."

"응."

"너는 시집을 갔으니 대답할 수 있을 거야. 남편을 어떻게 생각하고 있지?"

"어떻게 생각하다니?"

"좋아하는지, 미워하는지."

"아니, 지금 뭐라고 했어?"

타카히메는 목소리를 죽이고 다시 고개를 갸웃거리며 생각했다.

"글쎄, 좋아하는 것도 같고…… 미운 것도 같고……"

"어떨 때 좋아하고, 어떨 때 미워하게 될까?"

"그런 것을 어떻게 언니에게…… 부끄러워서."

"흥."

챠챠히메는 싸늘하게 웃었다.

"부끄러움은 이미 네 몸에서 사라졌어. 있는 것이라고는 음탕한 교태뿐이야."

"어머, 어쩌면 그런 심한 말을……"

"남편이 손을 내밀 때를 기다리면서 녹아들듯이 교태를 부리고 있어. 온몸으로 말이야……"

너무나 가혹한 비평에 타카히메는 낯을 붉혔다.

"남편에게 아양을 떤다고 나쁠 것 없잖아? 남편에 대한 아양을 세상에서는 음란하다고 하지 않아. 언니는 아직 혼자이기 때문에 질투하고 있는 거야."

"호호호……"

챠챠히메는 배를 끌어안고 웃었다.

한번 웃기 시작하자 챠챠히메는 더욱 웃음을 참을 수가 없었다. 질투한다……는 말이 타카히메의 순진성과 둔감함을 노골적으로 증명해주었다. 적어도 챠챠히메가 묻는 물음의 내용은 그렇게 단순한 것이 아니었다.

남자에게 정복당한 여자의 육체가 과연 상대를 사랑할 수 있게 될까, 아니면 미워하게 될까?

그에 대한 감정을 동생에게 알아냄으로써 자신의 결단에 도움을 받으려 했다.

“아니, 뭐가 그렇게 우스운 거야?”

“호호호…… 그럼, 내가 너와 남편의 사이를 맞혀볼까?”

“독신인 언니가 그것을 알 수 있다는 말이야?”

“모르긴 왜 몰라. 네 남편도 처음에는 낯선 타인이었어.”

“그야 물론 처음에는 누구든지 남이지 뭐.”

“잠자리를 같이할수록 사랑하게 되고, 또 그러다가 따로 소실을 두고 있다……는 것을 알게 되었을 때는 갑자기 미워지는 거지.”

챠챠히메는 다시 쏘는 듯한 눈으로 빤히 타카히메의 얼굴에 떠오르는 표정을 바라보았다.

3

타카히메의 표정에 당황하는 기색이 스쳤다.

쿄고쿠 타카츠구에게도 소실은 있었다. 타카히메는 그 생각을 하며 자기도 모르게 놀랐던 것인지도 모른다.

“어때, 내 말이 맞지?”

타카히메는 그 말에는 직접 대답하지 않았다.

"언니는 왜 그런 것을 묻는 거야?"

비로소 의심이 생긴 모양이었다.

"남자들이 방자하다는 것은 널리 알려진 사실, 세상에 흔히 있는 일인걸. 나는 애써 잊으려 하고 있는데도."

"호호호……"

챠챠히메는 다시 웃었다. 그러나 이번에는 전과 같이 웃을 수는 없었다. 세속과 타협하며 살려는 타카히메의 애처로운 노력이 가슴에 와 닿았기 때문이다.

"너는 마음이 약한 사람이구나."

"남편에게 대든다면 더욱 거북해질 거야. 여자라면 질투는 삼가야 한다고 생각해."

"호호호…… 이제 알겠다. 다시는 묻지 않을게."

챠챠히메는 거칠게 고개를 젓고 갑자기 험악한 표정을 지었다.

"너는 이미 노예가 됐어. 타카츠구 님이 어떤 일을 하건 기분을 맞추려 하는 노예가 된 거야. 이제 알았어."

"어머……"

타카히메 역시 갓 다듬어놓은 눈썹을 치켜 올렸다.

"언니는 알 까닭이 없어. 부부 사이의 문제란 그렇게 간단히 결론지을 수 없는 거야."

"그렇지만 다른 여자와도 어울리고 있다……는 생각을 하면 갈가리 찢어놓고 싶을 텐데."

"아니, 그 정도로 증오하지는 않아."

"그러기에 이미 졌다는 거야, 타카히메."

챠챠히메는 시녀를 불렀다.

"과자가 있을 테니 가져오너라."

두 사람은 입을 다물었다. 어색하기보다는 이 일로 더 이상 언쟁하는 것이 무의미하다는 생각이 들었기 때문이다.

타카히메는 어느 틈에 남편에게 무릎을 꿇는 평범한 아내가 되어 있었고, 챠챠히메는 여전히 말을 꺼내면 한 걸음도 양보하지 않는 강한 아집을 버리지 못하고 있었다.

시녀가 다과를 내오자 두 사람은 묵묵히 입으로 가져갔다.

"여기도 역시 찌는 듯이 덥군."

"그래, 세상은 모두 여름이야."

"언니도…… 그 소문이 거짓이라면 어서 출가하는 게 좋을 텐데."

"소실을 두지 않을 젊은 신랑감이 있다면."

"없지는 않을 거야. 신분이 낮은 사람 중에는."

"신분이 높은 사람 중에 그런 젊은이가 있다면 알려다오."

"역시 전과 다름없군."

"뭐가……?"

"아니, 이 과자의 맛이."

"호호호…… 남편의 맛을 생각하고 있는 듯 달콤한 표정이구나."

타카히메는 아무렇게나 찻잔을 내려놓고 언니를 노려보았다. 그러나 챠챠히메는 아무렇지도 않다는 듯 쌀쌀한 표정으로 다시 다른 일을 생각하고 있었다.

발소리가 들리고 이어서 입구에 우라쿠의 얼굴이 나타났다.

4

오다 우라쿠도 히데요시의 전승 행렬보다 한발 앞서 오사카에 돌아와 있었다.

"오오, 쿄고쿠 부인도 와 있었군."

가볍게 끄덕여 보이고 우라쿠는 챠챠히메와 타카히메 두 사람 사이에 앉았다.

"전하는 드디어 내일 모레, 십사일이면…… 도착하신다. 참, 타카히메는 잠시 자리를 좀 피해주겠니? 그동안 외숙모와 이야기라도 나누고 있으면 좋겠는데."

조용히 말했다.

타카히메는 의아하다는 듯 흘끗 언니를 바라보았다.

"알겠어요."

그리고는 눈길을 돌리며, 필요 이상으로 공손히 머리를 숙이고 물러갔다. 챠챠히메의 낯빛이 우라쿠의 말을 듣고 갑자기 굳어지는 것 같았기 때문이다.

타카히메가 나간 뒤 우라쿠는 잠시 묵묵히 부채질을 하면서 창 밖을 내다보고 있었다.

정원에 새로 심은 젓꼭지나무와 석등石燈에 아른아른 아지랑이가 피어오르고 있었다. 멀리서 졸음을 몰고 올 듯한 노 젓는 소리와 매미의 울음소리가 들려왔다.

"챠챠…… 그렇게 굳어 있을 건 없어."

챠챠히메는 대답 대신 무릎 위에 포갠 자기 손을 눈도 깜빡거리지 않고 내려다보고 있었다.

"나는 너만은 네가 하고 싶은 대로 하게 해주고 싶었어…… 아니, 지금도 내 생각에는 변함이 없다. 네 대답 여하에 따라서는 힘써 노력해볼 생각이야."

"……"

"솔직히 말해 나는 그때 전하가 미워 견딜 수 없었어! 세상의 이런저런 모순을 참으면서 살아오지 않았다면 혹시 칼을 들고 전하께 덤벼들었을지도 몰라."

"……"

"챠챠, 이제 나는 아무 숨김없이 말하겠다. 너에 대한 나의 애정은 좀 정도가 지나쳤어. 너에 대한 나의 마음은…… 음, 그래. 어쩌면 세상에 흔히 있는 외숙부와 조카가 아니라 한 사람의 남자와 여자 사이였는지도 몰라."

머리에 백발이 섞인 우라쿠의 입에서 뜻하지 않은 말이 나왔을 때 챠챠히메는 깜짝 놀라 머리를 들었다.

우라쿠는 그 얼굴이 눈부신 듯 얼른 시선을 피했다.

"그런 만큼 전하가 미워 미칠 것만 같았어."

"어머나……"

"놀랄 것 없어. 육친의 애정도 때로는 자연의 섭리를 이기지 못하니까. 남자와 여자…… 이것은 아마도 나이나 지위, 의리나 이론보다 더 위에 있는 모양이다. 그래서 오늘날까지 사람과 사람이 계속 태어나는 것이라고 생각해."

"외숙부님! 더 이상 그런 말씀은……"

"잘 들을 필요가 있다. 그런 감정을 가졌기 때문에 한때는 발끈하여 전하를 원망했어. 손안에 든 보석이 진흙탕에 던져진 듯한 심정이었으니까……"

"저는 무섭습니다."

"그러나…… 생각해보면 나와 너도 남자와 여자, 이와 마찬가지로 전하와 너도 역시 남자와 여자야."

"외숙부님!"

"나는 노부나가의 막내동생으로 태어났으면서도 가신이었던 히데요시의 비위를 맞추며 살아가는 사람…… 그리고 한쪽은 마침내 천하를 손에 넣은 사나이…… 같은 사람이지만 둘 사이에는 큰 차이가 있어."

이렇게 말하고 우라쿠는 가만히 부채로 얼굴을 가렸다. 그 눈시울이

젖어 있어, 그것이 챠챠히메에게는 여간 슬프지 않았다.

5

우라쿠는 대관절 무엇 때문에 이런 일까지 챠챠히메에게 고백하는 것일까. 약한 남자가 강한 남자에게 여자를 빼앗겼다…… 단지 이뿐, 달관한 것이라면 육친인 외숙부와 조카 사이에 그런 감정까지 털어놓을 필요는 없을 텐데도. 어째서 그러한 감정을 가슴속에 숨겨둔 채 히데요시의 뜻에 따르라고 설득하지 않는 것일까……?

이런 챠챠히메의 의문에 우라쿠는 곧 대답해주었다.

"챠챠히메, 너는 내가 왜 이런 마음까지 털어놓는지 이상하게 생각할지도 모르겠다."

챠챠히메는 잠자코 눈을 들었다가 다시 내리깔았다.

"나도 알 수가 없어. 나는 지금 이성을 잃고 있어……"

"……"

"전하는 말이다, 내일 모레 오사카에 도착하면 이 성에서 우란분재를 지내고 다시 쿄토로 가게 될 거야. 아마 월말에는 입궐하여 인사를 드리고 팔삭八朔(8월 1일) 축하는 쥬라쿠 저택에서 받게 될 거야. 그리고 이때 시월 일일부터 행할 키타노의 대대적인 다회에 대해서도 언급이 있을 텐데…… 네 문제에 대해서는 나에게 지시가 있었어."

챠챠히메는 꼿꼿이 고개를 쳐들었다. 지시……라는 말이 강한 기질을 지닌 그녀의 자존심을 예리하게 찔렀다.

"저는 전하의 여자가 아니에요!"

이렇게 말하고 싶은 반발심이 챠챠히메의 고집스러운 눈에 완연하게 떠올랐다.

"어쨌든 내 말을 들어보아라. 전하는 네 거처를 쿄토로 옮기라고 했어. 쥬라쿠 저택을 말하는 게 아니야. 쥬라쿠 저택에는 오만도코로와 키타노만도코로가 들어가게 되어 있어. 진작부터 약속이 된 거라 변경할 수 없다고 하더구나."

챠챠히메는 어느 틈에 입술을 깨물고 불꽃이 튈 듯한 눈으로 우라쿠를 노려보고 있었다.

키타노만도코로를 꺼려 챠챠히메를 쥬라쿠 저택 근처 어딘가로 은밀히 들여놓으려는 것일까?

"나는 분노가 치밀었어! 적어도 노부나가의 조카가 아닌가, 정실까지는 아니라 해도 신분에 어울리는 대우는 해야 할 것이 아닌가…… 말하고 싶었지만 실은 이것도 진심이 아니었어."

"예?"

"너를 전하에게 보내야 한다고 생각하니 그 분한 마음이 나를 미치게 만들었어."

"……"

"그래서 나는 전하의 지시보다는 네 지시에 따르기로 결심했다. 전하라는 사내를 챠챠라는 여자가 어떻게 대할 것인가…… 여기에 따르는 도리밖에는 없어…… 알겠느냐, 챠챠?"

챠챠히메는 대답 대신 가만히 눈을 깜박이며 한숨을 쉬었다.

우라쿠의 고민을 모두 안 것은 아니었다. 그러나 자기로서는 명령할 수 없으니 챠챠히메 자신이 결단을 내려야 한다는 의미라는 것은 알 수 있었다.

"챠챠, 그때부터 상당한 시일이 지났어. 그동안 너도 여러 가지로 생각한 바가 있을 것이야. 챠챠, 나는 네 뜻대로 할 것이니, 네 생각을 말해보아라."

끝머리에 애원을 담은 채 우라쿠의 말은 끝났다.

챠챠히메의 어깨가 또다시 무겁게 내려앉았다.

6

챠챠히메의 대답을 즉석에서 들을 수 있으리라고는 우라쿠도 생각지 않고 있었다.

이런 일에 대해서는 우라쿠가 명하고 챠챠히메가 따르는 형식이 가장 무난하다는 것은 알고 있었다. 알고 있으면서도 착잡한 마음까지 모두 털어놓은 우라쿠의 마음속에는 그 자신도 알 수 없는 다른 생각이 숨어 있었다.

'만일 챠챠히메가 어떤 일이 있어도 히데요시의 뜻에 따르지 않겠다고 하면……'

그럴 경우 우라쿠도 지금까지 쌓아온 세속의 짐을 벗어던지고 차라리 홀가분하게 미친 사람이 될 수 있을지도…… 이런 기대가 어딘가에 있었기 때문에 무리하게 챠챠히메의 결단을 촉구하는 것임이 틀림없었다.

챠챠히메의 침묵이 이어지고 있는데, 우라쿠가 끈끈한 어조로 엉뚱한 말을 내뱉었다.

"나는 지금까지 스스로도 생각지 못했던 일을 되새겨보았어. 나는 과연 전하께 심복했는가. 그런데 그렇지가 못한 모양이야. 약한 사나이가 마지못해 강한 사나이를 추종한다…… 단지 그렇기만 한 것이 아니라, 그 약한 사나이가 혹시 강한 사나이가 지쳐 쓰러질 때를 노리고 있는지도 모른다고."

"……"

"그러므로 네 결심도 여러 가지가 있을 수 있겠지. 전하가 마음에 들어 따라간다…… 전하가 강요하기 때문에 따라간다…… 아니, 이것은 세상의 보통 여자들의 태도일 테지. 너는 그런 여자들과는 달리 네 친아버지를 죽인 상대이기 때문에 따라간다…… 네 친어머니의 목숨을 빼앗은 사나이기 때문에 따라간다…… 아니, 오다 가문의 천하를 빼앗은 사나이기 때문에 따라가 네 손으로 되찾겠다는 생각을 하고 있는지도 몰라."

챠챠히메는 더 이상 놀라는 모습은 보이지 않았다.

그녀에게도 우라쿠 외숙부의 흐트러진 마음이 슬프도록 가슴에 와 닿았다.

'어쩌면 이럴 수가!'

이렇게 생각하면 그 한마디로 끝날 감정일 뿐이었다. 그러나 한 사나이가 여자에게 보이는 광란의 모습이라는 입장에서 본다면 납득할 수 없는 바도 아니었다.

그와 함께 챠챠히메는 자기 마음속에 히데요시를 차차 용서하기 시작하는 또 하나의 여자가 살고 있다는 사실을 문득 깨닫고 놀라고 있었다. 우라쿠의 말처럼 이러한 감정은 예순이 가까운 노인과 열아홉 살 처녀와의 간격을, 남자와 여자라는 평행선까지 단숨에 좁혀주는 것 같았다.

이성으로는 용납할 수 없는 일이었다. 피와 말 먹이의 냄새로 찌든 황갈색의 까칠한 피부, 백발이 섞인 보기 흉한 얼마 안 남은 머리카락, 움푹 들어간 눈, 튀어나온 입술…… 그 어디에도 아름다움이란 없었다. 그런데도 어딘가 챠챠히메의 마음속에 있는 또 하나의 여자는 바로 그러한 것에 끌리고 있었다.

"어떠냐, 아직 마음을 정하지 못했느냐? 나는 네가 말하는 대로 전하께 전하겠다. 네 말이 내가 마지막으로 도달할 결론이 되는 거다."

다시 우라쿠의 재촉을 받고 챠챠히메는 얼굴을 붉혔다.

왜 그런지 알 수 없었다. 그러나 얼굴이 빨개졌다고 느껴지는 순간 차차히메의 입에서 뜻하지 않은 말이 튀어나왔다.
"가겠어요, 전하 곁으로. 복수하기 위해."
"뭐?"
이번에는 우라쿠의 얼굴이 파랗게 질렸다.

7

"복수를 한다고?"
우라쿠가 깜짝 놀라 되물었다.
"예."
차차히메는 아무렇지도 않다는 듯이 대답했다.
우라쿠는 숨쉬는 것마저 잊을 만큼 소스라치게 놀랐다.
복수—라는 말이 지닌 충격으로 비로소 온몸에 소름이 끼쳤다. 차차히메는 그 말 이상의 깊은 뜻까지 생각하고 있는 것 같지는 않았다. 외숙부인 우라쿠의 말을 신뢰하고 시키는 대로 하려는 솔직함이 느껴질 뿐이었다.
'그렇다면 나는, 나는 차차를 선동한 게 아닌가……'
만일 어떤 기회에 차차히메의 입을 통해 그 사실이 히데요시의 귀에 들어간다면? 능청스럽게, 그렇게 말하지 않으면 차차히메가 전하의 소실이 되려고 하지 않을 것이기 때문에…… 이런 식으로 웃으면서 말할 대담성이 나에게는 있는 것일까……?
'없다!'
우라쿠의 마음속에서 퉁기듯이 대답이 나왔다.
"왜 그러세요? 갑자기 땀까지 흘리시고……"
"아니, 아무것도 아니야. 더위를 못 이겨 그런 모양이다."

"안색도 창백해지셨어요."

"괜찮아, 아무렇지도 않아."

우라쿠는 당황하여 이마의 땀을 닦았다. 그러면서 안으로부터 자신을 받쳐주던 힘이 맥없이 빠져나가는 것을 느끼고 있었다.

'나는 챠챠히메가 전하에게 가지 않을 줄 알고, 그렇게 기대하고 해서는 안 될 말까지 하고 말았다……'

그 결과 우라쿠 자신은 몸둘 곳 없는 위험에 빠질 수밖에 없게 될 것이다.

챠챠히메는 '복수'를 하기 위해 히데요시에게 가겠다고 한다…… 남자 곁으로 가는 여자가 믿지 못할 만큼 얼마나 놀랍게 변모하는지, 우라쿠 자신이 너무 잘 알고 있었다.

남자와 여자의 맺어짐은 인간의 힘 이상으로 두 사람을 접근시켜 꽁꽁 동여매고 만다. 어떤 남녀도 잠자리에서는 인간인 동시에 짐승이었다. 그리고 어떤 비밀도 숨김없이 털어놓는 신神이기도 했다.

"챠챠."

잠시 후 우라쿠가 말했다.

"나는 네가 여간 가엾지 않아."

"그러나 복수를 위해서라면……"

"챠챠, 그런 원한을 품고 가겠다는 마음이 가엾다는 말이다. 내가 잘못했어!"

"아니, 그런 말씀은 하지 마세요."

"내가 나빴어! 네가 가여워 마음에도 없는 말을 하고 말았구나. 용서해다오."

"마음에도 없는 말……?"

"그래. 원한을 품고 가게 하다니…… 나 자신이 전하의 은혜를 고맙게 여기고 있으면서도 그만 이성을 잃고……"

갑자기 챠챠히메의 눈썹이 무섭게 치켜 올라갔다.

우라쿠는 냉정을 되찾으려다 더욱 이성을 잃어버린 셈이었다. 이렇듯 굳이 변명만 늘어놓지 않았다면, 챠챠히메는 우라쿠가 원망의 말도 할 수 없을 정도로 히데요시에게 위압당하며 살고 있다…… 이런 비참한 사실만 알았을 것이다.

집요한 우라쿠의 변명은 그만 챠챠히메의 비위를 건드렸다.

'외숙부는 나까지도 경계해야 하는 비겁한 사람!'

날카로운 신경을 무섭게 찔러왔다……

8

챠챠히메는 적어도 지금까지는 우라쿠 외숙부를 경멸하지 않았다.

노부나가의 동생으로 태어난 외숙부, 그러면서도 힘으로는 히데요시에게 대항하지 못하고 풍류를 즐기는 사람으로 히데요시의 날개 밑에서 살아간다…… 순순히 고개를 숙일 수도, 그렇다고 반역도 할 수 없는 지식인. 그 외숙부가 남자와 여자의 관계로 자신을 바라보고 있었다…… 이렇게 고백했을 때도 결코 불쾌한 마음은 들지 않았다.

나보다 더 깊이 인생을 바라보는 눈에는, 세상에서 흔히 말하는 도덕이란 애매한 장막을 꿰뚫는 예리함이 있을 것이다…… 이런 기분으로 새삼스럽게 '남자와 여자'를 생각하려 했다.

그런데 이 '남자'가 갑자기 태도를 바꾸었다. 챠챠히메가 복수를 위해 히데요시에게 가겠다고 말한 순간, 보기에도 딱할 정도로 당황하면서 비열하기 짝이 없는 한 인간으로 전락해버렸다.

챠챠히메는 화가 났다.

'이 외숙부만은……'

마음 어딘가에 있던 이와 같은 존경심이 대번에 사라지고, 히데요시 앞이라면 개처럼 기는 다인을 상대하는 듯한 안타까움만 남았다.

'그토록 비열하게 히데요시를 두려워하는 인간이 잘난 체하고 남녀의 문제를 들먹이며 횡설수설 내뱉었던 것일까……'

"외숙부님."

이렇게 불렀을 때 챠챠히메의 눈은 짓궂게 빛나고 목소리는 굳어 있었다.

"그럼, 원한을 품고 전하를 가까이하면 안 된다……는 건가요?"

"아, 그래. 그렇게 되면 네가 견딜 수 없어. 그래서 내 말이 너무 심했다고 사과하고 있는 거다."

"그렇다면 저는 전하께 가지 않겠습니다."

"뭐, 뭐라고 했느냐?"

"전하에 대한 원한, 결코 잊을 수 없어요. 소실이 될 수도 없어요. 외숙부님이 전하께 그 뜻을 전해주세요."

챠챠히메는 단호하게 말하고 강하게 고개를 돌렸다.

우라쿠는 더 당황했다.

처음부터 그런 말을 들었더라면 아직 챠챠히메의 감정을 누그러뜨릴 방법이 없지 않았을 터였다. 그러나 자기가 선동한 결과 챠챠히메가 갈 생각을 하고, 가겠다고 한 것이 탐탁지 않아 자신의 말을 뒤집은 탓에 지금 가지 않겠다고 하는 챠챠히메의 말, 결국 그 모두는 자기 책임이었다. 그런 의미에서 우라쿠는 완전히 챠챠히메에게 허를 찔리고 만 셈이었다.

"외숙부님이나 저도 옛날에는 전하의 상전, 아무것도 감출 필요가 없어요. 있는 그대로 전하께 말씀 드려주세요."

"챠챠!"

"그것으로 충분해요. 남자와 여자의 감정 때문에 저를 전하에게 안

주는 것이 아니다, 챠챠는 전하에게 원한을 품고 있기 때문에 줄 수 없다……고 분명하게 대답하십시오."

챠챠히메는 이미 우라쿠를 궁지에 몰아넣으려는 한 마리의 암표범이 되어 있었다. 물론 이러한 현상도 '여자' 이기 때문에 나타나는 괴상한 질투심인지도 몰랐다.

우라쿠쯤이나 되는 사나이도 입술을 부들부들 떨 뿐 당장에는 아무 대답도 하지 못했다.

9

챠챠히메는 스스로도 자기 감정을 억제할 수 없었다.

'왜 이렇게까지 짓궂게……'

이런 생각을 하면서도 당황해하는 우라쿠가 더욱 밉고 추해 보였다.

"그렇게 하면 될 거예요. 전하에게 굽힐 일이 무엇 있겠어요? 잊을 수 없는 원한이어서 잊을 수 없다고 하는 것뿐이니까요."

우라쿠는 빤히 허공을 바라보았다.

"하지만 그것은……"

중얼거리듯 입을 열었다. 그러나 그 다음 말은 이어지지 않았다.

챠챠히메는 입술을 일그러뜨리고 웃으려다 말고 얼른 참았다.

"외숙부님은 전하의 지시보다 제 말에 따르겠다고 하셨어요. 제 마음대로 하라고 하셨어요."

"챠챠!"

"그래서 저는 결심했어요. 전하께는 가지 않겠어요."

"……"

"이렇게 결정하면 다음 일은 외숙부님의 생각에 달렸어요. 그럼, 이번에는 제가 묻겠어요. 자, 어서 외숙부님의 생각을 밝혀주세요."
챠챠히메에게 힐문당한 우라쿠는 드디어 눈을 감았다.
원래가 보통 여자가 아니었다. 그러나 이처럼 매섭게 우라쿠의 이기심을 꼬집어내리라고는 생각지 못했다.
불가능하다는 사실을 잘 알면서 한 걸음도 물러서지 않으려는 격렬한 기질.
'사과하는 것밖에 방법이 없다……'
이렇게 생각했을 때 챠챠히메의 빈정거림은 더욱 날카로워졌다.
"아니면 남녀 사이란 세상의 평범한 상식 앞에서는 꼼짝도 못하는 것일까요? 전하의 위광威光 앞에서는……"
"……"
"저는 싫어요! 어떻게 키타노만도코로 밑에서 눈총을 받으며……"
우라쿠는 갑자기 슬픔이 치밀어올랐다. 자기도 확실히 이성을 잃었다. 그러나 챠챠히메의 이성도 흐트러져 있었다.
'이 모든 것이 다 슬프게 자랐기 때문……'
전혀 상대를 용서하려 하지 않는 이 격한 기질은 마침내 자기 앞길에 풍파를 일으키고야 말 터.
"어째서 잠자코 계시죠?"
다시 챠챠히메가 다그쳤다.
"왜 생각을 밝히지 않으시는 거예요? 설마 아무 생각도 없이 그런 말씀을 하시지는 않았을 것 아닌가요? 이번에는 제가 물어볼 차례예요. 이 챠챠는 어떻게 해야 할지 말씀해주세요."
"챠챠."
"예, 말씀하세요."
"내가 잘못했어……"
이렇게 말한 우라쿠의 눈에서 커다란 눈물방울이 뚝 떨어졌다.

"나는 해서는 안 될 말을 하고 말았어…… 용서해다오."

"그렇다면 생각지도 않았던 말씀을 입 밖에 내셨다는 말인가요?"

"그렇지는 않아. 어떠한 진실이라도 경우에 따라서는 마음속에 묻어두어야 하는 법…… 이렇게 나 자신을 꾸짖고 있어."

"어떠한 진실이라도……"

말하다 말고 챠챠히메는 세게 혀를 찼다.

10

챠챠히메의 체내에는 노부나가와 같은 피가 흐르고 있었다. 일단 상대가 흐트러지기 시작하면 사정없이 그 허점을 파고들어 요절을 내고야 마는 성격이.

그런 챠챠히메에 비해 외숙부 우라쿠 쪽이 훨씬 더 온화하고 겁이 많았다.

"용서해다오."

우라쿠는 말을 계속했다.

"아무 기력도 없는 내가 진실을 말하려다 도리어 네 마음에 상처를 입혔어. 머리 숙여 사과할 테니 용서해라."

"진실을 말씀하려다……"

챠챠히메는 또다시 혀를 찼다.

"비열한 것이 과연 진실일까요? 아무 계획도 없이 제 마음을 시험하려는…… 그 고양이 같은 뻔뻔함이 진실일 수 있을까요?"

"뭐, 이 우라쿠가 고양이 같다고?"

"그래요!"

챠챠히메는 무서운 기세로 몸을 앞으로 내밀었다.

"그렇지 않다면 어서 저를 데리고 이 오사카에서 떠나주세요. 칸파쿠의 손길이 미치지 못하는 곳으로. 거기서 새로 남자와 여자의 마음에 대해 설명해주세요."

"그, 그것은……"

"그것을 못하신다면 고양이에요. 처음부터 칸파쿠의 위력에 눌려서 그의 뜻대로 하실 생각이면서도 그럴싸하게 조카를 설득하려는 생각…… 외숙부님은 제 마음을 희롱하셨을 뿐이에요."

"챠챠!"

"화가 나셨군요. 호호호…… 노하셨다면 이 자리에서 저를 죽여주세요. 칸파쿠 전하에게는 챠챠가 칸파쿠 님에 대한 원한을 버리지 않기 때문에 죽였다고 하시고. 자, 어서 죽여주세요."

너무나 심한 말에 우라쿠의 눈에 핏발이 섰다.

그러나 지금 챠챠히메를 죽일 만한 용기가 우라쿠에게는 없었다. 그것을 잘 알고 한 챠챠히메의 폭언이었다.

"절 죽이시거나 함께 세상을 버리거나, 어서 대답해주세요."

"그, 그 어느 것도 하지 못할 사람이란 걸 알면, 이 내가 말이다, 그렇다면 너는 어떻게 하겠느냐?"

"뭐라구요! 그 어느 쪽도 하지 못할 사람……?"

"그래. 네가 무어라 하건 사과하는 길밖에 없다. 내가 잘못해서 네 마음에 상처를 입혔어."

과연 우라쿠는 세상일에 능숙한 인물이었다. 외숙부라는 체면에 구애받는다면 돌이킬 수 없는 사태가 벌어진다고 꿰뚫어보고 있었다.

"나는 기량에서 네 외숙부이기는커녕 어린 사촌동생에도 못 미치는 자…… 칸파쿠의 비호 아래 겨우 살아가는 신세다. 그것을 잊고 현명한 체하고 원한이니 남자니 운운하다가 네 마음을 아프게 만든 원인이 되었어…… 용서해다오, 이렇게 빌겠다."

"외숙부님, 자신의 방자함을 깨달으셨나요?"

"오, 이렇게 빌고 있지 않느냐. 챠챠, 너를 죽일 수 있을 정도의 우라쿠도 못 되고, 그렇다고 둘이서 오사카를 떠날 만큼의 기량도 갖추지 못했어……"

"그렇다면 모든 것을 꾹 참고 전하께 가라는 말씀인가요?"

우라쿠는 대답 대신 머리를 숙였다. 그리고 챠챠히메를 쳐다보면서 다시 뚝뚝 눈물을 떨구었다.

챠챠히메는 으드득 이를 갈면서 내뱉는 어조로 질타했다.

"역시 이것이 외숙부님의 참모습이었군요."

11

남녀관계에 대해서는 도저히 외숙부 우라쿠가 챠챠히메에 맞설 수 없었다. 하찮은 동정이나 마음에 숨겨둔 안타까운 비밀 따위의 애매한 감정에 사로잡힐 챠챠히메가 아니었다…… 그런 의미에서 우라쿠의 고백은 무참히도 허를 찔리고 말았다.

이처럼 솔직한 우라쿠의 사과에 챠챠히메도 격한 감정을 어떻게 처리해야 할지 알 수 없었다.

상대가 강력하게 맞서온다면 이쪽에서도 더욱 격렬하게 광분할 수 있었다. 하지만 상대는 모든 저항을 포기하고 만조滿潮의 밀물을 받아들이는 포구처럼 고요함을 되찾고 있었다……

"외숙부님은 처음부터 그럴 생각이었어요. 당치도 않은 말을 하시면서 마음속으로는 저를 전하께 바칠 생각이었어요."

"면목이 없구나."

"……그리고 가능하다면 이번 일로 출세도 하고 싶은 추한 마음도

가졌구요.”

“그랬는지도 몰라. 용서해라.”

“이런 게 남자라는 건가요? 육친의 사랑을 초월했다고 하시면서 실은 일신상의 편안함만을 냉철하게 계산하는……”

“무슨 말을 해도 변명할 여지가 없구나. 내 말은 모두 애처로운 푸념일 뿐이었어.”

“얼마나 화가 치미는지 모르겠어요.”

챠챠히메는 문득 입을 다물었다.

이미 우라쿠의 태도에는 누가 무어라 해도 히데요시의 명을 거역할 수 없는 처세의 무게가 실려 있었다. 그렇다면 더 이상 소란을 피워봤자 챠챠히메만 불리해질 뿐이었다.

챠챠히메는 벌떡 일어났다.

앉은 채로는 전환시킬 수 없는 감정의 파도를, 외숙부로부터 눈길을 돌림으로써 진정시키려고 했다.

바깥의 햇살은 여전히 지글지글 대지를 불태우고 있었다. 제비가 푸른 하늘을 향해 눈앞을 스치듯 날아올랐다. 순간 시원한 바람을 어렴풋이 느낄 수 있었다.

힘과 힘으로 대립하고 있는 사나이의 세계. 그 세계에서 무력한 사나이가 버둥거리는 비참한 모습이 자신의 오장육부를 뒤틀어놓는 아픔을 확실히 깨달았다.

“호호호……”

선 채로 두어 번 방안에서 서성거리다가 세 번만에 정원의 햇빛을 보았을 때 챠챠히메는 소리내어 웃기 시작했다.

“죽이지도 못하시고, 그렇다고 오사카를 떠나지도 못하시고…… 그럼, 불쌍한 외숙부님을 구해드릴 수밖에 없군요.”

“용서해주겠니?”

“걱정하지 마세요. 이번에는 제가 진심을 밝히겠어요.”

“뭐, 진심을?”

챠챠히메는 고개를 끄덕이고 그대로 정원을 바라본 채 내뱉듯이 말했다.

“저는 약한 남자는 참지 못하는 성격이에요.”

“허어……”

“아버지도 싫어요. 히데요시에게 패했기 때문에!”

“……”

“우다이진 님도 마음에 들지 않아요. 미츠히데에게 살해되었으니.”

“……”

“칸파쿠에게 아부하고 살아가는 남자 따위는 보기만 해도 속이 메스꺼워요! 제가 만족하고 섬길 수 있는 사람은 세상에 두 사람뿐이에요. 한 사람은 칸파쿠, 또 한 사람은 내전 깊숙이 계신 분……”

이렇게 말하고 챠챠히메는 다시 한 번 미친 듯이 웃기 시작했다.

12

미친 듯이 웃으면서 챠챠히메는 자기 눈시울이 촉촉하게 젖어오는 것을 느낄 수 있었다.

‘분명 나는 내 진심을 말하고 있다……’

챠챠히메의 이 진심은 몹시 일그러지고 싸늘한 이지적理智的 계산인지도 모른다.

챠챠히메는 약한 사나이와 어우러지는 것만으로 만족할 수 있는 여자가 아니었다. 물론 그러한 특성은 천성적인 것은 아니었다. 약육강식이란 현실이 그녀의 성장에 크게 얼룩을 남긴 탓이었다.

약하다는 것은 어떤 면에서는 추함을 동반하는 악惡일 뿐이었다. 따라서 지금 일본에서 가장 강한 자가 아니면 '아름다움'을 느낄 수 없고, 아름다움을 느낄 수 없는 곳에 스스로를 함몰시킨다는 것은 참지 못할 일…… 이렇게 생각할 때 챠챠히메의 말은 이 자리에서만 내뱉은 헛소리가 아니었다.

그녀의 이런 사고방식이 히데요시에게 육체를 정복당하기 이전에도 있었는지는 신만이 아는 비밀. 그 비밀 가운데 진실한 남자와 여자의 관계가 있겠지만, 이것을 당장 챠챠히메에게 해명하라고 하는 것은 무리한 일이었다.

챠챠히메는 여전히 우라쿠에게 등을 돌리고 선 채 재빠르게 내뱉듯 말했다.

"외숙부님의 입장을 위해 두 사람 중에서 한 사람을 택한다…… 그 한 사람이 칸파쿠."

"미안하다."

"미안할 것 없어요. 강한 자는 칸파쿠이니까. 그것이 제 숙명인지도 몰라요."

"그렇게 생각해준다면 고마운 일이다."

"저는 외숙부님의 희망대로 칸파쿠에게 가겠어요."

"오오……"

"눈물도 보이지 않고 쌓이고 쌓인 원한도 던져버리고, 두 동생들처럼 순진하고 얌전하게……"

챠챠히메는 갑자기 우라쿠를 홱 돌아보았다.

무릎에 매달려 통곡하고 싶은 충동과 약한 면을 보이지 않으려는 강한 기질이 돌풍처럼 가슴을 꿰뚫고 지나갔다. 이럴 때 소리내어 울거나 미친 듯이 웃으며, 봇물이 터진 듯 떠들어대지 않고는 견디지 못하는 것이 챠챠히메의 성격이었다.

차차히메는 다시 입술을 떨며 말했다.

"저는 그냥은 가지 않겠어요. 저는 칸파쿠의 상전에 해당하는 명문 출신…… 어떤 가문에서 태어났는지도 모르는 키타노만도코로 밑에서 살 수는 없어요. 그 교섭은 외숙부님이 책임지셔야 해요."

"그럼, 어떻게 맞아들여야 한다는 말이냐?"

"뻔한 일이죠. 이 차차가 살기에 합당한 훌륭한 성 하나를 새로 마련해달라고 하세요."

"성 하나……?"

"……삼만 석이나 오만 석짜리 작은 성은 싫어요. 이 오사카 성이나 쥬라쿠 저택에 못지않은 성, 칸파쿠의 권위를 과시할 수 있는 성이라야 해요."

"……"

"키타노만도코로는 물론 다른 소실에게도 절대로 고개를 숙이지 않게 하겠다는 전하의 각서도 받아주세요. 쥬라쿠 저택 언저리의 작은 집 같은 데서는 살 수 없어요. 일본 제일의 칸파쿠, 일본 제일의 아내가 아니면 제 마음은 움직이지 않아요."

쏟아 붓듯이 말하고 비로소 차차히메는 우라쿠 앞으로 돌아왔다.

13

우라쿠는 망연한 표정으로 차차히메를 바라보았다.

'차차가 진심을 밝히고 있다……'

다만 그 내용이 가능한 일인가 아닌가는 일단 접어두고 생각한다면 모두가 지당한 제안이었다.

오다 노부나가의 조카라기보다 히데요시가 평생을 두고 연정을 품어왔던 오다니小谷 부인이 낳은 딸. 그 딸을 데려오는 데 성 하나쯤 제공하는 것은 너무나 당연한 일이었다.

그러나 그런 조건을 스스로 제시하는 챠챠히메의 기질이 외숙부 우라쿠에게는 역시 두렵기 짝이 없었다.

"왜 가만히 계시죠? 그 담판이 외숙부님이 하기에는 불가능한 일인가요?"

"아니, 그것은……"

"그렇다면 책임지겠다고 말해주세요. 그러면 저는 눈을 꾹 감고 가겠어요."

우라쿠는 이미 사냥꾼에게 쫓기는 토끼와 같았다. 이 자리에서 무리한 일……이라고 설득한다 해도 그녀는 절대로 납득하지 않을 것이었다. 챠챠히메의 마음에 이처럼 큰 풍파를 일으킨 장본인은 결국 우라쿠 자신이었다.

"알겠다. 네 말대로 칸파쿠에게 진언하겠다."

"진언이 아니라 담판을 하시라는 거예요."

"그래. 담판을 해서 네 뜻대로 되게 하는 것이 나의 역할이고, 너에 대한 사죄가 될 것이다. 아니, 칸파쿠가 그 말을 꺼냈을 때 내가 먼저 그런 담판을 했어야 하는 것이었어. 용서해라."

비록 이 일로 히데요시가 아무리 화를 낸다고 해도 우라쿠는 탄원할 수밖에 없다고 결심했다.

우라쿠가 순순히 동의하는 순간 이번에는 챠챠히메가 망연해졌다.

챠챠히메도 자기가 무엇을 말하고 있는지 잘 알지 못했다. 우라쿠에 대한 반발과 히데요시에 대한 영문 모를 친근감, 여기에 강한 기질이 더해지기는 했으나 그 계산의 밑바닥에 있는 것은 역시 여자가 지닌 기묘한 고집의 꿈틀거림이었다.

챠챠히메는 그만 입을 다물고 갑자기 주르륵 눈물을 흘렸다.

'스스로도 잘 알 수 없는 또 하나의 내가 마음속에 자리잡고 있다.'

도대체 나는 정말로 우라쿠에게 분노를 느끼고 있었을까. 아니, 그보다 진심으로 히데요시를 증오하고 있을까, 사랑하고 있을까?

어느 것도 확실치 않았다.

"챠챠."

우라쿠는 이미 마음의 평정을 되찾은 듯했다.

"우리는 많은 말을 했어. 마음속에 있는 것을 숨기지 않고……"

"……"

"그러나 세상사람들은 아무것도 알지 못해. 내가 비참하게 살아간다는 것도, 너의 분노가 얼마나 격렬하다는 것도…… 그러니 이 자리에서 있었던 일은 깨끗이 잊기로 하자꾸나."

챠챠히메는 그래도 멍하니 허공에 시선을 보낸 채 있을 뿐이었다. 아마도 분노에 못 이겨 마구 떠들어댄 일이 참을 수 없을 정도로 슬프게 가슴을 찔렀던 것이리라.

긴 속눈썹에서 두 줄기 눈물이 주르르 뺨을 따라 흘러내리고, 송알송알 콧등에 돋아난 땀이 반짝거렸다……

무심유심無心有心

1

슨푸 성 내전 정원에는 싸리꽃이 한창 만발해 있었다. 달력상으로는 아직 7월이었으나 이미 초가을 기운이 감돌기 시작하여, 마루에서 흘러드는 바람이 하늘의 높이를 느끼게 했다.

이에야스는 히데요시를 따라 큐슈에 출정했던 혼다 분고노카미 히로타카本多豊後守廣孝가 보낸 오무라 타케타유大村武太夫의 보고에 아까부터 반쯤 눈을 감은 채 귀를 기울이고 있었다.

그 양쪽에는 오쿠보 히코자에몬과 혼다 사쿠자에몬, 그리고 이들과 좀 떨어진 곳에는 쿄토에서 달려온 챠야 시로지로가 공손하게 앉아 있었다.

"그럼, 쇼쇼少將° 님이 치쿠젠과의 경계인 간쟈쿠 성巖石城 공격 때는 공을 세우지 못하셨다는 말인가?"

오쿠보 히코자에몬이 이에야스를 대신하여 때때로 입을 열어 보고의 불분명한 부분을 확인했다.

"예. 그때 쇼쇼 님은 후군을 맡으셨는데 도착했을 때는 이미 성이 함락된 뒤였습니다."

타케타유는 자못 안타깝다는 듯 전쟁터에서 탄 구릿빛 얼굴을 일그러뜨리며 대답했다. 쇼쇼 님……이란 히데요시에게 양자로 간 오기마루를 일컫는 말이었다.

오기마루는 이제 미카와 쇼쇼 히데야스三河少將秀康라 불리게 되었고, 이번의 큐슈 정벌 때는 삿사 나리마사를 참모로 하는 한쪽 대장으로 전열에 가담해 있었다.

"으음, 도착했을 때는 이미 성은 함락…… 그렇다면 적이 너무 일찍 항복했다는 것인가, 아니면 쇼쇼 님의 진격 속도가……"

"쇼쇼 님의 책임이 아닙니다. 예정보다 빨리 성이 함락되었습니다. 쇼쇼 님은 이를 분하게 여기시고 미처 때를 맞추지 못했다고 눈물을 흘리셨습니다."

"뭐, 분하게 여겨 눈물을 흘리셨다고?"

"예. 삿사 무츠노카미佐佐陸奥守 님이 보시고 과연 도쿠가와 님의 영식이다, 모두 본받아야 한다고 가신들 앞에서 칭찬하셨습니다."

"그래? 그렇다면 틀림없겠군."

히코자에몬은 흘끗 이에야스 쪽을 돌아보았다.

"혼다 분고노카미 님은 크게 전공을 세우셨다, 쇼쇼 님도 무사하시다…… 그래서 모두 지난 십사일, 칸파쿠 님과 함께 오사카에 돌아오셨다는 말인가?"

"예. 오사카에서는 대대적인 환영이 있었습니다…… 만일 주군께서 전승 축하를 위해 오사카에 오신다면…… 그대로 대기해야 하는지 그 여부를 여쭙기 위해 왔습니다."

"알겠네."

히코자에몬은 크게 고개를 끄덕였다.

"들으신 대로입니다마는……"

이에야스는 대답하지 않았다. 반쯤 눈을 감은 채 혹시 자고 있는지도 모른다는 생각이 들 정도였다.

"주군."

다시 히코자에몬이 재촉했다. 그러나 이에야스는 여전히 선禪의 경지에 들어간 듯 움직이지 않았다.

"흐흐흐."

오카자키에서 와 있던 혼다 사쿠자에몬이 웃었다.

"좋아, 자네는 물러가서 잠시 쉬게. 주군과 상의하여 곧 지시를 내릴 테니."

"알겠습니다. 그럼 물러가 쉬고 있겠습니다."

타케타유가 고개를 갸웃거리며 물러갔다.

"흐흐흐……"

사쿠자에몬은 히코자에몬과 챠야를 번갈아 바라보고 나서 다시 한 번 웃었다.

2

"정말 잠이 드신 모양이야."

사쿠자에몬의 말에 히코자에몬은 안도한 듯 말했다.

"요즘 사이고 마님 불사佛事 때문에 무척 피곤하실 테죠."

"히코자에몬."

"왜 그러시오?"

"역시 주군은 낙담하셨겠지?"

"낙담하지 않으셨다면 인간이 아닙니다."

"그런 것을 묻고 있는 게 아닐세. 정말 지치셨는지를 묻고 있네."

"나도 그 물음에 대답한 것은 아닙니다. 지치지 않으실 리가 없다고 말한 것이오."

"아니, 지치시는 데도 여러 가지가 있을 것 아닌가?"

"여러 가지라니 무엇이 여러 가지란 말입니까?"

"한심한 사람이로군. 육체의 피로인지 마음의 타격인지 곁에서 지켜보았을 텐데 그것을 모르겠나?"

"양쪽 모두지요. 아무튼 사이고 마님처럼 묵묵히 내조만 하신 분도 없어요."

"흥."

"무엇이 흥입니까, 그렇지 않다는 말이오?"

"흥이란 코끝으로 웃는 소리야. 내조의 공쯤은 자네가 말하지 않아도 잘 알고 있어."

"어쨌든 말이 많은 노인이군요. 그것도 모르고 이 히코자에몬에게 따지려 들다니……"

혼다 사쿠자에몬은 더 대꾸하지 않고 챠야 시로지로를 보았다.

챠야는 흠칫 놀라 부채질하던 손을 멈추고, 무슨 질문을 하려는 것일까 하고 기다리는 자세가 되었다.

"흥."

사쿠자에몬은 챠야에게도 웃음을 던졌다.

"주군이 잠드셨으니 염려할 것은 없지만……"

목소리를 낮추었다.

"칸파쿠에게 영지를 교체할 속셈이 있다고 했을 때, 주군이 오사카에 축하차 가시면 칸파쿠는 주군을 어떻게 대할 것 같은가?"

"그 점에 대해서는……"

챠야는 이에야스의 숨소리에 신경을 쓰며 말했다.

"오는 동안 여러모로 생각해보았습니다마는, 칸파쿠의 기질로 보아

아마 이번에는 아무런 격의도 없이 서임敍任이나 임관에 대한 것만 주선하지 않을까 싶습니다."

"으음."

"이미 오기마루 님은 미카와 쇼쇼, 그러므로 주군에게는 정이품 곤노다이나곤權大納言° 정도는……"

"흥, 자기한테는 아무 손해도 없는 선심이니까."

"그리고 어쩌면 나가마츠마루 님께도 역시 서위敍位 후에 관례冠禮를……"

"으음, 오기마루 님께 히데야스秀康라고 칸파쿠의 이름 중에서 한 글자를 쓰도록 했으니까 나가마츠마루 님도 그렇게 될 테지. 어쨌든 자기에게는 손해가 없는 은전이니까."

사쿠자에몬은 옆에 있는 히코자에몬에게로 향했다.

"헤이스케, 주군을 깨우게. 우리 일이 아니라 주군의 가문 일일세."

그 말에 히코자에몬은 이에야스의 귀에 입을 가까이 대었다.

"주군!"

그리고 터무니없이 큰 소리로 불렀다.

3

이에야스는 조용히 눈을 떴다.

자고 있던 것도 아니고 그렇다고 깨어 있던 것도 아니었다. 그들의 대화는 모두 청각을 통해 들어왔다. 그러나 그 대화에 감정이 자극되지는 않았다. 충분히 휴양을 취하는, 요즘 그가 자주 즐기고 있는 가수면假睡眠의 방법이었다.

"전하! 모두 듣고 계셨습니까?"

"오, 대강은 들었네."
"그러시다면 이 사쿠자에몬의 의견을 말씀 드리겠습니다. 저는 굳이 상경까지 하셔서 축하할 필요는 없다고 생각합니다."
"어째서?"
"상대는 이것저것 실속도 없는 선심을 쓰려고 합니다. 히데요시 따위에게 곤노다이나곤이니 츄나곤이니 하는 따위의 벼슬은 받아 무엇합니까? 자기에게는 전혀 손해가 없는 일입니다."
"사쿠자에몬."
"예, 말씀하십시오."
"자네는 다이나곤이 하찮은 벼슬이라 생각하는가?"
"묘한 말씀을 다 하시는군요. 히데요시 따위에게 어찌 그런 은혜를……"
"내 말을 들어보게, 사쿠자에몬. 그쪽에서도 손해볼 것은 없지만 말이네, 이쪽도 그 벼슬을 받는다고 해서 손해가 될 것도 없고 부담도 되지 않아."
"그렇다면 전하는 가실 생각이십니까?"
"가겠어."
이에야스는 딱 잘라 말했다.
"히데요시니 칸파쿠니 하며 꺼릴 건 없어. 큐슈가 정리된 것은 일본을 위해 반가운 일이야. 그 일을 조정에 가서 축하하려는 것…… 다만 그뿐일세."
"그런 뒤 꼼짝 못하게 압력을 가해올 것입니다. 시로지로가 걱정하고 있는 일을 주군은 모르시는 것 같군요. 만일 영지를 교체하겠다는 말이라도 꺼내면……"
혼다 사쿠자에몬은 말하다 말고 안타깝다는 듯 혀를 찼다.
"이런저런 의리와 은혜를 베풀고 꼼짝 못할 소지를 만든다, 그런 뒤 어려운 문제를 제기하고 듣지 않으면 쳐부수겠다, 히데요시가 이렇게 나올 것을 알고 있다면, 이쪽에서는 처음부터 그 수법에 놀아나지 않을 자세가 필요합니다."

이에야스는 흘끗 챠야를 바라보았다. 그리고 나서 살찐 얼굴을 긴장시켰다.

"모두가 걱정하고 있다는 것은 잘 알고 있네. 그러나 내 생각은 오아이가 죽은 뒤부터 조금씩 바뀌고 있네."

"어떻게 바뀌었습니까?"

"오아이는 훌륭한 여자였어!"

"그야 물론…… 비할 데 없는 정숙한 여자의 본보기."

"나는 말일세, 혼자 오아이의 생애와 츠키야마筑山의 생애를 가만히 비교해보았네……"

"흥, 또 여자 이야기시군요."

사쿠자에몬은 일부러 이에야스를 화나게 하려는 듯 고개를 옆으로 돌렸다. 그러나 이에야스는 넘어가지 않았다.

"오아이는 인간이 할 수 있는 최고의 인내심을 내게 가르쳐주었어. 그녀는 나보다 더 깊은 곳에서 산 여자일세."

"그렇습니다."

챠야가 맞장구를 쳤다.

이에야스의 눈에 희미하게 이슬이 빛났다.

"츠키야마와 얘기를 나눌 때면 난 언제나 분노를 느꼈어. 상대의 주장이 옳으면 옳을수록 분노가 치밀었어…… 옳다는 것이 때로는 인간을 조금도 행복하게 만들어주지 못하기도 하네."

"예."

"그런데 오아이는 자기가 옳다고 주장하는 일이 없었어. 그 이름처럼 사랑이 있을 뿐이었어……"

이에야스는 갑자기 말을 끊고 얼른 고개를 돌리고 말았다.

4

혼다 사쿠자에몬은 자기도 눈시울이 붉어지는 것 같았으나 겉으로는 애써 혀를 찼다. 이에야스가 오아이 부인의 삶에 빗대어 한 말의 뜻을 모를 사쿠자에몬이 아니었다.

이에야스는 식물의 삶을 생활의 교훈으로 삼은 사이고 마님의 특이한 인생 철학을 거론하면서 이번에도 또한 상경할 뜻을 여러 가신들에게 납득시키려 하고 있었다.

사쿠자에몬의 불만은 여기 있었다.

지금 이에야스는 마음을 비우고 히데요시에게 접근하여 오로지 평화만을 추구하려 하고 있었다. 이러한 태도는 상대 역시 마음을 비운 거울로 비추지 않는 한 위험천만한 길일 수도 있었다. 이쪽에 반항할 의사가 없더라도 상대의 생각이 계산적이라면 마음을 비운다는 것은 그대로 방심과 통할 뿐이었다.

챠야 시로지로도 이러한 위험성을 깨닫고 일부러 쿄토에서 찾아왔다. 히데요시로부터 영지를 교체하겠다는 말이 나왔을 때 어떻게 대응할 것인지 그 대책에 관심이 깊었다.

"모두들 전하의 심경은 알았을 테지."

사쿠자에몬은 잠잠해진 좌중을 둘러보며 예의 그 내던지는 듯한 어조로 불쑥 말했다.

"전하는 이제부터 묵묵히 정情으로 감싸겠다는 생각을 하신 모양일세. 사이고 마님이 주군을 모셨듯이. 그렇지 않습니까, 주군?"

이에야스는 직접 대답하지는 않았다.

“옳은 일로 충돌해 좋을 경우도 있지. 하지만 양보하는 편이 도리어 옳은 경우도 있네. 인간 각자의 취향도 마찬가지야. 상책이 하책이 되고 무책無策이 상책으로 바뀌는 경우도 있어. 요컨대 이런저런 일로 번거로워하지 않을 정도의 마음을 가지고 있으면, 그 감화의 힘이 크다는 것을 오아이는 나에게 가르쳐주었어……”

“하하하……”

“무엇이 우스운가, 사쿠자에몬. 무례한 태도야. 나는 살아 있는 인간을 평가하고 있지는 않아. 정토로 떠난 오아이 이야기를 하고 있는 것일세.”

“무례하다니 당치도 않은 말씀입니다. 저는 주군이 너무 지나친 거짓말을 하셔서, 사이고 마님의 영전에 면목이 없어 웃지 않을 수 없었습니다.”

“뭐, 오아이의 영전에 면목이 없다고?”

“예. 그런 거짓말은 명복을 비는 게 되지 못할 뿐만 아니라, 마님의 황천길에 방해나 됩니다. 지금 가만히 그 말씀을 듣고 있으려니, 주군은 마님과 같은 애정으로 칸파쿠를 감싸고 마님과 같은 일편단심으로 칸파쿠를 섬겨나갈 생각……을 하신 것 같습니다만.”

“섬겨나갈 생각……?”

“하하하…… 더할 나위 없이 멋대로 자라신 주군이 어떻게 칸파쿠를 마님이 그랬던 것처럼 섬길 수 있겠습니까? 그렇게 하실 수 있다면 그처럼 마님을 눈물짓게 하지는 않았을 것입니다. 그렇지 않은가, 헤이스케?”

사쿠자에몬이 말을 걸어오는데도 오쿠보 히코자에몬은 퉁명스럽게 고개를 옆으로 꼬았다. 이런 자리에서 사쿠자에몬의 말을 받아 맞장구를 칠 수는 없었다.

‘능글맞은 늙은이……’

히코자에몬이 맞장구를 치지 않아 사쿠자에몬의 독설은 더욱 기승을 부렸다.

"주군, 그런 설교는 마사노부 같은 자에게나 하십시오. 주군의 기질을 너무 잘 아는 저에게는 우습게 들릴 뿐입니다."

"아직도 말대꾸를 할 생각이냐, 사쿠자에몬?"

"예, 하고말고요. 주군은 사이고 마님의 마음을 전혀 모르고 계시는군요. 마님이 마음을 비우고 주군을 섬겼다고 생각하시다니…… 당치도 않습니다. 마님은 전력을 다해 주군과 싸우시다 그 싸움에 지쳐 돌아가신 것입니다. 가슴 가득히 원한을 품고 돌아가셨습니다."

5

사쿠자에몬의 폭언에 이에야스의 얼굴이 순식간에 빨개졌다.

그도 그럴 만했다. 애타게 고인을 추모하고 있는 마당에, 가슴 가득히 원한을 품고 죽었다는 말을 했으니 —

"사쿠자에몬! 말이 너무 지나치다."

"지나치지 않습니다. 단지 주군의 견해보다 좀더 예리한 각도에서 본 그대로를 말씀 드렸을 뿐입니다."

"그러면…… 오아이가 나에게 심복하지 않았다는 말인가?"

"흥, 심복이라니 어림도 없습니다. 심복하고 있다면…… 애정을 품고 있다면 싸움이 없다는 말씀입니까, 주군은?"

"사쿠자에몬, 오아이는 마음을 비우고 나를 섬긴 것이 아니라고 했겠다? 그렇다면 어떤 마음으로 나를 섬겼다는 말인가?"

"하하하…… 어처구니없는 질문을 하시는군요. 츠키야마 마님의 생활도 투쟁, 사이고 마님의 생활도 투쟁, 그 두 분 사이에는 아무런 차이도 없습니다."

"으음, 그냥 들어 넘기지 못할 말을 하는군. 한 사람은 사사건건 반항하여 지금껏 내 가슴에 불쾌한 생각을 남긴 채 떠났고, 한 사람은 내게 한 줄기 광명을 비춰주고 세상을 떠났어. 그 두 사람 사이에 차이가 없다니 어떻게 그런 말을 할 수 있단 말인가?"

"원 이런, 주군은 눈이 비뚤어졌군요…… 지금까지 그런 눈으로 사람을 보아오셨습니까…… 주군은?"

이렇게 말하면서 무릎걸음으로 한 걸음 앞으로 나왔다.

"츠키야마 마님도 사이고 마님도 모두 주군을 마음대로 움직이려 하셨던 것뿐입니다."

"그러나 한쪽은 더욱 나를 분노하게 만들고 한쪽은 나의 마음을 사로잡았어."

"흥, 바로 그래서 주군의 눈이 비뚤어졌다고 한 것입니다. 한쪽은 반항으로써 주군을 이기려 하셨기 때문에 아직까지 주군의 마음에 분노를 남겼다…… 이 경우는 말하자면 작은 승리입니다. 이에 비해 사이고 마님은 주군의 방자함을 참고 참으며 마음을 비움으로써 이기려다 돌아가셨습니다. 그 뜻은 마음을 비운 체함으로써 주군을 정복하는 것. 그러므로 일편단심 사랑을 바치셨다고 받아들이면 큰 오산입니다. 자기 뜻과는 다른 것을 남기셨으니 패배입니다."

"닥치지 못할까……"

이에야스는 자기 자신이 우스웠다.

사쿠자에몬이 이렇듯 저항하며 말할 때는 틀림없이 다른 목적이 있다는 것을 너무도 잘 알고 있었다. 그러나 이에야스는 오늘만은 화를 누를 수 없었다.

'점잖지 못하다!'

마음속 어딘가에서 이렇게 꾸짖는 소리를 의식하면서도 이에야스는 상반신을 사방침 앞으로 내밀었다.

"사쿠자에몬!"

"아직도 모르시겠습니까?"

"그럼, 자네는 츠키야마의 생활 태도가 옳았다고 궤변을 토하고 있는 건가?"

"참으로 한심한 주군이시군요. 그렇지 않습니다!"

"아니라면 어떻다는 말인가?"

"츠키야마 마님도 싸우시고 사이고 마님도 싸우시고…… 그 싸움에서 전자는 주군께 조금 이긴 거고 후자는 주군께 패했다는 말씀입니다."

"어째서 한쪽은 이기고 한쪽은 졌다는 말인가?"

"뻔하지요. 츠키야마 마님 때는 주군이 약하셨지만 사이고 마님 때는 강해지셨습니다. 그래서 이겼다고 했습니다. 이렇게 이긴 쪽을 주군도 흡족히 여기실 것입니다…… 이러한 이치는 사나이와 사나이의 입장, 곧 사나이의 세계에서도 잊어서는 안 된다고 말씀 드리는 것입니다. 강자의 입장에 서시라고!"

이렇게 말하고 사쿠자에몬은 늙은 두꺼비처럼 주위를 날카롭게 둘러보았다.

6

이에야스는 똑바로 사쿠자에몬을 노려본 채 입을 다물었다.

앞으로 몸을 내민 사쿠자에몬의 표정에 무어라 말할 수 없는 서글픈 빛이 감돌고 있었다.

'이 늙은이는 모든 것을 다 알고 있으면서도 저렇게 거칠게 말하고 있다……'

무엇 때문에 이처럼 강력하게 묘한 이론을 내세우고 있는 것일까? 이에야스는 사쿠자에몬의 그러한 태도가 납득되지 않았다.

"어떻습니까, 아직 사이고 마님이 남기신 거룩한 교훈이 이해되지 않으십니까?"

"……"

"마님은 끝내 주군을 뜻대로 하시지 못했습니다. 마치 주군이 칸파쿠를 뜻대로 할 수 없는 것처럼…… 이 점을 생각하셔야 합니다…… 뜻대로 할 수 없으면서도 끝까지 싸웠다. 마음을 비운 것처럼 보이면서도 물론 싸우고, 한마디도 항거하지 않으면서도 싸우고…… 이러한 태도를 정말 마음을 비운 것이라 생각하신다면 마님의 영혼은 편히 쉬지 못하실 것입니다."

"……"

"마님이 저희에게 남기신 교훈은 끝까지 마음을 늦추지 않고 싸우신 그 투지입니다! 이렇게 받아들이시지 않는다면 마님은 지옥을 방황하십니다."

이에야스는 갑자기 들고 있던 부채를 사쿠자에몬 쪽으로 거칠게 내던졌다.

"닥쳐, 잘난 체하지 말고!"

"허어, 화가 나셨나요?"

"투지를 가지라고 지시하다니 지나치다. 투지가 남아돌아 오히려 인내가 중요하다는 것이다."

"흥, 겁쟁이도 인내라는 말은 입에 올립니다."

"닥치지 못할까!"

무섭게 꾸짖으면서도, 그러나 이에야스는 가슴에 맺혀 있던 응어리가 풀렸다.

사쿠자에몬의 의도를 문득 깨달았다. 사쿠자에몬은 챠야를 경계하고 있었다. 물론 챠야의 마음을 의심해서가 아니라, 그의 교우관계로 보아 혹시 누설될지도 모르는 도쿠가와 가문의 가풍과 근성……에 대한 것을 경계하고 있었다.

가령 시로지로가—

'이에야스의 방침은 히데요시에게 항거하지 않는 것……'

이런 식으로 믿고 돌아간다면, 이것이 무슨 말끝에 허약하다는 뜻으로 전해질지도 모른다……는 점을 경계하고 있었다.

'이 늙은이는 챠야에게까지 마음을 터놓지 못하는구나……'

이에야스는 얼른 시로지로를 돌아보았다.

"알았겠지, 이 늙은이가 얼마나 완고한지를?"

"예……"

"한심한 노릇이야. 한번 말을 꺼내기 시작하면 주종도 구분하지 못하는 모양일세."

"예…… 그러나 이런 모습은 다른 데서는 찾아볼 수 없는 가풍인가 합니다."

"모두가 그렇게 말하니까 이 늙은이가 점점 더 기어오르는 것일세. 사쿠자에몬!"

"왜 그러십니까, 주군?"

"나에게 그토록 반항했으니 자네 나름대로 대책이 있을 것 아닌가. 어디 말해보게. 가령 칸파쿠가 영지를 교체하겠다는 등 어려운 문제를 들고 나오면 어떻게 타개해 나가겠나? 물론 나에게도 대책은 있네. 그러기에 묻는 것일세. 어서 말해보게."

"흥."

사쿠자에몬은 일단 비웃고 나서 무릎걸음으로 한 걸음 앞으로 나왔다. 역시 이에야스가 생각했던 대로 챠야에게 보여주기 위한 사쿠자에몬 나름의 연극이었던 듯.

7

챠야는 초조감을 감추지 못했다. 불안한 얼굴로 이에야스를 쳐다보고 사쿠자에몬을 바라보았으며, 히코자에몬을 건너다보았다.

히코자에몬도 어느 틈에 무릎에 얹은 주먹을 꽉 쥐고 몸을 앞으로 내밀고 있었다.

"제 대책은 마음을 비우는 그 따위 것은 아닙니다, 주군."

"설명은 그만두고 본론부터 말하게."

"하지 말라고 해도 하겠습니다. 저의 대책은 칸파쿠가 조금이라도 무례하거나 수상한 낌새를 보이거든 즉시 오와리로 공격해들어가자는 것입니다. 우선 오와리에 쳐들어가 키요스와 기후를 차지하고 나서 뒤를 보고 호령하면 모든 일이 끝날 것입니다."

"호령이라니, 누구에게 한다는 말인가?"

"동쪽으로 향하면 아직은 모두 우리편. 호죠, 우에스기, 다테 등이 있습니다. 큐슈 정벌처럼은 되지 않습니다. 칸파쿠에게 한가롭게 꽃구경이나 시키지는 않을 것입니다."

챠야 시로지로가 당황하며 끼여들었다.

"그것은 분명히 혼다 님의 말씀이 옳습니다…… 그러므로 칸토關東 문제가 처리될 때까지는 칸파쿠도 그런 말을 꺼내지 않을 것이라고 저도 말씀 드린 바 있습니다."

"자네는 잠자코 있게, 챠야. 지금 말한 것은 나의 의견, 이제부터 주군의 대책을 들어보세. 자, 주군! 제 대책은 말씀 드렸으니 이번에는 주군 차례입니다."

이에야스는 겨우 가슴의 응어리가 풀리며 웃음이 치밀었다.

챠야 시로지로는 이미 사쿠자에몬에 의해 대표된 이 가풍 앞에 크게 당황하고 있었다. 쿄토로 돌아가 어떤 경우에 어떤 이야기가 나오더라도 이 가풍을 잊어버리고 약한 소리를 할 리는 없었다.

"하하하……"

드디어 이에야스는 웃기 시작했다.

"그럼 사쿠자에몬, 자네 말대로라면 당장 내일이라도 군사를 출동시켜야겠군."

"어째서 그렇습니까?"

"챠야는 이미 상대방에게 수상한 낌새가 있다고 알려왔네."

"그것은 본론이 아닙니다. 어떻게 하실지 그 대책을 말씀해주십시오."

"내가 마음을 비운다고 한 것은 사람으로서 할 일을 다하라는 의미일세. 할 일을 다한 후의 행동에 대해서는 더 이상 이런저런 생각을 하지 말라고 한 것일세."

"자꾸 말씀을 돌리지 마십시오. 저는 칸파쿠가 영지를 교체하겠다고 했을 경우에 한해서 말씀 드리고 있습니다."

"그때는 어찌 그대의 지시를 기다리겠는가. 당장 북오미北近江까지 단숨에 출병하겠어."

"으음."

"생각할 여지도 없는 일이야. 나에게 영지를 교체하라고 할 경우에는 동쪽을 다스리지 못하게 돼. 동쪽을 다스리지 못한다면 일본을 위해 도움이 되지 않고, 일본에 도움이 되지 않을 일을 감히 하려는 사람 밑에 이에야스가 어찌 있을 수 있겠나? 사쿠자에몬, 이 점을 잘 마음에 새겨두게!"

"으음."

"다만 내가 오아이의 삶에서 교훈을 얻었다고 말한 것은 이 일본을 위해서……는 어떤 인내라도 하겠다는 점일세. 이 인내를 자네가 말한 투쟁으로 바꾸어 생각해도 무방할 거야. 그렇지 않은가, 챠야?"

"예……? 예."

"그러나 칸파쿠의 뜻도 나와 같을 터…… 따라서 지금은 이러니저러니 말할 계제가 아니야. 지금까지 할 일은 다했어. 그러므로 마음을 비우고 축하하러 가겠다는 것일세. 영지 교체 문제를 꺼내면 그것은 나라를 위해 도움이 되지 않는 일이라고 한마디 하면 그뿐이야. 그렇지 않은가, 헤이스케?"

8

이에야스의 말에 히코자에몬은 빙긋이 웃었다. 이제야 겨우 그도 이에야스와 사쿠자에몬의 대화에는 깊은 뜻이 숨어 있다는 것을 눈치채게 되었다.

"그러니까 요컨대……"

히코자에몬은 양쪽을 제지하는 듯한 몸짓을 하며 입을 열었다.

"주군이나 노인의 말씀은 오십보백보로군요."

"뭐, 오십보백보라고?"

"그럼요. 유심有心은 무심無心과 통하고 무심은 바로 유심. 그렇지 않습니까, 노인?"

"승려 같은 소리는 하지도 말게. 인간에게는 끝까지 투지가 있어야 하는 법. 투지가 우선이라고 말한 것일세."

"하지만 그 투지는……"

히코자에몬은 진지한 얼굴로 챠야를 바라보았다.

"천하 제일의 일을 위해 불태우는 투지가 아니면 그것은 필부의 만용에 불과하다, 그러므로 주군은 천하 제일의 것 이외에는 마음을 두시지 않는다, 항상 무심으로 있어야 한다고 말씀하시는 것일세."

"헤이스케!"

"또 화를 내는군요, 노인은?"

"자네는 이 늙은이에게 설법을 하려나?"

"설법을 한다고 들으실 노인이 아닐 텐데요."

"그렇다면 지금 한 소리는 누구에게 들으라고 했나?"

"원 이런, 혼잣말이었소. 혼자 하는 말은 대체로 자기 자신을 납득시키기 위해 하게 마련…… 알겠느냐, 헤이스케! 이렇게."

자신을 향해 이렇게 말하고, 히코자에몬은 싱글벙글 웃으면서 챠야 앞에서 손을 내저었다.

"챠야, 잘 들었겠지? 칸파쿠가 섣불리 입을 놀렸다가는 벌집을 쑤신 것처럼 될지도 몰라. 무서운 가풍일세, 이것은……"

"아니, 믿음직스런 일입니다."

챠야 시로지로는 좌중의 분위기가 누그러지는 기색에 그제서야 안도의 숨을 쉬었다.

"저도 그런 소문을 들어서 갑자기 뜻하지 않은 일을 당하시지 않나 싶어 말씀 드렸을 뿐입니다."

"챠야."

"예. 이제는 완전히 안도했습니다."

"공연한 수고를 했다고는 생각지 말게. 일부러 찾아온 보람은 충분히 있었어. 적어도 이 히코자에몬이 보기에는…… 만약의 경우가 생기면 주군은 북오미로, 노인은 키요스에서 기후까지 쳐들어갈 결심임을 알았으니까."

"그 말씀을 들으니 제 면목도 서는 것 같습니다."

"그렇게 된다면 이 히코자에몬은 과연 어디까지 나가야 할까? 역시 나는 선봉에 서서 오사카 성을 공격해야겠군. 와하하하…… 덕택에 각오를 굳혔습니다."

"헤이스케."

이에야스는 웃음을 그치고 나서 말했다.

"이번 상경 때는 자네도 데려가겠네."

"저에게 선봉을 맡기시렵니까?"

"그렇지 않아. 완고한 사쿠자에몬에게 손을 들었기 때문에 자네만이라도 세상일에 익숙해지도록 할 생각일세."

"세상일에 익숙해지도록…… 주군께서는 마치 사나운 말 대하듯 하시는군요."

"사나운 말이 아니라고 생각하나? 자네들과 같이 있다가는 어디로 돌진하게 될지 몰라 나도 좀처럼 마음을 비울 수 없어. 그렇지 않은가, 챠야?"

이에야스는 이렇게 말하고 크게 웃으며 코쇼를 불렀다.

"식사를 준비하여라."

모두를 위해 명했다.

9

식사를 마련하라는 이에야스의 말을 듣고 챠야 시로지로는 갑자기 공복감을 느꼈다. 벌써 여덟 점(오후 2시)이 지났는데도 그들은 아침부터 아무것도 먹지 않고 있었다. 모두들 점심도 거르고 열심히 정보 교환만 하고 있었다.

"그럼, 주군의 뜻은 확고부동하다는 말씀이군요."

사쿠자에몬이 불쑥 내뱉기 전까지 챠야는 이미 이야기는 끝났다고 생각하고 있었다.

"요지부동일세. 그러나 염려하지 말게. 아직 칸파쿠가 그런 무리한 말은 꺼내지 않을 테니까."

"그 점은 챠야의 말을 통해 알고 있습니다. 그러나 주군, 깊이 명심하셔야 합니다."

"체증에라도 걸릴 것 같아 걱정인가?"

"주군, 이 늙은이의 말은 결코 농담이 아닙니다. 이 사쿠자에몬은 예언할 수 있습니다."

"어떤 예언을 하겠다는 말인가, 영감은?"

"장담합니다만, 이대로 가면 주군은 칸파쿠란 너구리에게 홀리게 됩니다."

"또 그 말인가, 그만두게."

"그만두고 싶지만 그만둘 수 없을 정도로 걱정스럽습니다. 주군은 요즘 입만 여시면 천하를 위해, 일본을 위해…… 이렇게 버릇처럼 말하고 계십니다."

"사나이로 태어난 이상 당연한 일 아니겠나?"

"바로 그 일본을 위해서라는 것이 실은 칸파쿠란 너구리의 입버릇이 전염된 것임을 깨닫지 못하십니까? 그 입버릇은 이미 주군께 전염되고 말았습니다."

"사쿠자에몬, 알았으니 그 이야기는 그만두게."

"아니, 아직 예언이 끝나지 않았습니다. 천하를 위해서라는 말에서는 너구리의 연기가 한 수 위입니다. 이번에 주군이 상경하시면 그 너구리는 반드시 마님의 동반을 요구할 것입니다."

"뭐, 마님을……?"

"물론입니다. ……오만도코로가 병중이므로 문병을 위해 데려오라고 말입니다."

"허어, 그것이 예언이란 말이지."

"또 있습니다. 그래서 마님을 동반하고 가시면 다이나곤 등의 벼슬을 내려 주군을 기쁘게 만들고는 마님은 쿄토에 남겨두라는 말을 할 것입니다, 그 너구리는."

"그 점은 염려하지 말게. 그 편이 마님을 위해서도 좋을 것 같으니 나도 그렇게 할 생각일세."

"흥, 바로 그것이 너구리 녀석의 속셈임을 아셔야 합니다. 홀리는 쪽은 여기서부터 다시 두번째 단계로 빠지게 됩니다. 주군은 혼자 돌아오십니다. 그러면 이번에는 마님이 양자인 나가마츠마루 님을 만나고 싶다고. 형식적이기는 하나 엄연히 모자간…… 거절하지 못하고 나가마츠 님을 보내시면 결국 오기마루 님과 함께 두 아드님을 인질로 잡히는 꼴이 됩니다."

"허어! 아주 그럴듯한 논리로군."

"그리고 또 있습니다. 그 다음 차례는 오다와라 공격입니다. 이것 역시 상대는 연기가 뛰어난 너구리이므로 그때 선봉을 맡으라는 등 이마가와 요시모토와 같은 무리한 요구는 하지 않을 것입니다. 어차피 승리할 전쟁이니까요. 그리고 이쯤에서 은혜와 의리를 내세워 홀리는 쪽은 세번째 방법을 강구할 것입니다. 그러면 영지를 교체하라고 해도, 오사카 성으로 출근하라고 해도 더 이상 꼼짝할 수 없게 됩니다. 주군은 일본을 위해 그 일본을 송두리째 너구리에게 바치는 꼴이 됩니다. 아니, 제가 공연한 말을 한 것 같군요. 이 늙은이는 속히 오카자키로 돌아가 그렇게 되었을 때를 대비해 기개가 있는 가신들을 훈련시키겠습니다. 즉시 오와리를 공격해야만 할 테니까요."

이렇게 말하고 코쇼들이 밥상을 가져오기 시작했는데도 사쿠자에몬은 눈을 부릅뜨고 벌떡 일어났다.

"챠야, 나는 바빠서 먼저 실례하네."

10

챠야는 이에야스가 사쿠자에몬을 만류할 줄 알았다. 그러나 이에야스는 별로 제지하려 하지 않았다.

"그래, 돌아가겠다는 말이지."

이렇게 말하고 평소와 다름없는 느긋한 표정으로, 사쿠자에몬의 뒤를 향해 내던지듯 한마디 했다.

"괜히 젊은이 같은 혈기를 보이려고 무리를 하면 못써."

밥상이 나오는데도 돌아가겠다고 일어선 쪽도 버릇없는 일이었으나 그것을 말리지 않는 이에야스도 정상이 아니다…… 이렇게 생각했을 때 사쿠자에몬은 또다시 싸늘한 대사를 내뱉고 사라져갔다.

"아, 무리를 하지 않아도 될 만큼 빨리 조치나 취해주십시오."

챠야는 깜짝 놀라 다시 이에야스를 바라보았다.

'이번에는 노할 것이다!'

이렇게 생각했다. 그러나 이에야스는 그때 이미 히코자에몬을 돌아보며 웃고 있었다.

"헤이스케, 나이가 들면 자네도 저 늙은이처럼 될 것 같아. 조심하도록 하게."

"이거 정말 반가운 말씀을 하시는군요. 황송합니다."

"뭐, 반가운 말이라고?"

"예. 이 히코자에몬은 하다못해 저 노인 정도는 되어야겠다고 주야로 노력하고 있습니다."

"들었나, 챠야?"

"예."

"어째서 이렇게 심술궂은 자들이 우리 가문에 대대로 등장하는지 모르겠네. 칸파쿠가 알면 그 무례함에 깜짝 놀랄 것일세. 주군과 가신 사이에 질서가 너무 없어."

챠야 시로지로는 대답 대신 공손히 밥상 앞에서 합장했다.

여전히 보리밥이었다. 그릇 밑바닥이 훤히 들여다보일 정도의 된장국과 야채절임 외에 소금이 잔뜩 뿌려진 마른 정어리가 한 마리 곁들여 있을 뿐이었다.

"때가 지나 시장할 것일세. 사양하지 말고 어서 들게."

"황송합니다. 그럼, 먹겠습니다."

챠야 시로지로는 문득 사카이 상인들의 밥상을 떠올렸다. 남에게 식사를 대접할 때는 아무리 소찬이라고 해도 생선회와 야채볶음 정도는 딸려 나오게 마련이었다.

'이제 다이나곤이 될 텐데도 아직 이런 식사를 하시는구나……'

챠야 시로지로는 눈시울이 뜨거워졌다. 히코자에몬은 그렇다 하더라도 마흔여섯 살인 이에야스도 정말로 만족스럽다는 표정으로 젓가락을 놀리고 있었다.

'엄격한 선원禪院의 생활과도 비견될 수 있는 것……'

챠야가 알고 있는 한 상인 중에서 이처럼 검소한 생활로 일관하면서도 활기차게 살아가는 사람을 들 수 있다면 혼아미 코지와 코에츠 부자 정도였다.

코에츠의 어머니 묘슈妙秀는 독실한 니치렌日蓮° 신도였다. 묘슈는 남에게 진귀한 견직물 같은 것을 선물로 받으면, 여러 조각으로 잘라 보자기를 만들어 자기 집에 출입하는 가난한 기술자의 아내들에게 나눠주고 자기는 하나도 갖지 않았다.

'너무 인색한 것은 아닌가……'

세상에는 묘슈에 대해 이런 소문까지 나돌고 있었다. 그러나 그런 소문에는 개의치 않고 그 자신은 항상 무명옷만을 입었다.

이에야스에게도 어딘가 이와 비슷한 면이 있었다. 극단적으로 소비를 삼가면서 언제나 비상시에 대비했다. 그리고 그가 생각하는 것은 오로지 세상일뿐이었다.

그렇지 않다면 저렇게 밝은 표정은…… 하고 생각했을 때 갑자기 이에야스가 먼저 말을 걸었다.

11

"챠야, 인간은 잠시도 방심하면 안 되네."

이에야스의 말이 너무 갑작스러워 챠야 시로지로는 젓가락을 든 채 대답부터 했다.

"예?"

그리고는 이에야스를 쳐다보았다.

"때때로 나도 맛있는 것을 먹고 싶네."

"예…… 그야 물론이겠지요, 저 역시도."

"그때마다 나는 반성하곤 하네. 가만히 생각해보면 맛있는 것이 먹고 싶을 때는 내가 몹시 피곤할 경우일세."

"당연합니다."

"인간은 피로해져서는 안 돼."

"물론 연세가 드시면 자양의 섭취가……"

"챠야, 착각하지 말게."

"예?"

"내가 피곤하다고 한 것은 육체의 피로가 아니야."

"아, 예……"

"정신의 피로를 말한 것일세. 맛있는 것을 먹고 싶다는 생각을 하게 되는 것은 해야 할 일, 곧 목적이 애매해졌을 때라는 말일세."

"아, 그 말씀이시군요."

"그래. 육체는 말이지, 아무리 맛있는 것을 먹고 몸을 아끼고 편히 쉰다고 해도 백 살도 살지 못해. 시들 때가 되면 반드시 시드는 것이야. 그러나 정신만은 죽을 때까지 시들지 않게 할 수 있어."

챠야는 저도 모르게 가만히 젓가락을 놓고 자세를 바로했다. 그렇게 하지 않을 수 없는 것은 예의를 지키기 위해서만이 아니었다. 선원에서 뛰어난 스승 앞에 앉아 있는 듯한 심경이 되었기 때문이다.

"긴장할 것 없어. 식사를 계속하면서 듣게."

"예…… 예."

"나는 남의 힘이 고맙다는 것을 너무 잘 알고 또 고마워하고 있네. 그러나 자기 힘의 효력 역시 잊어서는 안 된다고 생각해. 내 밥상에 맛있는 것이 놓여 있지 않으면 이에야스는 아직 자신만만하여 정신의 피로를 모르고 목적을 위해 움직이고 있다고 생각해주게."

"반, 반가운 일입니다."

"잘 대접하지 못하는 핑계로 이런 말을 하게 되는군, 챠야."

"산해진미보다 더 고마우신 말씀, 마음의 양식으로 삼겠습니다."

"나 역시도 맛있는 것은 맛이 있게 마련일세."

"지당한 말씀이십니다."

"가난한 백성들이 있는 한 그들에게 얼굴을 들지 못할 정도의 사치는 삼가야 한다고 생각해. 백성들도 나도 모두 똑같이 신불의 사랑하는 자식일세."

"옳은 말씀이십니다."

"조금이라도 사치스럽다고 생각되면 그것이 항상 마음의 부담이 되어 크게 자신감을 잃게 되는 것일세. 어떤가, 이 정도의 밥상이라면 아직 괜찮은 편이 아닐까?"

챠야 시로지로는 비로소 이에야스가 지금 자신의 노고를 치하해주고 있다는 것을 깨달았다.

이에야스의 무심은 이 얼마나 엄격한 자기 반성 위에 선 무심이란 말인가. 히코자에몬이 아까 무심은 유심, 유심은 무심이라고 했는데 이것은 단순한 보통의 무심이 아니었다.

챠야는 저절로 눈시울이 뜨거워졌다. 그리고 그 뜨거워진 눈동자 속에 이에야스와는 대조적인 히데요시의 화려한 생활이 떠올랐다.

책모策謀의 벌레

1

챠야 시로지로는 슨푸 성을 나오려다 문득 한 가지 잊어버리고 있던 일을 떠올리고 걸음을 멈추었다. 다름이 아니라, 나야 쇼안의 딸 코노미에 대한 것이었다.

이 일에 대해서는 물론 아직은 쇼안에게도 코노미에게도 말하지 않았다. 가라시아 부인의 말을 듣고 나서, 만일 이에야스에게 그럴 생각이 있다면 코노미를 내전에 들여보내면 어떨까 하는 생각을 했을 뿐이다. 그렇게 되면 사카이 사람들에게나 이에야스에게도, 또 자기에게도 유리한 점이 많을 터였다.

그런데 성안에서는 그런 일까지 생각할 겨를이 없었다. 사쿠자에몬과 이에야스의 언쟁이나 다름없는 대화를 비롯하여 사이고 마님을 잃은 이에야스의 상심, 또한 검소한 밥상을 앞에 놓고 나눈 이야기 등에 마음을 빼앗겨 아직껏 머릿속에서 무언가가 불타고 있었다.

'그렇다, 일부러 되돌아가 말씀 드릴 성질의 것까지는 못 된다. 상경하셨을 때 하기로 하자.'

이에야스는 머지않아 히데요시의 개선을 축하하기 위해 상경할 것이라고 하니…… 챠야가 이런 생각을 하며 정문을 나서려 했을 때였다. 문 앞에 이르러 말에서 내리더니 세 사람의 부하를 거느리고 부리나케 들어오는 기마무사와 딱 마주쳤다.

챠야는 정중히 고개를 숙이고 길을 비켰다.

"오오, 챠야 시로지로 님 아닌가."

"혼다 마사노부 님이시군요."

"마침 잘됐네! 자네가 왔다는 말을 오카자키 성주 대리님에게 듣고 만나고 싶어 말을 달려 돌아오는 참이었네. 잠시 성안에 있는 우리 집까지 같이 갔으면 좋겠네."

챠야로서는 특별히 거절할 이유도 없었다.

"알겠습니다."

가볍게 대답은 했으나 그다지 반가운 상대는 아니었다.

마사노부는 당시 슨푸 성에서 가장 출세가 빠른 사람이었다. 야하치로彌八郎라 불리던 시절부터 측근에 있으면서 어느 틈에 중신의 대열에 끼게 되고, 지금은 일부 사람들로부터 이에야스의 오른팔 또는 지혜주머니라는 말을 듣고 있었다.

물론 그럴 만한 능력이 있기 때문이겠으나, 챠야는 마사노부를 볼 때마다 왠지 모르게 오가 야시로大賀彌四郎가 연상되어 설레설레 고개를 내두르기 일쑤였다.

"그러니까, 제게 용무가 있어서 일부러 돌아오셨군요?"

"그렇다니까."

마사노부는 앞장서서 문 안 왼쪽에 있는 자기 집을 향해 걸어가며 말했다.

"실은 긴히 상의할 일이 있어."

"저와 긴히 상의할 일이……?"

"걸으면서 말할 성질의 것이 아니니 오늘은 우리 집에서 묵도록 하게. 여러 가지 의견을 듣고 싶으니까."

"저도 오늘 꼭 떠나야 할 만큼 급한 일은 없습니다."

"그렇다면 다행이군. 별로 대접할 것은 없지만, 쿄토의 오구리 다이로쿠小栗大六한테서 예사롭지 않은 정보가 들어왔네. 자네의 의견을 들었으면 싶어서."

"예사롭지 않은 정보가……?"

"그래. 아사이 나가마사 님의 맏딸 챠챠히메가 칸파쿠의 소실로 들어간다는…… 자네도 소문은 들었을 것일세. 만일 사실이라면 그건 대단한 희소식이지!"

무엇을 생각하고 있는지 혼다 마사노부는 들뜬 기분으로 말하면서 자기 집 현관으로 들어섰다.

2

혼다 마사노부는 챠야를 데리고 자기 거실에 들어갈 때까지 무슨 영문인지 몹시 신바람이 나 있었다.

"쿄토에서 귀한 손님이 오셨소. 잠시 동안 조용히 상의할 일이 있으니 아무도 들어오지 못하게 하시오. 용무가 끝나면 손뼉을 칠 테니 그때까지 음식 준비를 해두도록. 손뼉을 치거든 밥상과 함께 술도 가져오시오."

혼다 마사노부는 거실 쪽으로 걸음을 옮겨놓으면서 아내에게 즐거운 듯이 말했다. 그러나 막상 거실에 단둘이 있게 되면서부터 그는 갑자기 사람이 변한 듯 근엄한 태도를 취했다.

챠야는 내심 고개를 갸웃거렸다. 쿄토로 보낸 오구리 다이로쿠한테서 아사이의 딸 챠챠히메가 히데요시의 소실로 들어갈 것이라는 보고가 있었다……는 사실이 어째서 그토록 중요한 일일까?

"챠야."

"예."

"자네는 설마 우리 주군의 은혜를 잊지는 않았을 테지?"

"그야 물론……"

대답하면서 챠야 시로지로는 와락 속이 뒤집혔다.

'새삼스럽게 이 무슨 소리란 말인가……'

너보다는 내가 훨씬 더 깊이 이에야스 님을 알고 있다…… 이런 반감을, 그러나 챠야는 꾹 참았다.

'이 또한 이에야스 님을 위한 마음에서일 테지……'

"그렇다면 말하겠는데, 현재 도쿠가와 가문과 칸파쿠 가문이 표면상으로는 친밀한 관계를 유지하고 있지만, 실은 먹느냐 먹히느냐 하는 중대한 갈림길에 서 있네."

"그렇습니까?"

"가볍게 들어서는 안 돼. 내가 말하는 것은 주군의 말씀이나 다름없네…… 아니, 주군도 차마 못하시는 말씀을 내가 대신 하는 것으로 알기 바라네."

"알겠습니다."

"다짐부터 받아 미안하네. 하지만 그만큼 중요한 상의일세."

챠야는 저도 모르게 웃음을 터뜨릴 뻔했다.

근엄을 가장하면서도 끝내 본색을 감추지 못하는 인물이 세상에는 의외로 많았다. 히데요시가 그 대표적인 사람, 혼다 마사노부에게도 그런 광대 같은 기질이 있었다.

"자네와 나 사이라서 말인데, 우리는 주군을 위해서는 모든 것을 바쳐도 아까워하지 않는 사람이야. 그렇더라도 조심해 나쁠 것은 없지.

무슨 일이 있어도 이 일에 대해서는 입 밖에 내지 말아야 하네."

"잘 알겠습니다."

"아까도 잠시 말했지만, 아사이 나가마사의 딸이 칸파쿠의 소실이 된다는 것은 놓칠 수 없는 좋은 기회일세."

"그렇게 말씀하시지만 이 챠야로서는 납득이 잘 안 갑니다."

시로지로의 말에 혼다 마사노부는 다시 진지한 얼굴로 돌아와 가슴을 떡 폈다.

"내 지혜는 말일세, 어느 정도는 보통 사람의 의표를 찌르는 것일지도 몰라."

"그럴 수 있겠지요."

"가령 말일세, 아사이 나가마사의 딸이 칸파쿠의 자식을 낳는다면 어떻게 되겠나?"

"글쎄요. 그렇게 되면 혹시 그 아이가 후계자가 될지도……"

"바로 그것일세!"

마사노부는 크게 고개를 끄덕였다.

"그런데 그게 칸파쿠의 씨가 아니라 남의 자식이라면?"

챠야는 어이가 없어 눈을 반짝이며 마사노부를 바라보았다. 마사노부는 목을 앞으로 내민 채 눈을 빛내고 있었다.

3

"아사이 가문의 딸이 칸파쿠의 자식을 낳는다……고 하셨습니까?"

챠야 시로지로는 다시 한 번 묻지 않을 수 없었다. 상대의 말이 너무나 엉뚱하여 농담을 하는지 진심을 말하는지 분간할 수 없었다.

"물론일세!"

혼다 마사노부는 의젓하게 고개를 끄덕였다.

"그 소실의 자식이 칸파쿠의 씨가 아니라 남의 자식이라면 어떻게 되겠느냐고 했네."

"남의 자식……?"

"그래. 원래 칸파쿠와 그녀는 원수지간, 더구나 나이 차이도 많아. 그러니 쉽게 곁으로 불러 잠자리를 같이하기란 어려울 터. 그렇게 되면 규방이 쓸쓸할 것은 당연한 일."

챠야는 똑바로 마사노부를 바라보며 대답하지 않았다. 혼다 마사노부는 보통 상식으로는 어림잡을 수 없는 무사……란 소문은 듣고 있었으나, 그렇다 해도 인생의 비밀스러운 일을 이처럼 태연하게 내뱉을 사람으로는 전혀 생각지 않고 있었다. 적어도 이런 말을 입 밖에 내는 무사는 무사란 이름을 붙이기조차 어려운 불결한 인품……이라고 챠야는 생각하고 있었다.

"모르겠나?"

마사노부는 목소리를 낮추었다.

"아니, 알고 있으면서도 모르는 체하는 표정이군. 그렇다면 말해주지. 세상에는 병법과 전략이라는 것이 있네."

"그야 물론 있습니다마는……"

"전략이란 다시 말해 상대의 전투태세에서 결점을 찾아내는 일일세. 그것을 찾아내어 상대를 함정에 빠뜨릴 수단을 강구하는 일은 칭찬을 할망정 결코 비겁한 일은 아니야. 전투가 아닌 다른 책략도 마찬가지일세. 비겁하다느니 옹졸하다느니 해보아도 전쟁에 지고 나면 아무 소용도 없어. 요는 이겨야만 해! 이기기 위해서는 상대의 약점을 정확히 알고 찔러야 하는 것일세."

"말씀 중에 죄송합니다마는……"

챠야는 불쾌감을 느끼면서 상대의 말을 가로막았다.

"그럼, 혼다 님은 칸파쿠의 잠자리에까지 책모의 손을 뻗치지 않으면 진다고 생각하십니까?"

"하하하…… 지지는 않겠지. 지금은 대등하니까. 그러나 이기는 것도 아니야. 이겨야만 한다구!"

"이겨서 어떻게 하시겠다는 것입니까?"

"뻔하지! 칸파쿠 가문의 천하를 도쿠가와 가문으로 옮겨야 해!"

"그, 그것은 주군의 뜻입니까?"

"챠야."

마사노부는 다시 어린아이를 달래듯 웃는 낯이 되었다.

"내가 입 밖에 내지 말라고 한 게 바로 이 점일세. 주군의 뜻이건 아니건 가신으로서는 그렇게 되도록 하지 않으면 안 돼. 자네는 아직도 모르겠다는 표정이로군. 주군이 천하를 손에 넣도록 하여 혼다 마사노부가 출세를 도모한다…… 도쿠가와 가문의 실권자로 천하를 마음대로 하겠다는 야심을 품고 있다…… 이런 의심을 하고 있는 것만 같아. 챠야, 물론 나는 그렇지 않다고는 하지 않겠네. 그러나 그것만이 아니야. 나는 칸파쿠에게 지금처럼 당하고만 있는 것이 싫어. 알겠나, 나는 지는 것은 도저히 참지 못하는 성격일세."

챠야는 저도 모르게 탄성을 발했다.

'과연, 이 사람은 대단한 인물이다……'

4

챠야는 결코 상대의 말에 감동한 것은 아니었다. 혼다 마사노부의 비열한 줄 모르는 그 뻔뻔함과 놀라운 두뇌 회전에 그만 간담이 서늘해졌다.

"겨우 납득하는…… 얼굴이로군. 챠야, 나는 현실적으로 이 세상에 존재하는 것에 대해서는 절대로 시선을 떼지 말아야 한다고 생각하는 사람일세. 아까 말한 것도 세상에 없는 일이 아니야. 그대도 츠키야마 마님에 대한 것은 알고 있을 테지?"

"아니, 깊이 알지는 못합니다."

"겉으로만 그렇게 말하는 것이라면 그래도 좋아. 그러나 정말 모르고 있다면 큰일일세. 나도 평소에는 말을 않지만 오늘만은 분명히 말하겠어. 츠키야마 마님은 혼자 규방을 지켜야 하는 고독 때문에…… 남자가 그리워 주군을 배신했네. 우리 가문조차 이런 예가 있을 정도인데, 칸파쿠 내전이라 해서 그런 일이 없을 리 없지."

챠야는 상대의 집요함에 질렸다.

그의 말에도 일리는 있었다. 전쟁터에 전략이 있듯 정치나 외교에도 그것이 있다고 해서 나쁘다고 할 수는 없었다. 그러나 상대의 인간적인 약점을 파고들어 대책을 세운다면 여간 추악한 일이 아니라는 생각을 떨쳐버릴 수 없었다.

"알아들은 것 같군. 이것 보게. 이렇게 하면 비겁하다, 저렇게 하면 도리에 어긋난다…… 이런 식인 우유부단한 선인善人은 말일세, 수치도 염치도 모두 내던진 악인에게는 도저히 당하지 못하고 사라지게 마련이야. 이 점에서는 내 생각과 주군의 생각과는 상당한 거리가 있네. 주군은 선인이 되시려 하고 나는 악인이 되려 하고 있어. 물론 어디까지나 주군의 가문을 위해서지……"

"알겠습니다. 그러시다면 대관절 이 챠야더러 어떻게 하라는 말씀입니까?"

"어려운 일은 아니야. 자네의 손이 미치는 요염한 여자 하나를 칸파쿠 전하의 내전에 들여놓았으면 하네."

"제 손이 미치는 여자를……?"

"나는 다 알고 있네. 리큐 거사에게도 미망인이 된 대단한 미모의 딸이 있다고 하더군. 자네와 절친한 나야 쇼안에게도 훌륭한 딸이 있다는 말을 들었어."

"허어……"

챠야는 이 기괴한 책략을 즐기는 혼다 마사노부에게 차차 흥미를 느끼기 시작했다.

'대관절 무슨 속셈인지 이 책략가의 속셈을 끝까지 파헤쳐봐야지……'

"그러면 이 두 사람 중에서 하나를 칸파쿠 내전에 보내 무엇을 명하시렵니까?"

"구태여 명할 것까지도 없어. 여자란 구 할 구 푼까지는 남자의 손이 닿게 되면 총애를 다투어 정상적인 궤도에서 벗어나는 법. 그것으로 족해, 그것만으로."

"하지만 전혀 납득이 가지 않습니다. 그 다음에는 어떤 순서를 밟아나가는 것입니까?"

"하하하…… 역시 자네는 내 생각을 따르지 못하는 것 같군. 그렇게 되었을 때 훌륭한 젊은이를 아사이의 딸 곁에…… 두게 하는 것일세. 그러나 그건 자네의 힘으로는 어려울 거야. 다른 사람을 찾아보도록 해야지."

"으음, 그러면 아사이의 딸은 그 훌륭한 젊은이와 불륜의 관계를 맺는다…… 그녀의 성질이 음란하다고 보시는군요."

"하하하…… 약간 잘못 생각했어. 세상에는 특별히 음란한 여자라거나 특별히 정조관념이 강한 여자가 따로 있는 게 아니야. 여자는 여자, 남자는 남자일세. 주위의 분위기, 자기가 처해 있는 처지, 그리고 정해진 남자에 대한 불만이 있느냐 없느냐에 따라 언제라도 궤도를 벗어날 수 있는 거야."

이렇게 말하고 마사노부는 다시 눈을 가늘게 뜨고 챠야의 반응을 살피고 있었다.

5

챠야 시로지로는 관찰자의 위치에서 점점 벗어나려 하는 자신의 감정을 누르기 어려웠다.

'이런 상황에서 화를 낸다는 것은……'

한편으로는 이렇게 생각하면서도 챠야 시로지로는 가슴속의 메스꺼움을 누를 길이 없었다.

"그러니까 주위의 분위기 등은 혼다 님이 손을 써서 바꾸어놓으시겠다, 따라서 이 챠야는 아사이의 딸과 비견될 수 있는 요염한 여자를 들여보내기만 하면 된다……는 말씀이군요."

"이제 알겠는가?"

"잘 알았습니다."

챠야는 지체 없이 맞장구를 쳤다.

"그러나 이 일은 맡기가 어렵겠습니다."

이렇게 대답하고 챠야는 입술을 깨물었다.

혼다 마사노부는 히죽 웃었다.

그 무슨 해괴망측한 말이냐…… 이렇게 생각하는 게 그대로 드러나는 챠야의 기색은 외면하기로 한 듯했다.

"맡기 어렵다니, 어디 그 이유를 말해보게."

뜻밖에도 점잖은 태도로 나왔다.

"그 이유는 인간의 본성과 관계되기 때문입니다."

"본성과……?"

"조금 전에 혼다 님도 말씀하시지 않았습니까. 인간 중에는 선인이 되고자 각고의 노력을 하는 사람과 악인이 되지 않고는 승리할 수 없다고 생각하는 사람이 있다고 말입니다."

"분명히 그런 말을 했네."

"이 챠야는 선인이 되고자 원하는 쪽의 인간이기에 그 일을 맡기 위해서는 우선 사고방식부터 고치지 않으면 안 됩니다."

"그러면 아직까지는 변함이 없다는 말인가?"

"당분간은 변할 것 같지 않습니다."

"이로 인해 큰 패배를 초래해도?"

"혼다 님!"

드디어 챠야는 상대보다 더 열띤 표정으로 몸을 앞으로 내밀었다.

"혼다 님과 챠야 사이에는 생각의 차이가 있습니다. 훌륭한 선인이 되려고 각고의 노력을 하는 자가 철저한 악인이 되려고 하는 자에게 패배한다……는 것을 이 챠야는 도저히 납득할 수 없습니다."

"으음."

"그러므로 만일 생각이 바뀐다고 해도 먼 장래의 일일 터이므로 도움이 되지 못할 것입니다. 이 점을 깊이 고려해주십시오."

"하하하…… 이거 보기 좋게 거절당하는군."

"아무튼 사람은 저마다 각각 사는 방식이 다르니 널리 양해해주시기 바랍니다."

"그럼, 자네는 선만 추구하면 칸파쿠를 이길 수 있다고 생각하나?"

"그렇습니다. 어느 세상에서나 보다 더 큰 선을 추구하는 쪽이 이긴다, 이것이 제가 살아가는 방식입니다."

"예를 든다면……?"

"칸파쿠의 시정施政에도 어딘가에 반드시 부족한 면이 있을 것입니다. 그것을 내부에서 보좌하여 만민을 위해 일한다…… 이렇게 되면 칸파쿠도 당연히 우리 가문을 무시할 수 없게 됩니다. 이것을 대국적으로 본다면 마침내 승리의 길이 눈앞에…… 바로 이것이 주군의 생각 아니겠습니까?"

과감하게 여기까지 말했을 때 혼다 마사노부는 흠칫 놀라 자세를 바로했다.

6

챠야 시로지로는 어째서 상대가 자세를 바로했는지 쉽게 그 이유를 알아채기 어려웠다. 그 정도로 마사노부의 동작은 당돌했다.

'혹시 내 말이 너무 과격해서 화가 나지 않았을까……'

이런 생각을 했을 때 마사노부가 챠야 앞에 머리를 조아렸다.

"아니, 왜…… 왜 이러십니까, 혼다 님?"

마사노부는 대답이 없었다. 마치 땅에 엎드리듯 머리를 낮게 숙이고 어깨를 가만히 떨고 있었다.

"혼다 님! 왜, 왜 이러십니까?"

"으으……"

"어디 편찮으시기라도…… 사람을 부를까요, 혼다 님?"

"아니, 아니, 내가 잘못했네! 내가 큰 실수를 했어……"

그제서야 챠야 시로지로는 혼다 마사노부가 울고 있다는 것을 깨달았다.

'그러나, 무엇 때문에……?'

챠야 시로지로는 점점 더 알 수 없었다.

조금 전까지만 해도 그토록 하고 싶은 말을 거침없이 해대던 상대가 갑자기 두 손을 짚고 우는 게 아닌가.

"잘못했어!"

마사노부는 다시 한 번 신음하듯 말하고 상체를 일으켰다.

"챠야, 용서해주게. 주군의 두터운 신임을 받고 있는 자네를 시험하려 한 의심 많은 이 마사노부를 용서해주게."

"그러시면, 이 챠야를 시험하시려고?"

"마음에도 없는 아사이의 딸 이야기를 늘어놓았네. 그러면서도 부끄러웠어. 나의 얄팍한 지혜로는 도저히 자네를 따라갈 수 없네."

"갑자기 그런 말씀을 하시니……"

"아니, 과연 자네는 주군의 두터운 신임을 받을 만해. 이제 나도 안심하고 큰일을 말할 수 있게 되었네."

챠야는 다시 아연실색했다.

지금까지는 마사노부가 자신을 시험하기 위해 한 말이고, 정말 목적은 이제부터 하려는 말에 있는 모양이었다. 그렇다고는 해도 쉽게 찾아볼 수 없는, 참으로 독특한 성격의 소유자였다.

마사노부는 단정한 태도로 눈두덩을 손으로 누르면서 다시 한 번 머리를 숙였다.

"주군한테서 자네의 인물됨에 대해서는 많은 이야기를 들었으면서도 이 마사노부는 직접 내 눈으로 확인하지 않고는 안심하지 못하는 불손한 마음이 있었어. 용서해주게."

"혼다 님, 우선 고개를 드십시오. 챠야 시로지로가 도리어 민망스럽습니다."

"듣던 것보다 더 넓은 도량…… 새삼스럽게 말할 것도 없지만, 지금까지 한 말은 없었던 것으로 해주게."

"……"

"그리고 지금부터 이 마사노부가 하는 말에 그대의 기탄없는 의견을 말해주게."

마사노부는 또다시 사람이 변한 듯 성실성을 보이면서 말을 계속해 나갔다.

"맨 먼저 알고 싶은 것은 올 유월 십구일 칸파쿠가 천주교 사제에게 이십 일의 말미를 주어 일본에서 떠날 것을 명했다는 소문이 있는데 혹시 그 이야기를 들은 적이 있는지…… 물론 그렇게 되면 나가사키의 땅도 그들 손에서 회수할 것이라 생각하는데……"

챠야가 깜짝 놀랄 만큼 진지한 목소리였다.

7

챠야는 숨을 죽이고 마사노부를 바라보았다.

의기양양하게 남녀 문제를 늘어놓던 바로 그 사람의 입에서 느닷없이 천주교 이야기가 나와 챠야의 두뇌로서는 그 비약을 따라잡기 어려웠다.

"혹시 이 일에 대해서 들은 바가 있으면 후일의 참고를 위해 말해주기 바라네."

"분명히 들은 바가 있기는 합니다마는……"

"그렇다면, 이에 반대하는 다이묘들이 큐슈 땅에는 없을까?"

"거기까지는 아직……"

"아니, 내심으로는 불만이 있지만 입 밖에 내어 말하는 자는 없을지도 몰라. 그러면 금령禁令이 어떤 조문條文으로 되어 있는가에 대해 들은 일은 없나?"

"그것도 실은 사카이에서 그런 소문이 있었다는 정도밖에 알지 못합니다."

"으음, 아직 알아볼 기회가 없었을 테지. 그러면, 내가 알아본 것을 말할 테니 그 진위를 나중에 밝혀주기 바라네. 내게 들어온 보고로는, 일반 서민은 천주교를 믿으면 안 된다, 다만 이백 정보의 토지와 이삼천 관貫 이상 공납을 받는 무사로서 허락을 받은 경우에는 용납한다, 또 영지를 소유한 다이묘가 그 가신이나 영내 백성들에게 천주교를 강요하는 것은 금한다, 천하를 위해 크게 해가 되므로 이를 분별하지 못하는 자는 반드시 처벌한다…… 신도를 가장하고 명나라, 남만, 조선 등지에 일본인을 노예로 팔거나 말과 소의 고기를 먹는 것도 엄금한다는 조문 등이 포함되어 있다고 하는데……"

챠야 시로지로는 다시 한 번 숨을 죽이고 마사노부를 똑바로 바라보았다.

슨푸에 있는 마사노부가 어떻게 사카이 가까이에서 사는 챠야 이상으로 천주교에 관해 소상히 알고 있는 것일까?

'과연 보통 사람이 아니다……'

놀라움과 함께 무엇 때문에 이런 내용을 조사하려는 것인가 하는 의문이 크게 겹쳤다.

"칸파쿠가 이와 같은 금령을 내린 직접적인 원인은 원래 신의 나라인 일본에 천주교의 나라들이 못된 신앙을 퍼뜨려 신사와 사찰을 파괴하는 등 전대미문의 폭거를 한 데 있다고 하더군. 혹시 이런 일에 대한 소문을 듣지 못했나?"

"전혀 듣지 못했습니다."

"물론 일본인이 외국에 노예로 팔려갔다는 것을 알고 분노한 탓이기도 하겠지. 칸파쿠의 부하여야 할 다이묘가 천주교의 후원자가 되어 그 악행을 뒷받침한다는 사실이 칸파쿠로서는 참을 수 없는 일일 것일세."

"칸파쿠의 기질로 보아 당연히 참을 수 없을 것입니다."

"그러나 신앙 문제까지 일일이 간섭받는다면 다이묘들의 불만 또한 적지 않을 거야."

"그럴 것입니다."

"내가 자네에게 관심을 가져달라는 것은 바로 이 점에 대해서일세. 그러한 선례는 얼마든지 있어. 잇코 신도들의 반란, 니치렌 신도들의 폭동…… 노부나가 공도 우리 주군도 쓰라린 경험을 했고 애를 태웠네. 이와 똑같은 일이 칸파쿠의 치세에도 일어나고 있어…… 그렇다면 이것은 우리가 결코 간과할 수 없는 일일세. 알겠나, 챠야?"

마사노부의 얼굴에 다시 기분 나쁜 웃음이 떠올랐다.

8

챠야 시로지로는 왠지 모르게 소름이 끼쳤다. 아주 성실해 보이는가 하면 다음 순간에는 이렇듯 섬뜩한 웃음을…… 화를 내는가 싶으면 다음 순간에는 울고, 오만해 보이는가 하면 다음 순간에는 몹시 겸손한 태도로 돌변했다.

'일곱 가지 얼굴을 한 불가사의한 사람!'

이런 생각과 함께 챠야는 새삼스럽게 마사노부의 진의가 어디에 있는지 추측해보지 않을 수 없었다.

마사노부가 말했듯이 히데요시가 천주교 신앙에 제한을 가하고 사제들을 국외로 추방한다고 해서 그것이 대관절 도쿠가와 가문과 어떤 관계가 있다는 말인가? 이 문제에 이르면 챠야는 다시 구름을 잡는 듯한 의문에 싸이게 되었다.

그러한 챠야의 의문이 마사노부의 눈에 민감하게 비친 듯했다.

"의문을 갖는 것도 당연한 일이지."

챠야가 마치 그런 말을 하기라도 한 것처럼 마사노부는 목소리를 낮추어 말했다.

"주군이나 자네가 말하듯 도쿠가와 가문이 일본을 위해서라는 선의善意에 입각해 언제나 칸파쿠를 감시한다고 하면 더더구나 그럴 것일세. 언제나 상대가 가진…… 또는 장차 갖게 될 적에 대해서도 충분히 주의해야만 돼. 그렇다고 생각지 않나?"

"물론 그럴 필요도 있겠지요."

"필요성을 말하고 있을 단계가 아닐세. 언제나 알고 있어야만 어떤 때는 이를 억제하여 불의의 사태를 미연에 방지할 수 있고, 또 이를 역이용하여 칸파쿠를 누를 수 있는 경우도 있을 것일세. 어떻게 생각하나, 이러한 나의 생각을?"

"아!"

챠야는 저도 모르게 손으로 입을 막았다. 그 눈에 떠오른 교활한 지혜의 빛이 번개처럼 가슴을 찔러왔다. 혼다 마사노부는 천주교의 신앙 제한 문제로 발생하게 될 히데요시에 대한 반감을 집결시켜, 이쪽으로 끌어들일 구상을 말하고 있었다.

"알겠나?"

마사노부는 다시 웃었다. 그러나 앞서의 웃음처럼 교활함을 띤 음험한 웃음이 아니었다. 용케 말을 진행시킬 수 있어서 안도하는 듯한 웃음이었다.

"놀랍습니다! 이 챠야는 생각지도 못할 일…… 이제는 저도 이해하게 되었습니다."

"이 마사노부의 마음을 알게 되었다는 말인가?"

"아닙니다. 주군께서 혼다 님을 중용하신 이유를 알았습니다. 정말 놀랍습니다."

"하하하…… 칭찬하는 방법도 묘하군. 아무튼 칸파쿠가 도쿠가와 가문의 영지 교체 문제를 들고 나오면 우리는 서쪽 천주교 다이묘들과도 손을 잡아야 될 것일세. 그런데, 챠야."

"예."

"만일의 경우 그들과 손을 잡을 수 있게 자네가 힘을 써주었으면 해서 일부러 집으로 부른 것, 마음에 새겨두기 바라네."

"그야 물론……"

"내가 하고 싶은 말은 그것뿐…… 달리 할말은 없네. 아, 이미 완전히 해가 기울었군. 여봐라, 준비됐으면 저녁상을 가져오도록."

마사노부는 밝은 목소리로 말하고 손뼉을 쳤다.

9

챠야 시로지로는 그날 밤 성안에 있는 마사노부의 집에서 머물고 이튿날 아침 쿄토로 향했다.

성읍 여관에 묵게 했던 부하 두 사람을 데리고 급히 토카이도東海道로 돌아가는 챠야의 뇌리에서는 언제까지나 혼다 마사노부의 모습이 사라지지 않았다.

'과연 놀라운 지혜를 가진 사나이……'

그러나 왠지 챠야는 이 사나이에게 호감을 가질 수 없었다……

히데요시와 겨루게 해도 지지 않을 예리한 지혜를 가진 자이지만, 이리저리 잘도 회전하는 그의 두뇌는 회전하면 할수록 뒷맛이 나쁜 불신不信 비슷한 것을 남겼다.

혼다 사쿠자에몬이나 오쿠보 히코자에몬, 또 사카키바라 야스마사나 이이 나오마사 등과 같이 태도가 분명한 사람들에게도 어떤 종류의 허전함을 느끼고는 했다. 그러나 혼다 마사노부에 이르러서는 어느 것이 뼈대이고 어느 것이 살인지 쉽게 분간되지 않았다.

'과연 이에야스는 이런 점을 알면서도 중용하고 있는 것일까?'

이런 생각과 함께 일말의 불안감이 떠올랐다.

'이시카와 카즈마사와는 완전히 이질적인 귀재鬼才야, 그는……'

그 귀재가 혹시 이에야스의 본바탕을 뒤덮는 커다란 검은 구름이 되지는 않을지……?

마사노부는 그의 풍부한 정보망으로 천주교에 관한 지식에서 챠야를 압도하고 있었다. 그러한 정보를 어디서 입수했는지 챠야는 여간 불안하지 않았다.

'혹시 그런 정보를 얻기 위해 히데요시 쪽의 어떤 자와 내통하고 있는 것은 아닐까……?'

빈틈없는 사나이 혼다 마사노부, 그 내심이야 도쿠가와 가문의 초석이 되려 하는 것일 터. 하지만 재주 많은 자는 자기 꾀에 빠지기도 쉽다. 이 때문에 오히려 꼼짝 못할 입장에 몰려 적의 수중으로 들어갈 수밖에 없는 경우도 있을 텐데……

챠야 시로지로는 이런 생각을 하면서 오이가와大井川를 건너고 텐류가와天龍川를 건넜다.

챠야 일행이 하마마츠 부근에 이르렀을 때였다. 문득 뒤에서 누군가 미행하고 있는 듯한 기척이 느껴졌다.

"이봐 죠키치條吉, 오늘도 떠돌이무사 두 사람이 우리 뒤를 밟고 있구나."

"예. 때때로 삿갓을 쳐들고 바라보는 것 같습니다."

"그래. 아무래도 우리를 미행하고 있는 모양이야."

"아닌 게 아니라 성 바깥 문 앞에서는 우리를 앞지르는 것 같다가 일부러 뒤떨어지기도 했습니다."

"어디서부터 미행하기 시작했을까? 저자들이 정말로 우리를 미행하는 것이라면……"

"우리들이 알게 된 것은 카나야金谷 근처에서부터입니다. 그렇지, 시마키치嶋吉?"

"저는 전혀 눈치채지 못하고…… 지금 그 말씀을 듣고 비로소 깜짝 놀랐습니다."

"어쨌든 좋아. 혹시 슨푸에서 누군가가 은밀히 경호원을 붙인 것인지도 모르지."

이렇게 말하고 일행이 마른 길을 걸어 마고메가와馬込川 다리 밑까지 왔을 때였다.

"나그네 양반, 잠깐."

어느 틈에 앞질러 왔는지 소나무 그늘에서 나타나 앞을 가로막은 것은 눈에 익은 떠돌이무사 두 사람이었다.

10

앞길을 가로막은 두 사람 모두 삿갓을 벗으려 하지 않았다. 한 사람은 챠야 앞을 가로막고 다른 한 사람은 조금 떨어진 곳에서 강물을 내려다보고 있었다. 두 사람 모두 짚신에서 칼집에 이르기까지 먼지투성이였다.

"어느 가문의 누구인지는 모르나, 왜 그러십니까?"

"보아하니 쿄토 사람인 것 같군."

"그렇습니다마는."

"도쿠가와 가문에 포목을 조달하는 챠야 같은데 그렇지 않은가?"

"잘 알고 계시는군요. 그런데 댁은 누구시오?"

"이름은 말할 필요가 없어. 무슨 일로 어디를 다녀오는 길인가?"

"원 이런, 이름도 말할 필요가 없는 사람이 왜 그런 것은 묻소?"

상대는 대답하지 않았다.

"순순히 말하지 못할까."

가볍게 내뱉는 한마디였으나 말끝에 위협이 담겨 있었다.

"순순히 대답하지 않겠다면 굳이 물을 생각은 없다. 특별히 알아오라는 명을 받은 것은 아니니까."

"명령을 받았다……고 했습니까? 그 말을 들으니 이번에는 내가 묻고 싶군요. 댁은 어느 가문 사람입니까?"

"그건 말할 수 없어. 용무가 용무니만큼."

상대는 더위 때문에 콧잔등에 맺힌 땀을 손등으로 닦았다.

"어때, 이쯤에서?"

강물을 바라보고 있는 동료에게 말했다.

동료는 먼지를 걷어차는 어린아이 같은 걸음걸이로 다가왔다.

"사방 어느 쪽에도 사람 그림자가 안 보이니 이쯤이 좋겠어. 하마마츠 성읍에 이르기 전에."

"알겠어. 그럼 여기서."

이렇게 말하면서 칼자루로 손을 가져갔다.

"챠야."

"왜 그러시오?"

"별로 개인적인 원한은 없어. 들은 그대로야. 전쟁이 없어지면 사람을 죽이는 방법도 시대의 흐름에 따라 변하게 마련이야."

챠야 시로지로는 부하 죠키치를 돌아보았을 뿐 와키자시에는 손을 대지 않았다.

"누구인지는 모르나 댁들에게 이 챠야를 죽이라고 명한 사람이 있는 것 같군요."

"그렇다고 할 수 있지."

"그 말을 들으니 더욱 알고 싶어지는군요. 대관절 누구입니까, 그러한 명령을 내린 사람이?"

"흐흐흐……"

나중에 다가온 사나이가 코끝으로 웃었다. 그 사나이가 먼저 말을 걸었던 자보다 네다섯 살쯤 젊은 듯했다.

"알고 싶겠지, 챠야. 나도 네가 무엇 때문에 죽어야 하는지 알고 싶어. 도대체 너는 무엇 때문에 쿄토에서 슨푸까지 왔느냐?"

"가업인 만큼 포목을 주문받으러 왔었소."

"표면적으로는 그럴 테지. 네가 도쿠가와 가문의 첩자라는 것을 쿄토와 오사카에서는 모르는 자가 없어. 너는 혼다 마사노부와 만나 무슨 말을 했느냐?"

챠야는 흠칫 놀라 한 걸음 물러섰다.

"그런 질문에는 대답할 수 없소. 그만 어서 죽이시오."

"으음, 그렇다면 할 수 없군."

두 사람은 서로 시선을 교환하고 칼을 뽑았다.

"주인님!"

부하 죠키치도 뒤로 물러서며 와키자시를 뽑았다……

11

챠야 시로지로는 얼른 부하를 제지하고, 다시 한 번 정중히 두 사람 앞에 고개를 숙였다.

"농담이라면 이 정도로도 충분하지 않소? 이 더위에 농담이 너무 지나칩니다."

"뭣이, 농담이라고?"

"예. 내가 챠야……라는 것을 아는 사람이라면 챠야가 전에 어떤 사람이었는지도 알고 있을 것 아니오?"

"으음."

"나도 전에는 마츠모토 키요노부松本清延라고 불리던 무사, 전쟁터라면 어디 한군데 가리지 않고 신물이 날 정도로 경험한 사나이요."

"그, 그것이 어쨌다는 말이냐!"

젊은 쪽 사나이가 날카롭게 소리쳤다.

챠야는 물러서지 않았다. 두 다리를 반쯤 벌리고 자세를 약간 낮추듯이 하면서 한 손을 삿갓에 댄 채 —

"그러므로 당신들에게 살의殺意가 없다는 것은 한눈에 알 수 있소. 모처럼 농담을 하려면 좀더 깜짝 놀라게 하는 편이 더 흥취가 있을 것이오. 그리고……"

잠깐 말을 멈추며 챠야는 나직이 웃었다.

"칼이란 인간의 의지와 달리 움직이기도 하는 것. 장난이 지나쳐 어쩌다 살의로 변하면 손해를 보는 것은 바로 그쪽이오."

"그게 무슨 뜻이냐? 결투를 벌이면 네가 이긴다는 말이냐?"

"그렇소."

챠야는 여전히 자세를 흐트러뜨리지 않았다.

"이래봬도 우리 세 사람은 여행을 하면서 갖은 일을 다 겪은 사람들이오."

"뭣이, 우리를 깔보느냐!"

"천만의 말씀! 죽음의 신은 변덕이 많다는 것도 잘 알고 있소. 살의가 발동하기 전에 칼을 거두시오. 그리고 서로 손해가 없도록 대화를 나눕시다. 어떻소, 저 둑의 버드나무 밑에 바위가 있으니 그 그늘에 앉아 서늘한 강바람이라도 쐬며 이야기를 나누면?"

부드럽게 말했을 때 젊은 쪽이 흘끗 동료에게 눈짓을 했다.

동료도 그 눈짓에 대답을 했는지 어쨌는지 느닷없이 한 걸음 내디디면서 비스듬히 칼을 휘둘렀다.

"얏!"

"앗!"

죠키치가 나직하게 외쳤다.

챠야는 미동도 하지 않았다. 머리에 쓰고 있던 삿갓의 앞부분이 갈라지고 거기로 눈부신 햇빛이 비쳐들었다.

"하하하. 그것 보시오. 칼에는 칼 자체가 지닌 못된 면이 있소."

상대는 다시 한 번 칼을 휘두르기 전에 나직이 신음하고 한 걸음 물러났다. 미동도 하지 않는 챠야의 여유가 상대를 놀라게 한 듯.

"으음, 제법 담력이 있군."

"아니, 단지 당신들에게 죽일 의사가 없다는 것을 알았기 때문이오."

"그것을 어떻게 알았나?"

"그 눈에 죽여서는 안 된다고 씌어 있소."

"으음."

두 사람은 다시 얼굴을 마주보고 나서 칼을 수직으로 세웠다.

"오!"

챠야가 나직하게 말했다.

"죠키치, 시마키치, 난처하게 됐어. 죽일 생각이 든 모양이야."

두 부하는 날렵하게 좌우로 갈라져 상대에게 칼을 겨누었다.

12

"칼을 거둘 수 없겠소?"

챠야가 말했다.

"내가 말을 잘못한 것 같군요. 당신들은 나를 죽여서는 안 된다는 명령을 받고 왔다……고 말한 것이 실수였소."

상대는 더 이상 대답하지 않았다. 무서운 살기가 햇빛을 튀기며 싸늘하게 육박해왔다.

"일은 상의하기에 달린 것이오. 오늘 일에 대해 나는 비밀을 지키겠소. 챠야 녀석은 미행한다는 것을 깨닫고 다른 길로 빠져 그대로 사라지고 말았다…… 이렇게 보고하면 몇 마디 꾸중듣는 것으로 끝날 일이오. 칼을 휘두른다면 당신들의 손해…… 자, 이쯤에서 생각을 바꾸도록 하시오."

"닥쳐! 어서 덤벼라."

"쓸데없는 소리! 나를 죽여서는 안 된다는 명령을 받았다…… 이렇게 말했더니 당신들은 내가 명령한 사람의 이름도 알고 있다고 지레짐작을 하고 있군. 명령한 사람의 이름을 알게 되면 살려두지 말라는 엄명을 받은 모양인데…… 나는 명령한 사람의 이름까지는 알지 못해. 단지 당신들의 눈에 살기가 감돌지 않아 죽이지는 말고 위협만 하라는 명령을 받았다…… 이렇게 판단했을 뿐이오. 지금 당신들의 살기는 공연한 것, 당신들이 손해를 볼 것이니 살기를 버리고 생각을 바꾸도록 하시오."

여기까지 말하고 챠야는 갑자기 말을 중단했다.

상대의 태도는 전혀 달라지지 않았다. 살기를 버리지 않은 두 떠돌이 무사들의 숨소리가 차츰 거칠어지고, 칼끝을 바라보는 핏발 선 눈에서 싸늘한 불꽃이 튀고 있었다.

'이가伊賀 녀석들이로군.'

이렇게 깨달은 것은 칼을 겨누는 그들의 자세 때문이었다. 바람도 없는 대낮의 둑에서 아른거리는 아지랑이 같은 자세는 전쟁터에서 이름을 날린 양성陽性의 병법이 아니라 은밀한 행동에 익숙해진 음성陰性의 그것이었다.

"죠키치, 시마키치, 달리 방법이 없게 됐구나."

챠야는 잠시 동안 상대의 움직임에 따라 몸을 좌우로 이동시키다가 드디어 칼을 뽑았다.

"나는 살생을 좋아하지 않아. 그대들이 손을 떼면 나도 물러서려 했고, 무사히 끝나면 그대들의 배후에 있는 인물의 이름도 생각하지 않으려 했어. 이제는 소용없게 된 것 같군."

"……"

"……부질없다만, 싸우게 된 이상 밝히지 않을 수 없구나. 너희들은 이가 놈들이야."

"얏!"

상대는 챠야의 추측이 옳다는 것을 증명이라도 하듯 공격해 들어왔다. 칼이 허공을 크게 가르는가 싶더니 다음 순간 한 걸음 멀어졌다. 부딪치는 소리도 없거니와 칼의 이동도 없었다.

그러나 상대의 호흡은 한층 거칠어져 있었다.

"이렇게 되면 배후자의 이름도 생각해보지 않을 수 없군. 바로 혼다 마사노부 님이야."

"뭣이……"

반응이 있었으나, 챠야가 기선을 제압하고 반걸음쯤 앞으로 나섰기 때문에 상대의 칼은 움직일 겨를이 없었다.

"혼다 마사노부 님은 그대들에게 나를 위협하도록 해서 내가 대화 내용을 누설할 것인지를 알고 싶었어. 다만 그것뿐. 그러나 마사노부 님의 다음 한마디가 그대들을 묶어버리고 말았던 거야. 배후에 누가 있다는 것을 깨닫게 되면 그때는 살려두지 말라는…… 그런 의미에서 마사노부 님은 잔인한 사람이야."

채 말이 끝나기도 전에 젊은 쪽 상대가 바람을 일으키며 챠야에게 덤벼들었다.

그와 동시에 지금까지 숨을 죽이고 있던 죠키치의 칼이 무지개를 그리며 허공을 날았다.

13

두번째 칼이 일으키는 바람은 대번에 살기의 소용돌이로 변했다.

"앗!"

죠키치의 칼날 밑에서 비명이 일어났을 때는 챠야의 칼도 상대의 칼도 전광석화같이 빛을 가르고 있었다.

무섭게 부딪치는 칼소리에 이어 5, 6간 떨어진 곳에서 쨍 소리가 난 것은 연상의 사나이를 향해 휘두른 시마키치의 칼이 부러져 떨어지면서 난 소리였다.

이때 지상에 서 있는 사람의 모습은 셋으로 줄어들어 있었다. 부러져 나간 칼자루를 이상한 듯 바라보는 시마키치, 오른쪽 옷소매를 높이 걷어올리고 쓰러진 상대의 움직임을 빤히 내려다보는 죠키치, 그리고 나머지 한 사람은 조용히 칼을 닦고 있는 챠야 시로지로였다.

챠야가 말했던 대로 두 사람은 둑의 왼쪽과 오른쪽 풀 위에 칼을 움켜쥔 채 쓰러져 있었다.

그러나 이상하게도 피는 흐르지 않았다.

"죠키치."

"예."

"능숙해졌구나, 칼 다루는 솜씨가."

"그보다도 주인님께 여쭙고 싶은 것이 있습니다."

"이 두 사람에게 우리를 미행시킨 게 마사노부였다는 것 말인가?"

"예. 납득이 가지 않습니다. 주인님은 주군의 신임이 두터운, 없어서는 안 될 소중한 분입니다. 그런데 어째서……"

차야 시로지로는 잠자코 발걸음을 돌렸다.

"어서 가세. 이 사람들은 나중에 누가 와서 구해줄 테지."

"예…… 예."

"오늘은 좀 이르기는 하지만 하마마츠에 숙소를 정하기로 하세."

"예."

"고독한 거야, 인간 세상이란……"

차야는 일단 벗어던졌던 앞이 갈라진 삿갓을 다시 쓰고 걷기 시작했다. 쵸키치가 얼른 쫓아와 자기 삿갓과 바꾸어 썼다.

"햇빛을 가리려는 것, 저는 이것으로도 충분합니다. 그런데 주인님, 혼다 님이……"

"쵸키치!"

"예."

"세상은 변했어. 이제는 일본에서 벌어지는 전쟁의 횟수가 훨씬 줄었네…… 그러나 인간의 마음가짐은 전혀 변하지 않았어."

"그……그럴까요?"

"그야 약간 변한 사람도 있기는 하지, 우리들처럼…… 그러나 대체적으로는 옛날 그대로야. 사람을 죽이는 것이 얼마나 무서운 죄업인지, 남을 제거하고 출세해서 무엇을 하려는지…… 아직까지 아무도 반성하는 것 같지 않아."

"그러시면 혼다 님도 출세를 위해서라면……"

"아니, 마사노부 님만이 아니라 모두가 다 그래. 전쟁터에서는 서로 죽일 수 없게 되었다, 다만 이것뿐. 이번에는 그 살벌함을 전쟁터가 아닌 세상으로 옮기게 되겠지."

"세상이 어지러워지겠군요."

"그래, 인간이 변하지 않는 한."

차야는 문득 입을 다물었다.

'앞으로 이에야스의 덕망을 손상시킬 자가 있다면 그것은 혼다 마사노부가 아닐까?'

자기 이름이 드러날 것을 우려하는 그 이유 하나만으로 누구든 가리지 않고 죽이려 하는, 그 용납할 수 없는 편협함. 순간 차야의 가슴은 저도 모르는 사이에 확 뜨거워졌다.

'용서할 수 없다. 이것은……'

아내가 아닌 어머니

1

아사히 마님은 그날도 시녀 세 사람, 하인 네 사람을 데리고 성을 나섰다.

하마마츠 성에서 슨푸로 옮겨와 맞이하는 첫번째 가을이었다.

현재 이에야스는 상경하여 성에 없었다. 마츠다이라 이에타다가 와서 그 대신 성을 지키고, 쿄토와 연락을 취하려고 빈번하게 파발꾼이 왕래하고 있었다. 칸파쿠와의 대면도 무사히 끝나고, 예정대로 곤노다이나곤에 임명되어 행복한 나날을 보낸다고 이에타다가 아사히에게 알려왔다.

아사히에게는 다이나곤도 칸파쿠도 자기와는 인연이 먼 높은 하늘의 구름과도 같은 것이었다. 다만 아사히의 양자가 된 나가마츠마루가 이번에 관례를 올려 오빠 히데요시로부터 히데타다秀忠란 이름을 받고 종5품하인 지쥬侍從°가 되었다는 말을 들었을 때는 왠지 모르게 가슴이 설레었다.

자기 자식은 아니다. 이 역시 오빠와 남편이 필요에 따라 임시로 모자 관계를 맺게 한 사이에 지나지 않았다. 그러나 어느 사이에 아사히에게는 히데타다가 이 성에서 가장 친밀한 대상이 되어 있었다.

히데타다는 착실하고 예의바른 아이여서 슨푸 성에 있을 때는 아침마다 어김없이 내전에 문안을 왔다. 그리고 남자로서는 지나치게 하얀 손을 가지런히 하고 판에 박은 듯이 똑같은 인사를 했다.

"어머님, 간밤에 안녕히 주무셨는지요?"

'누군가 지시해서일 것이야.'

누군가……란 말할 나위도 없이 지금은 세상을 떠난 히데타다의 생모 사이고 부인……이었다.

아사히는 처음에는 히데타다가 미웠다. 아니, 사이고 부인이 미웠던 것인지도 모른다. 히데타다는 생모가 죽은 뒤에도 결코 그 습관을 버리지 않았다. 그렇게 생각해서 그런지, 생모를 잃은 뒤부터는 더욱 자기를 따르는 것처럼 보였다.

'정말 내 배에서 태어난 아이였으면……'

아사히는 언제부터인지 이런 생각을 하기 시작했다.

"마님, 마님을 하마마츠에서 이 성으로 오시게 한 것이 누구인지 아십니까?"

로쵸가 이렇게 물었을 때 아사히는 고개를 갸웃하고 상대를 바라보기만 했을 뿐이었다.

"성주님이 아니라, 실은 도련님이라고 합니다."

"어머, 나가마츠마루가 나를?"

그로부터 히데타다의 모습이 보이지 않는 날은 왠지 온종일 마음이 놓이지 않고는 했다.

이러한 히데타다의 모습이 오늘까지 사흘 동안이나 보이지 않았다. 지금 히데타다는 하마마츠 성에서 오쿠보 히코자에몬, 타다치카와 함께 매사냥을 하고 있었다.

"마님, 저것이 아베安倍 마을의 즈이류 사瑞龍寺입니다."

시녀 한 사람이 눈앞에 보이는 숲을 가리켰으나 아사히는 아무 말도 하지 않았다. 히데타다가 가 있는 하마마츠 성을 머릿속에 그리면서 멍하니 걸음을 옮기고 있었으니 말이다.

"저어, 마님. 혹시 불편하신 데라도……?"

"아니, 아무것도 아니야."

"아, 위험합니다. 길에 나뭇등걸이."

걸려 넘어질 뻔한 몸을 부축받으며 마님은 쓸쓸히 웃었다.

"도련님은 언제 하마마츠에서 돌아올까. 사냥을 하다가 다치지나 말아야 할 텐데……"

2

"호호호……"

시녀가 웃었다.

"왜 웃느냐, 도련님 이야기를 하면 안 되느냐?"

아사히는 스스로도 우습다고 생각했는지 따라 웃었다.

"왠지 가슴이 뛰는구나. 큰 멧돼지라도 나타나지 않았나 싶어서."

"나타나면 도리어 기뻐하며 사냥하실 거예요. 도련님도 이제는 솜씨가 훌륭하시니까."

"그럴 거야, 틀림없이 그래."

아사히는 자신에게 말하듯 머리를 끄덕이며 중얼거렸다.

"정말 이상한 일이야. 성주님은 그렇지 않은데 도련님만은 진정으로 사랑스러워."

시녀는 대답하지 않았다. 아내라는 이름뿐, 두 사람이 나란히 가신들 앞에 나타나는 것은 신년하례를 받을 때뿐이었다…… 무언가를 사랑하지 않고는 있을 수 없는 여성으로서 그 돌파구를 히데타다에게 찾으려 한다는 것을 알고 있었기 때문이다.

"이렇게 길이 험한 줄 알았다면 가마를 먼저 절에 보내지 말았어야 했는데 그랬습니다."

"아니, 괜찮아. 도련님도 저 높은 하늘 아래서 마구 달리고 있을 것, 그래서 나도 걸어보고 싶었어."

"돌아오실 때는 가마가 있으니, 그럼 조금만 더 고생하십시오."

"그래, 걷고말고."

이렇게 말하면서 문득 고개를 갸웃하고 중얼거렸다.

"그런데, 키타노만도코로는 어떻게 즈이류 사를 알고 있었을까?"

즈이류 사는 도쿠가와 가문이나 아사히 마님과는 아무런 연고도 없는 절이었다. 그런데 오사카 성에 있는 키타노만도코로가, 훌륭한 스님이 계시니 찾아가보라는 서신을 보내왔다. 아니 그보다도 직접 아사히에게 권한 것은 오사카에서 따라와 있는 코하기小萩라는 시녀였다.

"기분도 전환하실 겸 꼭 참배해보십시오. 키타노만도코로 님이 귀의하고 계신 고승高僧이 쿄토에서 내려와 계십니다."

그 말을 듣고 찾아올 마음이 들었는데, 막상 길을 떠나고 보니 생각했던 것보다 멀었다.

"자, 제 손을 잡으십시오. 돌계단이 무척 낡았습니다."

무성한 삼나무의 나뭇가지 끝에서 비둘기가 요란하게 울고 있었다. 그 소리에 정신이 팔려 또다시 넘어지려는 마님의 손을 코하기와 젊은 시녀가 양쪽에서 부축해주었다.

"비둘기가 울고 있어. 왠지 쓸쓸한 기분이 드는구나."

"예. 밤에는 부엉이도 울 것 같아요."

"부엉이는 낮에는 눈이 안 보여 아무것도 볼 수 없다지. 밤밖에 모르는…… 가련한 새야.”

“아, 저기 산문山門까지 스님들이 마중을 나왔습니다.”

“그렇구나. 폐를 끼쳐 도리어 미안하구나.”

“그게 무슨 말씀입니까. 다이나곤 님의 마님이 오셨으니 절에서도 이보다 더 명예로운 일이 없을 것입니다.”

“마님이란 말이지…… 하지만 이름뿐인.”

“그렇지만 도련님의 모친 아니십니까.”

“참, 도련님이 돌아오거든 절 이야기를 들려주어야겠어.”

낡은 산문 밑에 승려 세 사람과 가마를 가지고 먼저 와 있던 하인들이 공손하게 맞아주었다.

아사히는 그 사이를 비틀거리면서 지나, 사방이 여덟 간인 본당 옆 천장이 낮은 객실로 들어갔다.

3

왠지 모르게 서먹서먹했다.

원래 안면이 있는 것도 아닌데다 상대의 반응이 지나치게 과장되어 있었다. 처음에는 동자승이 차를 가져오고, 이어 흰 수염을 기른 노승이 들어왔다. 이 절의 주지……라고 생각되었다. 노승은 공손하게 과자를 권했다. 그리고 찾아주셔서 감사하다고 이마가 마루에 닿도록 절하더니 긴장한 얼굴로 그냥 나가버렸다.

누가 무어라 명했는지 시녀들까지 밖으로 나가버렸기 때문에 잠시 동안 아사히히메는 객실에 혼자 남게 되었다.

‘도쿠가와 다이나곤의 아내……’

입속으로 중얼거려보았으나 도무지 실감이 나지 않았다. 여전히 자기는 스스로 목숨을 끊은 전남편의 아내였다. 그 증거로 꿈속에서 보이는 얼굴에는 이에야스의 모습은 없었다……

'결국 인생 그 자체가 꿈 아닌가. 꿈을 꿈인 줄도 모르고 울고 두려워하고 또 분노하고 있었어.'

아사히는 가만히 자기 손을, 그리고 무릎을 내려다보았다. 여기 나의 몸이 있다…… 생각하는 것 자체가 이미 꿈속의 착각이어서, 죽을 때가 꿈에서 깨어나는 때가 아닐까……?

멍하니 이런 생각을 하고 있을 때, 이번에는 아직 스물일곱 정도로밖에 보이지 않는 젊은 승려가 보랏빛 가사를 입고 들어왔다. 그 뒤를 로죠 코하기가 따르고 있었다.

젊은 승려는 처음 들어왔던 그 노승같이 지나치게 공손한 인사는 하지 않았다.

"쿄토에서 오신 토인藤蔭 스님이십니다."

코하기가 소개했다. 그에 따라 상대는 가볍게 목례를 했을 뿐 아사히는 조용히 바라보고만 있었다. 아사히도 고개만 끄덕이고 아무 말도 하지 않았다. 할말이 없었다.

"마님, 건강은 어떠신지요?"

젊은 승려가 먼저 입을 열었다.

"글쎄요, 별로……"

"아직도 편치 않으시다는 말씀을 들었습니다마는……"

"누구에게…… 들었나요?"

"예, 키타노만도코로 님과 오만도코로 님께 들었습니다."

"아니, 요즘에는 좀 괜찮아졌어요."

"슨푸의 생활은 어떠십니까?"

"어떻긴…… 별로 달라진 것은 없어요."

"혹시 괴로운 일이라도 있으신지요?"

"아니, 별로……"

"도쿠가와 님과의 사이는?"

"여전히……"

"때때로 쿄토나 오사카 생각이 나시겠군요?"

"그렇지도 않아요. 어디나 마찬가지니까."

젊은 승려는 흘끗 코하기를 돌아보았다.

"마님, 사실을 말씀 드리면 이 토인은 칸파쿠 님의 밀령을 받고 왔습니다."

"아니, 전하로부터……?"

"예. 드디어 쿄토에 쥬라쿠 저택이 완성되었으니 다음달 하순에는 오만도코로 님을 비롯하여 키타노만도코로 님과 미요시三好 님의 부인도 그리 옮기시게 되었습니다. 전하께서는 마님의 생각은 어떠신지…… 알아보라는 말씀이 계셨습니다마는……"

젊은 승려는 쏘는 듯한 눈으로 다시 아사히를 쳐다보았다.

4

아사히는 멍한 표정으로 고개를 기울이고 상대를 보았다.

오빠의 밀사라고 자신을 소개한 이 승려. 가겠다고 하면 당장 쥬라쿠 저택으로 옮기게 해줄 듯한 어조였다. 그러나 아사히는 어째서 오빠가 그런 말을 했는지 도무지 짐작도 할 수 없었다. 아니, 그런 것까지 생각할 기력조차 없었는지도 몰랐다.

"어떻습니까, 슨푸에서 지내시기에 불편하지는 않으십니까?"

아사히는 대답 대신 다시 한 번 고개를 갸웃하고 생각했다.

'지내기에 편할 것이라는 말일까, 어려울 것이라는 말일까?'

"만일 쿄토에 가실 의향이 있으시다면 모두가 쥬라쿠 저택으로 옮기시는 이때가 가장 좋은 기회라고 생각합니다마는."

"글쎄요……"

"오만도코로 님과 키타노만도코로 님을 비롯하여 모두 그리 옮기시고 나서 키타노에서 대대적인 다회가 열릴 것입니다. 지금 쿄토에서는 그 소문으로 떠들썩합니다."

아사히는 너무 말을 않고 있으면 상대에게 미안하다는 생각이 들어, 조용히 코하기를 바라보고 도움을 청하듯 눈을 깜박거렸다. 그러나 오늘은 코하기도 도와주려 하지 않았다. 도리어 승려의 편을 들어 말했다.

"마님, 생각하신 대로 말씀하십시오. 오만도코로 님도 미요시 부인도 마님을 만났으면 하신다고 합니다."

"코하기……"

"예."

"너는 알고 있는 모양이로구나. 전하는 어째서 내가 슨푸에 있는 것을 꺼려 하실까?"

"당치도 않은 말씀입니다, 꺼려 하시다니요…… 사랑하는 혈육이시니 혹시 이곳에서 불편하신 점이 있으면 안 된다는 염려에서 그런 말씀을 하셨을 것입니다."

"과연 그럴까?"

"다른 이유가 있을 수 없습니다. 그렇지 않습니까, 스님?"

젊은 승려가 머리를 끄덕였다.

"그래……?"

아사히도 고개를 끄덕였다.

"그렇다면 내 걱정은 하시지 말라고 전해주세요. 세상은 어디나 마찬가지예요."

"그러시면 쿄토로 돌아가실 뜻이 없다……는 말씀이십니까?"

"돌아간다 해도 마찬가지. 그러니 염려하시지 말라고."

승려가 날카로운 눈으로 코하기를 바라보았다. 코하기는 제지하듯 가볍게 고개를 끄덕이고 웃는 낯으로 아사히를 향해 돌아앉았다.

"마님은 마치 어린 소녀 같은 말씀을 하시는군요. 하지만 진심은 아닐 것입니다. 역시 쿄토에서 오만도코로 님과 같이 살기를 원하실 거라 생각합니다. 그렇지 않습니까, 마님?"

"그렇지 않아."

아사히는 다시 한 번 단호하게 고개를 저었다.

"나도 이제는 겨우 슨푸에 익숙해졌어. 그리고 나가마츠마루도 있고 하니 움직일 마음이 사라졌어. 코하기, 너는 그렇다고 생각지 않느냐? 어차피 꿈같은 인생, 여자로 태어난 보람으로 어머니가 된 마음으로 살아가고 싶다고……?"

곤혹스러운 표정의 코하기는 무릎걸음으로 한 걸음 다가앉았다.

5

"마님, 달리 듣는 사람이 없으니 저는 제 생각을 솔직히 말씀 드리겠습니다. 쿄토로 가십시오."

"어째서? 너는 내가 말한 것처럼 어머니의 마음으로 살아가고 싶은 생각이 없다는 말이냐?"

아사히는 저항한다……고 할 정도의 어조는 아니었다. 다만 솔직히 말하겠다면서 코하기가 입 밖에 내는 말이 마음과는 동떨어진 것은 아닐까 하는 의문을 품었을 정도였다.

코하기는 이마에 땀을 흘리며 숨을 몰아쉬었다.

"마님의 착한 심성을 저는 너무 잘 알고 있습니다. 잘 알고 있어서 말씀 드리지 않을 수 없습니다. 나가마츠마루 님이라고 해서 절대로 마음을 놓으시면 안 됩니다."

"뭐, 나가마츠마루라고 해서 마음을 놓지 말라니?"

"마님이 낳으신 아드님이 아닐뿐더러, 매일같이 문안을 올리는 것도 다른 마음이 있어서 그렇다고 생각합니다."

"나가마츠마루에게 다른 마음이……?"

그 말은 아사히의 감정을 크게 건드렸다. 이 세상에서 단 하나뿐인 희미한 등불, 그 등불에 바람이 불려 하고 있었다.

"말해보아라, 코하기. 나가마츠가 어떤 마음을 가지고 있다고?"

"생각해보십시오. 성주님께는 네 분의 아드님이 계십니다. 맏이인 히데야스 님은 칸파쿠 전하의 양자가 되셨지만…… 그래도 세 분이 남아 계십니다. 누가 후계자가 될지 아직 정해지지 않았습니다."

"그것이 어떻다는 게냐?"

"그러므로 생모를 잃은 나가마츠마루 님이 마님의 비위를 맞춘다, 마님 뒤에는 칸파쿠 전하가 계시다…… 이 정도의 설명이면 충분하리라 생각합니다마는."

"닥치지 못하겠느냐!"

아사히는 갑자기 벼락같이 소리질러 코하기를 제지했다.

"너는 왜 그렇게 비뚤어진 생각을 하고 있느냐? 나가마츠마루는 생모가 살아 있을 때도 그런 마음씨를 가지고 있었어. 나를 길러준 어머니로 여기고 진정으로 따르고 있었어."

그러면서도 아사히는 어째서 자기가 이처럼 화를 내고 있는지 잘 알 수 없었다. 왠지 모르게 안타깝기만 했다. 마음을 의지하고 있는 단 하나뿐인 위안에 흙탕이 뿌려진 듯한 기분이라고나 할까.

"어머나……"

코하기는 깜짝 놀라 입을 다물었다. 아마 그녀로서도 뜻하지 않은 마님의 태도로 보였을 터. 동시에 코하기는 전혀 방향이 다른 하나의 의혹에 부딪쳐 소스라치게 놀랐다.

'혹시 이것은……?'

오랜 동안의 금욕과 자유롭지 못한 부부 생활 탓에 나가마츠마루를 아들이 아니라 이성으로 바라보는 것이 아닐까…… 이러한 뜻밖의 의혹이었다.

"그러시면, 마님은 나가마츠마루 님이 계시기 때문에 쿄토에는 가시지 않겠다……는 말씀이십니까?"

"그래!"

아사히는 분명하게 대답했다.

"네 말을 듣고 더욱 가기 싫어졌어. 나가마츠마루에게는 생모가 없어. 생모가 있는 다른 아이들에게 져서는 안 돼. 내가 방패가 되어주지 않으면…… 내가 바로 나가마츠마루의 어미야!"

6

인간은 누군가를 사랑하지 않고는 살 수 없는 슬픈 운명을 지니고 있다. 여성의 경우는 더더구나 그러하다. 그 대상이 남편이건 자식이건, 또는 형제이건.

생나무를 베어내듯 남편을 잃은 아사히는, 그 대상을 어느 틈에 생모를 잃은 자신의 양아들 히데타다에게서 찾으려 하고 있었다.

코하기는 점점 더 아사히의 태도를 곡해했다. 아니, 곡해라는 말로 돌릴 수만은 없는지도 몰랐다. 아무튼 히데타다가 된 나가마츠마루는 벌써 소년기에서 청년기로 접어들고 있었다.

"어머……"

코하기는 숨을 죽였다.
"마음이 착하셔서 그런 줄은 알고 있으나, 저희들 생각과는 너무 거리가 있습니다."
"거리가 있어도 상관없어."
"아니, 그렇지 않습니다. 도쿠가와 문중의 가신들 가운데 과연 누가 그런 착하신 마음을 알고 있겠습니까. 모두 가증스럽게도 마님의 결점만 찾아내려는 자들뿐……"
"그래도 괜찮아."
다시 아사히가 제지했다.
"그런 분위기이기 때문에 나는 더욱 어미의 마음을……"
"아닙니다. 언젠가는 반드시 무서운 함정에 빠지실 것입니다."
"코하기!"
"예."
"너는 나를 속였어."
"속이다니 당치도 않은 말씀입니다."
"아니야, 속였어. 고승이 쿄토에서 왔으니 찾아보라고 하고, 마음에 있는 생각을 그대로 말하라고 하면서, 너는 처음부터 나를 괴롭게 만들어 쿄토로 보내려 하지 않았느냐?"
"어찌 그런 말씀을? 모두 마님의 행복을 위해 말씀 드린 것입니다."
"닥치지 못하겠느냐! 내 행복을 어찌 네가 알 수 있다는 말이냐? 쓸데없는 소리는 하지 마라."
지금껏 눈을 감듯이 하고 듣고만 있던 젊은 승려가 느닷없이 크게 혀를 찼다.
"말씀 도중 죄송스럽습니다마는, 그런 독단은 용납될 수 없습니다."
"뭣이, 용납될 수 없다니 감히 누가 누구에게 말하는 거요?"
"제가 마님께 말씀 드리는 것입니다."

"이건 그냥 들어넘길 수 없다! 나는 도쿠가와 다이나곤의 아내, 그대는 무슨 권리로 나에게 이런 명을 내리는가?"

"칸파쿠 전하의 명입니다."

"또다시 오빠가……?"

"분명히 말씀 드리지요. 전하는 마님을, 칸파쿠의 위엄을 높여주는 분으로는 생각지 않고 계십니다."

"내가 너무 어리석다는 말인가?"

"다른 말로 표현하면 그렇다고 할 수 있습니다. 다음 동정東征 때는 마님이 슨푸에 계시면서 돌이킬 수 없는 잘못, 또는 큰 실태失態를 저지르기 전에 쿄토로 옮기시도록 하는 것이 양쪽 모두를 위해…… 이렇게 생각하시고 저에게 은밀한 분부를 내리셨습니다. 거역할 수 없다는 점을 이해하시기 바랍니다."

"나는 그럴 수 없어!"

아사히는 소리쳤다.

"나는 오빠의 인형이 아니야. 그래, 나는 오빠가 견딜 수 없을 만큼 실태를 저지를 것이다. 그런 여동생을 둔 칸파쿠인가 하고 온 세상이 비웃도록 행동하겠어. 어서 돌아가 오빠에게 그렇게 전하도록 하라."

두 사람의 감정은 완전히 틀어지고 말았다.

7

젊은 승려는 눈을 부릅뜬 채 숨을 죽이고 있었다.

코하기도 잠시 동안 입을 열지 못했다.

마님이 이처럼 강력하게 반항할 줄은 미처 생각지 못했다. 두 사람만이 아니었다. 미친 듯이 말해버린 아사히도 창백한 얼굴로 부들부들 떨고 있었다. 아무리 감정이 격해졌다고 해도 온 세상이 히데요시를 비웃게 행동하겠다니 지나치게 대담한 악담이 아닐 수 없었다. 원래 그런 성격이 아니었기 때문에 아사히 자신도 깜짝 놀라 어리둥절했다.

이윽고 젊은 승려가 코하기를 흘끗 바라보았다. 그 눈은—

'혹시 미친 것은 아닐까?'

이런 의문과 두려움을 풍기고 있었다.

코하기는 희미하게 고개를 저었다. 그녀의 머릿속에 새로 떠오른 의문은, 자신도 모르는 사이에 이에야스와 마님 사이에 정말 부부관계가 이루어지지나 않았을까 하는 것이었다.

'도련님에 대한 애정만이 아니다……'

전남편 때도 그랬지만, 부부 생활에 들어가면 사람이 달라진 듯이 착하고 온순한 아내가 되는 것이 마님의 버릇…… 그 변화가 또다시 마님에게 생긴 것은……? 이런 생각을 했을 때 젊은 승려가 조용히 웃음을 띠고 말했다.

"알겠습니다. 그러니까 마님은 현재로서는 쿄토로 돌아가시지 않을 각오…… 이렇게 보고하면 되겠군요?"

아사히는 대답 대신 고개를 떨구고 무릎으로 시선을 보냈다.

'내 말이 지나쳤다……'

이런 반성이 처량하게도 그 자세에 드러나 있었다. 그러나 승려는 그러한 기색을 깨닫기에는 아직 너무 젊었다.

"원하시지 않는 마님을 강제로 모셔오라는 명은 받지 않았습니다. 굳이 가시지 않겠다면 이 뜻을 그대로 전하겠습니다. 그러나 제가 이처럼 전하의 말씀을 전했다는 사실만은 기억해두시기 바랍니다."

"잠깐."

코하기가 황급히 승려를 제지했다.

"마님이 그렇게까지 분명히 의사를 말씀 드린 것이라고는 생각지 않아요. 돌아가시거든, 잠시 더 슨푸에 머무르고 싶다…… 이렇게 말씀하셨다고 전해주세요."

"어떤 일이든지 기회라는 것이 있습니다. 키타노에서 열릴 대대적인 다회…… 일본에 평화가 찾아왔다는 큰 축제입니다. 이 기회에 돌아가시는 것이 좋다고 생각합니다마는…… 싫으시면 도리가 없습니다. 이처럼 좋은 기회는 별로 많지 않을 것입니다. 제가 쿄토로 돌아가시기를 간곡히 권했다는 것을 로쵸 님은 깊이 새겨두십시오."

"잘 알았습니다. 저도 기회가 닿는 대로 다시 말씀 드리겠어요."

"앞으로 마님과 오사카와의 연락은 이 절을 통해 할 것입니다. 종종 참배하러 오십시오. 이것도 로쵸 님이 잘 알아서 주선해주십시오."

"알겠습니다."

그동안 아사히는 계속 고개를 떨군 채 무릎 위의 한 점만을 바라보고 있을 뿐이었다.

8

아사히 일행이 즈이류 사를 떠난 것은 정오가 조금 지났을 때였다.

걸어서 올 때는 왠지 마음이 느긋하여 즐거워 보였던 아사히. 돌아가는 길에는 가마에 시무룩하게 앉아, 무슨 말을 물어도 고갯짓으로 대답할 뿐이었다.

즈이류 사에 참배하라…… 그런데 즈이류 사는 무명無明의 구원을 위한 불빛이 아니라, 오사카의 지령을 받는 비밀 장소. 이런 떨쳐버릴 수 없는 생각에 이 세상이 더욱 추하게만 느껴졌다……

모든 일에 이면이 있는 인생. 그 인생 속에서 언제나 누군가에게 조종당하며 살아가는 몸—

'나만의 일일까? 아니면……'

조종하는 실이 모든 사람을 춤추게 만들고 있다면, 어째서 사람들은 그 실을 끊으려고 하지 않는 것일까?

이런 일을 망연히 생각하고 있는 동안 가마는 성안으로 들어갔다.

"도착했습니다. 손을 이리 주십시오."

나무향기가 풍기는 새 현관 앞에서 가마의 문이 열렸다. 가마 밖으로 나왔을 때 눈앞에는 20여 명의 시녀들이 도열해 있었다.

'이 사람들도 모두 나처럼 초조하게 살아가고 있는 것일까?'

코하기에게 손을 잡힌 채 긴 복도를 지났다. 그리고 아사히를 위해 신축된 내전의 거실로 들어와 호흡을 가다듬고 있을 때, 기다렸다는 듯이 코하기가 말을 걸어왔다.

"마님, 이 코하기한테만은 아무것도 숨기지 말고 말씀해주십시오."

"그게 무슨 소리냐, 숨기지 말라니?"

"상경하시기 전에 성주님이 마님을 찾아오셨습니까?"

"그래. 하지만 왜 그런 것을 묻지?"

"버릇없는 질문을 드려 죄송합니다. 그때 성주님은……"

"성주님이 어쨌다는 말이냐?"

"저어…… 부부간의 일을 마님께……"

아사히는 의아하다는 듯 눈을 깜박일 뿐 얼굴도 붉히지 않았고, 질문하는 의미도 깨닫지 못한 것 같았다.

"부부간의 일……?"

"예. 저어, 버릇없는 말씀입니다마는 잠자리의…… 맺어짐에 대해 여쭙는 것입니다."

노골적인 물음에 아사히는 옆으로 홱 돌아앉았다. 별로 큰 충격은 아닌 듯했지만, 싸늘하게 부인하는 태도임은 느낄 수 있었다. 아니, 일부러 상처를 건드리는 것 같아 마음이 상했는지도 모른다.

"그럼, 역시…… 아무 일도 없었군요?"

"……"

"공연한 것을 여쭈었군요. 참, 오시는 도중 바람 때문에 목이 마르셨겠습니다. 차를 가져오겠습니다."

이렇게 말했을 때, 전각 입구에서 젊은 시녀의 목소리가 들렸다.

"도련님이 돌아오셨습니다!"

"오, 도련님이 돌아왔어?"

갑자기 아사히가 당황하기 시작했다.

"코하기, 방석을 가져오너라. 도련님이 좋아하는 과자도 가져오고."

"알겠습니다."

"어서 마중 나가야지. 어쩌면 도련님이 이 세상에서는 유일하게…… 나와 인연이 있는 사람인지 몰라. 소홀함이 없도록…… 아, 그리고 창을 활짝 열어 시원한 바람이 들어오도록 해라."

사람이 달라지기라도 한 듯 일일이 지시했다.

9

"어머님, 지금 돌아왔습니다. 그동안 별고 없으셨습니까?"

히데타다는 방에 들어와 평소와 다름없이 정중하게 절했다.

아사히는 히데타다가 고개를 들기가 무섭게 말했다.

"도련님이 없는데 내 마음이 편할 리가 없지. 그래 아직 그것도 모른다는 말인가?"

아사히는 고개를 갸웃하고 자못 기쁜 듯 눈을 가늘게 떴다.

"제가 없어서 마음이 편하시지 않았다는 말씀인가요……?"

"그렇다니까. 정답게 이야기를 나눌 상대도 없고, 그래서 하루 종일

입을 다물고 연못의 잉어나 바라보고 바람소리를 듣는 것이 고작이었지. 그런데, 이번 사냥에서는 수확이 좀 있었어?"

"아직 기러기도 오지 않고 두루미의 모습도 보이지 않아 별로 수확은 없었습니다만, 마음껏 들판을 달리다가 돌아오기는 했습니다."

"멧돼지도 없었어?"

"예. 자주 나타나서 작물에 해를 끼친다고 해서 부하들에게 잡으라고 명했습니다만, 전혀 모습을 나타내지 않아……"

"그거 잘됐군! 아마 우리 도련님의 위세가 두려워 달아났을 테지. 아, 과자가 나왔군. 자, 과자를 들면서 사흘 동안 하마마츠에서 지낸 이야기나 들려줘."

이렇게 말하는 아사히와 히데타다 중간에 차와 과자가 놓였다.

히데타다는 앞에 놓인 과자를 얌전하게 똑같은 자세, 똑같은 동작으로 입으로 가져갔다.

"나가마츠마루."

"예, 말씀하시지요."

"너도 이미 어린아이가 아니야. 이제는 종오품하의 지쥬가 된 훌륭한 어른이야."

"몸만 자랐지 속은 익지 못했습니다. 부끄럽게 생각합니다."

"아니, 남다른 총명을 지녔어. 그래서 묻는데, 칸파쿠 님과 오다와라의 호죠는 가까운 장래에 전쟁을 벌일까?"

히데타다는 신중하게 고개를 기울였다.

"그런 것까지는 아직 저도 알 수 없습니다마는……"

"어미가 묻는데도 마음을 털어놓을 수 없다는 것인가?"

"저어……"

"중신이나 성주님의 생각은 모른다 해도 나름대로의 생각은 있을 것, 그것이 나는 알고 싶어."

“저 나름대로의 생각…… 말씀입니까?”
“그래, 나는 다른 사람의 생각 따위는 알고 싶지도 않아.”
“그렇다면 말씀 드리겠습니다.”
“오, 반가워라! 말해줄 수 있다는 말이지?”
“칸파쿠 전하와 오다와라의 전쟁, 반드시 일어난다고 생각합니다.”
“역시……”
“그러나 이것은 칸파쿠 전하와 호죠의 전쟁은 아닙니다.”
“그렇다면, 누구와 누구의 전쟁일까?”
“칸파쿠 전하와 아버님 이에야스의 냉전이 되리라 생각합니다.”
“원, 이런! 그것은 또 어째서일까?”
“아버님 배후에 호죠가 있으면 칸파쿠 전하가 안심할 수 없습니다. 그렇기 때문에 오다와라를 공격한다…… 오다와라 정벌은 구실일 뿐 실은 아버님을 고립시켜 그 힘을 약화시킨다, 이런 의미를 가진 전쟁이라고 저는 생각하고 있습니다……”
조심스럽게 말하고, 히데타다는 그만 아사히에게서 시선을 돌렸다.

10

히데타다는 이 말을 듣고 아사히가 놀랄 것이라 생각하고 있었다. 그러나 아사히는 뜻밖에도 태연하게, 안색도 변하지 않고 곧 다음 질문을 계속했다.
“역시 나도 그렇게 되지 않을까 생각하고 있었어. 그런데, 싸우면 어느 쪽이 이길까?”
“그것은 문제가 되지 않습니다.”
“문제가 되지 않다니?”

"호죠는 칸파쿠 전하의 적수가 못 됩니다. 그러므로 전쟁이 끝난 뒤에는 우리 쪽 입장이 더욱 어려워지고……"

"그럼, 아버님도 칸파쿠와 싸우실 생각이 있을까?"

히데타다는 고개를 저었다. 이때만은 소년다운 순진함이 눈썹 언저리에서 날카롭게 번뜩였다.

"천하를 위해 칸파쿠 전하 편에 서실 것입니다."

"천하를 위해……?"

"예. 만민이 바라는 것은 바로 평화입니다."

"천하를 위해……라니 나는 도무지 알 수가 없어. 그럼, 우리는 어떻게 되는 것이지? 전쟁이 시작되면 나는 나가마츠마루와도 헤어져 쿄토에 가야만 하는 것일까?"

히데타다는 깜짝 놀라 입을 다물었다. 그 역시 이 일에 대해 측근 시동들과 여러 번 이야기를 나누었다.

칸파쿠가 과연 마님을 슨푸에 남겨둔 채 그대로 전쟁을 시작할 것인지. 아니면 마님을 쿄토로 돌아오게 한 뒤 강력한 태도로 도쿠가와 가문에 압력을 가할 것인지.

그에 따라 상황이 크게 달라지지는 않는다 해도, 히데요시의 속셈을 아는 중요한 열쇠가 된다는 것이 거의 모든 사람들의 의견이었다.

"왜 대답이 없지? 나는 여기를 떠나 쿄토로 돌아가야 하는 것일까, 아니면 이대로 슨푸에서 지내게 될까?"

"……"

"생각이 있을 테니, 그것이 알고 싶어."

"어머님!"

"응."

"제 생각 같은 것은 아무 소용도 없습니다."

"어째서 그럴까?"

"칸파쿠가 결정할 일이기 때문입니다."

"으음……"

"칸파쿠의 분부라면 쿄토에서…… 오만토코로 님 곁에서 효도하는 도리밖에 없다고…… 저는 생각합니다."

"그러면 나뿐만 아니라 나가마츠마루까지도 칸파쿠가 결정하는 대로 움직일 수밖에 없다는 말이냐?"

"예."

"납득하지 못하겠어. 칸파쿠도 나도 같은 어머니의 배에서 태어난 인간. 한쪽은 명령하고 한쪽에서는 복종만 해야 한다니 이 얼마나 불합리한 일일까. 내가 싫다고 명령을 따르지 않는다면 어떻게 될까?"

"글쎄요……"

히데타다는 다시 한 번 신중히 생각했다.

"인간 세상의 다툼을 줄일 수 있는 약속이라면 비록 불합리한 일이라도 따르지 않을 수 없고, 또 지는 것이 이기는 것이라고……"

이렇게 말하면서 가만히 아사히의 기색을 살폈다.

11

아사히는 히데타다의 대답이 마음에 들지 않는 모양인지 무릎걸음으로 한 걸음 앞으로 다가앉았다.

"그럼, 전쟁을 피하기 위해 칸파쿠의 지시를 따라야 한다는 말이지?"

"예. 전쟁을 피하기 위해서는……"

히데타다는 다음 말을 잇지 않았다. 경솔하게 말했다가 오해라도 하는 날에는 돌이킬 수 없는 일이 생긴다는 것을 깨달은 게 분명했다. 아사히는 어깨를 떨구고 한숨지었다.

"나가마츠마루는 나를 좋아하지 않는 것만 같아."

"당치도 않은 말씀입니다!"

"그렇다면 내가 슨푸에 있는 편이 좋다는 것인가?"

"그야 두말할 나위도 없습니다, 칸파쿠 님의 명령이라면……"

"알겠어, 이제 됐어. 네 의견은…… 나는 나대로 따로 생각하겠어."

아사히는 쓸쓸히 웃으면서 눈길을 정원으로 돌렸다.

히데타다는 자세를 흐트러뜨리지 않고 잠시 그대로 앉아 아사히를 바라보고 있었다. 그는 아직 아사히의 불만과 불안을 깨닫지 못하고 있었다. 그러나 다음에 벌어질 호죠와 히데요시의 전쟁에 대해서는 주위 사람들로부터 귀가 아플 정도로 들어 알고 있었다.

어떤 사람은 이번 전쟁이야말로 도쿠가와 가문의 운명을 좌우할, 코마키 전투 이상의 의미가 있다고 했다. 또 어떤 사람은 이제 과감하게 히데요시와 손을 끊지 않으면 도쿠가와 가문은 영원히 히데요시의 가신으로 전락할 것이라 하고, 또 다른 사람은 그렇게 될 바에는 차라리 떠돌이무사가 되거나 땅을 갈면서 살겠다고 했다.

히데타다는 이런 말에 대해 자기 의견을 말한 일이 없었다.

그에게 아버지는 절대적인 존재였다. 생모의 영향을 받아 그런지도 몰랐다. 중요한 일은 아버지가 결정할 것이고, 자기는 다만 그 뜻을 받아 보좌하기 위해 태어난 몸이라 믿고 있었다. 이러한 히데타다는 이번 일에 대한 아버지의 의향을 잘 알고 있었다.

'아버지는 히데요시를 거역하지 않을 생각……'

그러한 생각은 자기 가문보다도 천하의 평화에 중점을 두어야 한다는 신앙과도 같은 아버지의 사고방식에 뿌리박고 있었다. 따라서 히데타다 역시 이런 입장에서 살아가지 않으면 안 되고, 이것이 아사히에 대한 싸늘한 대답이 되었다.

'내 생각은 잘못되지 않았다.'

이렇게 자문자답했을 때 갑자기 아사히가 무릎을 꺾고 울기 시작했다. 아랫자리에 대령하고 있던 시녀들이 깜짝 놀랄 정도로 그 울음소리는 컸다. 그리고 차차 슬픈 흐느낌으로 변했다.

"어머님, 왜 그러십니까?"

"미안하구나……"

아사히는 얼굴을 숙인 채 무겁게 말했다.

"너는 아직 젊어, 나처럼 삶에 지쳐 찌든 사람이 아니야…… 그런데도 내가 쓸데없는 푸념을…… 미안하구나."

"아닙니다. 저는 어머님 심정을 잘……"

히데타다는 다시 입을 다물었다. 잘 알고 있다……고 말하려 했지만, 거짓말이 될 것 같아서였다. 히데타다는 왜 이처럼 아사히가 이성을 잃었는지 알 수 없었다.

'아버지는 칸파쿠와 싸울 뜻이 없는데도……'

아사히는 일단 눈물을 닦았으나 참지 못하고 다시 흐느껴 울었다. 그것은 남편도 없고 자식도 없는 여성의 영혼 깊은 곳에서 솟아오르는 고독한 흐느낌이었다……

— 16권에서 계속

《 히데요시의 큐슈 침공도 》

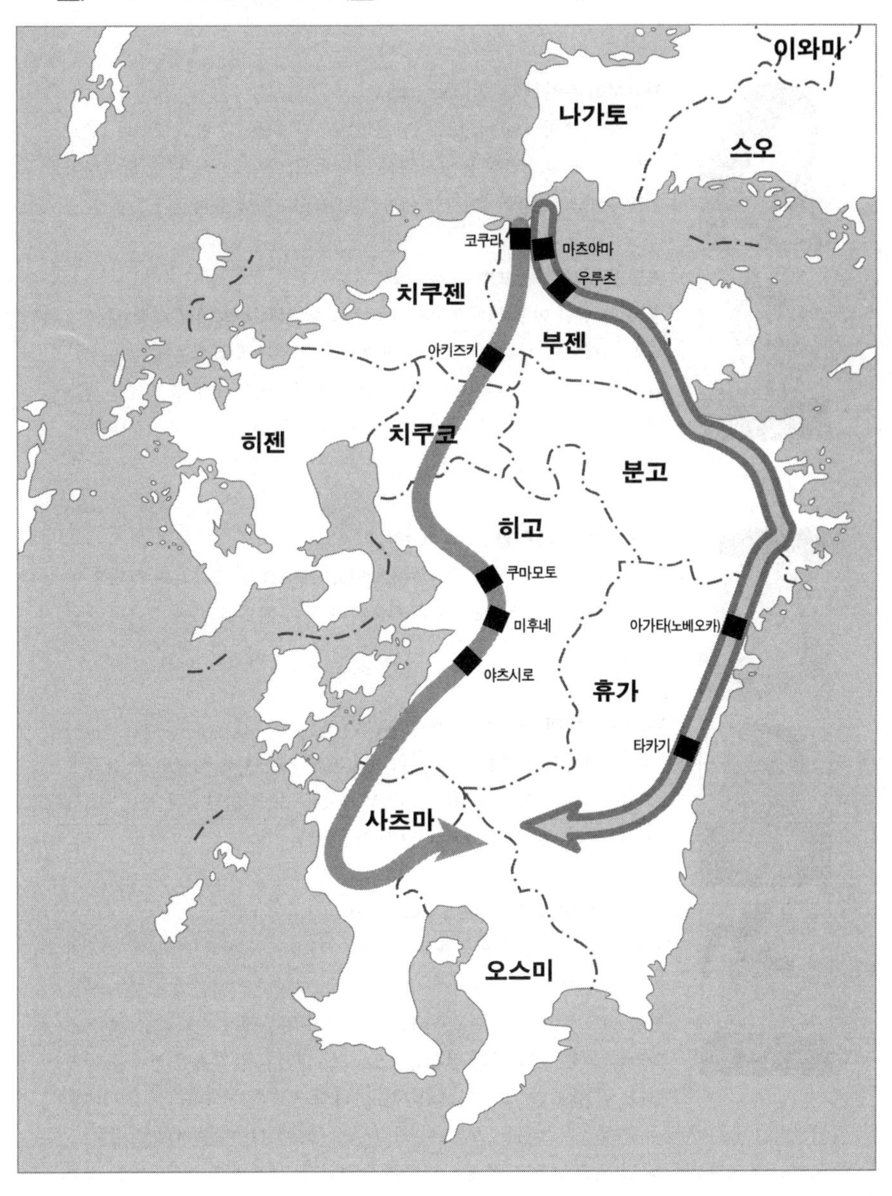

—·— ········ 지역 경계선
■ ········ 시마즈 군 수비 지역
········ 히데요시 군의 진로
········ 히데나가 군의 진로

《2부 주요 등장 인물》

가라시아 부인ガラシア | 1563~1600 |

아케치 미츠히데의 차녀로 이름은 키쿄, 가라시아는 세례명이다. 텐쇼 6년(1578)에 호소카와 타다오키와 결혼하고, 혼노 사의 변이 일어나자 아케치 미츠히데의 딸이라는 이유로 탄바 미토노에 유폐된다.

가모 우지사토蒲生氏郷 | 1556~1595 |

혼노 사의 변 이후 히데요시의 수하가 되어 이세 공략에서 공을 세워 이세의 카메야마 성을 받는다. 히데요시와 적대 관계에 있는 오다 노부오와 전투를 벌이고, 텐쇼 13년(1585)에는 오사카에서 천주교 세례를 받는다. 세례명은 레오. 텐쇼 15년의 큐슈 정벌에 대한 공으로 하시바라는 성姓을 받으며, 마츠사카 성을 지어 본거지로 삼는다.

고요제이後陽成 **천황** | 1571~1617 |

텐쇼 14년(1586) 11월에 즉위하여 36년 간 재위한다. 도요토미 히데요시, 도쿠가와 이에야스, 도쿠가와 히데타다 등의 원조를 받아 황실의 존엄성 회복에 힘쓴다.

니와 나가히데丹羽長秀 | 1535~1585 |

니와 나가마사의 아들로, 노부나가의 중신 가운데 한 사람이다. 노부나가 사후에는 키요스 회의, 시즈가타케 전투 등에 참가하여 히데요시를 후원하지만, 병으로 괴로워하다가 자살한다.

도요토미 히데요시豊臣秀吉 | 1537~1598 |

빗츄의 타카마츠 성을 공격하다가 혼노 사의 소식을 듣고, 즉시 모리 가와 화의를 맺고 쿄토로 돌아온다. 오다 노부나가를 배신하고 혼노 사의 변을 일으킨 아케치 미츠히데를 야마자키 전투에서 격파하고, 키요스 회의를 통해 오다 가의 적손인 산보시를 내세워 실질적인 권력을 장악한다. 이듬해 텐쇼 11년(1583) 시즈가타케 전투에서 시바타 카츠이에를 격파하고 오사카 성을 축조한다. 텐쇼 12년 코마키 · 나가쿠테에서는 도쿠가와 이에야스, 오다 노부오와 전투를 벌이고, 텐쇼 13년에 칸파쿠에 취임한다. 쵸소카베 모토치카를 격파하고 시코쿠를 평정한 것도 텐쇼 13년의 일이다. 텐쇼 14년에 이에야스와 화의를 맺고 다죠다이진에 취임하여 성을 도요토미라 고친다. 텐쇼 15년에는 시마즈 요시히사를 복종시키고 큐슈를 평정한다.

도요토미 히데츠구豊臣秀次 | 1568~1595 |

히데요시 누나의 아들로 히데요시의 양자가 된다. 텐쇼 12년(1584) 코마키 · 나가쿠테 전투에서 대장으로 군사들을 이끌고 미카와로 진격하지만, 도쿠가와 군에 대패하고 히데요시의 질책을 받는다.

도쿠가와 이에야스德川家康 | 1542~1616 |

키요스 회의를 통해 실질적인 권력을 장악한 히데요시에게 코마키 · 나가쿠테 전투의 승리에도 불구하고 둘째아들 오기마루를 인질로 보낸다. 또 히데요시의 강요로 늙고 여러 번의 결혼 경력이 있고 나이 많은 히데요시의 여동생 아사히히메를 정실로 맞이하는 등 굴욕의 세월을 보낸다. 텐쇼 15년(1587)에는 히데요시의 천거로 종2품 곤노다이나곤이 된다.

도쿠가와 히데타다德川秀忠 | 1579~1632 |

아명은 나가마츠마루, 도쿠가와 이에야스의 셋째아들이다. 맏아들 노부야스가 죽고 둘째아들인 히데야스가 히데요시의 양자로 가자 자연스럽게 도쿠가와 가의 상속자가 되어 어려서부터 지도자로 키워지게 된다. 텐쇼 15년에 관례를 올리고 히데타다라는 이름을 받는다.

마에다 겐이前田玄以 | 1539~1602 |

처음에는 히에이잔의 승려였으나 나중에 오다 노부나가를 모신다. 혼노사의 변 때는 노부타다의 아들인 히데노부를 호위하며 키요스 성으로 도망친다. 그 후 히데요시에게 소속되어 쿄토의 5대 부교 중 한 명이 되며 탄바 카메야마 성의 성주가 된다.

마에다 토시이에前田利家 | 1538~1599 |

통칭 마타자에몬 등으로 불리며 소년 시절부터 노부나가의 수하로 수많은 전투에서 활약하였다. 노부나가 사망 후 시즈가타케 전투에서는 시바타 군에 소속되어 히데요시와 대립하지만, 시바타 군이 패하는 것을 보고 히데요시와 제휴하고 자신의 딸을 히데요시의 양녀와 첩으로 들여보내는 등 밀접한 관계를 맺는다. 시바타 카츠이에를 키타노쇼 성에서 공격하여 멸망시키기도 한다.

모리 테루모토毛利輝元 | 1553~1625 |
빗츄 타카마츠 성 공방 이후 히데요시에게 소속되어 히데요시 수하의 다이묘 중 최대의 영지를 소유한다. 큐슈 정벌에 참전한다.

사나다 마사유키眞田昌幸 | 1545~1609 |
시나노 우에다 성의 성주로 처음에는 타케다 신겐의 신하였다. 타케다가 멸망 후에는 자립한 무장으로서 에치고의 우에스기, 오다와라의 호죠, 도쿠가와 이에야스 등과 동맹 관계를 맺지만, 텐쇼 13년(1585)에 이에야스가 호죠와 강화하기 위한 조건으로 사나다의 영지인 누타를 양도하자, 마사유키는 이에 불복하고 이에야스와 단교한다.

사카이 타다요酒井忠世 | 1572~1636 |
사카이 시게타다의 장남으로 미카와에서 태어난다. 우타노스케라고도 불린다. 처음에는 이에야스를 섬기다가 나중에 히데타다의 가신이 된다.

사카이 타다츠구酒井忠次 | 1527~1596 |
이에야스가 슨푸에 인질로 가 있는 동안 함께 생활한 이에야스 가신단의 필두. 혼노 사의 변이 일어났을 때 아케치 미츠히데와 싸울 것을 주장하는 이에야스를 진정시키고, 이가를 넘어가게 해 위기에서 탈출시킨다.

사카키바라 야스마사榊原康政 | 1548~1606 |
열세 살부터 이에야스를 섬긴다. 텐쇼 12년(1584)의 코마키 · 나가쿠테 전투에서 히데요시를 주군의 은혜도 모르는 대역무도한 악인이라고 탄핵한 푯말을 꽂아 부하들의 사기를 높였다는 일화는 유명하다. 냉정하고 기민하며, 또 부하에 대한 마음 씀씀이가 좋아 이에야스의 신임을 받는다.

삿사 나리마사佐佐成政 | ?~1588 |
노부나가의 수하로 각지를 돌아다니며 전투를 하였다. 혼노 사의 변 후 오다 노부오, 도쿠가와 이에야스와 결속하여 히데요시에게 대항한다. 그러나 텐쇼 13년에 히데요시의 공격을 받고 항복한다. 텐쇼 15년에는 큐슈 정벌이 끝나자 히고 지방을 받지만, 영내 백성들이 반란을 일으켜,

그 책임으로 히데요시에게 사형당한다.

센노 리큐千利休 | 1522~1591 |

센고쿠 시대의 다인茶人으로 텐쇼 13년(1585) 히데요시가 주최한 다이토쿠 사의 다회를 관장하여 천하제일의 다인으로 칭송받는다. 히데요시의 신임을 받아 정치에도 관여하고, 오사카 다회에서는 제1석을 맡는다.

시마즈 요시히로島津義弘 | 1535~1619 |

통칭 마타시로. 텐쇼 14년(1586)에 분고로 침공하여 오토모 가를 괴멸 상태에 빠뜨리고, 치쿠젠, 부젠을 제외한 큐슈 전역을 제압한다. 하지만, 이듬해 도요토미 히데요시의 큐슈 정벌에 저항하지 못하고 항복하여 오스미 한 지방만을 소유하게 된다.

시바타 카츠이에柴田勝家 | 1522~1583 |

오다 가의 가신으로 혼노 사의 변 후, 키요스 회의에서 노부나가의 셋째 아들인 노부타카를 천거하지만, 후계가 히데요시가 천거한 산보시로 결정되자 히데요시와의 불화가 표면화된다. 시즈가타케 전투에서 히데요시와 전쟁을 벌이지만, 키타노쇼 성을 히데요시 군이 포위하자 부인 오이치와 함께 자살한다.

아사히히메朝日姬 | 1543~1590 |

도요토미 히데요시의 의붓여동생. 히데요시의 계략에 의해 전남편과 이혼하고 이에야스의 정실이 된다. 하지만 이에야스의 정실이라는 것은 이름뿐, 실제로는 인질이었다. 후에 오만도코로가 이에야스의 상경에 대한 인질로 이에야스에게 오자 아사히히메는 오만도코로와 부둥켜안고 울었다고 한다. 도쿠가와 가신들은 그것을 보고 오만도코로가 가짜가 아니라는 것을 확신한다.

아케치 미츠히데明智光秀 | 1528~1582 |

관직명 휴가노카미. 혼노 사에서 주군 노부나가를 공격하여 노부나가를 자살하게 만들고, 야마자키 전투에서 히데요시의 공격을 받고 도망치던 중, 오구루스에서 토민들에게 살해된다.

안코쿠지 에케이安國寺惠瓊 | ?~1600 |

혼노 사의 변이 일어나기 10년 전부터, “노부나가의 시대는 당분간 계속되겠지만, 그 후 운명이 바뀌어 히데요시가 천하를 쥘 것이다”라고 예언했다. 혼노 사의 변 후, 승려의 신분으로 모리 가의 신하로 전투에 참가하지만, 히데요시에게 이요의 와케 군 2만 3천 석을 받고, 히데요시의 신하가 된다.

야마노우치 카즈토요山內一豊 | 1546~1605 |

노부나가의 수하였지만, 스물다섯 살 때 노부나가의 명으로 히데요시의 신하가 되고, 가신단 중에서 고참이 된다. 많은 무공을 쌓았는데, 특히 시즈가타케 전투와 코마키 · 나가쿠테 전투의 공적으로 타카하마의 성주가 된다.

오다 노부오織田信雄 | 1558~1630 |

오다 노부나가의 둘째아들이다. 혼노 사의 변 후 천하쟁탈전에 뒤늦게 참가하여 도요토미 히데요시와 적대 관계가 된다. 훗날 히데요시의 오토기슈가 된다.

오다 우라쿠사이織田有樂齋 | 1547~1621 |

오다 노부나가의 동생으로 이름은 나가마스. 혼노 사의 변 때 우라쿠사이는 니죠 성에 있었는데, 오다 노부타다 자살 후에 탈출하여 기후로 도망간다. 한때 노부오를 지지하지만 결국 히데요시의 수하가 된다.

오만도코로大政所 | 1513~1592 |

이름은 나카. 도요토미 히데요시의 어머니이다. 텐쇼 13년(1585) 히데요시의 칸파쿠 취임 후 오만도코로라 불린다.

오이치お市 | 1548~1583 |

오다 노부나가의 여동생이다. 노부나가의 명으로 아사이 나가마사와 결혼하지만, 남편인 나가마사가 노부나가를 배신하여, 텐쇼 원년(1573)에 죽게 되자 세 딸과 함께 키요스 성으로 옮겨와 산다. 텐쇼 10년(1582)에 오다 가의 중신인 시바타 카츠이에와 재혼하지만, 이듬해 카츠이에가 본거지인 키타노쇼 성에서 히데요시의 공격을 받자 남편과 함께 자살한다.

오쿠보 타다타카大久保忠教 | 1560~1639 |

통칭 히코자에몬. 열여섯 살부터 이에야스를 섬겼다. 형 타다요를 따라 출전하여 종종 공을 세우지만, 좀처럼 상을 받지 못한다.

오타니 요시츠구大谷吉繼 | ?~1600 |

초기의 행적은 불분명하지만, 텐쇼 11년(1583)의 시즈가타케 전투에서 공을 세운다. 큐슈 원정에서는 군량을 맡는다.

이마이 소큐今井宗久 | 1520~1593 |

센고쿠, 아즈치 · 모모야마 시대의 다인이며 호상豪商이다. 노부나가의 보호에 의해 사카이에서의 지위를 확보하고, 요도가와의 자유 통항에 대한 특권도 받는다. 츠다 소큐, 센 리큐와 함께 차의 3대 명인이다.

이시다 미츠나리石田三成 | 1560~1600 |

관직명은 지부노쇼治部少輔. 히데요시가 오미의 영내를 순시하다 목이 말라 절에 들러 차를 부탁했다. 그러자 처음에는 미지근하고, 두 잔째는 조금 뜨겁고, 세 잔째는 뜨겁고 진한 차가 나왔다. 그 마음 씀씀이에 감탄한 히데요시는 차를 내온 승려를 가신으로 삼았는데, 이것이 히데요시와 미츠나리의 만남이었다고 한다. 그 후 히데요시와 함께 츄고쿠 각지를 돌아다니며 전투에 참가한다. 원래 학문 수행을 위해 승려가 되었던 사람이어서 무력보다는 지략이 뛰어났다. 히데요시는 그것을 간파하고 사카이 부교 등 부교 직에 임명하여, 미츠나리는 도요토미 정권에서 5대 부교의 한 사람으로서 강력한 실력을 발휘한다.

이시카와 카즈마사石川數正 | ?~1593 |

관직명은 호키노카미. 혼노 사의 변 후 히데요시가 천하의 주도권을 잡게 되자 도쿠가와 가 대부분의 중신들은 히데요시에 항전하자는 의견이었으나 유독 카즈마사 만이 히데요시와 화친해야 한다고 주장한다. 결국 다른 중신들에게 히데요시와 내통하는 것이 아니냐는 의심을 받게 되어, 그는 가족을 데리고 히데요시에게 투항한다. 카즈마사가 히데요시에게 간 것은 도쿠가와 가의 결속을 더욱 굳건하게 만들기 위한 것이었을 수도 있다. 이후 아사히히메와 이에야스의 결혼을 성사시키는 데 결정적인 역할을 한다.

이이 나오마사井伊直政 | 1561~1602 |

토토우미의 이이 집안은 대대로 이마가와 가의 가신이었지만, 나오마사가 두 살 때, 오다 가와 내통했다는 의심을 사서 아버지가 살해된다. 나오마사는 친족 집에 숨어 지내다가 열다섯 살 때 이에야스에게 발탁된다. 텐쇼 14년(1586), 도요토미 히데요시의 어머니인 오만도코로를 오사카 성으로 호송할 때 과거의 동료였던 이시카와 카즈마사와 함께 히데요시로부터 차를 대접받았는데, 이때 나오마사는 카즈마사와 동석하는 것을 거부하고, "카즈마사 이 사람은 주군인 이에야스 님을 버리고 전하를 모시려는 겁쟁이요. 같은 자리에 앉는 건 사양하겠오"라고 말해 그 자리에 모인 사람들을 공포에 떨게 했다 한다.

이케다 츠네오키池田恒興 | 1536~1584 |

노부나가의 가신으로 혼노 사의 변 때는 히데요시 군에 합류하여 야마자키 전투에 참전한다. 키요스 회의에도 히데요시, 시바타 카츠이에, 니와 나가히데와 함께 참가한다. 그 후 히데요시를 따라 시즈가타케 전투에도 종군하지만, 코마키 · 나가쿠테 전투에서 아들 모토스케와 함께 전사한다.

이케다 테루마사池田輝政 | 1564~1613 |

츠네오키의 차남. 초기에는 노부나가를 따라 각지의 전투에 참가하였고, 혼노 사의 변 후에는 히데요시를 따른다. 텐쇼 12년(1584), 코마키 · 나가쿠테 전투에서 아버지와 형 모토스케가 죽자 상속자가 된다.

챠챠히메茶茶姬 | 1567~1615 |

아사이 나가마사의 장녀로, 어머니는 오다 노부나가의 여동생 오이치. 외삼촌인 노부나가의 공격으로 아버지 나가마사는 자살하고, 오이치가 재혼한 시바타 카츠이에도 히데요시의 공격을 받아 오이치와 함께 자살한다. 당시 열일곱 살인 챠챠는 두 여동생과 함께 히데요시에게 맡겨진다. 스물세 살에 히데요시의 측실이 되는데, 이후 요도 마님이라 불린다.

쿠로다 나가마사黑田長政 | 1568~1623 |

요시타카의 적자로 아버지가 히데요시의 수하이기 때문에 오다 노부나가의 인질로 히데요시의 거성 나가하마에서 유년기를 보낸다. 노부나가 사후에도 히데요시를 섬기며, 시즈가타케 전투와 코마키 · 나가쿠테 전투 등에서 활약한다.

쿠로다 요시타카黑田孝高 | 1546~1604 |

칸베에 또는 죠스이라고도 불린다. 텐쇼 5년(1577), 히데요시의 츄고쿠 정벌에 참가하여 각지에서 활약하였다. 그렇지만 아라키 무라시게의 모반 때는 아라키를 설득하러 사자로 갔다가 그대로 체포되어 이듬해에 다리가 불구가 된 채 구출된다. 노부나가 사후에도 히데요시의 무장으로서 활약하지만 너무 재주를 부려 히데요시로부터 소외당한다.

쿠키 요시타카九鬼嘉隆 | 1542~1600 |

혼노 사의 변 이후에 히데요시의 수하가 되어, 코마키 · 나가쿠테 전투에서 반 노부오 파로 활약한다. 큐슈 정벌, 오다와라 전투에서는 히데요시 수군의 주력으로, 주로 병력의 수송과 해상 경호를 맡는다.

키타노만도코로北政所 | 1548~1624 |

네네라고도 불린다. 열네 살 때 노부나가의 하인이던 키노시타 토키치로(히데요시)와 결혼한다. 어진 부인이라 칭송 받았으며, 히데요시의 초고속 출세를 내조한다. 가신들도 잘 돌보며 겸손한 성격으로, 칸파쿠의 부인이 되고 나서도 오와리의 사투리를 그대로 사용하고, 히데요시와 격렬한 언쟁을 벌이기도 한다.

타키가와 카즈마스瀧川一益 | 1525~1586 |

오미의 카이 출신으로, 오다 가의 가신이다. 호방한 무장으로 알려져 있다. 혼노 사의 변 이후 시즈가타케 전투에서 시바타 카츠이에 군에 가담하여 전투를 벌이지만 대패하여 그 지위는 영락한다. 히데요시와의 전투에서도 패해 삭발하고 에치젠 오노에 칩거한다.

토도 타카토라藤堂高虎 | 1556~1630 |

아사이 나가마사 등 여러 주군을 섬기다가 도요토미 히데요시의 수하가 되어 코마키 · 나가쿠테 전투, 큐슈 정벌 등에서 활약한다.

토리이 모토타다鳥居元忠 | 1539~1600 |

이에야스의 가신으로 아네가와 전투, 미카타가하라 전투 등에서 많은 무공을 세운다. 진실한 인물로 기탄없이 이에야스에게 간언을 했다. 세키가하라 전투에서 그가 수비하고 있던 후시미 성이 이시다 미츠나리의 대군에 포위되었는데, 이때 신하는 자살을 권유하지만, 싸우는 것이야말로 장수의 참된 길이라며 이 권유를 뿌리치고, 100분의 1에도 미치지 못하는 병력으로 맞서다가 전사한다. 훗날 "미카와 무사의 귀감"이라 칭송 받는 충절의 무장이다.

하시바 히데나가羽柴秀長 | 1541~1591 |

히데요시의 의붓동생. 타지마 평정, 야마자키 전투 등에서 무공을 세운다. 도요토미 정권의 기반 조성에 힘을 쏟았다. 큐슈 원정에서는 시마즈군을 격파하여 종2품 곤노다이나곤이 된다.

하시바 히데야스羽柴秀康 | 1574~1606 |

아명은 오기마루이고, 이에야스의 차남이다. 코마키 · 나가쿠테 전투 후 인질로 히데요시의 양자가 된다.

하치스카 마사카츠蜂須賀正勝 | 1526~1586 |

통칭 코로쿠, 히코에몬이라고도 한다. 오다 노부나가의 오케하자마 승리의 그늘에는 하치스카 코로쿠와 그 일당의 활약이 있었다고 한다. 또 도요토미 히데요시의 수하에 들어간 뒤에는 책략에 재능을 발휘하여 히데요시의 사업을 도와준다. 모리와의 절충에 힘을 쏟은 것도 코로쿠다.

호소카와 타다오키細川忠興 | 1563~1645 |

호소카와 후지타카의 아들. 아버지와 함께 오다 노부나가를 섬기며 마츠나가 히사히데 공략 등에서 공명을 떨쳤다. 혼노 사의 변이 일어났을 때는 아케치 미츠히데의 딸 키쿄(가라시아)와 결혼한 상태였지만, 히데요시의 수하에 있었다. 코마키 · 나가쿠테 전투와 큐슈, 오다와라 정벌에도 참전한다.

호소카와 후지타카細川藤孝 | 1534~1610 |

통칭 유사이. 혼노 사의 변 후 인척인 아케치 미츠히데의 협조 요청을 거부하고, 히데요시의 수하로 들어간다.

호죠 우지나오北條氏直 | 1562~1591 |

텐쇼 11년(1583) 상속을 받아 도쿠가와 이에야스와 우에노 지방의 타케다 가문 옛 영지를 나눠 갖고, 이에야스의 딸인 스케히메를 아내로 맞이한다. 그러나 히데요시와 이케다의 영지를 둘러싸고 대립한다.

혼다 마사노부本多正信 | 1538~1616 |
이에야스의 가신. 혼노 사의 변 후 히데요시의 시대가 되자, 내정이나 외교 정책이 중시되는데, 마사노부는 무인으로서의 능력은 떨어지지만 실무에는 뛰어나서 이에야스의 두터운 신임을 받아, 자신의 행정 능력과 지략을 유감없이 발휘하기 시작한다.

혼다 시게츠구本多重次 | 1529~1596 |
혼다 사쿠자에몬 시게츠구는 일곱 살 때 키요야스(이에야스의 조부)를 섬긴 것에 이어, 히로타다, 이에야스 삼 대에 걸쳐 중용된 노신이다. 당시 사람들은 시게츠구를 '오니사쿠자鬼作左(성격이 용맹하여 붙인 별명)' 라 칭했는데, 그 이유가 전장을 누비는 시게츠구가 마치 '오니=도깨비'를 방불케 했기 때문이다.

혼다 타다카츠本多忠勝 | 1548~1610 |
혼노 사의 변 후 이에야스를 안내하여 이가를 넘은 것은 유명하다. 텐쇼 12년(1584)의 코마키 · 나가쿠테 전투에서는 히데요시의 수만에 달하는 군대를 단 300기로 맞서려는 담력을 보여 히데요시로부터도 "서쪽에 타치바나 무네시게가 있다면 동쪽에 혼다 헤이하치로가 있다"는 격찬을 받는다. 또 그는 미카와의 명물 사슴 뿔 투구를 썼는데, 적군들은 이 투구를 보기만 해도 혼비백산했다고 한다.

후쿠시마 마사노리福島正則 | 1561~1624 |
관직명 사에몬다이부. 히데요시의 아버지 쪽 친척이라 하고, 소년 시절부터 히데요시를 섬긴다. 시즈가타케 전투에서는 일곱창의 일원으로서 5천 석의 포상을 받는다. 큐슈 원정에도 주력이 되어 전투에 참가한다.

《아즈치 · 모모야마 용어 사전》

고자부네御座船 | 천황, 귀인 등이 타는 배로, 지붕이 있는 놀잇배.

곤노다이나곤權大納言 | 정원 이외의 다이나곤. 다이나곤은 우다이진 다음의 고관.

노쿄겐能狂言 | 노가쿠能樂의 막간에 상연하는 희극.

니치렌日蓮 | 니치렌 종日蓮宗과 같다. 불교 법화종法華宗을 가리킨다.

다다미疊 | 일본식 주택의 방바닥에 까는 것으로, 짚으로 만든 판에 왕골이나 부들로 만든 돗자리를 붙인 것. 일반적으로 크기는 180×90cm이며, 일본에서는 지금도 방의 크기를 다다미의 장수로 나타내는 경우가 많다.

다이묘大名 | 넓은 영지와 많은 부하를 둔 무사의 우두머리.

로죠老女 | 쇼군이나 영주의 부인을 섬기는 시녀의 우두머리.

미나모토노 요리토모源賴朝 | 카마쿠라 바쿠후鎌倉幕府의 초대 쇼군將軍으로, 무신정권의 창시자. 1147~1199.

부교奉行 | 행정, 재판, 사무 등을 담당하는 무사의 직명.

사루가쿠猿樂 | 일본의 중세 시대에 행해진 민중 예능. 익살스런 동작과 곡예를 주로 하였다. 차츰 연극화되어 노와 쿄겐으로 갈라졌다.

쇼군將軍 | 바쿠후 최고의 실권자.

쇼쇼少將 | 코노에후近衛府의 차관.

슈인센朱印船 | 쇼군의 주인朱印이 찍힌 해외 도항 허가장을 받아 동남아시아 각지와 통상을 하는 무역선.

스즈구치鈴口 | 다이묘의 저택 등에서 안채와 바깥채의 경계에 빨간 끈이 달린 종을 달아 놓고 용무가 있을 때 이것을 울려 알리는 곳.

아시가루足輕 | 평시에는 막일에 종사하고, 전시에는 병졸이 되는 최하급 무사.

안토쿠安德 천황 | 재위 1180~1185. 두 살에 즉위하여 일곱 살 때 바다에 빠져 죽는다.

에이잔叡山 | 히에이잔比叡山이라고도 한다. 천태종天台宗의 총본산인 엔랴쿠 사延曆寺가 있는 산.

오카와大鼓 | 노가쿠에 쓰이는 북의 한 가지.

오토기슈御伽衆 | 다이묘나 귀인의 말상대가 되는 사람이나 그 관직.

와카和歌 | 일본의 고유 형식인 5음, 7음을 바탕으로 하여 만들어진 정형시. 5·7·5·7·7의 5구 31음으로 된 시.

와키자시脇差 | 일본도의 일종으로 큰 칼에 곁들여 허리에 차는 작은 칼.

요도야淀屋 | 에도 시대 오사카 거상巨商의 이름.

우란분재盂蘭盆齋 | 음력 7월 보름에 조상에게 제사지내는 불교 행사.

이가伊賀 무리 | 이가 출신의 첩보 담당 무사들.

잇코一向 신도 반란 | 정토진종 혼간 사本願寺의 신도가 킨키 · 토카이 · 호쿠리쿠 지방 일대에서 일으킨 반란. 오다 노부나가에게 저항한 이시야마 혼간 사와 이세 나가시마, 도쿠가와 이에야스에게 대항한 미카와 잇코 반란 등 각지에서 다이묘에 대항했다.

쟈비센蛇皮線 | 오키나와沖繩의 민속 악기. 산신三線의 속칭. 뱀가죽을 몸통에 댄 삼현 악기. 원元나라에서 류큐琉球를 거쳐 일본에 전해졌고, 이것이 개조되어 샤미센三味線이 되었다고 한다.

제석천帝釋天 | 도리천忉利天의 임금. 범왕梵王과 더불어 불법을 지키는 신.

지쥬侍從 | 나카츠카사칸中武官 소속으로 천황을 곁에서 모시는 관직.

진바오리陣羽織 | 전쟁터에서 갑옷 위에 걸쳐 입는 소매 없는 겉옷.

츄나곤中納言 | 다이죠칸太政官의 차관. 다이나곤의 아래.

치지미縮 | 바탕에 잔주름이 생기도록 짠 옷감.

친왕親王 | 황족의 하나. 천황의 형제와 황자皇子를 일컫는 말.

칸뉴貫乳 | 도자기 표면에 나타난 미세한 금.

칸파쿠關白 | 천황을 보좌하여 정무를 담당하는 최고위의 대신.

코쇼小姓 | 주군을 측근에서 모시며 잡무를 맡아보는 무사.

코카甲賀 무리 | 게릴라 전법을 구사하는 코카 지방의 자치 공동체. 코가 무리라고도 한다.

코큐胡弓 | 호궁. 동양에서 널리 보급되어 있는 현악기의 한 가지. 바이올린 비슷한데, 둘 또는 네 개의 줄을 얹어 활로 비벼 연주한다.

키요모리清盛 | 타이라노 키요모리平清盛. 헤이안平安 시대 후기의 무장으로 안토쿠 천황의 외조부이다. 1118~1181.

텐슈카쿠天守閣 | 성의 중심부 아성牙城에 3층 또는 5층으로 높게 쌓은 망루.

히타타레直垂 | 소매 끝에 묶는 끈이 달려 있고 문장紋章이 없는 무사의 예복.

《 일본 천주교의 전래와 수난 》

◈ 최초의 선교사 하비에르

일본 천주교 최초의 선교사는 '하비에르(Saint Francis Xavier: 1506~1552)'다. 하비에르는 1534년 파리에서 예수회에 가입 서약을 하여 로욜라의 이그나티우스가 이끌던 예수회 최초의 회원 7명 가운데 한 명이 되었다. 인도, 말레이 제도, 일본에 천주교를 세우는 데 중요한 역할을 했다.

◈ 천주교도의 증가

1570~1580년이 일본 천주교의 전성기로, 1570년에 약 3만 명, 1579년에 10만 명, 1582년에 15만 명, 1587년에 20만 명의 천주교 신자가 있었다고 한다.

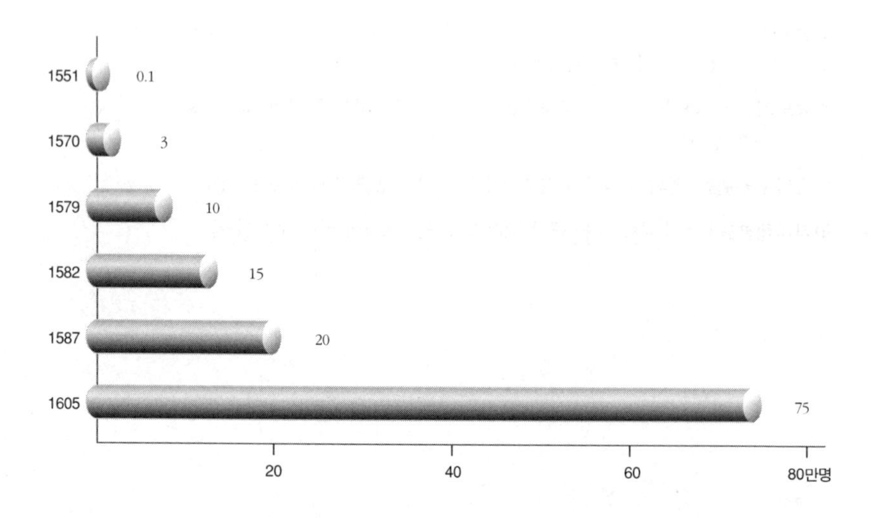

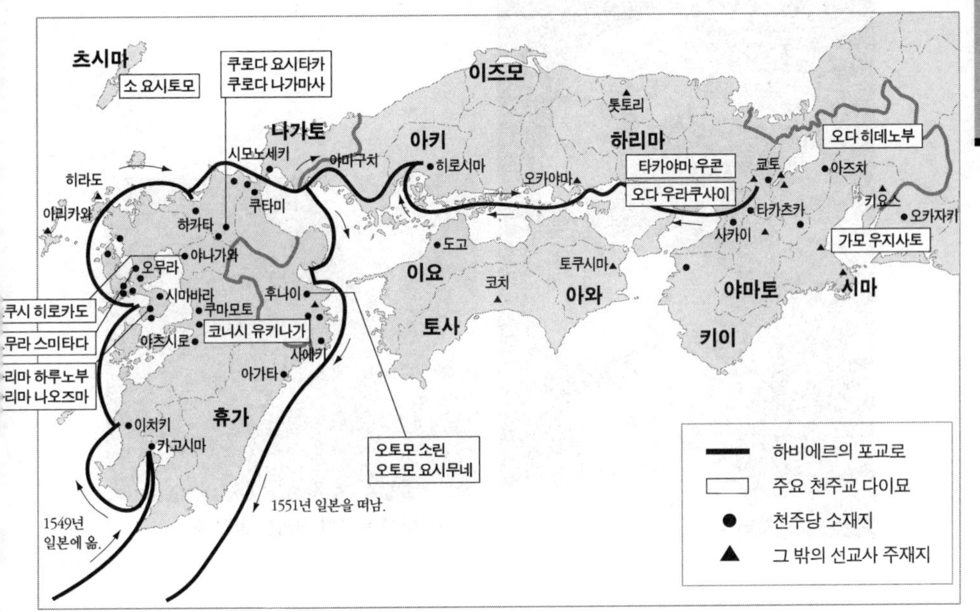

◈ **하비에르의 포교로와 주요 천주교 다이묘**

하비에르는 1549년 8월 15일 토레스 신부, 페르난데스 수사 등과 함께 카고시마에 도착했다. 그는 일본에 오기 전 인도의 고아에서 8년 동안 머물면서 동양 선교의 발판을 구축했는데, 동아시아의 선교지로서는 일본을 최초로 선택하고 활동을 시작한 것이다.

이후 하비에르 일행은 카고시마에 1년 이상 머물다가 쿄토로 진출하였다. 2년여의 활동으로 1천5백 명의 개종자를 얻었다.

큐슈 지역의 오토모大友, 오무라大村, 아리마有馬 가문, 쿄토의 타카야마高山, 코니시小西, 이케다池田 가문 등이 대표적 천주교 가문이다.

◈ **타카야마 우콘**

쿄토 지역의 대표적 천주교 다이묘.
세례명은 돈 쥬스트.

◈ **타카야마 우콘이 세례를 받은 곳**

◈ **오토모 소린**

큐슈 지역의 대표적 천주교 다이묘.
세례명은 프란시스코.

◈ **오토모 소린의 인장印章**

FRCO — 프란시스코

◈ 천주교 박해

일본 천주교가 중앙 정부의 박해를 받은 시기는 대개 1587년부터이다. 당시 최고 통치자 도요토미 히데요시는 집권 초기에는 천주교도 보호 정책을 썼지만 1587년 6월 천주교에 대한 힐문서詰問書를 발송하고, 곧이어 천주교를 사교로 판정하고 금교령을 내렸다. 천주교 세력에 의한 정치적 위협에 대처하기 위함인 듯하다.

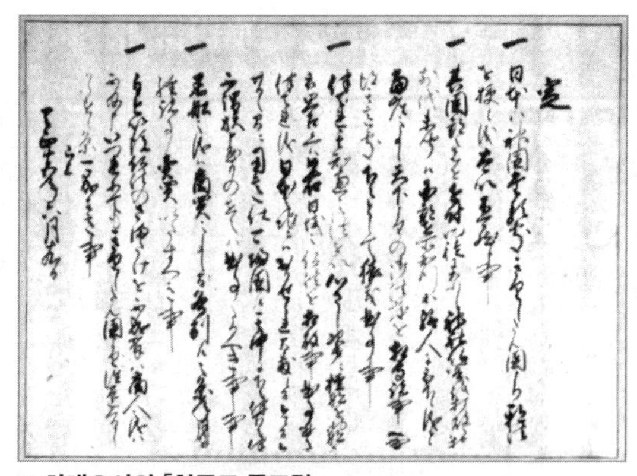

◈ 히데요시의 「천주교 금교령」

◈ 금교령 이후의 탄압을 그린 「천주교도 고문」

《 주요 장수의 군기 · 우마지루시 》

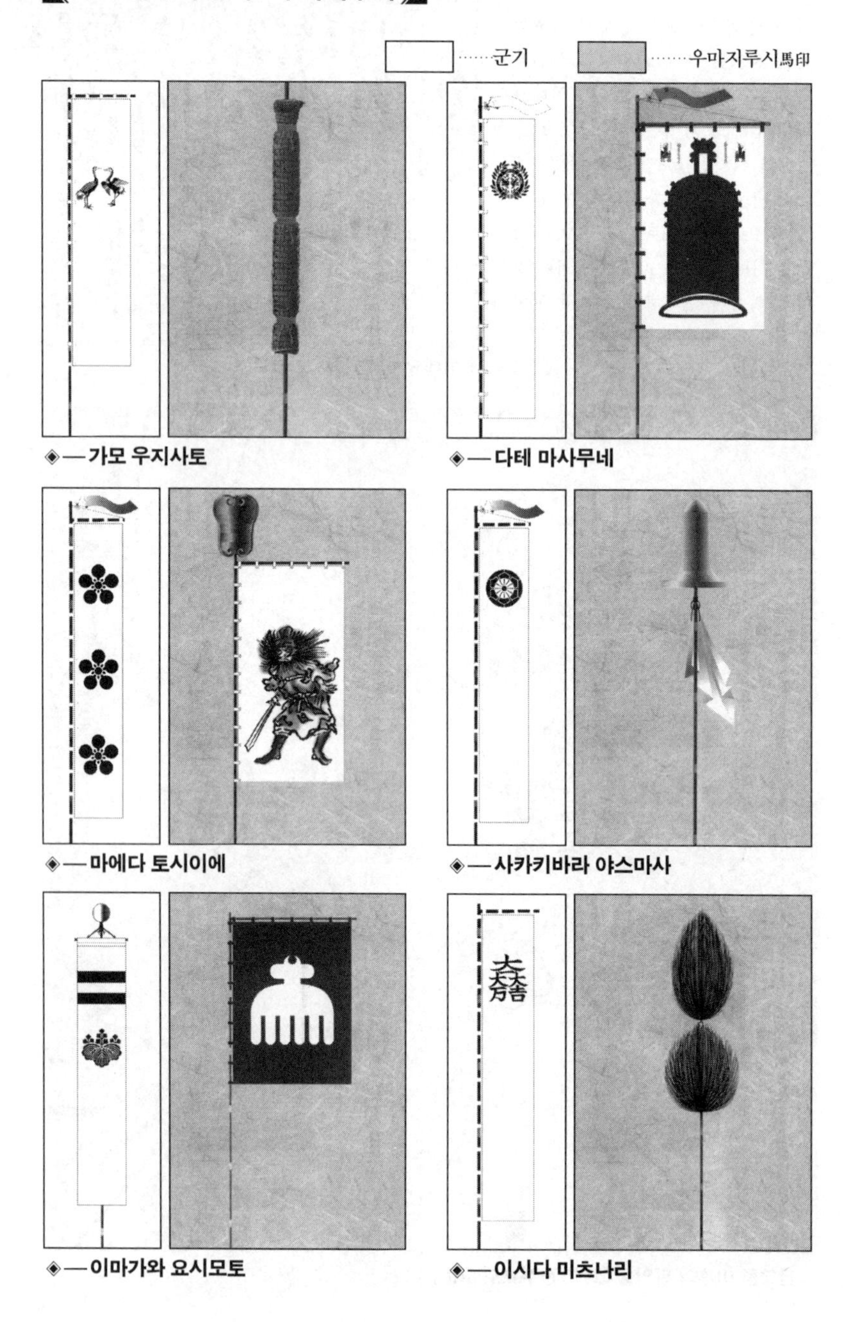

◈—가모 우지사토

◈—다테 마사무네

◈—마에다 토시이에

◈—사카키바라 야스마사

◈—이마가와 요시모토

◈—이시다 미츠나리

◈— 츠츠이 쥰케이

◈— 카토 요시아키

◈— 코니시 유키나가

◈— 코바야카와 히데아키

◈— 토도 타카토라

◈— 호소카와 타다오키

《 주요 장수의 문장 · 사인 》

◈— 이시다 미츠나리

◈— 츠츠이 쥰케이

◈— 카토 요시아키

◈— 코니시 유키나가

◈— 쿠키 요시타카

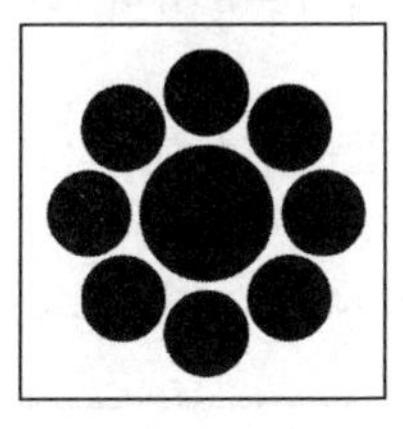

◈— 호소카와 타다오키

도쿠가와 이에야스 관련 연보(1586~1588)

◈—서력의 나이는 도쿠가와 이에야스의 나이

일본 연호		서력	주요 사건
텐쇼 天正	14	1586 45세	11월 5일, 이에야스가 정3품이 된다. 11월 11일, 이에야스가 오카자키 성으로 돌아온다. 11월 12일, 이에야스가 이이 나오마사에게 히데요시의 생모 오만도코로를 호위토록 하여 오사카로 보낸다. 11월 25일, 고요제이 천황 즉위. 12월 4일, 이에야스는 하마마츠에서 슨푸 성으로 이전한다. 12월 19일, 히데요시가 다죠다이진이 되어 도요토미라는 성姓을 하사받는다.
	15	1587 46세	정월 1일, 도요토미 히데요시는 큐슈 정벌을 위해 여러 장수들의 부서를 정한다. 3월 1일, 히데요시는 시마즈를 공격하기 위해 직접 장수들을 거느리고 오사카 성을 출발한다. 마에다 토시이에, 하시바 히데츠구에게 쿄토 수비를 맡긴다. 3월 25일, 히데요시가 나가토 아카마가세키(시모노세키)에 도착하여 진지를 구축한다. 4월 21일, 시마즈 요시히사가 이쥬인 타다무네를 인질로 삼아서 하시바 히데나가를 통해 히데요시에게 항복한다. 5월 3일, 히데요시는 진영을 사츠마 타이헤이 사에 구축하고 그곳으로 옮긴다. 요시히사가 항복하자 그를 용서하고 군대의 진격을 중지시킨다. 5월 8일, 시마즈 요시히사는 삭발하고 이름을 류하쿠로 바꾸고, 히데요시를 알현한다. 5월 27일, 히데요시가 사츠마에서 철수하여 하카타로 간다. 6월 11일, 히데요시는 치쿠젠 하카타에 다시 성곽과 도

일본 연호		서력	주요 사건
텐쇼 天正			로를 정비하여 부흥을 꾀한다. 6월 19일, 히데요시가 천주교의 폐해를 알고, 천주교 신부에게 20일 안에 일본에서 떠나라는 추방령을 내린다. 7월 14일, 히데요시가 오사카로 개선한다. 8월 5일, 이에야스는 상경하여 히데요시의 개선을 축하한다. 8월 8일, 이에야스는 종2품 곤노다이나곤이 된다. 이날, 이에야스의 셋째아들 나가마츠마루는 관례를 치르고 히데타다로 개명한다. 9월 13일, 쥬라쿠 저택 준공. 오만도코로가 키타노만도코로와 함께 쥬라쿠 저택으로 들어간다. 9월 18일, 히데요시가 오사카 성에서 쥬라쿠 저택으로 옮긴다. 9월 24일, 키타노만도코로가 오사카 성으로 돌아간다. 10월 1일, 히데요시가 키타노에서 성대한 다회를 주최한다. 11월 19일, 오다 노부오가 나이다이진이 된다. 12월 28일, 곤노다이나곤 도쿠가와 이에야스가 사콘에노타이쇼를 겸직하고, 사마료고겐이 된다.
	16	1588 46세	정월 5일, 사가미의 호죠 우지나오가 영내의 범종을 징발하여 군용軍用으로 사용한다. 정월 12일, 이에야스는 사콘에노타이쇼의 직위에서 물러난다. 4월 14일, 고요제이 천황이 쥬라쿠 저택으로 행행行幸한다.

옮긴이 **이길진**李吉鎭

1934년 황해도 출생. 1958년 서울대학교 사회학과를 졸업하였다.
일본 문학 작품 및 일본 문화에 관련된 많은 책들을 유려한 우리말로 옮겼다.
주요 역서로는 가와바타 야스나리의 『설국』, 이마이 마사아키의 『카이젠』,
오에 겐자부로의 『사육』, 기쿠치 히데유키의 『요마록』,
야마오카 소하치의 『오다 노부나가』, 『사카모토 료마』 등이 있다.

| 부록의 자료 제공 및 감수는 고려대학교 일어일문학과 최관 교수님께서 해주셨습니다.

도쿠가와 이에야스 제15권

1판 1쇄 발행 2001년 2월 24일
2판 3쇄 발행 2023년 5월 1일

지은이 야마오카 소하치
옮긴이 이길진
펴낸이 임양묵
펴낸곳 솔출판사

주소 서울시 마포구 와우산로29가길 80(서교동)
전화 02-332-1526
팩스 02-332-1529
이메일 solbook@solbook.co.kr
홈페이지 www.solbook.co.kr
출판 등록 1990년 9월 15일 제10-420호

ISBN 979-11-86634-40-0 04830
ISBN 979-11-86634-22-6 (세트)

• 잘못된 책은 구입한 곳에서 바꿔드립니다.
• 책값은 뒤표지에 표시되어 있습니다.

五
五
井

코마키 · 나가쿠테小牧長久手 전투(1584) 병풍도 뒷부분.

오다 노부오 · 도쿠가와 이에야스 연합군과
도요토미 히데요시 군의 전투 장면.